Jusqu'au bout du mal

DÉJÀ PARUS DU MÊME AUTEUR

Le cercle de sang
La forêt de la peur
Frayeur

MICHELLE GAGNON

Jusqu'au bout du mal

BestSellers

Collection : BEST-SELLERS

Titre original : KIDNAP & RANSOM

Traduction française de SYLVIE NEAUREPY

Photos de couverture

Texture : © GETTY IMAGES / UNIVERSAL IMAGES GROUP
Texture : © ANDRÜ POKAZ / ROYALTY FREE / FOTOLIA

83/85, boulevard Vincent-Auriol, 75646 PARIS CEDEX 13.
Service Lectrices — Tél. : 01 45 82 47 47
www.harlequin.fr

ISBN 978-2-2802-4869-3 — ISSN 1248-511X

Pour Taegan

15 DÉCEMBRE

1

Cesar Calderon sortit allumer une cigarette. La nuit était magnifique, et exceptionnellement douce pour le mois de décembre, même au Mexique. Il tira une longue taffe, renversa la tête en arrière et souffla la fumée en direction de la lune décroissante.

— *Quieres ?* demanda-t-il en se retournant vers son garde du corps.

Moreno se tenait à quelques pas de lui, devant l'entrée du restaurant. Pour ce voyage, Cesar avait choisi un de ses employés les moins imposants : en dépit des circonstances, il était résolu à garder un profil bas.

— *No, gracias.*

Calderon hocha la tête et inhala la fumée. Thalia aurait une attaque si elle apprenait qu'il avait repris – même s'il fumait seulement en société, et seulement à l'occasion de ses déplacements professionnels. Avant son retour à la maison, il devrait penser à faire nettoyer ses vêtements, sinon il prendrait un savon. Par habitude, il balaya les environs d'un regard vigilant. Le dîner avait lieu à deux rues de leur hôtel, dans la Zona Rosa. Un des quartiers les plus chic de Mexico, même si Cesar trouvait qu'il devenait de plus en plus vulgaire à mesure que les vieux antiquaires laissaient place à des magasins de babioles kitsch pour touristes.

Un couple passa en flânant, bras dessus bras dessous. La femme inclina la tête et laissa échapper un gloussement tandis que son compagnon la guidait vers l'entrée d'un bar. Une dizaine de mètres plus loin, une paire de chaussures dépassait de la vitrine d'un magasin. Cesar plissa les yeux et se retourna vers Moreno. Son garde du corps s'éloigna aussitôt pour voir ce dont il retournait. Des grommellements s'élevèrent depuis l'entrée de l'immeuble, un monologue récitée d'une voix empâtée de toxico.

— C'est rien, patron, dit Moreno en reprenant son poste.

De l'héroïne, pensa Calderon en secouant la tête. Autrefois, elle ne faisait que transiter par le Mexique, mais, depuis quelques années, les chiffres de la toxicomanie avaient explosé. Pour Cesar, la nouvelle loi qui dépénalisait la possession d'héroïne et de cocaïne en petites quantités n'avait rien arrangé. Un pays déjà pauvre se faisait à présent ravager par la même maladie que son riche voisin du nord. Dix ans auparavant, la vue d'un camé défoncé dans l'embrasure d'une porte restait exceptionnelle. Aujourd'hui, c'était presque la norme.

A l'intérieur du restaurant, quelqu'un riait à gorge déployée. Leonard, sans doute. Cet idiot se débrouillait toujours pour se soûler et avoir un comportement déplacé lors de ses conférences. Quelques soirs auparavant, il avait carrément proposé à Cesar de partager une pute. Rien que d'y penser, Calderon en frissonnait encore. La vérité, hélas, c'était que son métier attirait des gens de milieux très différents, dont certains assez louches. Au vu des événements récents, il avait décidé que ce soir serait sa dernière apparition publique en tant que figure de proue de l'entreprise. Ces voyages étaient épuisants, dangereux, et ils pesaient sur sa relation déjà tendue avec son épouse. A partir de maintenant, il allait laisser la partie pénible du travail à Linus.

Calderon se tourna en entendant un crissement de pneus. Un van blanc obliquait vers lui. Il se tourna d'instinct vers l'autre bout de la rue. Un camion-poubelle barrait l'intersection. Ses yeux s'écarquillèrent : il venait de comprendre ce qui allait se produire. Il pivota sur ses talons, prêt à se précipiter vers l'intérieur du restaurant. Puis il vit la tête de Moreno renversée en arrière, ses mains qui agrippaient sa gorge, le sang qui giclait entre ses doigts. Le toxico se dressait derrière lui, un couteau à la main.

Pas d'issue de ce côté-là. Calderon jeta sa cigarette et se rua vers le trottoir d'en face, espérant que ce mouvement brusque les déconcerterait.

Trop tard. Des mains l'attrapèrent par-derrière et le traînèrent vers la porte ouverte du van. Quand ils le hissèrent à l'intérieur du véhicule, ses mollets heurtèrent le cadre métallique. Il eut juste le temps d'apercevoir le visage ébahi du maître d'hôtel, figé à l'entrée du restaurant. Puis une capuche s'abaissa sur son visage, la porte du van claqua, et une voix se mit à aboyer en espagnol.

— Ici unité 1, mission réussie ! Je répète, mission réussie. Unité 2, mettez-vous en place derrière nous.

Calderon laissa échapper un cri : une douleur vive lui brûlait la cuisse. *Mierda*, pensa-t-il. *Ils me droguent.*

Puis l'obscurité se fit en lui.

25 JANVIER

2

Riley repositionna les doigts autour de son MP-5. Le jour était sur le point de se lever. A part le bruit des rares voitures qui passaient de temps à autre, le silence régnait sur la ville. Un silence presque sinistre, quand on pensait que Mexico comptait plus de huit millions d'habitants. Il scruta ses hommes alignés dans le couloir. Quatre gars, plaqués contre le mur, en tenue de camouflage urbain avec des lunettes de vision nocturne. Decker attendait dehors, au volant du van. Un sniper et un observateur étaient embusqués dans l'immeuble d'en face. Ils étaient huit en tout, largement assez nombreux pour écraser la cellule qui détenait Cesar Calderon. Mais, en dépit des longs mois passés à préparer l'opération, Riley n'arrivait pas à se défaire de son impression de malaise. Quelque chose ne tournait pas rond.

Simple nervosité, peut-être. Il savait de source sûre que les otages n'étaient surveillés que par trois personnes. Depuis l'immeuble d'en face, Monroe et Kaplan feraient diversion en descendant au moins un des adversaires. Le reste de l'unité prendrait d'assaut l'appartement, éliminerait les ennemis restants et évacuerait l'otage. Sur une piste située à une quinzaine de kilomètres, un avion les attendait, prêt à décoller. Ils passeraient la frontière américaine avant midi. « Un jeu d'enfant », leur avait promis Smiley.

L'oreillette de Riley vibra.

— Cible confirmée, dit Kaplan à voix basse. Feu vert ?

— Confirmé, répondit Riley. On est en position.

— Compris. Prise de mire.

Riley jeta un œil à sa montre. Malgré l'heure très matinale, il craignait qu'un habitant des appartements voisins ne vienne gâcher l'effet de surprise. Ils se trouvaient dans un immeuble décrépit d'Iztapalapa, un des quartiers les plus insalubres de Mexico, ce qui n'était pas peu dire. Les murs étaient criblés de trous, des rats couraient dans la cage d'escalier, une odeur d'urine et de viande pourrie imprégnait les lieux. Tout bien considéré, il y avait des quartiers de Bagdad où Riley s'était senti plus en sécurité.

En outre, les ravisseurs auxquels ils avaient affaire n'étaient pas de simples brutes ordinaires. Les Zetas constituaient une organisation paramilitaire d'élite, rassemblant d'anciens de l'armée passés au service d'un cartel de drogue. Les hommes qu'ils s'apprêtaient à affronter avaient reçu le même entraînement que ceux de son unité. Eux aussi étaient passés par le Western Hemisphere Institute for Security Cooperation, à Fort Benning, Géorgie. Ils avaient appris de première main, auprès des meilleurs professionnels du domaine, les techniques que Riley était sur le point d'employer. D'où le fait que cette opération, contrairement à ce que prétendait Smiley, était l'une des plus périlleuses auxquelles il ait jamais participé. C'était aussi la première qu'il dirigeait seul, du moins officiellement.

L'otage constituait lui aussi un cas à part. Cesar Calderon n'était autre que le P.-D.G. du groupe Tyr, leader mondial dans la négociation d'enlèvements avec demande de rançon. Au cours de sa carrière, Calderon avait personnellement obtenu la libération de centaines d'otages. Cinq semaines plus tôt, il avait été kidnappé à son tour au cours d'un symposium sur la sécurité. Il était sorti du restaurant, avait disparu à l'arrière d'un van blanc, et n'avait plus donné signe de vie. Le sauveur s'était changé en victime. Riley n'avait jamais rencontré Calderon, mais, en plus d'être son patron, cet homme était une légende vivante dans l'industrie de la sécurité.

A l'intérieur de l'appartement, une radio beuglait des chansons à tue-tête. Les voisins devaient être soit des sympathisants des Zetas, soit trop flippés pour oser se plaindre.

La musique constituait une bonne couverture sonore pour les ravisseurs ; elle avait aussi l'avantage de désorienter et de démoraliser leur otage. Le côté positif pour Riley, c'était que ses gars n'avaient pas à arriver sur la pointe des pieds. A vrai dire, ils auraient pu se faire accompagner d'une fanfare, cela n'aurait rien changé. Comment pouvait-on dormir avec un tel boucan ? Au bout d'un moment, le cerveau humain arrivait sans doute à en faire abstraction.

Un bip retentit dans son oreillette.

— Autorisation d'engager le combat ?

C'était encore Kaplan, l'observateur ; il avait manifestement envie d'en découdre. Avec Monroe, le tireur, ils étaient obligés de concentrer leur attention sur le bâtiment d'en face sans bénéficier de renforts dans le dos, ce qui les rendait extrêmement vulnérables. Surtout dans ce *barrio*, où les immeubles étaient plus mal fréquentés les uns que les autres.

— Autorisation accordée. Ouvrez le feu.

Riley se retourna vers les autres pour leur donner le top. Deux hommes munis d'un bélier compact prirent position de part et d'autre de la porte d'entrée.

Le plan, c'était que Riley entre le premier et dégomme tout ce qui bougeait. Un deuxième gars le suivrait pour le couvrir, tandis que les autres se déploieraient à travers les pièces de l'appartement, libéreraient l'otage et exécuteraient sommairement les combattants ennemis.

Par-dessus la musique, il entendit un bruit de verre cassé. Monroe avait dû ouvrir le feu ; restait à espérer qu'il avait touché un des ennemis. Riley hocha la tête. Les hommes qui portaient le bélier prirent leur élan. L'instant d'après, la porte explosait vers l'intérieur.

— C'est quoi, ce bordel ? s'exclama Monroe.

Kaplan refit la mise au point dans la lunette Elcan de son M-16, arme de choix de la plupart des observateurs, la plus performante en termes de visibilité nocturne. Son coéquipier,

Monroe, était sans doute l'un des meilleurs tireurs d'élite au monde. Il avait collectionné les médailles dans l'équipe olympique de l'armée, jusqu'au jour où il en avait eu assez de tirer sur des cibles en carton, et avait décidé de se reconvertir dans le privé. Dans l'appartement où ils étaient actuellement planqués, ils s'étaient aménagé un nid en retrait par rapport à la fenêtre, pour éviter que le canon du fusil ne puisse être aperçu du dehors, et avaient tapissé de toile de jute presque toute la surface de l'ouverture.

Dans l'immeuble d'en face, une vitre venait de voler en éclats, et la silhouette de la cible avait disparu.

— Tu l'as eu, dit Kaplan.

— Ça m'étonnerait, répliqua Monroe. J'ai pas encore tiré.

— Comment ça ?

— J'étais sur le point de le faire quand la vitre a pété.

— Quoi ?

Derrière eux, la porte explosa. Les mains de Kaplan sursautèrent brièvement, obéissant à un instinct qui lui intimait de protéger sa tête, puis il se maîtrisa et tourna son M-16 vers la porte.

Une douleur fulgurante transperça son épaule, une deuxième s'épanouit dans sa poitrine. Quelque chose de mouillé gifla son visage et le déporta sur le côté. Des hommes armés de fusils-mitrailleurs envahissaient la pièce. Leurs visages étaient masqués par des cagoules et des casques noirs qui leur donnaient des allures de guêpes. Kaplan leva lentement les mains et hoqueta de douleur. La balle qu'il avait prise dans la poitrine ne semblait pas avoir traversé son gilet en Kevlar, mais le sang ruisselait d'un impact à son épaule.

Les hommes en noir le firent rouler sur le dos. Il tressaillit en apercevant Monroe : le tireur n'avait pas eu sa chance. Un gros trou s'était creusé à l'arrière de son crâne. Kaplan reconnaissait ce genre de dégâts, causés par des balles à tête creuse. En outre, leurs attaquants utilisaient des fusils d'assaut modulaires LMT, réservés à l'usage militaire et presque impossibles à se procurer dans le civil. Même au Mexique.

Ils lui attachèrent les mains dans le dos et le relevèrent

brutalement. Tandis qu'ils lui recouvraient le visage d'une capuche, Kaplan se demanda pourquoi ils ne l'avaient pas encore tué.

Riley s'élança dans l'appartement. Il fut surpris de trouver le couloir d'entrée vide : en général, quand on défonçait une porte, des gens arrivaient en courant. La musique était forte, mais pas suffisamment pour couvrir le bruit de l'effraction.

D'un geste, il dirigea les autres vers la pièce à droite du couloir. Seul Jordan resta avec lui. Il s'arrêta un instant devant la porte de gauche qui, selon leurs renseignements, ouvrait sur un séjour. Une fois à l'intérieur, il s'écarterait rapidement à droite tandis que Jordan se déplacerait vers la gauche, dans l'espoir de déconcerter d'éventuels ennemis.

Il inspira profondément, ouvrit la porte et s'y précipita en balayant la pièce de son arme. Vide, elle aussi. Or, si le plan qu'on leur avait communiqué était exact, l'appartement n'était pas très grand. Jordan leva les sourcils d'un air interrogateur, et Riley lui fit signe de s'avancer avec lui vers la porte à l'autre bout de la pièce. Jordan acquiesça d'un hochement de tête.

Il entendit le reste de l'équipe s'éloigner dans le couloir en direction de la cuisine. Pas de coups de feu, jusqu'ici : eux non plus n'avaient croisé personne. Le plan stipulait qu'ils vérifient la cuisine et la salle de bains adjacente pendant que Jordan et lui pénétraient dans la chambre, où ils espéraient trouver Calderon.

Riley se déplaçait aussi silencieusement que possible. De la musique beuglait dans la chambre, ponctuée par des éclats de rire de sitcom. Le niveau sonore était tel que ses oreilles bourdonnaient de douleur alors qu'il portait un casque. La porte était fermée par un simple cadenas. Jordan s'avança devant lui, son fusil à la main. Riley leva une main gantée et compta à rebours : trois, deux, un.

La serrure sauta, emportant avec elle un gros morceau de la porte. Riley s'engouffra dans la pièce. A part le lit au centre, elle était vide. Les fenêtres étaient condamnées par des planches. Sur la droite, une deuxième porte menait à la salle de bains. Jordan s'avança pour l'inspecter pendant que Riley braquait son MP-5 sur l'unique occupant de la chambre.

L'otage était allongé sur le lit, les mains et les pieds ligotés. Sa tête était couverte par une capuche noire attachée autour du cou. Ses vêtements étaient répugnants de crasse : son débardeur maculé de taches marron, son pantalon de jogging en lambeaux. Sa tête s'agita brusquement, et des supplications étouffées s'élevèrent de sous la capuche.

Jordan ressortit de la salle de bains en hochant la tête. Rien à signaler. N'empêche qu'il affichait une expression inquiète. Riley avait le même sentiment. Ils s'étaient introduits ici sans rencontrer aucune résistance, c'était louche. L'enlèvement de Calderon avait été mené par une équipe de professionnels hautement qualifiés. Impossible qu'ils aient laissé leur otage seul, sans surveillance. Aucun coup de feu n'avait retenti dans les autres pièces, et pourtant le reste de son équipe n'était pas réapparu. Riley jeta un œil à sa montre : quatre-vingt-dix secondes s'étaient écoulées depuis leur arrivée dans l'appartement. Une voix dans sa tête lui hurlait de récupérer ce pauvre type et de foutre le camp en vitesse.

Il fit signe à Jordan de le couvrir, puis raccrocha son pistolet mitrailleur à son épaule et dégaina son arme de poing. Il traversa rapidement la pièce, détacha d'une main la ficelle autour du cou de l'otage, arracha sa capuche et recula d'un pas en braquant son arme sur l'homme allongé sur le lit. Il était tellement amoché qu'il en était presque méconnaissable. Ses joues étaient creusées, son regard étincelant de folie, ses cheveux encrassés de sang séché. Un bâillon en gros Scotch couvrait sa bouche. Il ne ressemblait guère à l'homme robuste et hâlé des photos d'entreprise, mais ça ne voulait rien dire. Cinq semaines de détention suffisaient à ruiner le physique de n'importe qui.

— Ne bougez pas ! lança Riley.

Il s'avança prudemment et lui arracha le bâillon.

— Où sont vos gardes ?

Un sourire s'esquissa lentement sur le visage de l'otage. Riley se glaça des pieds à la tête.

— Derrière toi, *amigo.*

Il fit volte-face. Juste derrière le seuil de la porte, il y avait cinq hommes armés de fusils d'assaut.

— Putain de merde…, marmonna Jordan.

Riley hésita une seconde en resserrant ses doigts autour de son revolver. Une arme de poing contre une puissance de feu suffisante pour descendre un village entier, ce n'était pas très prometteur. Mais il avait survécu à pire.

— Ne joue pas au con, poursuivit l'homme sur le lit. On a tes copains. Si tu te rends, on leur laisse la vie sauve.

Riley abaissa lentement son arme. Les attaches autour des poignets du faux otage devaient être fausses, elles aussi, car, l'instant d'après, il se tenait à côté de Riley et lui arrachait son revolver. Les mâchoires serrées, Riley croisa les mains derrière sa tête. Des coups de feu déchirèrent l'air tout près de son oreille. Il se retourna juste à temps pour voir Jordan s'effondrer sur le sol. Le faux otage se dressait au-dessus de lui et le regardait avec un grand sourire.

— *Lo siento*, dit-il tranquillement. Vous êtes venus trop nombreux.

— Espèce d'ordure ! cracha Riley, incapable de se contenir.

L'autre se contenta d'adresser des ordres à ses hommes. Ils ramassèrent la capuche et la passèrent sur la tête de Riley. Il peinait à respirer à travers le tissu épais. On lui attacha les mains dans le dos, puis on le fit avancer dans le couloir. Il envisagea de hurler, mais il savait qu'il était en territoire Zetas, et que la population leur était acquise. Les chances pour qu'on vienne à sa rescousse étaient réduites, dans cette ville où il était déjà assez difficile de savoir de quel côté était la police.

Il trébucha plusieurs fois dans l'escalier, atterrit sur un palier, entendit une porte claquer devant lui. Sans doute celle de l'issue de secours que son équipe avait empruntée pour y entrer. Puis un bruit de moteur… Riley fut projeté en avant, sa tête heurta une surface dure. Des mains le poussèrent en position assise. D'autres corps s'écrasèrent autour de lui en grommelant. Le moteur rugit et le véhicule se mit en mouvement.

Riley tangua et planta ses pieds dans le sol pour ne pas tomber. Il avait l'impression de se trouver dans un van – probablement celui que son équipe avait prévu d'utiliser pour quitter les lieux. Combien de ses hommes avaient survécu, et qu'allait-il leur arriver ? Et, surtout, pourquoi n'avaient-ils pas tous été tués sur le coup ? Ils avaient été pris en embuscade : quelqu'un était manifestement prévenu de leur arrivée. A cet instant, Riley résolut de découvrir l'identité de ceux qui les avaient trahis. Et, s'il sortait vivant de ce merdier, de les retrouver et de les tuer.

3

Kelly Jones se détendit dans l'eau. En suspension dans ce milieu tiède et apaisant, elle se laissa envahir par les images qui lui venaient à l'esprit. Elle vit l'agent Leonard hurler des ordres en courant à côté d'elle, puis disparaître dans une explosion de lumière et de chaleur. Elle vit son ancien coéquipier, Rodriguez, rire de ses propres blagues. Elle vit sa famille de nouveau réunie préparer des pancakes pour le petit déjeuner. Elle vit enfin Jake Riley, l'homme qu'elle avait promis d'épouser. Elle se concentra sur son rire tranquille, sur les pattes-d'oie qui se creusaient autour de ses yeux quand il souriait.

Une voix nasillarde la ramena au présent.

— Très bien. Maintenant, *levez* la jambe et *abaissez*-la une *dernière* fois.

Kelly ouvrit les yeux. Elle flottait sur le dos au milieu de la piscine. Les ondulations de l'eau projetaient des ombres dansantes au plafond. Vues d'ici, elles semblaient presque vivantes, tentacules d'une immense bête. Elle serra les dents, se concentra sur sa jambe droite et la força à se soulever en dépit de la main qui faisait pression sur son quadriceps. Une goutte de sueur perla sur son front et roula vers l'eau.

— Pas mal. Maintenant, essayez de la soulever *complètement.*

— Ce serait plus facile si vous arrêtiez d'appuyer dessus, grogna Kelly entre ses dents.

— C'est sûr, mais c'est mon boulot. On garde notre objectif en tête, d'accord ?

Kelly avait détesté la physiothérapeute d'emblée. Sa voix enjouée et sa manie d'accentuer un mot sur deux lui étaient devenues encore plus insupportables au fil du temps. Elle avait cependant la réputation d'être la meilleure en son domaine. Et, pour reprendre du service actif, Kelly était prête à endurer presque n'importe quoi. Même une diablesse répondant à l'horrible prénom de Brandi.

— Une *dernière* fois, et puis on arrête.

— C'était censé être la dernière, protesta Kelly.

— J'ai menti, dit Brandi en haussant les épaules. Je *sais* que vous en êtes capable !

Kelly ferma de nouveau les yeux et mobilisa toutes ses forces pour contracter les muscles de sa cuisse et de ses fesses. Il y eut une éclaboussure, et son moignon surgit de sous l'eau. Elle laissa sa tête basculer en arrière ; elle ne s'était toujours pas habituée à le regarder.

— Super ! s'exclama Brandi en tapant dans ses mains. O.K., c'est *tout* pour aujourd'hui. On se revoit *jeudi.*

— Je pensais qu'on aurait pu se donner rendez-vous demain, dit Kelly.

Son propre ton suppliant lui faisait horreur, mais elle n'avait pas le choix. Plus elle enchaînait les séances, plus tôt elle pourrait reprendre son travail. Elle en était à son septième mois de congé, et elle commençait à fondre les plombs. Quelques semaines de plus risquaient de l'achever. Et la seule personne qui puisse lui donner le feu vert pour réintégrer le service actif se tenait devant elle, sa queue-de-cheval hérissée sur sa tête comme un point d'exclamation, ses lèvres rose bonbon plissées.

— Ecoutez, Kelly, dit Brandi en secouant la tête. Vous vous rappelez quand on a parlé de *laisser le temps au temps* ?

— Je n'ai plus de courbatures, le lendemain.

— Pas question, ma grande. On se voit *jeudi*, comme prévu.

Elle se pencha vers Kelly et ajouta à mi-voix :

— Mais si vous y tenez, je resterai une demi-heure de plus, sans rien dire à personne.

— Waouh ! dit Kelly en se retenant de rouler les yeux. Merci beaucoup.

Brandi s'éloigna vers l'échelle d'une nage fluide. Après tout, pensa Kelly, la piscine n'était pas fermée à clé. Rien ne l'empêchait de venir y faire ses mouvements le lendemain.

Brandi lança par-dessus son épaule :

— Et ne songez même pas à venir toute seule. Je demanderai à Ray, de l'accueil, de m'appeler s'il vous voit passer.

— Je ne ferais jamais une chose pareille, soupira Kelly.

— C'est bien ce que je me disais. A plus tard, ma grande !

La physiothérapeute s'éloigna vers les vestiaires d'un pas sautillant. Kelly la suivit des yeux en regrettant de ne pas avoir un revolver sur elle. Non pour tirer sur sa physiothérapeute, mais seulement pour effacer ce sourire satisfait de son visage. Evidemment, dans ce cas, elle pourrait dire adieu à son boulot.

Kelly soupira profondément et plongea sous l'eau. Pour nager en ligne droite, elle battait sa jambe valide à toute vitesse en creusant profondément l'eau de son bras droit. Arrivée au bout de la piscine, elle agrippa le rebord et se hissa à la force d'un bras. Grâce aux mois qu'elle avait passés en fauteuil roulant, le haut de son corps était devenu plus puissant, ses muscles plus définis qu'avant l'accident. Elle pivota sur elle-même pour se mettre en position assise, et sortit enfin sa jambe gauche de l'eau. En détournant les yeux, elle attrapa une serviette.

Suite à l'explosion d'une grenade, sa jambe droite se terminait maintenant en dessous du genou. C'était arrivé au cours de sa précédente affaire, en juillet dernier. Kelly poursuivait un skinhead décidé à faire sauter une bombe sale à la frontière entre les Etats-Unis et le Mexique. Elle avait réussi à l'en empêcher, mais, à la dernière minute, il avait dégoupillé une grenade. Quatre agents du FBI, dont Leonard, étaient morts sur le coup. Un cinquième avait survécu malgré de sérieuses blessures. Il avait déjà repris le service actif. Kelly ne pouvait s'empêcher de le détester.

Au moment de l'explosion, elle s'enfuyait en courant, ce

qui lui avait probablement sauvé la vie. Malheureusement, un énorme morceau de métal lui avait écrasé la jambe et infligé des blessures internes. Son médecin affirmait qu'elle avait déjà de la chance de s'être réveillée du coma. En plus, ils avaient réussi à sauver la plus grande partie de sa jambe.

Kelly se sécha et attacha sa prothèse. Sans son revêtement en mousse de polyuréthane couleur chair, la prothèse en fibre de carbone qui remplaçait la partie inférieure de sa jambe lui donnait l'air d'un cyborg. Le moins que l'on puisse dire, c'était qu'elle avait du mal à se sentir chanceuse.

Elle partit vers les vestiaires en s'efforçant de marcher normalement : la fatigue musculaire avait tendance à la faire boiter. Les yeux rivés au sol, elle évitait le regard des personnes qu'elle croisait. Cet endroit était le seul où il lui était impossible de cacher les dégâts que son corps avait subis. Elle avait jeté à la poubelle toutes les jupes, toutes les robes et tous les shorts de sa garde-robe. Elle portait un pantalon de jogging au lit, et enlevait sa prothèse sous les couvertures, une fois la lumière éteinte.

Le visage de Jake repassa devant ses yeux. Son fiancé était la compassion incarnée : il était resté à son chevet pendant toute sa convalescence, puis avait entièrement reconfiguré son appartement pour l'adapter à ses nouveaux besoins. Il avait même proposé de la soutenir financièrement si le FBI refusait de la renvoyer sur le terrain. Malheureusement, s'il était devenu un excellent garde-malade, Kelly, pour sa part, avait horreur de jouer les patientes. Par moments, elle surprenait une lueur de pitié dans son regard, mais quand elle lui en parlait, il soutenait que ses sentiments pour elle étaient inchangés.

N'empêche qu'il l'avait à peine touchée depuis l'accident. Mais comment le lui reprocher, alors qu'elle-même ne supportait plus la vue de son propre corps ?

Arrivée dans les vestiaires, elle s'habilla rapidement. Les douches étaient communes, aussi attendait-elle toujours de se laver chez elle. Elle noua un foulard autour de son cou et se fraya un chemin vers la sortie. En sortant dans la rue, elle fut aussitôt emportée par la foule qui envahissait la Ve Avenue. Le centre de rééducation était situé dans un minuscule pâté de maisons en face de la cathédrale Saint-Patrick. Noël était passé depuis quelques semaines, emportant avec lui les belles vitrines et l'ambiance festive. Il pleuvait de la neige fondue depuis huit jours, et des flaques d'eau brune et glacée s'accumulaient au bord du trottoir. Les passants qui bousculaient Kelly paraissaient aussi malheureux qu'elle : emmitouflés jusqu'aux yeux, ils remontaient les épaules pour résister au vent. A cause de cette allure, il lui fallut quelques secondes pour reconnaître la personne qui lui avait attrapé le coude.

— Kelly ? Je n'y crois pas ! C'est vraiment toi ?

— Monica ?

L'espace d'un instant, Kelly se demanda si elle rêvait. Deux ans auparavant, elle avait collaboré avec Monica Lauer sur une sale affaire, un affrontement entre deux tueurs en série rivaux dans les monts Berkshire. Elle ne l'avait pas revue depuis.

— Qu'est-ce que tu fais ici ?

— Je pourrais te poser la même question. Attends, laisse-moi deviner… Tu t'es mariée avec ce type canon, et vous habitez ici.

— Plus ou moins. Enfin… on n'est pas mariés, mais on habite ensemble. On est fiancés.

— Bravo ! dit Monica.

Elle enleva un gant et lui montra la bague qui ornait sa main gauche.

— Moi, je viens de sauter le pas. Avec Howie, on se retrouve ici, c'est à mi-chemin entre Bennington et D.C.

— Tu as épousé Howie ?

La flic effrontée et l'anthropologue judiciaire… c'était le mariage de la carpe et du lapin. La réunion des contraires était-elle le secret de la réussite ?

— Oui. Il a été tellement génial, pendant la convalescence de Zach…

Une expression de souffrance passa sur le visage de Monica, puis elle la dissipa d'un geste de la main.

— Un type comme ça, il ne faut pas le laisser s'échapper, tu vois ce que je veux dire ?

— Comment va Zach ?

Le fils de Monica avait bien failli être la dernière victime de l'affaire. Il s'en était tiré avec de sérieuses blessures. Kelly regretta subitement de ne pas avoir repris des nouvelles de sa collègue. Leur dernier contact, un simple email, remontait à un an. Evidemment, elle avait une excuse en béton pour les sept derniers mois.

— Ça va mieux, dit Monica. Il n'est pas rétabli à cent pour cent, mais il a repris ses cours à la fac. La mémoire à court terme lui pose encore quelques problèmes. Mais il est vivant. C'est la seule chose qui compte.

Facile à dire, songea Kelly, *quand on ne s'est pas trouvé soi-même devant l'alternative.*

— Ecoute, Monica, je dois…

— Oh ! excuse-moi, je me doute que tu as des choses à faire. Tu sais, j'aimerais vraiment qu'on prenne un café un de ces jours. Ce soir on a un dîner, et je repars demain, mais peut-être la prochaine fois que je passe à New York ? J'y descends toutes les deux, trois semaines.

— D'accord, répondit Kelly machinalement.

Elle enregistra le numéro de Monica sur son portable en sachant pertinemment qu'elle ne l'appellerait jamais, pas plus qu'elle ne répondrait aux messages que son ancienne collègue lui laisserait.

— C'était super de te revoir, Kelly ! J'ai hâte de rattraper le temps perdu !

Kelly regarda Monica disparaître dans la foule. La nuit tombait, ce serait bientôt l'heure de pointe. Elle avait intérêt à se dépêcher si elle ne voulait pas passer debout tout son trajet en métro.

Elle jeta un œil à l'affichage de son portable avant de le ranger dans son sac. Aucun message. Jake était en déplacement professionnel, mais, en général, il lui téléphonait pendant la journée pour lui demander de ses nouvelles. Elle hésita à l'appeler. A cet instant précis, un passant la percuta par-derrière et faillit l'envoyer s'étaler sur le trottoir. Les mâchoires crispées, Kelly rangea son téléphone dans son sac. Ce dont elle avait vraiment besoin, c'était un bain chaud, un verre de vin et un anti-inflammatoire. Tout le reste pouvait attendre.

Les yeux fermés, Jake Riley écoutait les bruits qui filtraient du couloir. En se concentrant, il arrivait à distinguer différentes voix et conversations. Près du distributeur d'eau, quelqu'un se plaignait de négociations au point mort en Colombie. Quelqu'un d'autre parlait en russe au téléphone. Du bout du couloir montait le gargouillis de la machine à café, ponctué d'éclats de rire. Et une paire de talons aiguilles avançait en cliquetant vers son bureau. Jake aurait reconnu le rythme de cette démarche entre mille.

Il ouvrit les yeux à l'instant où la porte de son bureau s'ouvrait.

— Quoi de neuf sur l'affaire Stanislav ? demanda Syd.

— Bonjour, Syd. Et toi, comment vas-tu ?

Syd Clement ferma la porte et s'affala dans un fauteuil. Elle glissa ses pieds hors de ses escarpins et les cala sur son bureau, si près de ses pieds à lui qu'il pouvait presque sentir de la chaleur en émaner. Il se surprit en train d'admirer les orteils parfaitement sculptés de son associée.

— L'affaire Stanislav ? répéta-t-elle.

— Dubkova s'en occupe. Il pense en venir à bout d'ici une semaine, maximum.

— Dubkova est un imbécile, dit Syd en frétillant des orteils.

— Excuse-moi, mais, jusqu'à présent, c'est plutôt une star du rock. Trois négociations réussies sur trois, et zéro victime.

— Toutes les trois en Russie. L'Ukraine, c'est une autre paire de manches, Jake. Je connais ce pays comme ma poche.

Jake réprima un soupir. C'était toujours la même rengaine. Au bout de un mois aux Etats-Unis, Syd commençait à s'ennuyer. A deux reprises, déjà, Jake avait dû l'empêcher de mettre son nez dans des affaires qui, selon elle, s'étiraient trop en longueur. Ce qu'elle n'arrivait pas à comprendre, c'était que, dans le secteur privé, la patience et la diplomatie donnaient généralement de meilleurs résultats que la force – laquelle restait la méthode de prédilection de Syd.

En pesant soigneusement ses mots, Jake reprit :

— Dubkova mérite qu'on lui laisse une semaine de plus. Les ravisseurs commencent à craquer. Il les a déjà fait baisser d'un million. Encore un, et on rentre dans une fourchette que Centaur acceptera de payer.

— O.K. Mais s'ils ne baissent pas d'ici huit jours, on met une nouvelle équipe sur le coup.

— D'accord, dit Jake.

Il savait pertinemment que Dubkova avait l'intention de fixer les termes de l'échange avant la fin de la journée, ce qui rendait le débat purement théorique. Et la perspective d'une mission potentielle suffirait à calmer Syd.

En à peine un an, le Longhorn Group, la boîte qu'ils avaient montée ensemble, avait progressé à pas de géants. Ils se spécialisaient dans les affaires de kidnapping et de rançonnement, en sous-traitant pour les assureurs qui vendaient des polices anti-enlèvements.

En juillet dernier, ils n'étaient que tous les deux. Aujourd'hui, ils employaient plus de trente personnes à temps plein. Quand un de leurs clients avait un problème d'enlèvement, ils constituaient une équipe réunissant aussi bien des spécialistes pour coacher la famille que des gardes du corps pour les protéger au cas où les ravisseurs s'en prendraient à eux. Si les négociations échouaient, ou si les ravisseurs se révélaient trop instables, ils mobilisaient une cellule d'intervention composée d'anciens agents des Forces Spéciales. Ils avaient traité plus de quarante affaires en moins de un an, avec un taux de réussite jusqu'ici spectaculaire. La majorité des otages avaient été libérés contre le versement d'une rançon que leur compagnie d'assurances jugeait acceptable. Dans dix cas, ils avaient été obligés d'envoyer des unités pour les libérer. Une seule affaire s'était mal finie, par la faute d'un ravisseur à la détente facile. Elle continuait à hanter Jake, mais, dans le grand ordre de l'univers, c'était un parcours quasi sans faute.

Evidemment, leur réussite s'expliquait en partie par l'incroyable essor de l'industrie du kidnapping à travers le monde. Du large de la Somalie aux plages des Philippines et même dans les rues calmes de la Silicon Valley, personne n'était plus en sécurité nulle part. Au cours de l'année écoulée, le Longhorn Group avait traité des affaires en Colombie, au Guatemala, en Italie, en Espagne, aux Etats-Unis, et surtout en Russie, où les enlèvements devenaient aussi répandus que les poupées gigognes dans les magasins pour touristes. Si l'on en croyait les rumeurs, un des partis en lice aux dernières élections aurait entièrement financé sa campagne par des rançons.

La plupart des gens n'avaient pas la moindre idée de ce qu'entraînait la libération d'un otage, encore moins lorsque ce dernier était couvert par une assurance. Au cours des premiers échanges, les ravisseurs posaient immanquablement des exigences exorbitantes, qu'elles soient de nature financière ou autre. En général, la famille était prête à tout pour faire libérer l'être aimé. Le hic, c'était que le paiement immédiat de la rançon réclamée revenait presque à garantir que la victime ou un membre de sa famille serait de nouveau ciblé dans l'avenir. Ainsi du milliardaire de Hong Kong enlevé dans les années 90, et dont la famille avait versé l'intégralité des dix millions de dollars exigés sans aucune négociation. Quelques années plus tard, il avait été enlevé pour la deuxième fois ; cette fois, la rançon demandée était deux fois plus élevée. La famille l'avait également payée, ce qui n'avait pas empêché les ravisseurs d'exécuter l'otage.

Un négociateur professionnel avait expliqué à Jake que c'était grosso modo la même procédure que pour acheter un tapis dans un bazar marocain. Les ravisseurs demandaient d'emblée une contrepartie scandaleuse. Le rôle du négociateur était de marchander à la baisse en les persuadant que la famille n'avait pas assez de liquidités, que l'assureur refusait de payer une telle somme, ou, dans le cas d'exigences non financières, par exemple la libération de prisonniers politiques, que ce qu'ils demandaient était tout simplement impossible. Un bon négociateur usait la patience des ravisseurs jusqu'à ce que les deux partis s'accordent sur une rançon acceptable. Avec un peu de chance, la longueur et la lourdeur du processus les dissuadaient de cibler une deuxième fois la même victime.

Evidemment, en raison des vies humaines en jeu, chaque opération constituait une véritable gageure. Une fois que l'entreprise s'engageait sur une affaire, il était hors de question de laisser tomber. Et quand la diplomatie échouait, il ne restait plus qu'à tenter de récupérer l'otage par la force. Voilà pourquoi le Longhorn Group salariait non seulement des négociateurs de haut niveau, mais aussi des commandos. Histoire d'assurer ses arrières.

— Bon, dit Syd. On a quoi d'autre sur le feu ?

Jake jeta un coup d'œil aux dossiers éparpillés sur son bureau, même s'il pouvait citer de tête toutes les informations relatives aux affaires en cours.

— Fribush vient de quitter la Colombie, tous les touristes sont sains et saufs. Manchester s'occupe du truc en Sardaigne, Jacobs est encore en Croatie. Sumner a appelé du Pakistan, ça ne se goupille pas très bien pour l'instant.

— Vraiment ? demanda Syd d'un air ragaillardi. J'adore le Pakistan en cette saison.

— On est au mois de janvier, Syd, et personne n'adore le Pakistan en ce moment. Je croyais qu'on était d'accord pour que tu te consacres à l'administratif pendant quelque temps.

— J'en fais depuis un moment déjà. Je ne vais pas tarder à péter les plombs, Jake. Regarde, je commence même à grossir.

Syd pinça un pli du pull en cachemire qui couvrait son ventre plat.

— A la bonne heure !, répondit Jake en souriant. Un peu de chair sur les os ne te ferait pas de mal.

— Va te faire foutre, répliqua Syd en lui lançant un trombone.

La sonnerie du téléphone empêcha Jake de répondre.

Il enclencha le haut-parleur et bascula en arrière dans son fauteuil.

— Riley, j'écoute.

— Votre frère est à la réception.

— Lequel ? demanda Jake avec surprise.

— Euh… je ne savais pas que vous en aviez plusieurs, dit sa nouvelle secrétaire sur un ton confus. Je vais lui poser la question.

— C'est bon, faites-le entrer.

Syd laissa échapper un sifflement.

— Un des mystérieux frères Riley ? La vache !

La porte s'ouvrit sur son frère cadet. Il ressemblait à Jake en plus jeune et en plus épais : même chevelure poivre et sel, mêmes yeux bleus. Son visage était empourpré, soit par le froid, soit par l'agitation, et il portait un pardessus froissé sur le bras. Jake se leva pour l'embrasser.

— Bon sang ! dit-il en le serrant dans ses bras. Qu'est-ce que tu fais en ville ?

— Je… euh…

Jake suivit le regard de son frère, et soupira. Syd faisait souvent cet effet aux hommes.

— Syd Clement, dit-elle en ôtant ses pieds du bureau.

Elle tendit la main à son frère et ajouta :

— Je parie que vous en avez de bonnes à me raconter sur Jake.

— Euh… sans doute, bégaya Chris d'un air désorienté.

— Passe-moi ton manteau, dit Jake. Et assieds-toi.

Chris se jucha nerveusement dans le fauteuil à côté de celui de Syd. Jake reprit sa place en faisant un rapide calcul mental. Il avait raté le dernier Noël en famille parce que Kelly ne s'en était pas senti la force… Un an s'était donc écoulé depuis sa dernière rencontre avec son frère. Et ils ne s'étaient pas beaucoup parlé entre-temps. Chris était comptable, il avait épousé sa petite amie du lycée, et vivait encore dans la ville où ils avaient grandi. A part les liens du sang, Jake et lui n'avaient rien en commun.

— Dites-nous, Chris, lança Syd. Qu'est-ce qui vous amène à New York ?

— Ecoutez, c'est… personnel.

— Vraiment ?

Syd se pencha vers Chris, lequel eut un mouvement de recul.

— L'affaire se corse ! dit-elle. Je meurs d'envie d'en savoir plus.

— Syd, va faire un tour, dit Jake. On reprendra notre discussion plus tard.

— Je rate toujours les meilleurs trucs, soupira-t-elle avec une moue boudeuse.

Elle enfila ses escarpins l'un après l'autre, puis tendit un doigt accusateur vers Jake.

— N'oublie pas : dans une semaine, je m'envole pour l'Ukraine. Tu me l'as promis.

— A plus tard, Syd, dit fermement Jake.

— Ravie d'avoir fait votre connaissance, Chris.

Elle lança un clin d'œil à son frère avant de quitter la pièce.

— C'était ton… euh…

— Mon associée.

Chris promena un regard approbateur sur le bureau, avec ses baies vitrées allant du sol au plafond et donnant sur Central Park, sa moquette moelleuse, ses murs ornés de tableaux. Jake pouvait presque entendre les rouages tourner dans sa tête tandis qu'il évaluait le prix de l'ensemble.

— Tu ne t'en sors pas trop mal, on dirait.

— Les affaires vont bien. Mieux que je ne l'espérais, à vrai dire. Et toi ? Susie et les enfants vont bien ?

— Oui, oui…

Chris baissa le regard vers ses mains rouges et sèches.

— Il fait sacrément froid, ici, en hiver.

— En effet, confirma Jake en se retenant de crisper les dents.

Son frère prenait toujours des plombes pour cracher le morceau. Il allait probablement enchaîner sur l'actualité sportive.

— C'est quoi, le truc personnel dont tu voulais me parler ? demanda Jake.

Il espérait que Chris n'allait pas lui annoncer qu'il avait quitté sa famille et qu'il avait besoin d'un point de chute. Son couple était l'un des plus solides que Jake connaisse, et Kelly n'était pas en état d'accueillir des invités.

— C'est au sujet de Mark.

Jake se glaça de la tête aux pieds. Son grand frère était entré dans l'armée dès la sortie du lycée. Il faisait aujourd'hui partie des Navy SEALs. Et, avec les multiples guerres que livraient les Etats-Unis à travers le monde, ce n'était pas le moment idéal pour exercer ce métier.

— Qu'est-ce qui s'est passé ?

— Je ne sais pas trop.

La peur étreignit le cœur de Jake.

— Tu as reçu une lettre de…

— Non, non, c'est pas du tout ça, dit Chris en secouant la tête. De toute façon, il a quitté l'armée.

Jake fut submergé par un intense soulagement. Il s'attendait à entendre que Mark avait été tué par un kamikaze ou par l'explosion d'une bombe artisanale.

— Depuis quand ?

— Six mois environ. Il s'est fait embaucher par une grosse entreprise … attends…

Chris sortit un bout de papier de sa poche. Jake le regardait dubitativement : il peinait à s'imaginer son frère, ce dur à cuire, en costume-cravate. Il plissa les yeux pour essayer de lire le nom inscrit sur le papier.

— TIRE ? C'est une entreprise de pneus ?

— Non. C'est Tyr Global.

— Tu plaisantes, dit Jake.

Tyr Global était le leader mondial des entreprises de sécurité spécialisées dans les affaires de kidnapping. Ils étaient actifs depuis près de quatre décennies ; leurs procédures en matière de libération d'otages faisaient école.

— Il a quoi, comme poste ?

— Aucune idée. Il s'est pointé chez moi il y a une semaine

pour me dire qu'il partait en mission, et que, si je n'avais pas de nouvelles le 27, ça voudrait dire que quelque chose lui était arrivé. On est le 29, Jake. Il fallait que je t'en parle. Je ne savais pas quoi faire d'autre.

Jake se carra dans son fauteuil.

— En résumé, il a quitté l'armée pour se faire embaucher par mon principal concurrent. C'est bien de lui, ça.

Chris haussa les épaules.

— Il a sans doute pensé que tu étais encore fâché.

— Il a eu raison.

— Tu l'aurais embauché, s'il te l'avait demandé ?

Jake sentit son visage s'embraser.

— Je ne sais pas. Probablement pas.

— Eh bien voilà.

— Qu'est-ce que tu attends de moi, au juste ?

Chris se pencha vers lui et tapa du doigt sur son bureau.

— Il s'agit de notre frère, Jake. Et ta boîte s'occupe bien de sauver des gens, non ?

— Tu aurais pu me prévenir par téléphone. Pourquoi t'être déplacé jusqu'ici ?

— Parce que je voulais que tu sois obligé de me regarder en face au moment de refuser. Et si c'est le cas, je prends un avion pour Mexico ce soir. Un point c'est tout.

Chris se croisa les bras et lui décocha un regard noir.

Jake hésita un instant.

— Après tout ce qui s'est passé, tu es prêt à risquer ta vie pour lui ?

— Oui.

— Tu ne parles même pas l'espagnol.

— Toi non plus, rétorqua Chris. Mais c'est ce que maman aurait voulu. Tu le sais.

Ses paroles résonnèrent dans le silence qui suivit. Jake réfléchit à toute vitesse. L'idée de Chris s'aventurant dans les bas-fonds de Mexico, une des métropoles les plus dangereuses au monde, était risible. Il se ferait tuer en moins de deux. Jake poussa un long soupir.

— Tu vas me répéter tout ce qu'il t'a dit. Où il allait, ce qu'il était censé y faire.

— Ça marche, dit Chris d'un air soulagé.

Jake le prit subitement en pitié. Son frère portait un lourd fardeau : il savait mieux que personne que Mark ne voudrait pas de l'aide de Jake. Mais, quel que soit le pétrin dans lequel son frère aîné s'était fourré, il allait falloir plus qu'un expert-comptable pour l'en sortir.

Dix minutes plus tard, Jake referma doucement la porte de son bureau. Après lui avoir répété tout ce dont il se souvenait, Chris s'était écroulé sur le canapé – il n'avait pas dû beaucoup dormir ces derniers jours, en attendant désespérément que le téléphone sonne. Dans le couloir qui menait au bureau de Syd, Jake écarta d'un geste les employés qui tentaient de l'interpeller. Il frappa deux coups à la porte, puis entra sans attendre.

Allongée sur son canapé, Syd feuilletait un magazine.

— Comment se passent les retrouvailles ? demanda-t-elle sans lever les yeux.

— Pas super. Il semble que mon frère aîné ait été kidnappé.

— Quoi ?

Elle se redressa brusquement.

— Où ça ?

— Il était chargé d'une mission de récupération pour Tyr au sud de la frontière. Chris pense que c'était à Mexico, mais il n'en est pas certain. L'opération a dû mal tourner, parce que Mark était censé donner des nouvelles il y a deux jours.

— Il est parti fêter ça à Tijuana, il n'a pas encore dessoûlé, lança Syd d'un air sceptique.

— Pas Mark, répliqua Jake en secouant la tête. S'il n'a pas téléphoné, c'est qu'il a eu un problème. Tu n'as rien entendu au sujet de Tyr, ces derniers jours ?

— Non, mais je peux me renseigner. J'ai un gars sur place.

Syd se dirigea vers son bureau, toute requinquée.

— Ce n'est pas à Mexico que Calderon a disparu ?

— J'étais justement en train d'y penser, dit Jake.

Ce n'était pas encore de notoriété publique, mais le président de Tyr Global avait été kidnappé six semaines auparavant. La firme s'était donné beaucoup de mal pour étouffer l'affaire – après tout, le rapt de son dirigeant ne constituait pas une bonne publicité.

— S'ils essaient de le récupérer, dit Syd pensivement, ils ont dû mettre leurs meilleurs gars sur le coup.

Elle pianota sur son clavier et ajouta :

— Il est si bon que ça, ton frère ?

— Possible. Il a été SEAL pendant plus de vingt ans. Il a fait la Somalie, l'Afghanistan, l'Irak.

— Ça, c'est mon genre de type, dit Syd avec approbation.

— Nul doute qu'il t'adorerait, lui aussi.

— Eh bien, on va essayer d'arranger une rencontre. Laisse-moi dix minutes.

Jake ressortit dans le couloir. Il dut se retenir de faire les cent pas. Quelques curieux levèrent la tête de leur écran d'ordinateur. Il finit par faire demi-tour, gagner l'entrée du bureau et attraper sa veste dans le placard.

— Monsieur Riley, est-ce que vous…

Ignorant la voix de sa secrétaire, il sortit dans le hall de l'immeuble, dépassa les ascenseurs et ouvrit la porte qui menait au toit. Ce dernier était théoriquement interdit d'accès, mais, avec Syd, ils s'étaient rapidement rendu compte que leur métier attirait bon nombre de fumeurs, et que, pour bien travailler, ces gens-là avaient besoin d'un endroit pour fumer. Ils avaient donc négocié un accord avec le syndic pour aménager un petit abri sur le toit. Jake s'y dirigea à présent ; à son grand soulagement, personne ne s'y trouvait. Il s'abstint de s'asseoir, préférant arpenter la longueur du petit espace.

Même par ce temps pourri, la vue était saisissante. Central Park s'étalait à ses pieds, avec ses pelouses grises hérissées de branches dénudées. Sur la gauche, au loin, de petites crêtes blanches se formaient à la surface du lac ; sur la droite, la pointe de la presqu'île de Manhattan se perdait à l'horizon. Jake se mordit la lèvre et jeta un œil à sa montre. *Mark, bordel… Dans quoi es-tu encore allé te fourrer ?*

Un grincement s'éleva dans son dos et la porte s'ouvrit sur Syd. Elle remonta le col de son immense manteau en fourrure.

— Sérieusement, Jake, tu n'as pas trouvé un endroit plus inconfortable ?

— Qu'est-ce qui se passe ?

Le regard de son associée indiquait que les nouvelles étaient mauvaises.

— Tyr a perdu des gars il y a quatre jours, répondit Syd en secouant la tête. Ils avaient des infos fiables sur l'endroit où Calderon était détenu, et ils ont décidé d'agir vite. Ils ont perdu toute l'équipe. Trois ont été retrouvés morts sur place, les cinq autres ont disparu.

— Et Mark ?

— Il n'est pas parmi les victimes. C'était le chef d'équipe, il y a des chances pour qu'ils l'aient gardé en vie.

Jake sentit sa poitrine se contracter. Des images défilèrent devant ses yeux : il vit son frère se balancer au bout d'une corde, au-dessus de la rivière où ils se baignaient autrefois, puis lâcher prise et plonger vers l'eau en faisant des moulinets avec les bras.

— Qu'est-ce qu'ils demandent, comme rançon ?

— Je n'ai pas réussi à le savoir. Tyr se donne beaucoup de mal pour étouffer cette affaire. Je préfère ne pas te dire ce que j'ai dû promettre à mon gars en échange du tuyau.

— On sait où ils sont détenus ?

— Selon la rumeur, ils sont entre les mains d'une antenne des Zetas. Tyr va envoyer une équipe dans les *delegaciones* de l'est, qui leur appartiennent plus ou moins.

— Merde, dit Jake. C'est de pire en pire.

Les Zetas étaient des mercenaires qui sous-traitaient le sale boulot des cartels de drogue mexicains. Ils avaient élevé le kidnapping au rang d'une science exacte : ayant exécuté la phase de capture avec la plus grande précision, ils déplaçaient constamment les détenus pour prévenir toute tentative de les suivre à la trace. Dans leur domaine, ils étaient les meilleurs au monde. Et cela augurait bien mal des chances de Mark et du reste de son unité.

— Qu'est-ce que tu veux faire ? demanda Syd en l'observant attentivement.

— Je ne sais pas. On pourrait proposer à Tyr de monter une opération conjointe.

— Laisse tomber, rétorqua Syd. Ils font encore la gueule au sujet de l'affaire Lodi. On n'arrivera même pas à les avoir au téléphone.

— Ecoute, Syd, c'est de mon frère qu'on parle, là.

Jake se passa la main dans les cheveux.

— Je ne peux pas le laisser moisir là-bas.

— Eh bien, allons le récupérer.

— Tu es folle ? Tyr va nous tomber dessus.

— Si jamais on croise leurs gars, on leur fait comprendre que, s'ils nous cherchent, ils vont nous trouver. Un simple communiqué de presse au sujet de Calderon, et ils pourront faire une croix sur leurs contrats les plus importants. De toute façon, on n'est même pas sûrs de les croiser. Ils n'ont plus l'air d'être au top.

Elle eut un sourire sceptique et ajouta :

— Sans vouloir offenser ton frère, bien sûr.

Jake réfléchit. Dehors, la pluie glacée avait cessé, laissant place à de gros flocons blancs.

— D'accord, dit-il. Mais on ne retire personne d'une affaire en cours. Qui nous reste-t-il ?

— Fribush est dans un avion à destination du Texas, on peut le renvoyer vers Mexico. Il y aurait lui, toi, moi…

— Syd, il faut que tu restes garder la boutique, protesta Jake. On ne peut pas partir tous les deux.

— Pourquoi pas ?

— Je ne plaisante pas, Syd. L'un de nous doit rester ici.

Jake n'en dit pas plus, mais ils avaient tous deux compris le fond de sa pensée : si les choses tournaient mal, il fallait un survivant pour assurer la direction de l'entreprise.

— Il s'agit de ton frère, Jake. Il te faut notre meilleur agent.

Syd le regarda dans les yeux et ajouta :

— C'est moi, tu le sais très bien.

Jake s'apprêtait à contester, puis il changea d'avis. De tous les agents qu'ils employaient, Syd était effectivement la meilleure, et de loin. En outre, la loyauté absolue qu'elle inspirait à ses hommes était sans égale.

— Très bien, dit-il enfin. Mais tu prends Kane et Jagerson en renfort.

— J'allais te le proposer. Je prends Maltz, aussi.

— Hors de question, dit Jake en secouant la tête.

Michael Maltz avait failli mourir en juillet dernier, au cours de la toute première affaire de la boîte. Depuis, il subissait une rééducation intensive. Aux dernières nouvelles, les médecins ne lui avaient pas encore donné le feu vert pour faire une longue promenade, sans parler de participer à une opération spéciale.

— Il va très bien, insista Syd. On a fait un bilan tous les deux, il n'y a pas longtemps.

— Comment ça ?

— Je lui ai fait faire le parcours de Langley et quelques autres trucs. Crois-moi, il est prêt à reprendre le boulot. Et tous nos autres gars sont occupés.

Jake passa mentalement en revue la liste de leurs employés. Syd avait raison : à moins de prendre quelqu'un en free-lance, il ne restait que Maltz. Or, chacun savait à quel point il était difficile de se fier à un indépendant.

— Ça nous ferait une équipe de six, dit-il sur un ton dubitatif.

— L'efficacité sans le superflu, répliqua Syd avec un grand sourire.

Jake aurait aimé partager son enthousiasme. Mais il savait que Tyr employait les meilleurs talents, et il connaissait les compétences de son frère. Si Mark avait pu se faire piéger, cela pouvait leur arriver, à eux aussi. Face à l'adversaire qu'ils allaient affronter, il aurait préféré être accompagné d'une petite armée.

— Tout va bien se passer, dit Syd. Fais-moi confiance.

Elle jeta un œil à sa montre.

— Il est presque 18 heures. Je m'occupe de la logistique, tu te charges de contacter les autres et de modifier l'itinéraire de Fribush.

— Ça marche.

— Super. On essaie de décoller vers minuit.

Jake regarda son associée s'éloigner vers l'escalier d'un pas sautillant. Rien ne la réjouissait plus que la perspective d'un affrontement armé.

Son téléphone sonna. Il jeta un œil à l'écran : c'était Kelly.

Il émit un soupir de culpabilité. Il était rentré tard, la veille au soir, d'un déplacement en Californie, et avait décidé de dormir au bureau plutôt que chez eux. Il s'était dit qu'il ne voulait pas réveiller Kelly, mais, dans le fond, il savait qu'il y avait autre chose.

Il laissa son regard vaguer sur l'horizon. Cette opération n'allait pas plaire à Kelly. Depuis son accident, elle était tellement en demande que c'en devenait presque oppressant. C'était compréhensible, après ce qu'elle avait enduré, mais tout de même… Depuis quelque temps, Jake la reconnaissait à peine. Il lui semblait parfois que la Kelly dont il était tombé amoureux était morte dans l'explosion et qu'il se retrouvait maintenant avec son ombre.

Il passa la main sur son visage mouillé. Il ne résoudrait rien en éludant le problème, mais il n'était pas capable d'y faire face maintenant. D'abord, il devait sauver Mark. A son retour, il parlerait sérieusement avec Kelly.

Il s'éloigna à son tour vers l'escalier en secouant la tête.

4

Mark Riley se réveilla en sursaut. D'instinct, il chercha son arme. Elle n'était pas là. Il lui fallait toujours quelques secondes pour rassembler ses idées.

Il roula sa tête d'un côté à l'autre en faisant un rapide état des lieux. Les survivants de son équipe n'avaient pas changé de position. Etendu sur le dos près de la porte, Kaplan, l'observateur, respirait en sifflant à cause de ses côtes cassées. Une balle lui avait aussi frôlé l'épaule, mais, pour l'instant, la blessure n'avait pas l'air infectée. Flores et Wysocki dormaient sur le flanc le long de murs attenants. C'était au tour de Decker, le conducteur, de dormir sur le lit de camp. Le veinard… A part le lit, la pièce était vide. Quatre murs et un tapis immonde qui avait un jour été blanc. La porte de la salle de bains avait été enlevée, la vitre de l'unique fenêtre peinte en noir. Dans le coin, une radio diffusait de la musique à tue-tête depuis leur arrivée. C'était difficile à croire, mais Mark ne l'entendait presque plus. Son ouïe en serait sans doute affectée à vie.

Il secoua les mains pour stimuler la circulation du sang. On ne retirait les liens en plastique autour de leurs poignets qu'à l'heure des repas, et encore, les gardiens les faisaient manger l'un après l'autre. Le moins qu'on puisse dire, c'est que les Zetas étaient prudents. Pas facile d'avaler son repas avec un fusil d'assaut pointé sur sa poitrine, mais Mark s'y était vite habitué, finalement. Le plus bizarre, c'était que la nourriture n'était pas mauvaise. Il aurait juré que les tortillas étaient faites maison.

C'était le troisième taudis successif dans lequel on les plaçait. D'après le bruit qui montait de la rue, Mark supposait qu'ils étaient encore à Mexico. Juste après l'embuscade, ils avaient tous été drogués. Mark avait repris connaissance dans une pièce pas très différente de celle-ci, où on les avait entassés contre le mur comme du bois de chauffage. Quelques heures plus tard, on les avait déplacés de nouveau. Pas de piqûre, cette fois, mais leurs ravisseurs avaient tourné en voiture pendant des heures pour les désorienter.

Quelque chose avait dû compromettre la sécurité de la deuxième planque, parce que, le lendemain, ils avaient déménagé en plein jour. Mark avait eu le temps d'apercevoir de grands immeubles sinistres à travers le jersey de sa capuche, avant de se faire jeter dans le van. Encore des heures passées à cahoter à l'arrière du véhicule pendant que le chauffeur maugréait à voix basse. Quelqu'un avait fini par lui dire de la boucler. Puis, enfin, ils étaient arrivés ici.

Les Zetas ne semblaient pas craindre qu'on les découvre dans cette troisième planque, car ils y étaient depuis soixante-douze heures. Leurs vêtements avaient été confisqués dès le premier jour ; ils arboraient maintenant un assortiment disparate qui révélait un certain sens de l'humour de la part de leurs ravisseurs. Kaplan portait un T-shirt moulant sur lequel s'étalait le visage souriant de Britney Spears. Deck avait reçu un T-shirt de l'université de Caroline du Nord et un pantalon de jogging rouge. Flores portait une chemise blanche, sans boutons, tandis que Wysocki n'avait eu droit qu'à un short en jean. Ils ressemblaient à des réfugiés dans un film de zombies.

Mark se leva pesamment et se dirigea vers la salle de bains en essayant de ne pas faire de bruit. Pour tuer le temps, ils dormaient le plus possible. A en juger par la faible luminosité qui filtrait autour des bords de la vitre, la nuit tombait. D'ici une demi-heure environ, les Zetas viendraient leur apporter le repas du soir, puis ils les laisseraient seuls pour la nuit.

Mark réussit à uriner, toujours un exploit quand on avait les mains attachées, puis il s'aspergea le visage d'un peu d'eau. Dans le coin de la salle de bains, un bac à douche sans rideau crachait un mince filet d'eau tiède. Ses codétenus étaient issus de branches différentes de l'armée, mais ils avaient tous été conditionnés pour apprécier le confort de la routine. Dès le premier jour, Mark avait établi un roulement pour les douches, l'exercice physique et l'utilisation des toilettes. Pour l'instant, personne n'avait contesté son autorité.

Ce matin, Decker était passé le premier à la douche, suivi de Kaplan, Flores, Wysocki puis Mark, chacun à trois heures d'écart pour que leur unique serviette puisse sécher un peu entre-temps. Le lendemain matin, Kaplan aurait la serviette sèche, puis ils se succéderaient à tour de rôle, dans le même ordre.

Avec un peu de chance, d'ici le tour de Mark, ils seraient en route pour chez eux.

Dans l'autre pièce, il y eut un grognement étouffé, suivi d'un juron.

— Arrête de me donner des coups de pied, connard, marmonna Flores.

— Connard toi-même, rétorqua Wysocki. Je dormais, j'ai pas fait exprès.

— Fermez-la, tous les deux, lança Decker depuis le lit de camp.

Mark s'avança vers l'embrasure de la porte.

— C'est ton tour de chier, Sock. Vas-y de suite ou passe ton tour.

— Ouais, ouais.

Wysocki, dit « Sock », se levait déjà en titubant. C'était un colosse de près de deux mètres de haut, avec un nez qui avait visiblement encaissé trop de coups de poing. Il avait été formé chez les SEALs, comme Mark, mais ils n'avaient jamais travaillé ensemble au sein de l'armée. Le bruit courait que Sock avait été limogé. Mark n'avait rien vu à ce sujet dans les dossiers de Tyr, mais il n'avait aucun mal à le croire. Sock avait manifestement de gros problèmes avec l'autorité. Mark l'avait déjà repéré comme un perturbateur potentiel.

Il s'éloigna vers la porte à l'autre bout de la pièce principale, histoire de mettre le plus de distance possible entre la salle de bains et lui. Jusqu'ici, c'était sans doute l'aspect le plus éprouvant de leur captivité : une seule toilette sans porte, partagée par cinq hommes principalement nourris de haricots. Dieu merci, personne n'avait attrapé la dysenterie, pour l'instant ; ç'aurait été insoutenable.

— Ecoute, Riley, dit Flores.

C'était le plus petit du groupe. Il devait faire un peu moins d'un mètre quatre-vingts, et il avait une épaisse tignasse noire.

Mark lui fit signe de se taire : il avait entendu un bruit devant la porte. Ils attendirent en silence. Au bout d'un moment, il hocha la tête pour lui dire de continuer.

— Comme je te l'ai dit, reprit Flores à voix basse, j'ai des gars à moi dans le coin. La prochaine fois qu'ils viennent nous apporter à manger, on les prend d'assaut, on se procure un véhicule et, une fois que j'aurai réussi à me repérer…

— Tu connais la ville ? demanda Mark.

— Pas bien. J'y ai habité quand j'étais gamin.

— J'ai compté cinq types jusqu'ici, dit Mark en secouant la tête. On est obligés de supposer qu'ils sont tous ici en permanence, même s'il est possible qu'ils se relaient. Et ce ne sont pas des *campesinos* qui ne savent pas tenir un fusil. Ils s'y connaissent, et ils s'attendent à ce qu'on tente quelque chose. On peut en descendre un, mais il en restera encore quatre, et on n'aura qu'une seule arme à nous partager. En plus, si ça se trouve, on est au cœur du QG des Zetas. Selon nos infos, ils possèdent des *barrios* entiers. A supposer qu'on sorte vivants de cette pièce, il nous faudra encore quitter l'immeuble et le quartier. Ça fait beaucoup.

Decker hochait la tête en signe d'assentiment. Sock se découpa à l'entrée de la salle de bains et s'appuya contre l'encadrement de la porte.

— Alors, quoi… on reste ici, les doigts dans le cul, à attendre la cavalerie ? Faut que je vous dise, ça fait un bail que je travaille pour cette boîte. Ils viendront pas nous chercher, sauf si quelqu'un les paye pour le faire.

— Pour autant qu'ils sachent, Calderon est avec nous, objecta Mark.

— Crois-le ! dit Sock avec un petit rire sceptique. Je te parie qu'ils ont envoyé une deuxième équipe pour le récupérer et qu'il est déjà de retour aux States. Nous, on est passés par pertes et profits.

— Dans ce cas, on serait déjà morts, rétorqua Mark en secouant la tête.

Sock détourna les yeux sans rien dire.

— C'est quoi, le plan ? demanda Decker.

L'ancien marine avait à peine prononcé dix mots depuis leur arrivée ici, et Mark n'avait pas pu se faire une idée à son sujet. Il savait seulement ce qu'il avait lu dans son dossier : deux périodes de service en Irak, deux autres en Afghanistan, quarante-cinq ans, pas de famille. Un condamné à vie, comme lui.

— A un moment ou à un autre, répondit-il, ils seront obligés de nous emmener ailleurs. Le transport, c'est le maillon faible. Moins de gardes, un espace confiné, et un véhicule garanti. C'est notre meilleure chance.

Il regarda chacun des hommes à tour de rôle. Decker et Flores hochèrent la tête.

— Ça me va, dit Kaplan. Je préfère mourir dans un van que dans ce trou à rats.

Il y eut quelques secondes de silence, puis Sock haussa les épaules.

— Pourquoi pas ? dit-il.

C'était ce qu'il obtiendrait de mieux, en matière d'adhésion, pensa Mark.

— Plus un mot jusqu'à la fin du repas, dit-il. On fera le plan après.

— C'est absolument hors de question, déclara Jake.

— Pourquoi ?

Kelly le fixait d'un air furieux en crispant les mâchoires. Il évita son regard.

— Les médecins ne t'ont même pas donné le feu vert pour du travail de bureau. Et on n'a aucune idée de ce qui nous attend, là-bas.

— Tu penses que j'en suis incapable, dit Kelly en croisant ses bras sur sa poitrine.

— Je n'ai pas dit ça.

— Tu l'as pensé.

Jake se passa la main sur le front. La conversation tournait mal. Comme la plupart de leurs conversations depuis un moment, lui semblait-il.

— Ce que je pense, c'est que j'ai failli te perdre il y a sept mois. Et je n'ai aucune envie de te voir te mesurer à des paramilitaires mexicains pendant ta convalescence.

— Tu veux dire que tu refuses de m'emmener pour des raisons égoïstes ?

— Peut-être, oui.

Jake s'avança vers le canapé et s'y effondra, épuisé. Il s'était préparé à ce que Kelly réagisse mal à l'annonce de son expédition. Mais il n'avait pas imaginé qu'elle demanderait à l'accompagner.

— Merde, Kelly ! Mon frère a disparu, et il faut que je me bagarre avec toi par-dessus le marché ?

Le regard de la jeune femme s'adoucit. Il lui tendit les bras, et elle s'avança vers lui en s'efforçant visiblement de ne pas boiter. Elle se percha sur les genoux de Jake et se blottit contre lui.

— Je me sens tellement inutile, Jake…

— Tu ne l'es pas.

— Mais si. En tout cas, c'est ce que tout le monde pense. J'en ai tellement marre de leur pitié… de leurs regards.

— Tu ne vas pas changer ça en te mettant en danger, rétorqua Jake.

Kelly se raidit.

— Avant, tu disais que, si tu pouvais choisir n'importe qui pour assurer tes arrières, tu me choisirais.

— Je sais, dit Jake avec maladresse. Mais…

— Mais quoi ? Depuis que je suis handicapée, tu as changé d'avis ?

— Tu n'es pas handicapée.

— Tant que tout le monde me traitera comme si je l'étais, je le serai.

Elle frotta les mains de Jake entre ses doigts comme pour les réchauffer, alors que c'étaient ses mains à elle qui étaient glacées.

— Laisse-moi venir, Jake. J'ai besoin de me prouver que j'en suis capable.

Il y avait une intensité dans son regard que Jake n'avait pas vue depuis longtemps. Il réfléchit un moment. S'il refusait, cela sonnerait le glas de leur couple. En plus, vu la détermination de Kelly, elle risquait de les suivre même s'il le lui interdisait. En l'intégrant officiellement à la mission, il aurait au moins l'avantage de pouvoir la surveiller.

— On part dans vingt minutes, dit-il. Réduis tes bagages au maximum.

Un large sourire s'épanouit sur le visage de Kelly. Avec un pincement au cœur, Jake se rendit compte qu'il ne l'avait pas vue aussi heureuse depuis la période qui avait précédé le drame.

— Sérieusement ?

— Plus que dix-neuf minutes et des poussières.

Kelly bondit de ses genoux et partit à toute vitesse vers leur chambre. Jake frémit intérieurement en pensant à la réaction de Syd.

Bordel, Mark ! marmonna-t-il à voix basse. *Avec toi, c'est problèmes et compagnie !*

— Du nouveau ?

— Pas encore, monsieur Smiley. Mais ils ont nettoyé un secteur supplémentaire.

Linus Smiley congédia son assistant d'un ricanement sceptique. Quatre jours s'étaient écoulés depuis que son équipe avait été prise en embuscade. Il avait un mal de chien à dissimuler ce nouveau fiasco au conseil d'administration. S'ajoutant à la disparition de Calderon, la perte d'une unité entière les ferait basculer en mode crise ; or, c'était la dernière chose dont il avait besoin en ce moment. Il devait à tout prix les faire patienter quelques jours, le temps pour la nouvelle équipe de les sortir de ce pétrin. Malheureusement, ils n'avaient fait aucun progrès pour l'instant. Smiley avait formé deux équipes avec les meilleurs hommes qu'il lui restait, et tout ce qu'ils arrivaient à lui dire, c'étaient les endroits où les prisonniers n'étaient *pas* détenus.

Le problème, c'est qu'ils avaient tardé à réagir. Le CA avait atermoyé pendant près de six semaines avant d'envoyer une équipe à la rescousse de Cesar : ils étaient convaincus qu'un jour ou l'autre les ravisseurs prendraient contact pour présenter une demande de rançon. Rien du tout. Le temps de mobiliser enfin une unité, la piste avait refroidi. Sur le moment, le tuyau au sujet de l'appartement des Zetas avait semblé providentiel. Avec le recul, il était clair qu'on les avait manifestement attirés dans un piège. La question était de savoir pourquoi. Cesar Calderon valait très cher, et pas seulement en termes d'argent. Smiley n'en avait pas dormi depuis trois nuits.

Il soupira, se laissa tomber dans son fauteuil et tambourina des doigts sur le bureau. Au bout d'un moment, il appuya sur une touche du téléphone.

— Emerson, revenez.

Son assistant apparut dans l'embrasure de la porte, l'air soucieux.

— Oui, monsieur Smiley ?

— Qui connaissons-nous dans l'armée mexicaine ?

— Je ne sais pas exactement. M. Calderon a toujours traité directement avec eux.

— Il me semble néanmoins que vous avez travaillé ensemble pendant des années, non ?

— Oui.

Emerson était manifestement mal à l'aise.

— Donc, à moins d'être totalement incompétent, vous devriez pouvoir retrouver ces contacts dans ses fichiers.

— Ça dépend, monsieur Smiley.

— De quoi ?

— Du niveau où vous voulez remonter. En ce qui concerne ses contacts les plus hauts placés, M. Calderon conservait ses fichiers ailleurs.

— Où ça ?

Emerson se contenta de hausser les épaules. Smiley se retint de lui balancer son presse-papiers à la tête. A la disparition de Calderon, il avait été obligé de lui succéder par intérim. Il avait rapidement découvert que le cloisonnement institué par le P.-D.G. comme mesure de sécurité servait surtout à dissimuler le désordre et la mauvaise gestion de l'entreprise. Les cellules individuelles fonctionnaient bien, mais il suffisait qu'un seul dirigeant disparaisse pour que tout s'effondre comme un château de cartes. Et c'était à Smiley, maintenant, de trouver un moyen de consolider ce bazar. Garder ses meilleurs contacts pour lui, c'était Cesar tout craché. Il fallait toujours qu'il joue au héros.

— Trouvez-moi un interlocuteur, lança Smiley d'une voix rageuse. Il doit bien y avoir quelqu'un, à la tête de ces connards de Zetas. Je veux savoir qui c'est.

30 JANVIER

5

— Tu as déconné, Jake. Tu aurais dû me consulter.

— Parce que toi, tu me consultes toujours ? riposta Jake en attrapant son sac de voyage sur le tapis roulant.

Il avait réussi à éviter Syd jusqu'ici, mais Kelly venait de partir aux toilettes et les autres membres de l'équipe tournaient dans la salle en attendant l'arrivée des bagages. Elle en avait profité pour le coincer.

— C'est pas le Club Med, Jake. On est en mission.

— C'est mon frère qu'on va chercher, répliqua Jake. Je me suis dit qu'une paire de bras supplémentaire ne pourrait pas faire de mal.

— Une paire de jambes supplémentaire, surtout, dit Syd à mi-voix.

— Pardon ? demanda vivement Jake.

— Elle ne va faire que nous ralentir, reprit son associée. Et je te préviens, je n'hésiterai pas à l'abandonner.

— Pour mémoire, je ne voulais pas que tu viennes, toi non plus.

— Maintenant, je regrette de l'avoir fait.

Kelly apparut au-dessus de l'épaule de Syd, et Jake se força à sourire.

— Ah ! dit-elle. Voilà mon sac.

Elle boitait de manière plus prononcée, après les longues heures passées dans l'avion. Jake voulut l'aider à récupérer son bagage, mais elle l'en empêcha d'un regard perçant.

— Salut, Kelly, dit Syd en la regardant se démener. Tu t'es refait une santé ?

— Absolument, répondit Kelly entre ses dents.

— Jake a dû t'expliquer ce qui nous attendait.

— Il m'a briefée, oui.

Elle voulut s'éloigner, mais Syd lui barra le passage.

— Autant que tu le saches, les choses sont différentes, ici. On ne suit aucun règlement.

— Ravie de l'entendre.

— Ah oui ? demanda Syd en levant un sourcil. Tu diras la même chose, face à un ennemi attaché à une chaise ?

— Ça suffit, Syd, dit Jake en s'avançant pour s'interposer.

Elle était sur le point de répliquer quand elle fut interrompue par l'arrivée de Michael Maltz, flanqué de Jagerson, de Fribush et de Kane.

— Prêts ? demande Maltz en les jaugeant tous trois du regard.

— Oui, dit Jake. On décolle.

Kelly ruminait à l'arrière de la voiture de location. Elle se doutait, depuis le départ, que Syd ne serait pas enchantée de sa présence. Depuis le lancement du Longhorn Group, elles s'évitaient activement, au point de n'avoir jamais passé plus de cinq minutes dans la même pièce. Kelly s'était méfiée d'emblée de l'associée de Jake. A ses yeux, Syd Clement était l'incarnation même de l'amoralité propre aux agents de la CIA. Pour eux, il s'agissait de réussir coûte que coûte. La fin justifiait les moyens. Kelly n'aurait jamais envisagé de monter une boîte avec une personne dont la vision du monde se résumait à « eux contre nous ». Elle l'avait dit clairement à Jake, mais n'avait pas réussi à le dissuader de s'associer avec elle.

A présent, il était clair que Syd ferait tout ce qui était en son pouvoir pour lui rendre la vie difficile. Par-dessus le marché, elle en voulait encore à Kelly de l'avoir exclue d'une enquête. Ou plutôt d'avoir essayé : Syd avait continué à n'en faire qu'à sa tête, sans se soucier des conséquences. A cause de son comportement irresponsable, de nombreuses personnes étaient mortes à Phoenix. Au cours des derniers mois, Kelly avait plusieurs fois envisagé de la dénoncer. Elle n'y avait renoncé que par égard pour Jake.

Ils avaient décidé de louer deux voitures, officiellement pour avoir plus d'options en cas de problème. Kelly soupçonnait que c'était surtout pour les séparer, Syd et elle, autant que possible. Jagerson était au volant. Il était de petite taille, pour un gars de la Delta Force, mais il arborait comme les autres un crâne rasé, des bras massifs et une mâchoire carrée. A côté de lui, Jake était assis sur le siège du passager. Comme s'il avait senti son regard, il se retourna et lui adressa un timide sourire.

Kelly fit semblant de tripoter son téléphone. A la dérobée, elle observait Michael Maltz. C'était bizarre que Syd soit tellement opposée à sa présence à elle, alors qu'elle avait insisté pour emmener Maltz. Ce dernier avait failli mourir lors de l'incident de Phoenix, et il n'avait pas l'air très en forme. De la chair brûlée marbrée s'étendait sur tout le côté gauche de son visage et sur son crâne. Il n'entendait plus de cette oreille-là, et il lui manquait un doigt à la main droite. Selon Jake, le reste de son corps tenait grâce à des broches en titane. Kelly n'arrivait pas à croire qu'après tout ça il soit encore prêt à travailler pour Syd. A vrai dire, elle n'arrivait même pas à croire qu'il veuille continuer à faire ce genre de travail. Evidemment, elle-même n'avait pas grand-chose à dire.

Kane, Fribush et Syd se trouvaient dans l'autre voiture. Ils avaient proposé de récupérer le matériel et de les retrouver au motel. Kelly s'était demandé quel genre de matériel ils allaient récupérer et d'où il venait, puis elle avait décidé que, si elle voulait un jour réintégrer le Bureau, il valait mieux qu'elle ne le sache pas.

En débarquant sans prévenir, la veille au soir, Jake avait failli la surprendre en train de parcourir un tas de dossiers que son ancien coéquipier avait piqués au bureau. Le simple fait d'être en possession de ces documents pouvait lui coûter son travail, mais Kelly devenait dingue à force de rester à la maison sans rien à faire. Elle se disait que si elle repérait quelque chose que les autres avaient raté, on l'excuserait d'avoir court-circuité le protocole. Avec un peu de chance, on lui donnerait même le feu vert pour reprendre le service actif.

Pour l'instant, ses recherches n'avaient pas été fructueuses. Tout ce qu'elle avait gagné, c'étaient des dizaines de coupures sur les doigts, et la certitude que ses dossiers n'étaient pas suivis de manière très méthodique par ses collègues de l'administration. Une affaire sur laquelle elle avait travaillé quelques années plus tôt portait ainsi la mention « classée » alors que le corps du tueur n'avait pas été retrouvé. A l'époque, elle avait demandé davantage de moyens pour continuer les recherches, mais son patron avait surtout envie de mettre une croix dans la colonne des affaires résolues. La dernière fois qu'on avait vu Stefan Gundarsson, il s'était fait emporter par le courant d'une rivière après avoir été blessé par balle. Pour son chef, cela indiquait qu'il était mort. Kelly, pour sa part, aurait été plus rassurée si on avait repêché son corps.

Apparemment, les proches d'une des victimes de l'affaire étaient de son avis, car ils avaient engagé un détective privé pour poursuivre l'enquête. L'année dernière, pendant que Kelly était dans le coma, ce détective avait contacté le FBI. Il prétendait détenir la preuve irréfutable que Gundarsson était bien vivant, et réfugié au Mexique. Mais le FBI avait refusé de rouvrir l'enquête. En lisant le dossier, la veille au soir, Kelly n'avait pu s'empêcher de penser que si elle avait été en service actif au moment où le détective les avait contactés, le résultat aurait peut-être été différent. A cet instant précis, Jake avait déboulé pour lui annoncer qu'il partait au Mexique par le prochain vol. Comment ne pas y voir un coup du destin ?

Un coup de Klaxon perçant la ramena au présent. Malgré l'heure matinale, ils étaient coincés dans une foule de voitures bruyantes et polluantes, toutes plus cabossées les unes que les autres. Des vendeurs à la sauvette se frayaient un chemin à travers l'embouteillage en proposant barres chocolatées, porte-clés, cigarettes, chewing-gums ou rasoirs. Un homme en T-shirt troué se dressa devant le pare-brise et se mit à le frotter avec des chiffons crasseux en ignorant leurs coups de Klaxon dissuasifs. Tandis que Jagerson faisait avancer la voiture par à-coups, Kelly se sentit subitement accablée par le bruit et par l'environnement étranger. Un étau se referma autour de sa poitrine et lui coupa le souffle.

Oh ! non... , pensa-t-elle en serrant les dents. *Pas maintenant.* Elle fouilla dans son sac à dos à la recherche de ses comprimés. Ils n'y étaient pas. La panique s'empara d'elle, si intense qu'elle crut presque s'évanouir. Avait-elle oublié ses médicaments dans la précipitation du départ ? Ses doigts se refermèrent enfin autour du flacon ; un soupir de soulagement lui échappa. Elle fit tomber un cachet dans sa paume et la glissa dans sa bouche. Levant les yeux, elle vit Maltz qui l'observait. Sans un mot, il lui tendit une bouteille d'eau. Elle le remercia d'un hochement de tête.

— Gardez-la, dit-il d'une voix râpeuse quand elle voulut la lui rendre.

— Ça va, Kelly ? demanda Jake avec inquiétude.

Il savait qu'elle était sujette à ces crises, même si elle ne lui avait jamais confié à quel point elles étaient fréquentes.

— Ça va très bien, dit-elle. On est encore loin ?

— C'est au bout de la rue, répondit Jagerson.

— Tant mieux, dit Maltz sans regarder Kelly. La circulation commence à me taper sur les nerfs.

Cela arriva plus vite que Mark ne l'avait prévu. Il fut réveillé par la porte qui s'ouvrait, et un Zeta brandissant un fusil-mitrailleur se dressa devant eux. Il faisait encore nuit, mais l'aube ne devait pas être loin, car il se sentait reposé et prêt à se lever. Après de longues années d'exercices matinaux, son horloge interne le réveillait systématiquement vers 5 heures du matin.

Le garde débita quelques phrases en espagnol.

— Quoi encore ? grommela Sock sur le lit de camp.

— Il veut qu'on s'habille, traduisit Flores. Ils nous emmènent ailleurs.

Il lança un regard oblique à Mark. Celui-ci hocha la tête et sentit son pouls s'accélérer. Le moment était venu.

Deux minutes plus tard, ils étaient tous réveillés et assis côte à côte sur le lit de camp.

Un deuxième Zeta vint leur poser des capuches sur la tête, puis son collègue les abaissa devant leurs visages. Mark attendit son tour en regardant le sol, comme on le leur avait ordonné. Il priait pour qu'ils continuent à leur attacher les mains devant, plutôt que dans le dos.

Leurs gardes devaient être pressés : dès que le visage de Mark fut couvert, on le poussa vers la porte. Il entendit les autres tituber derrière lui dans le couloir, puis descendre une volée de marches. La température changea : l'air frais hérissa les poils de ses bras tandis qu'on le faisait avancer dans la nuit. Comme les autres fois, on les embarqua à bord d'un van dont le moteur tournait déjà. La porte se referma en coulissant et le véhicule démarra dans un grincement de pneus.

Mark tendit l'oreille pour essayer de savoir combien étaient les gardes. Il n'avait entendu personne les rejoindre, mais, vu la vitesse à laquelle ils avaient démarré, le chauffeur devait être déjà au volant. Avec celui qui leur avait passé les capuches et le tireur, cela faisait trois. Ils avaient planifié leur évasion en comptant sur ce nombre d'adversaires. S'ils étaient davantage, le plan risquait d'échouer.

A côte de lui, Kaplan respirait bruyamment. Mark ramena ses genoux vers sa poitrine puis étendit ses jambes comme pour s'étirer. Ses pieds ne heurtèrent aucun obstacle : l'espace devant lui était libre. *Pour l'instant, tout va bien.*

Un grommellement s'éleva à l'avant du véhicule. C'était le chauffeur, sans doute le même que d'habitude, celui qu'ils surnommaient Pleurnichard.

D'une voix hargneuse, quelqu'un lui ordonna de la boucler. Scarface, sans doute, celui qui se plaisait à agiter son arme dans tous les sens. Il se trouvait dans la pièce au moment de leur enlèvement, et les avait accompagnés dans chacun de leurs déplacements. Mark estimait qu'il serait le plus difficile des trois à neutraliser – ce genre de type avait toujours une envie irrépressible d'appuyer sur la détente.

Le silence s'installa dans le véhicule. Le sang bourdonnait dans ses oreilles. Ils avaient décidé d'attendre au moins dix minutes avant de passer à l'action, pour laisser le temps à leurs ravisseurs de se détendre et de baisser leur garde. Le pari était toutefois risqué, car ils ne pouvaient savoir combien de temps durerait le trajet. On pouvait très bien les emmener à seulement quelques rues de là.

Du dehors montaient des bruits de circulation étouffés. La ville de Mexico comportait seize arrondissements étalés sur plus de quatre mille kilomètres carrés. Avec la périphérie, il fallait ajouter dix millions d'habitants supplémentaires sur huit mille kilomètres carrés. Une vaste meule de foin dans laquelle ils n'avaient quasiment aucune chance d'être retrouvés, même si quelqu'un s'avisait de les chercher. Autant dire qu'ils avaient intérêt à se débrouiller seuls.

Le van accéléra. Mark entendit les pneus rouler sur des bandes réfléchissantes, et son cœur bondit dans sa poitrine. Ils prenaient l'autoroute : c'était une chance presque inespérée. Même si une deuxième voiture les suivait, sa capacité d'intervention serait limitée. C'était maintenant ou jamais.

Il se plia subitement en deux et poussa un gémissement.

Aucune réaction.

Il passa ses bras autour de son ventre et gémit de plus belle.

— *Cállate !* grogna Scarface.

— Mon ventre, putain ! haleta Mark.

Il entendit un échange à mi-voix sur le siège avant. Il avait deviné juste : il y avait bien un troisième homme. Le canon d'une arme frôla sa jambe, et Scarface aboya quelques mots.

— Il veut que tu te taises, dit Flores d'une voix paniquée. Si tu la fermes pas, il va te buter.

— Dis-lui qu'il m'achève et qu'on en finisse, dit Mark entre ses dents.

Il se balança d'avant en arrière comme s'il se convulsait de douleur.

— Je te jure que je vais me chier dessus.

Flores traduisit. Scarface répliqua avant même que l'autre ait fini : il semblait de plus en plus exaspéré.

— Il a dit : « Vas-y, espèce de porc yankee. Tu mérites de baigner dans ta propre merde. »

— Dis-lui qu'il aille se faire foutre, cracha Mark.

Scarface parlait apparemment assez bien l'anglais pour n'avoir pas besoin de traduction. Mark sentit le canon de l'arme remonter vers sa poitrine. Il retint sa respiration tandis que le van les cahotait d'avant en arrière. *Pourvu que la sécurité soit enclenchée…* Scarface dit quelques mots à ses collègues à l'avant. L'homme sur le siège du passager était probablement le chef : d'une voix basse, il ordonna à Scarface de retourner à sa place.

Trop tard, pensa Mark. A l'instant où Scarface répondit à son patron, il attrapa le canon de l'arme à deux mains et le poussa vers le haut tout en balayant l'air de ses jambes pour faucher son adversaire.

Il entendit Scarface s'écraser sur le sol en expulsant l'air de ses poumons, puis les autres gardes s'agiter à l'avant. Il tenta en vain de détacher la capuche qui lui couvrait la tête. Le van fit une grande embardée à l'instant où ses doigts trouvaient enfin une prise et l'arrachaient.

A l'arrière du van, le chaos régnait. Sock et Flores se démenaient pour maintenir Scarface à terre : il battait des jambes, le nez cassé et le visage en sang. Sock lui décocha trois coups rapides à la tête. Les yeux du Zeta se révulsèrent, et il s'affaissa.

A l'avant, Decker et Kaplan se battaient avec le chauffeur et le passager. Le fusil-mitrailleur avait atterri sur le sol près de Mark. Il le fit pivoter vers lui et l'attrapa.

Il y eut une détonation à l'avant, si forte que les oreilles de

Mark se mirent à bourdonner. Kaplan s'effondra en arrière. Mark l'écarta du bras et plaqua la gueule du fusil contre la tête du passager.

— Lâche ton arme ! hurla-t-il. Flores, dis à ce connard de lâcher son arme !

Le chauffeur ralentit fortement.

— Dis-lui de continuer à la même vitesse !

L'homme sur le siège du passager avait laissé tomber son Glock, mais il continuait à arborer un grand sourire.

— Qu'est-ce qui te fait marrer, connard ? demanda Mark en écrasant le canon du fusil contre sa poitrine.

Le passager lui lança un regard perplexe, puis il dit quelques mots en espagnol. Flores et le chauffeur pâlirent. Ce dernier se mit à marmonner quelque chose qui ressemblait fortement à une prière.

— Qu'est-ce qu'il a dit ?

— Il dit que le van est piégé. Il n'a qu'à appuyer sur un bouton pour le faire sauter.

— Il ment, dit Mark.

L'homme leva la main gauche. Un transmetteur était niché dans sa paume. Mark n'était pas un expert en explosifs, mais il avait suffisamment d'expérience pour reconnaître que l'autre ne bluffait pas. Il jura à mi-voix.

— On fait quoi ? demanda Sock.

— Dis-lui de me donner le transmetteur, répondit Mark en fixant l'homme du regard. Il n'a pas plus envie de mourir que nous. S'il nous donne le truc, on les dépose tous les deux au bord de la route. Il n'a qu'à dire à son boss qu'on les a neutralisés.

— Ils me tueront quand même, dit l'homme avec un fort accent espagnol.

— Eh bien, fous le camp avant qu'ils te retrouvent, dit Mark.

Le type se contenta de secouer la tête. Mark reconnut l'expression qui brillait dans ses yeux. Il avait vu la même sur le visage d'un gamin, devant un barrage routier à la sortie de Bagdad, juste avant l'explosion qui avait coûté la vie à la moitié de son unité.

Il plongea en avant avec une seconde de retard. Il n'eut même pas le temps de hurler un avertissement avant que l'homme n'appuie sur le bouton.

6

Ils étaient arrivés au motel depuis moins d'une heure quand un coup résonna à la porte. Jake alla ouvrir : c'était Syd, Kane et Fribush, chargés de deux gros sacs marins chacun.

— Tu m'aides un peu ? grommela-t-elle.

Jake la débarrassa d'un de ses sacs en chancelant sous son poids. Syd traîna l'autre dans la chambre, et Fribush et Kane entrèrent sur ses talons. Jake claqua la porte et ferma le verrou à double tour.

— Vous avez fait vite, dit-il.

— Je kiffe le Mexique, dit Syd. Ils avaient même du C4 en solde ! On leur a tout pris. On s'est dit qu'on rendait service à tout le monde en retirant ces saloperies de la circulation.

— J'ai l'impression d'être un vrai patriote, dit Fribush.

Il sortit un Uzi d'un sac et le contempla avec satisfaction.

Assise sur un pouf élimé et taché, Kelly gardait le silence en crispant visiblement les mâchoires. Une fois de plus, Jake se demanda ce qui lui avait pris. Comment avait-il pu l'emmener ici ?

— C'est quoi, le plan ? demanda Maltz.

Installé dans un fauteuil au coin de la pièce, il se curait méticuleusement les ongles avec la pointe d'un couteau.

— J'ai eu des nouvelles de mon contact chez Tyr. Ils ont concentré les recherches sur deux arrondissements.

Syd déplia un plan de la ville sur le lit. Kelly changea de position pour lui faire de la place.

Elle indiqua une zone dans la partie est de l'agglomération.

— Iztapalapa et Iztacalco. L'équivalent du South Bronx à

Mexico. Les deux quartiers regorgent de planques des Zetas, et les habitants sont bien disposés envers eux. L'embuscade a eu lieu à Iztapalapa ; Tyr pense que les survivants sont détenus dans le coin.

— Où en est l'équipe de Tyr ?

— Ça fait huit jours qu'ils passent Iztapalapa au peigne fin, rue par rue. Ils ont essuyé des tirs à plusieurs reprises, ils pensent être passés tout près.

— Et l'AFI ? demanda Kelly.

— Qui ça ? lança Maltz.

— L'Agencia Federal de Investigación. C'est un peu notre… c'est l'équivalent du FBI à Mexico. Tyr ne travaille pas en coordination avec eux ?

— Ça m'étonnerait, ricana Syd. Etant donné qu'un quart de leurs agents sont à la solde du cartel de Sinaloa…

— Je croyais…

— On n'est plus aux Etats-Unis, Jones. Ici, la police n'aide personne. Ce seraient plutôt les premiers à te tirer une balle dans la tête.

Kelly se tut soudain. Jake faillit intervenir, mais Syd avait raison. Sur l'ensemble des missions qu'ils avaient effectuées au Mexique, l'objectif principal avait été d'éviter les autorités autant que possible, en les soudoyant au besoin pour qu'elles ferment les yeux. Tyr appliquait sans doute les mêmes principes. Les arrondissements en question étaient de véritables zones de guerre, où les Zetas constituaient une armée d'occupation. Au point que le C4 risquait malheureusement de leur être utile à un moment ou à un autre.

Kelly avait manifestement du mal à s'adapter, et c'était compréhensible. Cela ne ressemblait en rien aux missions auxquelles elle avait participé au cours de sa carrière. Avec un peu de chance, elle se préparait déjà à réserver un vol retour.

A la surprise de Jake, elle déclara :

— Donc, on cherche à éviter aussi l'équipe de Tyr.

— Naturellement, rétorqua Syd.

— On commence où ? demanda Maltz.

Syd indiqua une zone dans le coin supérieur droit de la carte.

— Les gars de Tyr sont ici, ils se déplacent vers le nord. Je propose de commencer au-dessus et de descendre vers le sud. Le bruit court que des Américains sont détenus dans un bâtiment du quadrant nord-est. Les Zetas sont connus pour déplacer régulièrement leurs otages, mais on peut tenter notre chance. On va demander autour de nous, voir ce qu'on peut dégotter.

— De qui vient cette rumeur ? demanda Kelly sur un ton sceptique.

— Désolée, ma chérie, répondit Syd avec satisfaction. Je n'ai pas le droit d'en parler.

— Syd a beaucoup d'amis qui lui doivent des services, expliqua Jake.

Il ne précisa pas qu'il les surnommait « le réseau de l'ombre ». Il avait appris depuis longtemps qu'il était inutile de douter des renseignements que son associée obtenait de cette manière. En général, les « rumeurs » en question faisaient mouche.

— Pourquoi les gens nous parleraient-ils, insista Kelly, si les Zetas contrôlent tout ?

Syd plongea la main dans un des sacs de voyage et en sortit une poignée de billets.

— Parce qu'on va les payer. Et si ça ne marche pas, on essaiera autre chose.

Kelly se leva brusquement et alla se réfugier dans la salle de bains. Jake la suivit. Il la trouva devant la glace, le regard rivé sur le sol. Dans la pièce adjacente, il entendait le reste de l'équipe se préparer.

— Tu n'as pas besoin de rester, dit-il avec douceur. On sait tous les deux que ce n'est pas ton truc.

— Et toi ? demanda-t-elle en levant la tête pour croiser son regard. C'est ton truc ?

— C'est mon frère, répondit-il.

Mais l'explication sonnait faux, même à ses propres oreilles. La vérité, c'était que, depuis la toute première mission de la boîte, Jake n'était pas allé souvent sur le terrain. Il laissait généralement ces interventions à Syd et à ses acolytes, et il ne demandait pas de précisions sur la manière dont elles s'étaient déroulées, sans doute parce qu'il n'avait pas envie d'en avoir. Tant que l'otage revenait sain et sauf, il estimait que l'entreprise avait fait son boulot. A présent qu'il se retrouvait face à la nécessité de corrompre des criminels – ou pire –, la nature réelle de leur travail lui apparaissait crûment. Peut-être ferait-il mieux de réserver deux billets retour et de laisser Syd se charger de l'opération de sauvetage.

Il secoua la tête : c'était évidemment impossible. Il ne pouvait demander aux autres de risquer leur vie pour son frère s'il n'en faisait pas autant. Mais comment l'expliquer à Kelly ?

— Ça ne me plaît pas plus qu'à toi, dit-il. Mais…

Il fut interrompu par des coups secs frappés à la porte.

— Les enfants, dit Syd d'une voix teintée d'impatience, on est sur le départ. Vous venez ?

— On arrive, répliqua Kelly.

Mark ouvrit les yeux. Le van était rempli d'une fumée âcre. Il toussa pour dégager ses poumons et cligna des yeux.

Il était étendu sur le dos. Le corps d'un homme s'étalait sur lui et l'écrasait. Le van s'était immobilisé sur le flanc, du côté passager. La tête du chauffeur s'était encastrée dans le pare-brise ; des éclats de verre découpaient en fragments le ciel nocturne. Mark n'avait pas l'impression qu'il allait reprendre conscience.

Un grognement étouffé s'éleva à ses pieds. C'était Decker.

Mark tourna la tête. L'homme qui avait déclenché l'explosion avait disparu. Il chercha le fusil-mitrailleur : il n'était pas là non plus.

Il se redressa en position assise et poussa l'épaule de Decker.

— Ça va ?

— Je crois, dit une voix pâteuse.

— Faut qu'on y aille.

— O.K.

Decker se releva péniblement et grimpa à l'arrière du van. Mark le suivit.

Un trou énorme s'était creusé dans le sol. *Tiens, tiens,* pensa Mark. *Ils n'avaient pas prévu de faire sauter tout le véhicule, mais seulement de nous tuer, nous.* Flores et Kaplan étaient effondrés l'un sur l'autre. Les restes de Scarface s'éparpillaient à travers tout l'habitacle. Il devait se trouver juste au-dessus de la bombe quand elle avait sauté, car il semblait avoir amorti une bonne partie du choc. C'était déjà ça.

— Où est Sock ? demanda Decker.

Par l'entrebâillement de la porte arrière, Mark aperçut de la terre et des broussailles. Il entendit une voiture passer non loin d'eux. Le van avait fait quelques tonneaux, mais il ne devait pas être très loin de la chaussée.

Il examina Flores et Kaplan. Tous deux étaient couverts de sang. Etait-ce le leur ou celui de Scarface ? Il soulevait doucement Flores pour le dégager quand celui-ci tressaillit et ouvrit les yeux.

— Qu'est-ce qui…

— Ça va, mec ?

Flores porta une main à son visage et regarda ses doigts couverts de sang.

— C'est à moi, ça ?

— Je ne sais pas. Tu as mal quelque part ?

— Partout, dit Flores en remuant précautionneusement les bras et les jambes.

Decker était penché sur Kaplan.

— Il est touché, dit-il. Ça m'a l'air mauvais.

Kaplan n'avait pas repris connaissance, et son visage était si pâle qu'il luisait presque dans la pénombre. Ils le retournèrent en douceur. Une blessure de la taille d'une grande pièce de monnaie marquait la sortie du projectile.

— Au moins, elle est ressortie, dit Decker.

— Tu as une formation d'ambulancier, non ? demanda Mark.

Decker hocha la tête.

— O.K.

Mark parcourut une dernière fois des yeux l'intérieur du van en espérant trouver une arme. Rien.

— Il faut qu'on dégage d'ici. D'autres gars ne vont pas tarder à répliquer. Fais ce que tu peux pour stopper l'hémorragie, on va le porter à tour de rôle.

— Et Sock ?

— Je suis là, dit une voix grave.

L'instant d'après, Sock se découpait dans l'embrasure de la porte.

— Où tu étais passé ? demanda Decker.

— Quand j'ai ouvert les yeux, j'ai vu l'autre connard en train de déguerpir. J'ai voulu l'arrêter.

— Et alors ? demanda Mark.

Sock paraissait quasiment indemne, ce qui relevait du miracle, vu sa proximité avec l'explosion. Il détourna les yeux.

— Le salopard m'a semé. On a intérêt à se casser d'ici, il avait l'air d'avoir un téléphone. Par contre, j'ai récupéré ça.

Il brandit le fusil-mitrailleur.

— C'est marrant, dit Mark, je ne t'ai pas entendu tirer.

— Il n'était pas dans ma ligne de mire. J'ai décidé d'économiser les munitions.

— Kaplan a été touché, dit Flores.

— Ah ouais ? demanda Sock en lui lançant un regard. On le laisse ?

— Hors de question, répliqua Mark avec surprise. On va le porter à tour de rôle.

— Pour aller où ? demanda Sock d'un air dubitatif.

Sans répondre, Mark passa devant Kaplan, Flores et Decker, et sortit du van. L'air frais lui caressa le visage. Le soleil se levait sur les montagnes. A l'ouest, les lumières de la ville scintillaient à travers un halo de pollution en teignant le ciel d'une couleur dorée. Ils étaient encore à Mexico, constata-t-il avec soulagement. Cela devrait permettre à Tyr d'arranger leur évacuation aérienne sans trop de difficultés.

Le van s'était immobilisé dans un champ de poussière

à une vingtaine de mètres de la chaussée. N'importe quel conducteur passant sur l'autoroute pouvait les apercevoir, surtout qu'il commençait à faire jour. A une centaine de mètres s'élevait un bâtiment en adobe déglingué qui avait l'air abandonné. Au-delà, c'étaient encore des champs et des arbres, puis les abords de la ville. Il n'avait pas la moindre idée de l'endroit où ils se trouvaient, ni de l'heure qu'il était.

— On va où ? répéta Sock.

— On revient vers la ville, répondit Mark en se forçant à prendre un ton convaincu. On contacte Tyr et on cherche du matériel pour soigner Kaplan.

— Moi, je dis qu'on part vers l'est, rétorqua Sock. Ces connards de Zetas contrôlent toute la ville. Si on y revient, ils nous rechoperont.

— On n'aura pas besoin d'attendre longtemps, déclara Mark. Si on contacte la boîte, ils nous évacueront en moins de trois heures. Si ça se trouve, ils ont déjà une unité sur place.

— Ah ouais ? Et on fait comment, pour les contacter ? On frappe à la première porte qu'on trouve ? Et si on se retrouve nez à nez avec *El Jefe* ?

Sock se tourna vers les autres.

— En dehors de la ville, on a nos chances. On peut se planquer dans une ferme et demander à Tyr de nous envoyer un hélico. En ville, faudra compter avec les flics et tous les autres connards qui voudront savoir pourquoi notre pote a un trou à la poitrine.

Decker et Flores semblaient hésiter. Mark réfléchit rapidement. Sock avait raison : leurs chances étaient meilleures dans les zones rurales en périphérie de la ville. La guérilla urbaine, c'était la merde, il était le premier à l'admettre. Mais s'il cédait son autorité, il savait d'expérience qu'il ne la retrouverait pas. Et il n'aimait pas l'idée que Sock prenne le commandement du groupe. Ce type avait un problème, Mark le sentait. Il n'allait pas mettre sa vie entre les mains de quelqu'un qui lui inspirait autant de méfiance.

— On prend vers l'ouest, dit-il fermement. Vers le centre. On y va.

Flores et Decker s'avançaient déjà en portant Kaplan. Sock jaugea Mark du regard, comme s'il se demandait ce qu'il vaudrait dans une bagarre. Mark fixa les yeux sur la main de Sock ; son index glissait doucement vers la détente du fusil qu'il portait à la hanche. Au bout d'une seconde, son doigt se détendit.

— C'est toi le chef, dit Sock. Mais s'ils nous reprennent, ce sera de ta faute, et je me priverai pas de te le rappeler.

— S'ils nous reprennent, on ne vivra pas assez longtemps pour en discuter.

Mark tendit la main vers l'arme de Sock. Celui-ci marqua une nouvelle pause, puis il la décrocha et la lui passa. Mark la sangla à son épaule, et ils s'éloignèrent ensemble vers le bout du champ.

— Sauf votre respect, dit Linus Smiley, je ne vous crois pas.

Il écouta la voix protester à l'autre bout du fil, puis reprit :

— Si Cesar Calderon était un si bon ami du peuple mexicain, pourquoi refusez-vous de nous aider à le faire libérer ?

Linus avait passé la matinée à se faire renvoyer de poste en poste au sein de la bureaucratie politique. Ses correspondants étaient tous plus pressés les uns que les autres de se refourguer le bébé. A présent, il était incapable de dire s'il avait réussi à remonter jusqu'à un haut responsable, ou s'il n'avait affaire qu'à un fonctionnaire insignifiant qui ne pensait qu'à reprendre son déjeuner interrompu.

— J'admets qu'au départ nous avons refusé toute aide extérieure. Mais la situation a évolué. Aujourd'hui, nous avons perdu trois employés, et cinq autres sont des otages présumés. Qu'est-ce qu'il vous faut de plus pour vous bouger le cul ?

Il y eut un long silence.

— Monsieur Smiley, dit finalement son interlocuteur, au cours de l'année passée, plus de deux cents citoyens mexicains ont été enlevés à Mexico, et huit cents autres sur le reste du territoire. Il ne s'agit là que des prises d'otages déclarées à la police. En réalité, il faut sans doute multiplier ces chiffres par deux ou trois. Nous avons enregistré cinq cents homicides, dont une centaine à Mexico. Insinuez-vous que la disparition de quelques Américains soit prioritaire sur ces affaires ?

— Absolument, dit Linus. Il ne s'agit pas d'un obscur vendeur de tacos, monsieur…

Il jeta un œil à la feuille sur laquelle il avait pris des notes.

— … monsieur Ortiz. Cesar Calderon est une personnalité majeure à l'échelle internationale. S'il lui arrive quoi que ce soit…

— Je ne pense pas pouvoir vous aider, monsieur Smiley. Laissez-moi vous transférer vers quelqu'un en mesure de le faire.

En entendant de la musique de mariachi s'élever pour la énième fois du combiné, Linus raccrocha brutalement. Ce qu'il pouvait détester ces putains de Mexicains ! Une bande d'incompétents qui méritaient largement de faire partie du tiers-monde. La Russie et les anciens pays du bloc soviétique avaient leurs problèmes, mais là-bas, au moins, l'argent parlait. On pouvait obtenir à peu près n'importe quoi *en payant la bonne personne*. Si Calderon avait été enlevé à Kiev, Linus l'aurait récupéré en moins d'une semaine.

Il appuya sur l'Interphone.

— Appelez-moi l'équipe.

Il marcha de long en large en attendant que son assistant les joigne. Il avait envoyé seize hommes sur place, sous la direction d'Ellis Brown. Ce dernier avait été personnellement recruté par Cesar, qui l'avait convaincu de quitter les Navy SEALs pour rejoindre Tyr et devenir son homme de confiance pour les opérations de sauvetage. Brown aurait dû prendre la direction de la première équipe ; il avait même appelé pour se porter volontaire, mais Smiley avait préféré qu'il termine une affaire en cours en Colombie. Une erreur, sans doute. Il devait maintenant essayer de la rectifier.

— Ici Brown.

— La ligne est sécurisée ?

— Evidemment.

Le ton de Brown indiquait qu'il jugeait la question insultante.

— Du progrès ?

— Toujours rien au sujet de la baleine.

C'était le nom de code de Calderon.

— Et les autres ?

— On pense avoir repéré une planque où ils étaient détenus, mais il n'y a aucun mouvement dans les alentours. Ils ont probablement été déplacés.

Brown marqua une pause.

— D'après un de nos contacts, on n'est pas les seuls sur leur piste. Vous avez mis une autre équipe sur le coup ?

— Non, dit Linus en fronçant les sourcils.

— Ça m'étonnait, aussi.

— Les autres, ce sont des Américains ?

— Affirmatif. Ils posent beaucoup de questions au sujet du fretin.

C'est-à-dire au sujet de l'unité perdue. Linus s'affaissa dans son fauteuil. C'était quoi, ce bazar ?

Le fait qu'on ait enlevé un otage de l'envergure de Calderon sans fournir de preuve de vie ni présenter de demande de rançon, c'était déjà incompréhensible. Que voulaient les ravisseurs ? Avaient-ils tué Cesar simplement pour intimider les entreprises de sécurité actives dans la région ? Dans ce cas, son corps aurait dû refaire surface depuis belle lurette. Quand un chef de la police locale contrariait les Zetas, sa tête apparaissait dans une glacière devant le commissariat. Ces gens-là savaient communiquer. A quoi bon enlever les survivants de l'unité, si ce n'était pour les échanger contre une rançon, eux aussi ? *Putain de Mexique*, pensa Linus. Il ne comprendrait jamais ce foutu pays.

— De nouveaux ordres, patron ?

— Non. Maintenez le cap. La baleine reste votre objectif principal. Si vous récupérez le fretin en prime, tant mieux.

— Et l'autre équipe ?

— Si vous les croisez, essayez de savoir ce qu'ils foutent là.

— Dans quelles limites ? demande Brown.

Linus réfléchit un instant.

— Aucune, dit-il enfin. Ils n'ont pas à s'ingérer dans cette affaire. Faites le nécessaire pour tirer les choses au clair.

Il raccrocha et jeta un œil à l'horloge. 11 heures du matin, c'est-à-dire 10 heures à Mexico. La prochaine réunion du conseil d'administration aurait lieu dans moins d'une semaine. D'ici là, Linus devait absolument avoir récupéré Calderon, mort ou vivant, ainsi que des nouvelles de l'unité manquante. Or, il n'arrivait à rien par téléphone. Il appuya de nouveau sur l'Interphone.

— Réservez-moi un vol pour Mexico.

Juchée sur la banquette arrière, Kelly regardait Syd et Kane s'approcher de la *bodega*. Un contact de Syd prétendait que le propriétaire était lié aux Zetas et qu'il planquait des otages dans l'appartement au-dessus de la boutique. Il aurait été chargé de les surveiller pour qu'ils ne s'échappent pas, sa femme de leur préparer à manger.

Ces histoires ne plaisaient pas du tout à Kelly. Ils n'avaient que la parole d'un mystérieux contact de Syd. Et Dieu sait ce qui le poussait à dénoncer la *bodega*.

— Et s'ils n'ont rien à voir avec tout ça ? avait-elle demandé avant de partir.

— On poursuit tranquillement notre chemin, avait répondu Syd.

Kelly n'en croyait pas un mot. A présent, la porte de la *bodega* venait de se refermer derrière eux. Presque inconsciemment, elle se mit à compter pour s'empêcher d'imaginer ce qui se passait à l'intérieur.

Qu'est-ce que je fiche ici ? se demanda-t-elle. Obsédée par l'envie de se sentir utile, elle n'avait pas suffisamment réfléchi aux compromis moraux qu'entraînerait une mission dirigée par Syd. Elle se sentait déjà salie, alors qu'ils n'avaient encore rien fait. Kelly n'était pas une sainte-nitouche, elle savait que le nouveau métier de Jake comportait des aspects sordides. Mais elle n'avait pas imaginé que c'en était à ce point.

En venant ici, elle avait espéré retrouver une raison

d'être – et, une fois qu'ils auraient sauvé Mark, vérifier l'affirmation selon laquelle Stefan Gundarsson était vivant. A présent, ces projets lui paraissaient absurdes. Jake péterait un plomb si elle lui avouait qu'elle comptait partir seule sur la piste d'un meurtrier en fuite. Et, à vrai dire, elle ne savait absolument pas où chercher. Elle n'avait pas réussi à joindre le détective privé qui avait tuyauté le FBI. Elle ne parlait pas espagnol et, à en croire le consensus général, les autorités mexicaines ne se montreraient sans doute pas très coopératives. Pour couronner le tout, elle n'avait ni l'autorité, ni la permission de faire quoi que ce soit. A l'origine, elle comptait déterrer suffisamment de preuves pour convaincre son patron de rouvrir l'enquête et de lui en confier la direction. Mais cet espoir semblait de plus en plus chimérique.

Du coin de l'œil, elle observa Jake. Son expression était insondable. L'espace d'un instant, elle eut l'impression de regarder pour la première fois le visage d'un inconnu. Elle se rappela le jour de leur rencontre, sur un campus de la Nouvelle-Angleterre, dans un mobile home qui servait de centre de commandement. A présent, il lui semblait plus froid, plus dur. Les trois années écoulées avaient été pénibles pour tous les deux. Jake avait-il vraiment changé à ce point ? Ou était-ce sa perception à elle qui lui jouait des tours ?

Kelly changea de position. Sa jambe lui faisait mal. Son moignon était enflé à cause de la pressurisation dans l'avion, et l'emboîture de sa prothèse le serrait. Le manque de sommeil ne facilitait pas les choses. Depuis que son Xanax avait cessé de faire effet, elle sentait la peur rôder en elle, prête à prendre le dessus à la première occasion. Elle avait l'impression qu'un projecteur était braqué sur leurs voitures et que tous les passants voyaient clairement qu'ils n'avaient rien à faire ici. Pure paranoïa, bien sûr, mais elle était incapable de la réprimer. Une part d'elle-même craignait à tout moment de se faire pilonner par des armes automatiques. Une autre redoutait que les propriétaires de la bodega ne soient véritablement impliqués dans l'enlèvement du frère de Mark. Dans ce cas, elle préférait ne pas imaginer ce que Syd était en train de leur faire.

A cet instant, Syd sortit justement du magasin avec Kane sur les talons. Elle se coiffa d'une casquette et l'enfonça jusqu'aux yeux pour leur donner le signal de la retrouver au bout de la rue, comme prévu.

— On dirait que ça s'est bien passé, commenta Jake à l'avant.

— Comment le sais-tu ? demanda Kelly.

— Pas de coups de feu, répondit Maltz.

Ils avaient repris leurs places de la veille, Maltz sur la banquette arrière, Jagerson au volant. Ce dernier prononçait à peine un mot, au point que Kelly commençait à se demander s'il parlait anglais.

Elle regarda les façades d'immeubles défiler par la vitre. Ils se trouvaient dans le nord-est d'Iztapalapa. Aux yeux de Kelly, le quartier ressemblait à tout le reste de la ville, avec ses rangées interminables de bâtiments décrépits, ses rues grêlées de nids-de-poule, sa pollution étouffante, son vacarme assourdissant. Elle n'était venue au Mexique qu'une seule fois, pour des vacances à Puerto Vallarta, des années auparavant. Ça n'avait pas grand-chose à voir avec Mexico.

Jagerson arrêta la voiture au bord du trottoir.

Syd s'avança vers la vitre de Jake et se pencha pour lui parler. Kelly constata qu'elle en profitait pour lui offrir un aperçu de son soutien-gorge.

— Le patron a les mains sales, c'est sûr. Nos otages ne sont pas là, mais il en a probablement d'autres dans l'appartement.

— Comment est-ce que tu sais qu'ils ne sont pas ici ? coupa Kelly.

Syd la regarda à peine.

— Parce qu'il a entendu parler d'un accident sur l'autoroute Mexico-Puebla, tôt ce matin. Nos gars se faisaient emmener en dehors de la ville. Il a l'air de croire qu'ils se sont fait la malle.

— Il est en sûr ? demanda Jake.

— Plus ou moins. J'ai passé un coup de fil : d'ici une heure, on devrait avoir une copie du rapport de police sur l'accident.

— Ils ont survécu ?

— J'ai l'impression.

— Comment est-ce que tu l'as convaincu de te raconter tout ça ? demanda Kelly. Comment peux-tu savoir qu'il ne ment pas ?

— Je lui ai demandé gentiment, répondit Syd avec un grand sourire.

Puis elle reporta son regard sur Jake.

— Je sais à peu près où s'est passé l'accident. Je propose qu'on aille faire un tour sur les lieux. C'est à la sortie de la ville, à quelques kilomètres à l'est.

— Et les autres ? demanda Kelly.

— Quels autres ?

— Tu as dit qu'il avait d'autres otages dans l'appartement au-dessus du magasin.

— Et alors ? demanda Syd posément.

Kelly se tourna vers Jake.

— On doit bien pouvoir faire quelque chose.

Un petit silence s'ensuivit.

— Kelly, on n'est pas censés…

— Quelqu'un les recherche sûrement. Une autre entreprise de K&R, par exemple.

— Pas s'ils sont d'ici, ricana Syd. Au Mexique, on n'a pas besoin d'être riche pour se faire enlever. Certains gangs font même des systèmes de mensualités pour les familles.

Kelly fixa Jake du regard jusqu'à ce qu'il baisse les yeux.

— O.K. Je vais demander à Demetri de donner un tuyau anonyme à l'AFI.

Syd allait protester, mais il l'interrompit.

— Allons jeter un œil aux lieux de l'accident.

— Et si les flics sont encore là ? demanda Maltz.

— T'inquiète, dit Syd. C'est arrivé tôt ce matin, ils sont repartis depuis un moment.

— Et si les Zetas sont là ? demanda Kelly.

— Alors c'est notre jour de chance, dit Syd. Je meurs d'envie de leur parler face à face.

7

Mark Riley était tapi dans l'ombre d'un bâtiment près de la pharmacie. Jusqu'à une date récente, on pouvait se procurer n'importe quel médicament au Mexique, du Botox aux antibiotiques, sans grande difficulté. La plupart des pharmacies n'étaient pas surveillées. Mais la toxicomanie avait explosé ces derniers temps, provoquant une hausse proportionnelle des braquages de pharmacie. Comme tant d'autres, celle qu'il observait était gardée par un vigile juché sur un tabouret derrière la porte d'entrée. L'homme s'ennuyait visiblement : son regard était scotché sur la télévision suspendue au-dessus du comptoir. Mais il avait quand même une arme, ce qui compliquait les choses. Mark aurait préféré obtenir ce dont ils avaient besoin sans blesser personne. Il fallait espérer que le gars ne voudrait pas jouer au cow-boy.

— Qu'est-ce que tu en dis ? demanda Decker à voix basse.

Mark abaissa sur ses yeux la casquette qu'il avait piquée dans le chariot d'un vendeur à la sauvette.

— Je ne suis pas fan.

— Moi non plus. Mais Kaplan n'a pas beaucoup de temps devant lui.

Decker avait raison. Il leur avait fallu plus longtemps que prévu pour trouver une bonne planque. Kaplan, Flores et Sock étaient restés dans un bâtiment abandonné à quelques rues de là. Decker et Mark étaient partis à la recherche d'une pharmacie où récupérer des médicaments et un téléphone portable. Selon les gens qu'ils avaient croisés, cette pharmacie était la seule qui soit ouverte dans le quartier.

— Tu es bon, en espagnol ? demanda Mark.

— Je me débrouille.

— O.K., c'est toi qui leur parles. Tu leur dis bien qu'on ne veut pas leur faire de mal. On va prendre ce dont on a besoin, et s'en aller.

— Compris.

Mark inspira à fond. Il était 10 heures passées de quelques minutes. C'était la fin janvier, mais le soleil tapait assez fort pour faire ondoyer l'air autour des bâtiments. Un ruisselet de sueur coulait le long de son dos. Il était étourdi par la faim, la fatigue et l'accident de voiture. Lui qui n'avait jamais volé ne serait-ce qu'une barre chocolatée, voilà qu'il s'apprêtait à braquer une pharmacie.

Il fit glisser dans sa main la mitraillette posée au sol, et la plaqua contre son flanc en se relevant. En approchant de l'entrée, il l'aligna contre sa jambe. Decker marchait sur ses talons. Sur les quatre survivants de son unité, Decker lui faisait l'impression d'être le plus compétent et le plus fiable. Il espérait qu'il n'allait pas lui donner tort.

Le vigile leur jeta un regard distrait tandis que la porte s'ouvrait en carillonnant. De petite taille, il avait entre vingt et vingt-cinq ans, une moustache en bataille. Son regard glissa de nouveau vers la télévision, puis il fronça les sourcils : il avait enregistré quelque chose. Quand il se retourna vers eux, Mark écrasa la crosse de son arme contre sa tempe. Le jeune homme bascula du tabouret et s'effondra sur le sol dans un bruit sourd.

Decker referma la porte à clé. Le magasin était désert. Mark le balaya du regard avec méfiance. Cinq minutes plus tôt, il y avait quelqu'un derrière le comptoir. Etait-il parti aux toilettes ?

Un bout de plâtre sauta du mur derrière sa tête. D'instinct, il plongea au sol. Decker s'écrasa à côté de lui.

— Ça va ? demanda Mark.

— Bordel de merde ! s'exclama Decker.

Il examina le trou dans le mur.

— C'était quoi, ça, un lance-missile ?

— Plutôt un fusil à deux coups chargé à chevrotines triple zéro.

Un gros morceau de plâtre explosa à une trentaine de centimètres en dessous du premier. Mark glissa la mitraillette vers Decker et lui fit signe de se déplacer vers l'autre bout du magasin, devant le rayon des pansements. De là, il aurait un meilleur angle de tir pour le couvrir.

Puis il se mit à ramper vers le comptoir en priant pour que le tireur n'ait pas l'idée de cribler de balles la paroi en contreplaqué qui les séparait Au bout de quelques mètres, il pénétra dans une allée de médicaments pour rhumes et toux. Le problème du deux coups, c'était qu'il fallait effectivement recharger tous les deux-coups, et que c'était fastidieux, surtout pour un amateur qui tournait à l'adrénaline. Mark attrapa un flacon de sirop pour la toux et le balança vers la vitrine du magasin.

Il y eut un nouveau coup de feu. La vitrine vola en éclats, des morceaux de verre s'encastrèrent dans le sol devant l'entrée. Mark entraperçut un mouvement à l'autre bout de la pièce... puis un nouveau coup résonna. Un carton d'emballage explosa à un mètre devant lui.

Il bondit sur ses pieds, sauta sur le comptoir, dérapa dessus et atterrit accroupi par terre de l'autre côté. Pivotant sur ses talons, il se retrouva face à une fille d'une vingtaine d'années. Un short dépassait de sous sa blouse blanche. Ses cheveux étaient relevés en queue-de-cheval, ses lunettes de guingois sur le bout de son nez. Elle tournait dans tous les sens une cartouche qu'elle essayait frénétiquement d'introduire dans la chambre de son fusil.

Mark attrapa la gueule de son arme et tira dessus de toutes ses forces. Déséquilibrée, elle tomba à quatre pattes. Ses lunettes s'écrasèrent sur le sol. Une seconde plus tard, le fusil était entre les mains de Mark. Il attrapa quelques cartouches et les fourra dans sa poche avant d'en charger deux dans la chambre.

— *Por favor, señor*, dit-elle en reculant à toute vitesse. *No me moleste.*

— *Tranquila*, dit Mark.

Puis il lança à son coéquipier :

— La voie est libre !

La tête de Decker apparut au-dessus du comptoir.

— La vache ! dit-il. C'est Calamity Jane.

Recroquevillée sur elle-même, la jeune femme se protégeait la tête de ses deux mains.

— Dis-lui de se détendre. Faut qu'on se dépêche, les flics ne vont pas tarder à arriver.

Decker débita quelques mots en espagnol, qui n'eurent pas l'air d'apaiser la fille. Le garde poussa un gémissement de douleur.

— Je m'en occupe, dit Decker en disparaissant de l'autre côté du comptoir.

Tout en gardant un œil sur la vendeuse, Mark attrapa un sac en plastique derrière la caisse et parcourut du regard une série de vitrines réfrigérées fermées à clé.

— *Antibióticos ?* demanda-t-il.

Aucune réponse. Il vint s'agenouiller à côté d'elle. Elle évita son regard.

— Ecoutez, mademoiselle. Plus vite on aura ce qu'on veut, plus vite on partira.

— Connards de junkies, dit-elle dans un anglais étonnamment bon. Vous allez nous tuer, de toute façon.

— On cherche juste à aider un ami, dit Mark. Morphine, anticoagulants, antibiotiques, et on vous laisse tranquille.

— Votre ami a pris une balle ?

— Oui. On a été enlevés.

— Allez voir la police, alors.

— Je ne leur fais pas confiance.

— J'ai les pansements et le téléphone, lança Decker. On est prêts ?

— Presque.

Mark se retourna vers la vitrine de médicaments. Au bout d'une étagère, il repéra un flacon portant la mention *Morphina*. Il utilisa la crosse du fusil pour briser la porte de verre, ce qui fit frémir la fille. Avec précaution, il passa la main à l'intérieur et en retira deux flacons.

Kaplan pouvait survivre sans anticoagulants, mais pas sans antibiotiques. S'ils arrivaient à le maintenir pendant les prochaines heures, le temps pour Tyr de les récupérer, il aurait une chance de s'en tirer. En revanche, une fois l'infection installée, c'était plus ou moins foutu.

— Antibiotiques ? répéta-t-il.

La fille refusait toujours de croiser son regard. Il repassa le bras dans la vitrine et envoya toute une rangée de flacons voler au sol, où ils se brisèrent les uns après les autres.

— *Ay !* s'écria-t-elle. Là-bas !

Il suivit son index tendu, repéra les antibiotiques dans la vitrine d'en face, brisa le verre et prit deux flacons.

— Seringues ?

Elle lui indiqua les tiroirs en dessous de la vitrine.

Mark tira sur une poignée. Le tiroir était fermé à la clé.

— Vous avez une clé, ou vous préférez que je tire une balle dans la serrure ?

La fille sortit un porte-clés de la poche de sa blouse et le lui lança.

Il ouvrit le tiroir, attrapa une boîte de seringues et les mit dans le sac en plastique avec le reste. Alors qu'il se tournait pour partir, quelque chose attira son regard. Il se pencha de nouveau sur le tiroir et écarta les boîtes de seringues. La pharmacienne se raidit en le voyant sortir du tiroir un paquet de poudre blanche entouré de multiples couches de plastique transparent.

— Faut qu'on se tire, mec, dit Decker en réapparaissant devant le comptoir. C'est quoi, ça ?

— Les flics ne viendront pas, hein ? dit Mark.

La fille secoua lentement la tête.

— Los Zetas ?

Son expression changea, mais elle ne répondit pas.

— Merde, dit Decker.

Une rafale de mitraillette empêcha Mark de répondre quoi que ce soit. Il plongea au sol et s'y écrasa durement. Le comptoir devant lui se tordit et se fendit, criblé de dizaines de balles. Par-dessus le tir de barrage, il entendit la jeune pharmacienne se mettre à hurler.

— Ils sont partis depuis trop longtemps, dit Sock. Il a dû leur arriver quelque chose.

— Ça fait seulement une heure, rétorqua Flores. Peut-être qu'il n'y avait pas de pharmacie dans le coin.

— Ouais. Ou alors ils ont été assez malins pour nous laisser tomber. On aurait moins de mal à sortir de ce merdier si on ne se traînait pas un blessé.

— Ils vont revenir, Sock.

Flores reporta son attention sur Kaplan. Le T-shirt qu'il utilisait pour faire pression sur la plaie était trempé ; il en prit un nouveau dans le tas que Sock avait volé lors de son excursion au-dehors. Kaplan n'avait pas bonne mine. Il avait sans doute perdu plus de un litre de sang. Flores, pour sa part, commençait à avoir une désagréable impression de déjà-vu. Un an plus tôt, il était en mission dans les montagnes qui séparaient le Pakistan de l'Afghanistan, à faire le tampon entre les chefs guerriers de la région tout en essayant de savoir lesquels étaient encore affiliés aux Talibans. Un jour que leur convoi revenait d'un village isolé, un de ses copains avait été touché par un sniper. Ils avaient attendu l'hélico de Medevac pendant plus de trois heures. Son copain avait eu le temps de se vider de son sang : il était mort au moment où l'appareil atterrissait. Kaplan avait un peu la même tête que lui, en ce moment. Si Riley et Decker ne revenaient pas bientôt, il était foutu.

Sock ne rendait pas la situation plus facile. Il était revenu dix minutes plus tôt avec les T-shirts et des tacos qu'il avait piqués quelque part. Depuis, il marchait de long en large. C'était la deuxième mission que Flores effectuait pour Tyr et la première avec Sock. Ce dernier lui faisait l'impression d'un Navy SEAL typique, convaincu de sa supériorité sur le monde entier sous prétexte qu'il savait faire de la plongée sous-marine. Flores en avait croisé beaucoup, à ses débuts dans l'armée : ils le gonflaient déjà à l'époque, et il ne supportait toujours pas de travailler avec eux.

L'ironie de la situation, c'était que Flores avait accepté de travailler pour Tyr parce qu'il se disait que ce serait moins dangereux. Il en avait ras le bol de se faire tirer dessus comme un pigeon dans des bleds désertiques où tout le monde détestait les Américains. Et voilà qu'il se retrouvait dans la même situation au sein de sa ville natale.

Ses pensées se tournèrent vers Maryanne, qui l'attendait à la maison, enceinte de six mois. Ses employeurs l'avaient-ils au moins avertie de ce qui lui était arrivé ? Ils promettaient de prendre soin de votre famille en cas de pépin ; Flores avait rempli toute une pile de formulaires à ce sujet, au moment de son embauche. Sur le coup, ça l'avait rassuré, mais, à présent, il était obligé de se poser des questions. Pouvait-il faire confiance à cette boîte qui venait de merder magistralement au niveau de leur opération ?

Kaplan poussa un gémissement. Flores releva sa tête, introduisit le goulot d'une bouteille entre ses lèvres et lui fit avaler quelques gouttes d'eau.

— On ferait mieux de le laisser ici, dit Sock. Je te parie que Riley et Decker se sont fait ramasser par les Zetas. On doit être encore sur leur territoire, ici. Si on arrive à trouver un téléphone, on pourra appeler des gens à la rescousse.

— Tu aurais pu en prendre un quand tu es sorti, lui fit remarquer Flores.

— J'en ai pas vu, rétorqua Sock sur le ton de la défensive.

Flores ne répondit pas. Il trouvait étrange que Sock ait réussi à trouver des T-shirts et des tacos, mais pas le téléphone dont ils avaient le plus besoin. De toute façon, cette opération puait depuis le départ. Ils n'en avaient pas encore parlé, mais on leur avait clairement tendu un piège. L'opération de sauvetage avait mal tourné à un point tel que les Zetas devaient les attendre. La question était de savoir qui les avait prévenus. Un membre de l'équipe, ou quelqu'un de plus haut placé dans la boîte ?

Il observa Sock du coin de l'œil. Riley et Decker lui paraissaient honnêtes, et Kaplan avait juste la poisse : d'abord les côtes cassées, maintenant une balle dans la poitrine. Mais Sock, lui, avait un comportement bizarre depuis le premier jour.

A présent, il s'avança vers la porte et l'entrebâilla pour passer la tête au-dehors.

— Merde, dit-il en reculant précipitamment.

— Quoi ?

— On a de la visite.

Sock sortit un pistolet de la ceinture de son short en jean.

Avant que Flores ait pu lui demander où il avait trouvé l'arme, la porte explosa vers l'intérieur. Un objet s'écrasa sur le sol et roula vers eux. D'instinct, Flores se jeta sur Kaplan. La grenade vint s'arrêter à un mètre d'eux.

— Alors ? dit Syd. Vous voyez bien qu'il n'y a personne.

Ils venaient de s'arrêter sur la bande d'arrêt d'urgence.

Kelly ne répondit pas. Jake était au volant, Maltz assis à côté d'elle. Cette fois, Syd avait insisté pour monter avec eux.

— Je sais où on va, avait-elle lancé en sautant sur le siège passager, à côté de Jake.

Malgré son exaspération, Kelly n'avait rien dit.

Un flot continu de véhicules les dépassait en trombe. Kelly se rendit subitement compte qu'elle n'avait pas vu une seule voiture de police depuis son arrivée à Mexico.

— Comment tu sais qu'on est au bon endroit ? demanda Jake.

— A cause du GPS. Et puis de ça.

Syd indiqua du doigt les traces de dérapage qui partaient du milieu de la chaussée, traversaient la bande d'arrêt d'urgence et se perdaient dans le désert.

C'était une portion de route sinistre, entourée de broussailles poussiéreuses jonchées de détritus. A une centaine de mètres se dressait un bâtiment abandonné, puis une haie d'arbres mourants. Au-delà, la ville reprenait ses droits. Sur la gauche, il y avait un dénivelé abrupt : des collines pelées surgissaient de la terre caillouteuse.

Ils descendirent de voiture. Kane venait de s'arrêter derrière eux au volant de la deuxième voiture. Avec Jagerson, Fribush et Maltz, ils suivirent Syd tandis qu'elle s'enfonçait dans les broussailles d'un pas résolu, et se déployèrent derrière elle en examinant méthodiquement le sol. Kelly les suivit prudemment, en contournant une couche usagée et des emballages de fast-food. La piste du van était brouillée par d'autres traces de pneus et de pas imprimées dans le sable : sans doute celles des secours qui avaient réagi à l'accident.

— Est-ce que ça va ? demanda Jake en arrivant derrière elle.

— Très bien, mentit-elle.

La station assise constante se révélait catastrophique pour sa jambe, qui ne cessait d'enfler et de se raidir. Chacun de ses pas la mettait à la torture, mais elle n'allait certainement pas l'admettre.

— Tu ne dis pas grand-chose.

— Il n'y a pas grand-chose à dire, rétorqua Kelly. Entre la torture de commerçants et l'abandon d'otages à leurs ravisseurs…

Jake l'attrapa par l'épaule et la força à s'arrêter.

— Pourquoi as-tu voulu venir ?

— Tu le sais très bien.

— Non, dit Jake en secouant la tête. Je sais que tu veux prouver que tu es encore capable de faire ton boulot. Mais ça, ce n'est pas ton boulot. C'est le mien. Et, de toute évidence, tu le détestes.

— Je ne m'attendais pas à ça, répondit-elle enfin.

— A l'extérieur des frontières américaines, les choses se passent différemment. C'est comme ça, que ça te plaise ou non. Si je veux sauver mon frère et ceux qui sont avec lui, je suis obligé de faire avec.

— Je sais, répliqua Kelly. Seulement…

— Par ici ! dit Syd. J'ai trouvé un truc.

Elle agitait les bras à une dizaine de mètres de la limite des arbres.

Jake partit en trottant. Kelly se força à courir quelques instants pour rester à sa hauteur, puis elle fut obligée de ralentir. Quand elle les rejoignit, son visage était en feu.

— Des traces de sang, dit Syd. Ils ont réussi à les masquer autour de la zone de l'accident, mais comme il devait faire encore sombre, ils ont raté quelques endroits.

— Ça mène où ? demanda Jake.

— Par ici ! lança Fribush depuis la haie d'arbres.

— Donc, ils sont repartis en direction de la ville, dit Syd. Intéressant.

— Ils ont sans doute pensé qu'ils pourraient plus facilement s'y planquer, le temps de contacter Tyr.

— Peut-être qu'ils ont déjà été secourus, dit Kelly. On n'a aucun moyen de se renseigner là-dessus ?

— J'aurais été prévenue, dit Syd. Séparons-nous. Maltz et toi, vous prenez chacun une voiture et vous nous attendez à la sortie des bois.

Elle se pencha pour scruter entre les arbres.

— On dirait qu'il y a une route à une centaine de mètres. Vous devriez la trouver sur le GPS.

— Je vous accompagne, intervint Kelly. Kane peut prendre la voiture.

— Kelly…, dit Jake.

— Tu as mal à la jambe, fit remarquer Syd sur un ton impassible. Si tu ne la reposes pas, tu ne pourras plus rien faire.

— Je vais très bien, objecta Kelly.

— C'est faux. Et c'est moi qui suis responsable de la santé de l'unité. Si tu continues à te faire mal, ça va nous compliquer la vie à tous.

— Mais…

— Ce n'est pas une demande, coupa Syd. C'est un ordre.

Les autres s'arrêtèrent en l'entendant lever la voix. Les joues de Kelly s'embrasèrent. Elle lança un regard à Jake, qui haussa les épaules.

— Elle a raison, Kelly. Ce n'est pas personnel, c'est…

— Donne-moi les clés, dit-elle en tendant la main.

Il hésita un instant, puis lui donna le trousseau en silence.

Kelly partit vers la voiture d'un pas furieux. En dépit de tous ses efforts, elle n'arrivait pas à cacher sa claudication. En se glissant derrière le volant, elle luttait pour retenir ses larmes. Le pire, c'est qu'ils avaient raison : elle n'était plus capable de les suivre. Elle ne serait vraisemblablement plus jamais capable de faire son travail. A la place de Jake, elle aurait réagi de la même manière : à quoi bon un coéquipier qui ne fait que vous retarder ? Mais si elle était aussi inutile, qu'allait-elle faire du reste de sa vie ?

Un coup résonna à la vitre. Kelly tourna la tête : Maltz se dressait devant la portière. Elle essuya ses larmes d'un revers de main. *Génial*, pensa-t-elle. Non seulement elle pleurait, mais elle le faisait devant la seule personne plus mal en point qu'elle. Elle baissa la vitre.

— Syd peut être une vraie chieuse, dit-il.

Il se pencha et croisa ses bras sur l'encadrement de la vitre.

— Elle avait raison, dit Kelly. Je les aurais ralentis.

— Possible.

Il porta son regard vers la ligne d'arbres derrière laquelle les autres avaient disparu.

— C'est dur, hein ?

— Oui, répondit Kelly. C'est dur.

— Tiens bon, dit-il en lui décochant une petite tape sur l'épaule. Ça va s'améliorer.

Puis il se releva et s'éloigna vers la deuxième voiture.

— Tu regrettes ? lança Kelly sans réfléchir.

Il s'arrêta et se retourna.

— De m'en être sorti ?

Elle regrettait déjà sa question, mais elle confirma d'un hochement de tête.

— Tous les jours. Mais qu'est-ce qu'on en a à foutre, finalement ?

Il lui adressa alors un grand sourire. Malgré elle, Kelly se mit à sourire aussi. Il mima un petit salut militaire avant de continuer à s'éloigner. Kelly le regarda s'installer au volant. En dépit de tout, elle se sentait mieux.

8

Les rafales de mitraillette se poursuivaient inlassablement, mais Mark ne voyait personne entrer dans la pharmacie. Les tireurs semblaient décidés à éliminer jusqu'au dernier survivant avant de s'y aventurer. Le comptoir devant lui avait été perforé par des dizaines de balles : c'était un miracle qu'il n'ait pas été touché. Il espérait que Decker avait eu autant de chance.

Mark avait atterri à un mètre de la pharmacienne. Elle se tenait face à lui, les mains collées sur les oreilles, le visage déformé par un rictus de peur. Elle n'avait pas cessé de hurler depuis le début de la fusillade. Le sac en plastique contenant les médicaments n'était pas loin non plus. Il l'attrapa et le coinça dans la poche arrière de son jean, en espérant que quelques flacons étaient encore intacts. Il vérifia qu'il avait suffisamment de cartouches en réserve, puis il attrapa la pharmacienne par le bras. Elle tressaillit à son contact.

— Il y a une autre sortie ? hurla-t-il.

Elle ne semblait pas avoir entendu. Il rampa tout près d'elle et s'époumona dans son oreille.

— Il faut qu'on sorte d'ici ! Il y a une sortie à l'arrière ?

— Ils vont me tuer ! s'écria-t-elle.

— Ils te tueront de toute façon !

Il la vit réfléchir et se rendre compte qu'il avait raison.

Decker fit précipitamment le tour de ce qui restait du comptoir.

— Tu es touché ? cria Mark.

Decker fit non de la tête.

— Le garde, par contre, il est cuit.

La fille se mit à ramper sur le ventre en s'éloignant du comptoir. Mark fit signe à Decker de la suivre. Où qu'elle aille, ça ne pouvait pas être pire qu'ici.

Les rafales cessèrent subitement. Mark jeta un œil à travers un trou du comptoir et vit des bottes apparaître sur le seuil devant l'entrée. Il se pressa derrière Decker.

La pharmacienne rampa jusqu'à une remise de la taille d'un placard. A l'intérieur, elle bondit sur ses pieds et commença à pousser des cartons entassés sur le sol.

— Aidez-moi ! s'écria-t-elle avec exaspération.

Decker l'aida à les dégager. Sous les cartons, une trappe ouvrait sur un escalier métallique très raide. La fille s'y engouffra, et Decker la suivit. Mark passa en dernier, après avoir fermé la porte du réduit et tiré le verrou. Elle ne tiendrait pas longtemps, mais cela leur ferait peut-être gagner quelques minutes.

L'escalier débouchait dans un conduit en béton. L'air était froid et humide. La fille appuya sur un interrupteur, et des ampoules à faible consommation s'allumèrent en clignotant.

— On est où ? demanda Mark.

— Avant, la pharmacie était un bar. C'était ici qu'ils stockaient l'alcool.

— Où est la sortie ? demanda Decker.

Elle fit un geste du doigt, et Mark passa devant elle. A l'autre bout de la pièce, une petite volée de marches menait à deux portes verrouillées de l'intérieur. Une rampe lisse longeait l'escalier.

— Pour les fûts, expliqua la fille.

Des coups sourds s'élevèrent derrière eux : leurs assaillants tentaient de pénétrer dans le réduit. Des voix lancèrent des ordres en espagnol, puis on entendit des tirs pilonner le métal.

— Elle donnent où, ces portes ? demanda Mark.

— Suivez-moi.

Elle tourna le verrou et poussa les portes vers l'extérieur.

Il fallut une seconde à Mark pour s'habituer à la lumière du jour. Puis il distingua Decker qui courait devant lui dans la ruelle derrière la pharmacie. A quelques mètres de lui, un type portant un tablier taché fumait une cigarette dans l'embrasure d'une porte. Il les regarda passer en plissant les yeux.

La fille les conduisit jusqu'au bout de la rue, tourna brusquement dans une petite ruelle à droite, puis vira de nouveau à gauche. Mark et Decker couraient derrière elle en plaquant leurs armes contre leurs flancs. A tout moment, Mark s'attendait à sentir des balles s'encastrer dans son dos. Les quelques personnes qu'ils croisèrent les dévisagèrent, puis détournèrent rapidement les yeux. *Pas envie d'être impliqués*, pensa Mark. Il avait vu mille fois la même chose, en Irak et en Afghanistan : les gens étaient tellement habitués à la violence qu'ils poursuivaient leur vie quotidienne comme si de rien n'était.

La pharmacienne avançait à vive allure, slalomant en habitante du quartier à travers des ruelles labyrinthiques entre les bâtiments en adobe décrépits. Après avoir couru pendant cinq bonnes minutes sans ralentir, elle se baissa pour passer sous une clôture métallique et se dirigea vers l'entrée d'un entrepôt désaffecté. Decker et Mark la suivirent. Elle poussa la porte qui pendait à ses charnières et s'arrêta au milieu d'une grande salle.

Ils se trouvaient dans une ancienne usine, visiblement abandonnée depuis belle lurette. Dans le coin du fond, un rat tripotait quelque chose dans une flaque huileuse. Il leur lança un regard, puis reporta son attention sur son repas.

— Où on est ? demanda Decker.

Ils avaient changé de direction tellement de fois qu'en dépit de son sens de l'orientation infaillible Mark aurait peiné à trouver le nord.

— A El Eden, dit la fille.

— On est encore à Mexico ? demanda Mark.

— Vous avez vraiment été kidnappés, hein ?

Elle les regarda plus attentivement.

— On est à Iztapalapa, une des *delegaciones*.

Decker se mit à rire doucement.

— Merde alors… On n'a presque pas bougé.

La mission de sauvetage avait été lancée dans le sud d'Iztapalapa. Ils n'étaient sans doute qu'à quelques kilomètres de leur lieu de départ.

— Merci de nous avoir fait sortir de là, dit Mark. Maintenant, il faut qu'on aille retrouver notre ami.

— C'est bizarre, dit la pharmacienne d'un air méfiant. Je n'ai pas entendu parler d'Américains enlevés récemment. Et vous n'avez pas l'air de *turistas*.

Decker déchira l'emballage du téléphone qu'il avait pris à la pharmacie. Il regarda le mode d'emploi en plissant les yeux.

— Il faut un code, ou quoi ?

— Ça marche seulement si on l'active à la caisse.

— La poisse !

Elle sortit un portable de la poche de sa blouse et le lui lança.

— Merci, dit Decker. C'est quoi, déjà, votre nom ?

— Isabela Garcia. Qui vous appelez ?

— Un ami.

Mark fit signe à Decker de s'éloigner de quelques pas. Tout en gardant un œil sur Isabela, il dit à mi-voix :

— Je crois qu'on ne devrait pas appeler Tyr.

— Pourquoi ?

— Parce qu'on a une fuite. La mission a foiré parce qu'on nous a vendus. En attendant de savoir qui est responsable, je ne fais pas confiance à l'organisation.

— Comment est-ce que tu comptes sortir d'ici ? demanda Decker d'un air sceptique.

— On peut appeler mon frère. Il a sa propre boîte de sécurité, il pourra nous aider.

Il ne précisa pas qu'ils ne s'étaient pas adressé la parole depuis des années. Jake pouvait être un vrai connard, mais, dans ce genre de situation, il savait mettre ses sentiments personnels de côté. Du moins, Mark l'espérait-il.

— D'accord.

Decker lui tendit le téléphone et hocha la tête en direction d'Isabela.

— Et elle ?

— On lui fait nos amitiés et on la renvoie chez elle.

Il avait à peine commencé à composer le numéro qu'il fut interrompu par Isabela. Les bras croisés sur la poitrine, elle demanda :

— Vous êtes à la recherche de Cesar Calderon, n'est-ce pas ?

Il y eut une lumière aveuglante, suivie d'une explosion de fumée. Flores ferma les yeux. Ses oreilles sifflaient : c'était bon signe. Une vraie grenade les aurait détachées de sa tête. Ce devait être seulement une grenade incapacitante.

Des voix s'élevaient autour de lui. Il plissa les yeux pour essayer d'y voir à travers les larmes qui ruisselaient sur son visage. Des hommes en tenue de camouflage bariolée surgissaient de l'entrée les uns après les autres, des bandanas sur la bouche et des mitraillettes à la main. Flores soupira. Ça recommençait.

Acculé contre un mur, Sock avait lâché son arme et croisé ses mains derrière sa tête. Un des types en tenue de camouflage lui donna un coup de pied derrière les genoux… puis il se pencha pour lui dire quelque chose à l'oreille. Sock lui répondit à voix basse. Le type leva les yeux et vit que Flores les observait. Il s'avança vers lui en moulinant l'air de sa mitraillette comme si c'était une batte de base-ball.

La crosse s'écrasa contre le crâne de Flores et cent mille chandelles s'allumèrent devant ses yeux.

— Et maintenant, on fait quoi ? demanda Jake.

Ils avaient abouti aux abords d'Iztapalapa, dans un quartier qui s'appelait, selon la carte, San Miguel Teotongo. La piste de sang qu'ils suivaient s'était interrompue à la sortie des bois. Soit l'équipe de Mark avait fait davantage d'efforts pour effacer leurs traces, soit ils avaient réussi à stopper l'hémorragie. Il y avait une troisième possibilité, à savoir que le blessé avait été abandonné, mais Jake en doutait. Mark n'aurait pas aimé laisser un des siens, c'était un des seuls principes qu'il prenait au sérieux. Au cas où, Syd avait demandé à quelqu'un de son réseau d'appeler les hôpitaux du coin.

Ils étaient revenus à la case départ.

— Peut-être qu'ils ont contacté Tyr, dit Jake. Si on les appelait pour leur poser la question ?

— Je serais étonnée qu'ils nous répondent, ricana Syd. En plus, mon gars chez eux a promis de me rappeler dès qu'il y aurait du nouveau.

— On pourrait interroger les gens du quartier, dit Fribush.

— Pour leur demander quoi ? S'ils ont vu passer une bande d'Américains blessés ? On risque juste de se retrouver nez à nez avec les Zetas qui les recherchent. Il faut qu'on se replie.

— S'ils ont un blessé, fit remarquer Jake pensivement, ils vont commencer par essayer de le rafistoler. On pourrait regarder dans les pharmacies.

Syd pivota sur ses talons.

— Bonne idée. On revient aux voitures.

Maltz lui avait signalé leur position par radio quelques minutes plus tôt. Syd partit devant : elle les conduisit à travers un terrain vague poussiéreux, puis contourna un bâtiment en adobe en train de retourner à la poussière. D'un coup, elle s'arrêta net. Jake faillit la percuter.

— Putain, Syd ! marmonna-t-il.

L'instant d'après, il vit ce qui l'avait arrêtée. Debout à côté des voitures, les mains sur la tête, Kelly et Maltz étaient tenus en respect par une dizaine d'hommes munis de mitraillettes.

Syd réagit la première. Un pistolet apparut dans sa main, et elle se baissa derrière le mur en repoussant Jake en arrière. Kane, Fribush et Jagerson dégainèrent leurs armes et suivirent son exemple. Jake tenta maladroitement d'attraper le Glock qu'il portait à la cheville.

— Tu crois qu'ils nous ont repérés ? demanda-t-il.

Comme en réponse à sa question, une rafale fit voler de gros morceaux du mur à quelques mètres devant eux. Jake recula précipitamment. Il entendit Kelly crier quelque chose, et sentit son cœur se serrer. S'ils lui faisaient du mal…

— Des Zetas ? demanda Syd.

— Aucune idée, grogna Jake.

— Kane, fais le tour par-derrière avec Jagerson. Fribush, cherche un coin en hauteur d'où les canarder.

— C'est de la folie, Syd, protesta Jake. Ils sont plus de dix.

Les trois autres échangèrent des regards. Kane haussa les épaules, puis ils partirent en courant à petites foulées vers l'arrière du bâtiment.

— Ils vont abattre Kelly et Maltz, dit Jake. Tu veux provoquer un bain de sang, c'est ça ?

— On n'a pas le choix.

— Si.

Jake lâcha son arme. Avant que Syd ait pu l'arrêter, il se leva et passa le coin du bâtiment, les mains en l'air.

— *No dispare !* lança-t-il en espérant que c'était une manière polie de leur demander de ne pas tirer.

Deux membres du groupe gardèrent leurs armes braquées sur Maltz et Kelly, tandis que les autres pivotaient vers Jake et visaient sa poitrine. Il s'arrêta à trois mètres d'eux.

— *Soy* Jake Riley, dit-il. *Americano.*

Un grand type noir s'avança et abaissa légèrement son arme tout en gardant l'index sur la détente.

— Ravi de le savoir, dit-il. Vous pouvez peut-être nous expliquer ce que vous foutez ici ?

— C'est quoi, cette histoire de Cesar Calderon ? s'exclama Decker.

Il fit pivoter le canon de son fusil vers Isabela. Elle soutint son regard d'un air de défi.

— Tout le monde sait qu'il a été enlevé par les Zetas.

— Ecoutez, mademoiselle, on ne sait pas de quoi vous parlez, dit Mark. Vous feriez mieux de…

— Ils ont enlevé mon père, aussi. La cocaïne, c'était pour ça. J'essaie de rassembler l'argent de la rançon.

— Désolé de l'entendre, dit Mark. Mais il faut qu'on aille retrouver notre ami.

— Maintenant, à cause de vous, ils vont le tuer.

Le menton de la fille se mit à trembler.

— Ils sauront que je vous ai aidés. Vous avez tout gâché !

— Ecoutez, dit Mark. Je vais appeler mon frère, peut-être qu'il pourra vous aider.

— Comme vous avez aidé Calderon ? demanda-t-elle avec mépris.

— Ce n'est pas très gentil, ça, commenta Decker.

— J'ai entendu ce que vous avez dit. Vous ne faites pas confiance à votre propre organisation.

— Eh bien, mon frère n'en fait pas partie, expliqua Mark. Il a sa propre boîte. Et je lui fais confiance. Dites-nous où on peut vous joindre, et on va demander à quelqu'un d'aider votre père.

— Je sais où ils détiennent Calderon, déclara Isabela. Emmenez-moi avec vous et je vous le dirai.

— Mademoiselle…

— Je ne suis plus en sécurité, maintenant. Je ne peux pas rentrer chez moi, ils m'attendront.

— Et votre famille ?

— A part mon père, je n'ai personne. Si vous ne m'emmenez pas, je vais mourir.

Mark se passa la main sur le front. Il avait accompli des missions dans le monde entier, de Panama à Bali. Il avait cru ne jamais voir pire que le désastre en Somalie. Pourtant, aucune des opérations qu'il avait menées n'avait dégénéré comme celle-ci. Que n'aurait-il pas donné pour un gentil petit raid sous-marin !

— O.K., dit-il au bout d'une minute.

Decker commença à objecter, mais Mark le coupa d'un regard appuyé.

— Elle a raison, on ne peut pas la laisser.

Il s'avança vers la fille, baissa la voix et la fit vibrer de menace.

— Mais si jamais on se rend compte que vous mentez,

que vous ne savez pas où se trouve Calderon, ou que vous travaillez pour les Zetas, je vous mettrai moi-même une balle dans la tête.

Les yeux d'Isabela s'écarquillèrent et elle hocha la tête avec raideur. Mark recula et sortit le sac en plastique de sa poche. Un des flacons de morphine s'était brisé, le reste était intact. Il ouvrit le téléphone et composa un numéro. Puis il s'éloigna de quelques pas en attendant qu'on décroche.

— J'ai besoin de parler à Jake Riley. Je suis son frère.

Decker et Isabela le regardaient en silence, à une cinquantaine de centimètres l'un de l'autre.

— Non, l'autre frère.

Le front de Mark se plissa en entendant la réponse de son interlocuteur.

— Qu'est-ce qu'il fout à Mexico ? rétorqua-t-il.

9

Flores s'éveilla avec un mal de crâne lancinant. Il émit un grognement de douleur et secoua la tête pour essayer d'y voir clair.

Il se trouvait à l'arrière d'un gros camion qui fonçait sur une route très cahoteuse. On l'avait calé entre deux sacs en toile de jute, sans doute pour lui éviter d'être ballotté pendant qu'il était inconscient. C'était étonnamment courtois de la part de ses ravisseurs. Ses mains étaient de nouveau attachées ; cette fois, elles étaient dans son dos.

Merde, pensa-t-il avec une pointe de désespoir.

Deux autres hommes étaient à l'arrière, tous deux en tenues de camouflage et armés de mitraillettes. Le premier ne devait pas avoir plus de dix-huit ans. Le deuxième était celui qui avait fait sauter le van ce matin.

Ce dernier remarqua que Flores avait repris connaissance. Ses yeux se plissèrent sous la visière de sa casquette kaki, mais il ne parla pas.

— *Mi amigo*, tenta Flores. *Con la herida de bala. Y el otro. Dónde están ?*

Pas de réponse.

— *Adonde vamos ?*

Le plus âgé fit un signe de tête à l'adolescent. Celui-ci s'avança en chancelant vers Flores et brandit un rouleau de gros Scotch devant son visage.

— *Cállate*, dit-il.

Le message était clair. Flores cessa de parler. L'air était assez étouffant sans un Scotch qui l'empêcherait de respirer. Ils ne craignaient manifestement pas qu'il appelle au secours, sans quoi ils l'auraient bâillonné d'emblée. Ils n'étaient simplement pas d'humeur à faire la conversation.

Ils roulèrent pendant des heures. La route devint de plus en plus mauvaise, au point que le camion avançait à peine. A un moment, ils montèrent une pente tellement raide que Flores dut entourer un des sacs de ses jambes pour éviter d'être précipité contre la porte arrière. Il n'avait jamais souffert du mal des transports. Mais dans ce compartiment sans fenêtres, la tête vibrant encore du coup qu'il avait reçu, il faillit à plusieurs reprises rendre les tacos qu'il avait avalés le matin même.

Quand le véhicule s'arrêta enfin, un soulagement intense s'empara de lui. Puis se dissipa aussitôt lorsque la porte s'ouvrit en coulissant.

D'après la position du soleil, on devait être au milieu de l'après-midi. Des rayons de lumière transperçaient une clôture en barbelés qui s'étendait à perte de vue de part et d'autre du camion, et le séparaient de longues rangées d'enclos en grillage. On aurait dit un chenil – sauf qu'à l'intérieur des cages il y avait des humains. La plupart étaient crasseux, leurs vêtements en haillons.

Avec le commerce de la drogue, le kidnapping était l'une des industries les plus lucratives au Mexique. Flores avait assisté à un séminaire à ce sujet peu après son recrutement par Tyr. Il avait vu, entre autres, un diaporama PowerPoint sur des camps de prisonniers dans la jungle, très semblables à celui qu'il avait devant les yeux. Les otages y étaient détenus pendant des mois ou des années, tandis que les négociations en vue de leur libération s'étiraient en longueur. Du fait des conditions de vie sordides, beaucoup mouraient avant que leur famille ait réussi à réunir l'argent de la rançon.

A Mexico, il y avait au moins une petite chance pour que Tyr les retrouve et vienne à leur secours. Ici, Flores ne se faisait plus aucune illusion. Pour délivrer qui que ce soit de ce camp, il faudrait une armée entière.

Un coup dans son dos l'envoya s'étaler tête la première.

Avec les mains attachées, il n'avait aucun moyen de se rattraper. Il s'écrasa au sol ; ses genoux amortirent le plus gros du choc.

Une paire de bottes apparut à quelques centimètres de son nez. Le regard de Flores remonta jusqu'à un visage : celui de l'homme dans le siège passager du van. Ce matin, il l'avait catalogué comme un dur, le genre de type qu'il convenait d'éviter à tout prix en cas de bagarre générale. Et il n'avait pas l'impression de s'être trompé.

— *Sígame*, dit-il.

Flores se releva maladroitement et le suivit sur le chemin de terre. Pas la peine de jouer aux héros, il devait survivre assez longtemps pour trouver un plan d'évasion. Pour une raison ou pour une autre, on avait décidé de le laisser vivre. C'était incompréhensible, mais tant que ça durait, il n'allait pas s'en plaindre.

Sur leur passage, les prisonniers s'alignèrent devant les portes de leurs enclos. Agrippés au grillage, ils les regardèrent avancer sans dire un mot. Il y avait là des hommes, des femmes, des enfants de tous âges.

On était en pleine montagne, dans une zone de jungle défrichée. Il faisait encore plus chaud qu'à Mexico. Le T-shirt de Flores était déjà trempé. Il parcourut les alentours du regard en enregistrant tout ce qu'il voyait. Ils passèrent devant une tour de guet gardée par deux hommes, puis croisèrent une troisième sentinelle qui patrouillait à pied. Ce dernier écrasait le canon de son fusil contre des cages choisies au hasard, faisant reculer les prisonniers à l'intérieur. Tout en continuant à marcher, Flores dessinait mentalement un plan des installations.

L'homme du van s'arrêta finalement devant un enclos identique à tous les autres. Deux mètres de haut sur trois mètres cinquante de long et deux mètres cinquante de large. Il fit signe au garde qui les accompagnait d'ouvrir la porte grillagée.

Flores inspira une grande bouffée d'air, puis il entra en baissant la tête. La porte se referma derrière lui, et le garde referma à clé. A double tour, nota-t-il. Le grillage n'était pas épais, mais une deuxième tour de guet faite de poutres mal équarries se dressait à une trentaine de mètres. Il vit la gueule d'un fusil en sortir, balayer lentement les enclos, puis repartir en sens inverse. Les gardes semblaient connaître leur affaire. N'empêche qu'ils devaient forcément relâcher leur vigilance de temps à autre. Il calculerait leurs rotations, déterminerait des itinéraires d'évasion potentiels. Il identifierait les faiblesses de l'enclos et les exploiterait. A la première occasion, il se ferait la malle. Flores avait des années d'entraînement paramilitaire à son actif, et il était nettement plus facile de survivre dans une jungle que dans un désert. D'une manière ou d'une autre, il sortirait d'ici, c'était sûr.

— Vous mijotez un plan ? dit quelqu'un en anglais.

Flores se retourna en sursaut. Un homme sortit de l'abri à l'arrière de l'enclos. Ses vêtements pendaient en lambeaux sur son corps, une barbe épaisse descendait jusque sur sa poitrine. Malgré tout, Flores le reconnut immédiatement.

— Cesar Calderon, dit le prisonnier en lui tendant la main. Ravi de faire votre connaissance.

10

— Je suis Jake Riley, P.-D.G. du Longhorn Group.

Jake vit un éclair de reconnaissance briller dans les yeux du Noir. Il était grand, dans les un mètre quatre-vingt-dix, et ses muscles bombaient le tissu de sa combinaison de camouflage.

Jake commença à baisser les bras, mais les armes braquées sur lui ne bougèrent pas. Il finit par garder les paumes à la verticale, à hauteur de poitrine.

— Vous devez être perdu, monsieur Riley. Le quartier des musées, c'est à l'autre bout de la ville.

— Vous travaillez pour Tyr, dit Jake. C'est ça ?

— Jake…, commença Kelly.

— On fait tous partie de la même équipe, poursuivit-il en s'avançant d'un pas.

Son interlocuteur leva un sourcil.

— Si mes souvenirs sont bons, je ne travaille pas pour le Longhorn Association.

— Group, rectifia Jake. Le Longhorn…

— Je me fiche de savoir ce que vous faites ici. Vous nous gênez.

— Fais pas le malin, Brown, lança Syd.

Le Noir fronça les sourcils et déplaça le viseur de son arme.

— Syd Clement. J'aurais dû m'en douter.

— Je t'ai manqué ?

Jake pivota un peu sur ses talons. Syd sortit lentement de derrière le bâtiment. En dépit de tout, elle avait dégainé son arme et visait la poitrine de Brown. Elle s'approcha d'un pas prudent, comme si elle marchait sur une corde raide.

— Elle est avec vous ? demanda l'homme à Jake sans quitter Syd des yeux.

— Ça dépend. Vous vous connaissez d'où, tous les deux ?

— De Kiev. Elle a failli faire tuer l'enfant de mon client.

— La fille n'a pas eu une égratignure, Brown. Je n'arrive même pas à croire que tu y penses encore.

— Si elle s'en est sortie, ce n'est pas grâce à toi, répliqua Brown.

Il reporta son regard sur Jake et ajouta :

— Syd a failli compromettre toute la mission. Elle a tuyauté le chef des ravisseurs pour qu'il la laisse fouiner dans son disque dur.

— La sécurité nationale en dépendait, répliqua nonchalamment Syd.

— Et tout le reste pouvait aller se faire foutre, dit Brown à Jake. Il y avait cinq otages, y compris la fille. Si je n'avais pas avancé le départ de l'opération, ils seraient tous morts. Putain de CIA !

— Je n'ai jamais été un grand fan, non plus. Je viens du FBI.

— C'est encore pire, dit Brown. Syd, tu sais quand même compter, non ? Lâche ton arme.

— J'ai toute une unité prête à vous canarder.

Syd fit un signe de tête en direction du bâtiment voisin. Jake leva la tête et vit la silhouette de Fribush s'y découper. Tout en les visant de son fusil, il leur fit un coucou de la main.

— Génial, dit Jake à mi-voix.

— J'en ai cinq autres comme lui, dit Syd. Vous n'arriverez même pas à savoir d'où viennent les balles.

— Dès qu'ils ouvrent le feu, vous aurez un P.-D.G. en moins.

— On en trouvera d'autres, dit Syd en haussant les épaules. Vu la conjoncture économique…

— On est à la recherche de Mark Riley, lança Kelly.

Elle avait levé la tête, mais laissé les mains sur le toit de la voiture.

— Et on sait que vous le cherchez aussi.

— Et alors ? demanda Brown au bout d'un moment.

— On pourrait s'entraider.

Le Noir renversa la tête en arrière et se mit à rire de bon cœur.

— Et pourquoi pas se prendre tous par la main pour chanter une chanson ? On n'est pas chez les scouts, chérie. Laisse ça aux gens qui savent ce qu'ils font.

— O.K., dit Syd. Tu as des conseils à nous donner, au cas où on voudrait perdre une unité entière ?

Une expression peinée s'afficha sur le visage de Brown.

— Ce ne serait pas arrivé si j'avais été là.

— Mais bien sûr… J'ai la nette impression qu'un gars de chez vous les a vendus. Ça pourrait t'arriver, à toi aussi.

Un van apparut au bout de la rue. Tous reportèrent leur attention sur le véhicule. Jake s'attendait à voir le chauffeur faire demi-tour quand il comprendrait dans quoi il s'était fourré. Mais il continuait à avancer.

— C'est quoi, ce…

L'instant d'après, le bitume fut déchiqueté par une pluie de balles.

— Kelly ! hurla Jake en cherchant ses cheveux roux au milieu du chaos.

Tout le monde s'était dispersé pour se mettre à couvert. Un membre de l'unité de Tyr avait été touché : il se tordait de douleur au sol en tenant sa jambe entre ses mains. Brown se précipita vers lui, l'attrapa par les aisselles et le dégagea de la chaussée.

Jake repéra enfin Kelly : elle se tapissait à côté d'une des voitures de location. Maltz était à côté d'elle. Il lui dit quelque chose à l'oreille, puis attrapa sa main, ouvrit la portière de la voiture et la poussa à l'intérieur.

Jake réfléchit rapidement. Pour l'instant, la voiture

constituait un bon refuge. Il y avait peut-être même des armes de rechange à l'intérieur. Syd était partie en courant derrière le bâtiment voisin. Il la suivit en regrettant d'avoir abandonné son pistolet.

Le van fonçait droit sur eux en prenant de la vitesse. Quand il fut à une centaine de mètres, Fribush et Jagerson ripostèrent depuis le toit. Leurs balles creusèrent des trous béants dans le toit du van. Le pare-brise vola en éclats, mais les occupants continuèrent à tirer. Le pire, c'était que le chauffeur accélérait toujours.

Sous les yeux de Jake, le véhicule se mit subitement à décrire de folles embardées. Il devait faire du soixante-dix kilomètres à l'heure quand il percuta la voiture de Maltz et de Kelly. Il s'encastra dans le coffre puis se renversa sur le côté en enfonçant le toit.

Jake bondit et se mit à courir avant même que les roues aient cessé de tourner.

— Jake ! s'écria Syd derrière lui.

Il l'entendit à peine. Le van reposait sur le flanc sur le toit de la voiture, son capot incliné vers le sol. Jake vit une main ensanglantée tenter d'ouvrir la porte latérale depuis l'intérieur. Il se rendit tardivement compte qu'il y avait des survivants armés à l'intérieur. Et, avec toutes ces émotions, il avait oublié de récupérer une arme.

Il entendit un projectile siffler près de son oreille, puis une brève rafale résonner derrière lui. A l'intérieur du van, quelqu'un émit un cri de douleur.

Syd apparut à son côté.

— Merci, dit-il.

— Va voir dans la voiture, je te couvre.

Syd lâcha quelques balles dans le flanc du van. La main ensanglantée cessa de bouger.

Jake tomba à genoux devant la voiture de location. Le toit était aplati par le poids du van, et toutes les vitres étaient brisées.

— Kelly !

Il tenta d'ouvrir une portière, mais le van se mit à tanguer au-dessus de lui en grinçant.

— Putain…, marmonna-t-il en reculant vivement.

Le van s'immobilisa lentement. Jake s'avança de nouveau pour tenter d'ouvrir la portière côté passager. S'il arrivait à pénétrer dans l'habitacle, il pourrait les désincarcérer du siège arrière…

Il avait la main sur la poignée quand il entendit Kelly prononcer son nom. L'instant d'après, elle apparut dans l'ombre d'une ruelle adjacente.

— Comment tu as…

— On est ressortis de l'autre côté de la voiture.

Kelly se précipita vers lui et l'entoura de ses bras.

— Michael pensait qu'on serait plus en sécurité là-bas.

Jake enfouit son visage dans ses cheveux. A quelques mètres, Maltz restait silencieux. Au bout d'un moment, Jake leva la tête vers lui.

— Merci, dit-il.

Elle l'appelle Michael ? pensa-t-il à part lui.

— Aucun problème, dit Maltz. Il y a des survivants dans le van ?

L'un après l'autre, les membres de l'unité de Brown ressortaient de leurs abris. Deux hommes fixèrent un tourniquet autour de la jambe de leur camarade blessé pour arrêter l'hémorragie. D'autres s'avançaient vers le van, prêts à tirer.

— *Ayúdenme !* supplia une voix à l'intérieur.

Après avoir compté jusqu'à trois, ils poussèrent le van de toutes leurs forces. L'aile avant gauche toucha le sol en premier, puis tout le véhicule s'écrasa sur la chaussée en soulevant un nuage de poussière.

— *Sal !* s'écria Brown. *Y no lo matamos.*

Une minute plus tard, un Mexicain en treillis sortit en rampant par le pare-brise explosé. En chancelant, il se redressa et leva les mains.

— J'ai mal ! dit-il avec un fort accent. Hôpital !

Brown s'avança vers lui et l'attrapa par le col.

— Mon ami, tu vas avoir beaucoup plus mal avant qu'on en ait fini avec toi.

11

Figée à côté de Jake, Kelly regardait l'équipe de Tyr se déployer. Ils s'étaient organisés dans un silence presque complet, comme s'ils obéissaient à des ordres transmis par télépathie. Il fallait avouer que c'était impressionnant. Ils avaient même des tenues identiques.

Deux d'entre eux montaient la garde devant le survivant du van.

— Ils vont l'emmener avec eux ?

— On dirait, répondit Jake.

— Et on ne va rien dire ?

Le téléphone de Jake sonna à ce moment. Il fouilla dans sa poche, le localisa et fronça les sourcils en voyant l'affichage.

— C'est qui ?

— Le bureau.

— Maintenant ?

— Ça doit être important. Ils ne sont pas censés me déranger sauf si ça concerne directement la mission.

Il s'éloigna de quelques pas et répondit. Pendant ce temps, Syd s'approcha de Kelly. Devant elle, le survivant se faisait attacher les mains dans le dos.

— Que s'est-il passé avec les gars de Tyr ? demanda Syd sans la regarder.

— Ils sont arrivés par-derrière pendant qu'on vous attendait.

— Hum… Va falloir que j'en touche deux mots à Maltz.

— Ce n'est pas sa faute, dit Kelly sur le ton de la défensive. Ils étaient trop nombreux. De toute façon, on se débrouillait avant que vous n'arriviez.

— Ouais, dit Syd. Vous aviez l'air d'avoir la situation bien en main.

Kelly allait répondre, mais Syd s'était déjà détournée en plissant les yeux.

Petit à petit, la cellule de Tyr se dispersait de nouveau dans les ruelles entre les bâtiments. Deux hommes portaient leur camarade blessé. Deux autres escortaient le nouveau prisonnier. Le reste s'était rassemblé autour de Brown. Syd partit vers eux d'un pas assuré. Kelly la suivit avec méfiance.

— Vous allez quelque part ? demanda Syd en croisant les bras.

— Même dans ce quartier, les *federales* vont finir par se pointer, répondit Brown sans daigner la regarder. C'est l'heure de décoller.

— Sûrement pas, rétorqua Syd. On va se le partager.

— Sinon quoi ? Ton équipe va nous descendre ? Désolé, Clement, mais je n'y crois plus.

— C'est ridicule, intervint Kelly. Si on met nos ressources en commun, on y gagne tous.

— C'est qui, ta copine ? demanda Brown en les regardant enfin.

— FBI, dit Syd avec dédain.

— Voilà qui explique tout, répliqua Brown avec un sourire. On dirait qu'ils les recrutent plus mignonnes qu'avant.

— Elle est fiancée, dit Syd en inclinant la tête en direction de Jake.

— Ah ?

Brown jaugea Kelly du regard.

— C'est marrant, je ne les vois pas trop ensemble.

— Je sais. Mais qu'est-ce que tu…

— Excusez-moi, dit Kelly. On peut finir de discuter de ce qu'on va faire ?

— On a déjà fini, rétorqua Brown. On vous enverra un mot quand on aura récupéré les otages. Bon retour chez vous.

Jake apparut à côté de Kelly et passa un bras autour de sa taille. Elle comprit à son expression qu'il s'était passé quelque chose, mais elle n'arrivait pas à savoir si la nouvelle était bonne ou mauvaise.

— Allons-y, dit-il à Syd.

— Pas question ! répliqua-t-elle d'un air furieux. Je ne vais pas les laisser…

— On n'a pas besoin d'eux, dit Jake.

Il frotta le dos de Kelly d'un geste rassurant.

— C'est n'importe quoi, Jake !

— Sérieux, Syd. Laisse tomber.

Il relâcha Kelly, attrapa Syd par le coude et l'entraîna vers l'unique voiture qui leur restait.

— Qu'est-ce qui vous prend ? lança Brown.

— Apparemment, répliqua Kelly, ça ne vous regarde pas.

Elle suivit Jake et Syd en sentant le regard de Brown l'accompagner.

Syd continua à protester tandis que Jake la poussait sur le siège du passager.

— Appelle les autres. On se retrouve au coin des rues Maria Eugenia et Los Angeles. C'est à environ un kilomètre.

En grommelant, Syd attrapa sa radio et transmit l'ordre à ses hommes.

Jake ouvrit la porte arrière à Kelly, qui grimpa à l'intérieur. Maltz se glissa à côté d'elle, lui lança un regard et haussa les épaules. Jake s'installa au volant et démarra. Figé au milieu de la rue, Brown les regarda s'éloigner. En tournant au coin, Jake répéta :

— Je vous l'ai dit, on n'a pas besoin d'eux.

— Tu plaisantes ? explosa Syd. Ils ont un type à interroger. Il aurait pu nous dire où est ton frère !

— C'est ce que je te dis, Syd.

Un grand sourire fendit le visage de Jake.

— On n'a pas besoin de lui. Je le sais déjà.

— Quoi ?

— On va retrouver Mark, là, maintenant. Ensuite, on va foutre le camp de ce pays de merde, et Brown pourra faire ce qui lui chante.

12

— Je sais qui vous êtes, dit Flores. En fait, je travaille pour vous.

— Vraiment ? demanda Calderon en haussant les sourcils. A quel titre ?

— Opérations spéciales.

Son interlocuteur se mit à rire sèchement.

— Laissez-moi deviner, vous êtes ici pour me libérer.

— C'est une longue histoire, répondit Flores avec gêne.

L'ironie de la situation ne lui échappait pas. Pour autant qu'il sache, Kaplan était mort, Riley et Decker capturés ou morts. Quant à Sock… impossible de deviner où il était. Ce qu'il avait vu tout à l'heure ne faisait que renforcer sa défiance à l'égard de son coéquipier. Et le fait qu'il ne soit pas ici semblait confirmer sa culpabilité. Si jamais Tyr avait envoyé une deuxième unité au Mexique, elle était sans doute en train d'écumer la capitale à leur recherche. L'un dans l'autre, il n'avait aucune bonne nouvelle.

— Je vais nous faire sortir d'ici, dit-il enfin.

Intérieurement, il se sentait la mort dans l'âme. La présence de Calderon rendait son évasion mille fois plus compliquée. Seul, il survivrait facilement quelques semaines dans la jungle. Mais Calderon approchait de la soixantaine, et les semaines qu'il avait déjà passées en captivité avaient visiblement sapé ses forces. Ses traits étaient tirés, son corps émacié. Il ne ferait que le ralentir. De nouveau, le visage de Maryanne lui apparut devant les yeux.

— Pas d'inquiétude, mon vieux, dit Calderon en lui

tapotant maladroitement l'épaule. Notre boîte a l'habitude de sortir des gens de ce genre d'endroit. Je suis certain que Linus Smiley est en train d'organiser quelque chose.

— Sans doute, répondit Flores.

Devait-il lui parler de ses soupçons ? Calderon était déjà dans un sale état. Pas la peine de l'inquiéter davantage, vu qu'ils ne pouvaient absolument rien faire.

— Je suis quand même surpris qu'ils n'aient pas donné des preuves de vie, déclara Calderon sur un ton pensif. Si j'étais dans le camp d'en face, je dois dire que je me poserais quelques questions. Le CA ne doit pas très bien le prendre.

— Aucune idée, répondit Flores.

— Evidemment, dit Calderon avec un faible sourire. En tout cas, j'ai quelqu'un pour m'aider à passer le temps, c'est déjà ça. Vous jouez aux échecs ?

Flores fit non de la tête.

— Eh bien, c'est l'occasion d'apprendre.

Calderon s'éloigna vers l'abri situé au fond de l'enclos. Après avoir fouillé quelques minutes, il revint avec un morceau de feutre qu'il déroula soigneusement sur le sol. Puis il déposa sur les cases dessinées à la craie des pièces grossièrement sculptées, certaines reconnaissables, d'autres de simples bouts de bois.

— Je n'ai pas fini de fabriquer toutes les pièces, dit-il d'un ton contrit. Et, d'une certaine façon, j'espère sortir d'ici avant d'avoir terminé. Vous devriez voir le jeu que j'ai à la maison. En acajou, avec…

— Comment vous avez obtenu ce couteau ? coupa Flores.

— Je l'ai échangé contre des cigarettes. Il ne coupe pas très bien. Certains gardes sont plus sympathiques que les autres. Si vous avez besoin de quelque chose, je peux leur demander discrètement.

— Merci.

— Je vous en prie. Maintenant, laissez-moi vous montrer comment on déplace les pièces. Une minute suffit pour apprendre les règles, mais il faut une vie entière pour…

Flores n'écoutait déjà plus. Il regarda Calderon arranger

fastidieusement les pièces désassorties sur le morceau de feutre. Quelque chose ne tournait pas rond, chez ce type. C'était peut-être dû aux semaines passées dans cet endroit infernal, mais tout de même… Calderon s'était taillé une réputation de maître mondial dans le domaine du kidnapping et de la négociation. Difficile d'imaginer qu'il passait sa captivité à jouer aux échecs, en attendant patiemment qu'on vienne le délivrer. Pourquoi ne sautait-il pas sur l'occasion d'organiser une évasion ? Que se passait-il, bordel ? Flores se rappela leur raid avorté. Sock les avait-il trahis sur ordre de ses supérieurs ? La mission était-elle compromise dès le départ ? Mais pourquoi ?

— A vous de jouer, dit Calderon en souriant.

Adossée contre un mur près de la sortie, Syd assistait de loin aux retrouvailles des frères Riley. En dépit des circonstances, l'ambiance était loin d'être chaleureuse. Evidemment, si elle croisait un membre de sa famille sur le terrain, cela se passerait sans doute de la même manière.

Ils se trouvaient dans un motel miteux à l'intersection des rues Maria Eugenia et Los Angeles. Le quartier n'était pas plus sympathique que celui du matin, et le motel était pire que celui de la veille. Le sol en béton apparaissait à travers le tapis marron élimé, le lit était bancal et la couette n'avait visiblement pas été nettoyée depuis l'administration Kennedy. Pour couvrir leur discussion, de la musique beuglait d'un radioréveil. Mark avait tressailli quand son frère l'avait allumé, mais il n'avait pas protesté. Une drôle d'odeur flottait dans l'air, commune à toutes les chambres bon marché du monde entier : un mélange de fumée de cigarette, de nourriture rance, de transpiration, et d'un autre ingrédient indéfinissable.

Le fait qu'ils soient entassés à huit dans la chambre minuscule rendait la réunion d'autant plus saugrenue. Maltz, Jagerson, Fribush et Kane s'étaient finalement excusés sous prétexte de jeter un coup d'œil aux environs. Syd soupçonnait qu'ils avaient simplement envie de prendre l'air.

Plantée sur le lit, la rouquine se massait la jambe, l'air plus perturbée que jamais. Qu'est-ce qui la turlupinait encore ? Ils avaient accompli leur mission et s'en étaient tous sortis indemnes. Du point de vue de Syd, c'était la fête.

Mark Riley était plus séduisant que Syd ne l'aurait cru. Il faisait quelques centimètres de plus que Jake, avec une carrure similaire, mais plus musclée. Mêmes yeux bleus, un peu plus de cheveux gris ; à ce dernier détail près, ils auraient pu passer pour des jumeaux. A cet instant précis, ils arboraient aussi la même expression enragée. *Ah, la famille*, pensa-t-elle en soupirant. *Quel boulet !*

— Tu ne m'écoutes pas, grommela Mark.

— J'ai très bien compris, rétorqua Jake. Quand tu es revenu, tes hommes avaient disparu, et tu supposes que les Zetas les ont repris. Mais qui te dit qu'ils ne sont pas partis d'eux-mêmes, parce que leur position était compromise ? Si ça se trouve, ils ont réussi à contacter Tyr et ils sont déjà à bord d'un avion pour les Etats-Unis. Tout ça, c'est seulement des suppositions.

— Kaplan était là, objecta Mark. Son corps était encore chaud. Et ça puait la grenade à plein nez.

— Très bien, dit Jake en se frottant les yeux d'un geste las. Imaginons qu'ils aient été pris par les Zetas, ou même par d'autres. Qu'est-ce que tu peux y faire ?

— Je ne vais pas les laisser ici, répondit Mark.

— Ils ont enlevé mon père aussi, intervint la fille. Je crois connaître l'endroit où ils les détiennent.

Syd la jaugea du regard. Mignonne, un peu effacée, une belle ossature. Une chose était claire : Mark Riley lui mangeait déjà dans la main.

— Comment est-ce que vous vous appelez, déjà ? demanda Jake.

— Isabela, dit-elle en s'étirant de toute sa hauteur.

Syd ne put réprimer un sourire narquois. Pas facile d'en

imposer physiquement quand on mesurait un mètre soixante, mais elle essayait, et c'était tout à son honneur.

Jake se laissa tomber sur le lit à côté de Kelly.

— Sans vouloir vous offenser, Isabela, je suis seulement venu chercher mon frère. C'est fait. Maintenant, j'ai envie de foutre le camp au plus vite.

— Eh bien, moi, je reste, répliqua Mark.

Il lança un regard à l'autre survivant de son équipe, qui lui adressa un hochement de tête.

— Decker aussi. Si vous pouviez nous prêter des armes…

— Nom de Dieu…

Jake expira longuement avant de poursuivre.

— Ces types vont ont déjà mis la pâtée alors que votre unité était au complet. A deux contre eux, c'est du suicide, même si on vous donnait des bazookas.

— Bonne idée, dit Decker. Vous en avez ?

— Non, répondit Syd, mais on peut vous passer quelques kalachnikov.

— C'est bien aussi. Merci beaucoup.

Jake décocha un regard noir à son associée.

— Tu ne m'aides pas, Syd.

— Ils vont y aller avec ou sans ta bénédiction, soupira-t-elle en haussant les épaules.

— Promettez-moi au moins de ne pas y aller seuls. Brown a deux unités avec lui, demandez-lui quelques gars.

Decker et Mark échangèrent un regard.

— Quoi ?

— On n'est pas sûrs de pouvoir leur faire confiance, expliqua enfin Mark. Voilà pourquoi je t'ai appelé.

Jake fixa le sol pendant un moment.

— C'est où, l'endroit où vous pensez qu'ils sont détenus ? demanda-t-il en levant les yeux.

— Jake…, dit Kelly sur un ton d'avertissement.

— Ils ont un camp de prisonniers dans les monts Veracruz, répondit Isabela. A environ deux cents kilomètres d'ici. Je sais que mon père est là-bas.

— Comment le savez-vous ? demanda Syd.

Isabel la toisa du regard.

— Par un ami qui a des informations sur les Zetas.

En dépit de son apparence physique effacée, Syd songea que la fille n'avait rien d'une novice effrayée, empêtrée dans une affaire qui la dépassait. Pourquoi tenait-elle tant à ce qu'ils attaquent le camp en question ?

— Un camp de prisonniers, répéta Jake. Avec des dizaines de gardes, j'imagine.

Isabela échangea un regard avec Mark.

— Sans doute plus, répondit-elle. C'est à l'intérieur d'une de leurs plus grosses bases.

— Génial ! lança Jake. Comment est-ce que vous comptez récupérer vos gars et ressortir sans vous transformer en passoire ?

— On trouvera une idée, répondit Mark. Je n'en suis pas à mon coup d'essai. Je faisais déjà ce genre de truc quand tu étais encore au lycée.

— Tu vois où ça t'a mené.

Son frère ne répondit pas, mais Syd vit ses phalanges se crisper. Elle aurait donné cher pour connaître la raison pour laquelle ils étaient fâchés depuis tant d'années.

— Rien de ce que je dirai ne te fera changer d'avis, hein ? demanda Jake d'une voix lasse.

— Non.

— Tu ferais mieux d'y aller avec eux, murmura Kelly. Ou au moins de leur laisser Kane et Jagerson.

— Je les accompagne, déclara Syd.

Jake se tourna vers elle.

— Quoi ? demanda-t-elle d'un air innocent. Je n'ai rien de mieux à faire…

— C'est une mission suicide, tu as raté l'info ? Ils ne sont même pas sûrs que leurs gars y soient.

— J'adore voyager, et je ne connais pas du tout ce coin-là.

Jake marqua un petit silence exaspéré.

— Je ne peux pas affecter des employés à nous à cette mission. S'ils y vont, c'est de manière purement volontaire.

— Je vais leur demander, proposa Syd.

Elle sortit d'un pas nonchalant. Un silence à couper au couteau régnait sur la pièce. C'était un soulagement de refermer la porte. Ce genre de moment pénible lui rappelait toujours pourquoi elle avait rompu les ponts avec sa propre famille.

Elle parcourut l'allée de béton devant les chambres en restant sur ses gardes. La nuit était tombée, des dizaines d'enseignes au néon s'étaient allumées le long de la rue. Dans le parking devant le motel, leur voiture était toujours seule.

— Hé, dit quelqu'un à voix basse.

Elle tourna vivement la tête. Maltz était planqué dans une alcôve qui avait autrefois abrité un distributeur de boissons. Des fils électriques pendaient encore du mur.

— Et les autres ? demanda Syd.

— Fribush pique un roupillon dans la voiture. Jagerson et Kane sont allés boire une bière à côté. Ils se sont dit que, s'il se passait quelque chose, ils l'entendraient. Comment ça se passe, là-dedans ?

— Fais-moi penser à ne jamais les inviter pour Thanksgiving, répondit Syd.

Maltz émit un bruit qu'elle identifia comme un rire.

— On a eu chaud, tout à l'heure, dit-elle. Tu tiens le coup ?

— J'ai déjà eu plus chaud.

Les yeux de Maltz étaient plongés dans l'ombre, mais Syd n'avait pas manqué le léger trémolo dans sa voix.

— Eh bien voilà, dit-elle. Riley Sr. veut partir à la rescousse de ses gars. Il pense qu'ils sont à la montagne, dans un camp de prisonniers qui grouille de Zetas. Il demande des volontaires.

— Tu vas y aller.

Syd eut un grand sourire.

— Evidemment.

— Alors j'y vais aussi.

— Tu es sûr ? C'est un plan casse-gueule.

— Faut bien mourir un jour.

— Pas tout de suite, j'espère. J'ai une putain d'épargne-retraite qui m'attend. Toi aussi, d'ailleurs.

— Mon chien aura la belle vie, si jamais.

— Tu as un chien ? demanda Syd avec stupéfaction.

— Une chienne. Elle s'appelle Sabine, c'est un bouledogue français.

Á l'idée de Maltz promenant un petit chien replet, Syd éclata de rire.

— Rigole si tu veux. Sabine, c'est une dure.

— Je n'en doute pas, répondit Syd en essuyant une larme. Ça fait plaisir de te retrouver, Maltz. Si on s'en sort, je t'achète un de ces petits sacs à mémère pour la trimballer.

— Je suis capable de l'assumer.

— Je n'en doute pas. Reste ici, je vais poser la question à Kane et Jagerson.

— Ils viendront, dit Maltz.

— Je sais.

L'espace d'une seconde, Syd se demanda si elle était devenue dingue. Elle avait déjà failli faire tuer Maltz, et voilà qu'elle l'entraînait dans une affaire qui ne les regardait absolument pas. Une chose était sûre : elle n'était pas un bon employeur.

— T'en fais pas, reprit Maltz comme s'il lisait dans ses pensées. J'y serais allé, de toute façon. On n'abandonne pas ses hommes.

— Ce ne sont pas les nôtres, lui rappela Syd.

— Ils pourraient aussi bien l'être.

— Tu as sans doute raison.

Dans la voiture de location, Fribush ronflait sur le siège passager qu'il avait incliné au maximum. Syd décida de le laisser dormir et partit vers le bar au coin de la rue. Un rayon de lumière jaune filtrait par la porte entrouverte et coupait le trottoir. A l'intérieur, le juke-box passait des morceaux qui dataient de son adolescence. *La vache !*, pensa-t-elle. *J'ai l'impression d'entrer dans une machine à remonter le temps.*

Installés sur des tabourets de bar, Kane et Jagerson étaient les seuls clients. Devant eux, deux bouteilles de bière étaient perlées de gouttes de condensation. En la voyant approcher, ils cessèrent de parler. Ils faisaient un drôle de tandem. Kane était colossal, avec un front saillant, les cheveux bruns et de grandes oreilles. Jagerson était moins grand mais plus costaud, blond, rasé, avec des taches de rousseur et des yeux verts. Même en essayant, ils n'auraient pas pu détonner davantage au milieu de la population locale. Pas étonnant que les habitués aient décampé en les voyant arriver.

— Salut, chef, dit Kane. C'est fini, là-dedans ?

Syd leur fit un topo à mi-voix. Elle savait d'expérience que la décision du premier vaudrait pour l'autre.

— Quand est-ce qu'on part ? demanda Kane.

— Demain matin. Ce soir, il faut nous ravitailler pour la jungle.

— Je m'en occupe, dit Kane en glissant du tabouret.

Jagerson posa une poignée de pesos sur le comptoir, et les deux hommes la suivirent dans la nuit tiède.

La tête de l'homme claqua en arrière sous l'impact du coup. Une entaille s'ouvrit sous son œil, un ruisselet de sang coula le long de sa joue. Linus plissa le nez avec dégoût.

— Vous êtes sûr que c'est bien nécessaire ? demanda-t-il. Il paraît que la torture est inefficace.

— Ce n'est pas de la torture, expliqua Ellis Brown, c'est de la persuasion.

Tous deux observaient la scène depuis un coin de la pièce.

— Et s'il dit la vérité ? Il ne sait pas forcément où Cesar est détenu.

— Dans ce cas, il peut nous indiquer quelqu'un qui le sait. L'essentiel, c'est d'arriver à remonter la chaîne.

Le prisonnier émit un gémissement de douleur.

Linus était arrivé dix minutes après le début de l'interrogatoire. Son vol pour Mexico avait été retardé deux fois. Un taxi l'avait déposé, fulminant d'exaspération, à quelques rues de ce bâtiment. Il s'agissait d'un hangar abandonné à la périphérie de l'agglomération, dont Brown s'était procuré les clés. Son unité changeait de QG quotidiennement pour ne pas attirer l'attention.

Malgré lui, Linus était secrètement surexcité. Il faisait

partie des rares employés de Tyr à n'avoir aucune expérience dans l'armée ni les opérations spéciales. Il avait passé ses années à la CIA à remplir des rapports ; il avait grimpé les échelons par pure volonté, en faisant son boulot mieux que les autres. Certains le considéraient comme un vulgaire gratte-papier ; Linus le savait, et cela l'exaspérait. S'il était monté dans cet avion, c'était en partie pour prouver qu'il était capable, comme Cesar, de faire ce genre de chose.

Malheureusement, cela signifiait qu'il devait assister à ce type de spectacle.

L'homme chargé par Brown de châtier le prisonnier remonta sa main derrière sa tête pour prendre son élan. Un poing américain en cuivre était coincé entre ses doigts. En le voyant s'abattre sur le prisonnier, Linus tressaillit. Le coup cueillit sa cible au menton ; une de ses dents se décrocha et alla ricocher sur le sol.

— Où est Cesar Calderon ? grogna son interrogateur en espagnol.

— *No sé*, répondit le prisonnier en s'étranglant.

Brown fit signe à son homme de s'approcher, et il lui murmura quelques mots à l'oreille. Son interlocuteur hocha la tête, puis il repartit vers le prisonnier et se pencha pour le regarder dans les yeux.

— Pour qui tu travailles ?

Une expression qui ressemblait à du soulagement s'afficha sur les traits ensanglantés de l'autre.

— Fuentes. Vicente Fuentes.

— Quoi ? répéta Linus en fronçant les sourcils. Fuentes fait partie du cartel de Sinaloa, non ?

Brown hésita un instant avant de répondre.

— Oui.

— Mais les Zetas dirigent le cartel du Golfe !

Brown ne répondit pas. Enhardi par son silence, Linus s'avança vers l'interrogateur.

— Demandez-lui s'il fait partie de Los Zetas.

Le prisonnier reporta son attention sur lui. Au mot Zetas,

ses yeux s'écarquillèrent et il se mit à bredouiller à toute vitesse en espagnol.

— Qu'est-ce qu'il dit ?

— Il prétend ne pas en faire partie, traduisit l'interrogateur.

— Dans ce cas, pourquoi ont-ils attaqué votre unité ?

Le prisonnier continuait à baragouiner. Une gifle de l'interrogateur le réduisit au silence.

— Il dit qu'ils sont en guerre de territoire contre les Zetas et qu'ils ont supposé qu'on était avec eux. Ils ont l'ordre de tirer à vue.

— Soyons bien clairs, dit Linus en se retournant vers Brown. On est en train d'interroger quelqu'un qui n'a absolument aucun lien avec l'enlèvement de Cesar.

— On n'est pas sûrs à cent pour cent que les Zetas en soient responsables, répondit Brown d'un air gêné. C'est seulement ce qui se dit dans la rue.

— Bonté divine…

Linus sortit un chiffon de la poche de sa veste et astiqua ses lunettes.

— Remettez-le dans la nature.

— Excusez-moi, dit Brown, mais c'est hors de question.

— Pourquoi ?

— Parce que, quel que soit le cartel pour lequel il travaille, il nous tomberait dessus à bras raccourcis.

Le regard du prisonnier allait de l'un à l'autre. Il dit quelques mots, puis les répéta avec insistance.

— Qu'est-ce qui lui arrive ? grommela Linus.

— Il dit que les Zetas ont un camp de prisonniers dans la jungle, près de Veracruz.

— Parfait. Qu'il nous y emmène.

D'un geste de la main, Linus coupa court aux protestations de Brown.

— C'est la seule piste qu'on ait pour l'instant. Vos recherches en ville n'ont rien donné.

— Elles ne sont pas terminées, objecta Brown.

— Ecoutez, ça fait des jours que vous y êtes, et vous n'avez trouvé aucune trace de Cesar ni de l'équipe perdue.

Brown semblait furieux de cette usurpation de son autorité.

— Ça ne veut rien dire, rétorqua-t-il. Il se peut qu'ils les déplacent quotidiennement.

— Il se peut aussi qu'ils n'aient jamais été détenus à Mexico. Le moment est venu d'explorer d'autres pistes.

Sans attendre de réponse, Linus se dirigea vers la porte d'un pas satisfait. Peut-être le conseil d'administration allait-il enfin commencer à l'apprécier à sa juste valeur. Cesar pourrait revenir en tant que figure emblématique de l'entreprise, mais il n'était manifestement pas assez visionnaire pour l'emmener vers l'avenir. Cette démarche-là exigeait un ensemble de compétences assez différentes, et il se trouvait que Linus les possédait.

L'un dans l'autre, les choses prenaient une meilleure tournure que prévu.

13

Flores s'éveilla dans l'obscurité. Des chuchotements, non loin de lui, le mirent aussitôt sur le qui-vive. Il était allongé sur une paillasse de feuilles moisies et recouvert d'une serviette miteuse en guise de couverture. Quand il s'habitua à l'obscurité, il vit que Calderon était accroupi à l'autre bout de l'enclos. A qui parlait-il ?

Il se faufila vers son compagnon en tendant l'oreille. La veille, il n'avait pas fait très attention aux détenus qui les entouraient ; eux non plus n'avaient pas cherché à engager la conversation. Calderon lui avait expliqué que les prisonniers ne restaient pas longtemps dans le même enclos, ce qui limitait la communication entre voisins. En plus, on disait que les Zetas avaient des espions partout, des otages qui échangeaient des informations contre des traitements de faveur. Le mieux, selon lui, c'était de ne rien dire à personne.

N'empêche qu'il était maintenant en grande conversation avec une silhouette de l'autre côté de la grille.

L'instant d'après, les chuchotements cessèrent et Calderon tourna vivement la tête. Flores vit le blanc de ses yeux briller dans l'obscurité.

— *Hola, compadre*, murmura son compagnon.

— *Hola*, dit Flores en s'avançant.

De l'autre côté de la grille, il y avait un petit bonhomme voûté avec une grosse barbe. Ses lèvres ne bougeaient pas, mais il émettait pourtant un flot continu de paroles. Flores plissa les yeux et aperçut le petit transistor qu'il serrait dans ses mains.

— Toutes les nuits, expliqua Calderon à voix basse, les familles des otages leur envoient des messages à la radio. On ne sait jamais qui va passer, alors on se relaie pour écouter.

— Ah, dit Flores.

Bizarre qu'il ne lui en ait rien dit. La possession d'une radio constituait potentiellement un atout important.

— Je vous présente Ramon Tejada, dit Calderon en indiquant le barbu. Sa femme est passée hier soir, il espère qu'elle va repasser.

— Comment est-ce que vous avez eu la radio ?

— Un gardien nous l'a échangée il y a un petit moment. Ils se disent que c'est inoffensif. Même si on arrivait à la reconfigurer pour émettre des signaux, elle ne transmettrait que dans cette région. Et, dans le coin, personne ne nous viendrait en aide, même ceux qui en seraient capables.

Flores n'était pas spécialiste des ondes radio, mais l'explication semblait plausible. C'était néanmoins réconfortant de savoir qu'ils n'étaient pas tout à fait coupés du monde extérieur.

Ils écoutèrent quelques instants en silence. Avec des sanglots dans la voix, une femme affirma à sa fille, Ana Martinez, qu'elle l'aimait, qu'elle lui manquait, et que sa famille travaillait dur pour réunir l'argent de la rançon.

— Elle est ici ? demanda Flores au bout d'un moment.

— Qui sait ? Il doit y avoir une dizaine d'Ana Martinez dans le camp.

La voix de Tejada était faible et chevrotante, et il ponctua cette déclaration d'une toux sèche. Flores recula de quelques centimètres.

L'une après l'autre, les voix de parents désespérés filtraient des petits haut-parleurs au son métallique et montaient dans la nuit. C'était une litanie de prénoms : Carlos, Maria, Adriana, Ernesto, accompagnés de torrents de larmes qui auraient fait déborder un puits sans fond. Flores se surprit à guetter la voix de Maryanne, ce qui était ridicule. Même si elle savait qu'il avait disparu, ce qui était improbable, elle ne connaissait certainement pas l'existence de cette émission. Pourtant, il avait du mal à réprimer l'espoir qui montait en lui.

Il y eut un moment de silence.

— *Vous écoutez radio Aro-AM*, annonça le présentateur d'une voix odieusement enjouée.

Un petit déclic, puis le silence complet : Ramon avait éteint l'appareil.

— *Lo siento, señor*, dit Calderon. *Posiblemente mañana.*

Ramon répondit par un grognement et une nouvelle quinte de toux. Flores suivit Calderon vers l'autre bout de l'enclos, où leurs paillasses étaient serrées l'une contre l'autre sous la bâche qui servait d'abri.

— Cette toux…, dit Calderon en secouant la tête. Elle dure depuis des semaines. Je m'inquiète pour lui.

Flores, pour sa part, s'inquiétait surtout de la possibilité de l'attraper. S'ils tombaient malades, leur évasion deviendrait presque impossible. Et il se doutait que les Zetas n'avaient pas l'habitude de distribuer des antibiotiques.

— On devrait essayer de dormir, *amigo*, dit Calderon en s'allongeant. Demain est un autre jour.

— Vous n'avez pas l'air trop soucieux.

— Pourquoi le serais-je ? demanda l'autre sur un ton surpris.

— Eh bien… Ils n'ont donné aucune preuve de vie, à Tyr, alors que vous êtes ici depuis des semaines. Et puis notre équipe a été enlevée. Tyr a dû mettre une deuxième unité sur le coup, mais je vois mal comment elle peut…

La voix de Flores s'estompa.

Un long moment s'écoula avant que Calderon ne reprenne la parole.

— Je fais ce métier depuis des années, Enrique. En matière de négociations, il n'y a pas de règles établies.

— D'accord, mais depuis le temps…

— Je suis trop précieux pour qu'ils prennent le risque de me perdre, coupa Calderon.

Il semblait tellement sûr de lui que Flores répugnait à le faire revenir sur terre.

— Ecoutez, dit-il pourtant. Quand on voit comment notre unité s'est fait piéger… On a eu l'impression qu'ils étaient prévenus de notre arrivée.

— Vous insinuez que quelqu'un de Tyr ne veut pas me voir libéré ?

— J'avoue que je me suis posé la question.

— Ce n'est pas totalement impossible.

Calderon eut l'air de peser ses mots.

— Cela m'est venu à l'esprit, à moi aussi. Mais si quelqu'un de chez nous a comploté pour m'éliminer, pourquoi est-ce que je ne suis pas mort ?

C'était une bonne question, à laquelle Flores n'avait pas de réponse.

— J'ai l'impression que l'enjeu est ailleurs, dit-il enfin.

— Il l'est toujours.

Calderon roula sur le côté en tournant le dos à Flores.

— Dormez, maintenant. Il est tard. Dans cet endroit, les rêves sont notre seul répit.

Flores resta longtemps étendu sur le dos, à regarder les étoiles par une fente dans la bâche. Il pensa à Maryanne et se demanda si elle sentait déjà le bébé remuer. Au moment où il s'assoupissait enfin, la radio du voisin se ralluma avec un déclic, et le murmure des voix désespérées l'accompagna vers le sommeil.

— Je n'arrive pas à y croire.

Etendue sur le lit, Kelly tournait le dos à Jake. Il ne faisait pas froid, dans la chambre, mais elle s'était enroulée entre les draps.

— Je suis obligé, Kelly. Je n'ai pas le choix.

Il lui caressa doucement l'épaule, mais elle ne réagit pas.

— Eh bien, moi aussi, je reste.

Il hésita un instant, puis déclara :

— Impossible.

— On a déjà parlé de tout ça, Jake.

— Cette fois, c'est différent. On part dans la jungle. Il va falloir marcher pendant des jours sur des chemins difficiles.

— Je me débrouillerai, protesta Kelly.

— Tu n'es pas en état, on le sait tous les deux.

— Tout ça parce que Syd ne m'en croit pas capable.

— Non. Même si tu étais en pleine forme, je ne voudrais pas que tu viennes. C'est trop dangereux, voilà tout. Ecoute, je n'ai même pas envie d'y aller moi-même. Et s'il t'arrivait quelque chose, je ne pourrais jamais me le pardonner.

Kelly rejeta les couvertures et s'assit dans le lit. Son pied gauche reposait sur le sol, le moignon de sa jambe droite au bord du lit. Elle évita de le regarder.

Jake l'entoura de ses bras par-derrière. Kelly se raidit, mais il enfouit malgré tout son visage dans ses cheveux.

— Quand tu étais dans le coma, l'été dernier, je n'arrêtais pas de penser que je n'avais pas été là pour te protéger.

— Je n'ai pas besoin d'être protégée.

— Bien sûr que si. On en a tous besoin.

— Eh bien, si tu pars avec eux, tu ne seras pas là non plus. Et s'il m'arrive quelque chose ?

— Si tu me demandes de ne pas y aller, je n'irai pas.

Kelly réfléchit. La vérité, c'était qu'elle n'avait vraiment pas envie que Jake y aille. Se précipiter ainsi dans la jungle pour affronter une armée de mercenaires ultra-entraînés, c'était de la folie pure. Jake avait bien raison de parler de mission suicide.

Mais, dans le même ordre d'idées, elle savait que s'il arrivait quelque chose à Mark, Jake ne le lui pardonnerait jamais. Même si son absence lui avait sauvé la vie. Chaque fois qu'il la regarderait, il verrait son frère mort. Par ailleurs, même si elle rechignait un peu à l'admettre, le départ de Jake lui laissait toute latitude pour enquêter sur son affaire à elle.

— Pars avec ton frère, dit-elle.

— Kelly…

— Mais je t'interdis de te faire tuer, reprit-elle avec véhémence.

— Je te le promets.

Il l'attira contre lui. Kelly enfouit son visage contre la poitrine de Jake et sentit son cœur battre tranquillement. Elle leva la tête et l'embrassa dans le cou. La respiration de Jake s'accéléra quand elle lui mordilla l'oreille, puis la lèvre inférieure.

— Je ne sais pas si on a le temps, murmura-t-il en jetant un œil au réveil.

Kelly ne répondit pas. Elle remonta jusqu'à lui frôler le visage de ses seins.

Puis elle bascula les hanches et l'attira en elle. Les lèvres de Jake s'écartèrent et il laissa échapper un soupir.

— Oh ! mon Dieu…

Elle commença doucement. Cela faisait si longtemps, et c'était tellement bon qu'elle en oublia provisoirement sa jambe, le départ de Jake, la façon dont Syd le regardait parfois. A cet instant précis, il était tout à elle.

Il creusa ses reins pour répondre à son mouvement de va-et-vient. Puis il posa ses mains sur ses hanches pour la guider et intensifier le rythme. Kelly renversa la tête en arrière. Quand l'instant fatidique approcha, elle se pencha de nouveau vers lui. Leurs corps étaient alignés l'un contre l'autre, leurs lèvres toutes proches.

— Tu es tellement belle…, dit-il. Je t'aime tellement.

Kelly ne répondit pas. Elle se contenta de le regarder pendant qu'il fermait les yeux en gémissant. D'une manière ou d'une autre, elle savait que c'était un adieu.

31 JANVIER

14

— Merde ! s'exclama Syd en glissant sur un tas de feuilles mortes. Je déteste la jungle.

— On est sur la même longueur d'onde, chef, dit Maltz en lui tendant la main pour l'aider à se relever.

Jake ne dit rien. Il commençait déjà à douter de sa décision. Le comportement bizarre de Kelly n'avait rien arrangé. D'abord, elle avait pris l'initiative de faire l'amour, la nuit dernière. Il ne s'en plaignait pas, mais elle n'avait jamais fait le premier geste, même avant l'accident. Et le regard qu'elle lui avait lancé quand il avait refermé la porte, ce matin… C'était comme si elle s'attendait à ne jamais le revoir, même s'il survivait à la mission.

Il chassa ces pensées de son esprit. Il ne pouvait absolument pas se permettre d'être distrait. Avec un peu de chance, Kelly se trouvait déjà à bord d'un avion à destination de New York. Elle était en sécurité, et c'était la seule chose qui comptait.

Ce matin, ils avaient troqué leur voiture de location contre deux jeeps et pris la direction de la montagne. La route serpentait pendant des heures, la végétation devenant de plus en plus verte et dense à mesure que la ville rapetissait dans le rétroviseur. Ils devaient parfois rouler au pas pour contourner des nids-de-poule, ou quitter carrément la route aux endroits où le bitume était crevé. Ils n'avaient croisé qu'une poignée d'autres véhicules, surtout des camions d'agriculteurs et des autocars bondés. Jake n'avait pas l'impression qu'ils s'étaient fait remarquer : ils donnaient l'impression d'un groupe de touristes aventureux à destination des ruines d'El Tajín. En réalité, ils avaient dépassé l'intersection qui menait au site archéologique, mis le cap sur le sud et continué à grimper dans les montagnes. Mark conduisait la voiture de tête, avec Isabela pour copilote. Une ou deux heures après l'intersection, ils s'étaient arrêtés sur le bas-côté.

— A partir d'ici, il faut continuer à pied, avait expliqué la pharmacienne.

Ils avaient caché les voitures et les avaient recouvertes de broussailles en espérant les retrouver à leur retour. A supposer qu'ils reviennent, bien sûr.

— C'est encore loin ? grommela Syd en dérapant de nouveau.

— Encore quelques kilomètres, je crois, répondit Isabela.

— Génial ! dit Syd. Trois ou quatre kilomètres de boue.

— C'est bon pour la peau, chef, fit remarquer Maltz.

— Va te faire foutre.

— On ferait mieux de se taire, intervint Mark. Il peut y avoir des patrouilles.

Sur ce, tous cessèrent de parler.

Jake était obligé de reconnaître qu'Isabela se débrouillait plutôt bien, pour quelqu'un qui n'avait aucun entraînement. Mark et Decker proposaient de l'aider dans les passages les plus difficiles, mais elle refusait la plupart du temps. Pourtant, ce n'était pas précisément commode. Le sol était inégal, caillouteux et glissant. Avant la fin de la première heure, ils étaient tous trempés et couverts de boue. Jake avait des ampoules aux pieds et des courbatures aux bras, à force d'agiter les mains pour chasser les nuées d'insectes invisibles qui le dévoraient. C'était somme toute l'endroit rêvé pour installer un camp de prisonniers. Personne n'aurait songé à s'aventurer ici de son propre gré.

Soudain, une main le poussa dans le dos et l'envoya voler en avant.

— Hé ! protesta-t-il, enfoncé jusqu'aux genoux dans la boue.

Son frère l'écrasait de tout son poids. Il lui colla une main sur la bouche et lui plaqua la tête au sol.

Jake se débattait pour se dégager quand il entendit des voix. Cette partie de la jungle était tellement dense que Kane devait leur ouvrir le chemin à la machette. Il se rendit compte, à présent, que cette végétation avait aussi l'avantage de les cacher. Il hocha la tête pour montrer qu'il avait compris, et Mark le relâcha. Devant eux, Kane, Fribush et Jagerson étaient aplatis au sol. Syd et Maltz étaient derrière avec Isabela. Il ne voyait pas Decker.

Les voix s'intensifièrent. Elles étaient indéniablement masculines et parlaient en espagnol. Jake crut d'abord qu'ils se disputaient, puis quelqu'un éclata de rire. Une odeur de fumée de cigarette flotta dans l'air. Isabela s'était apparemment trompée sur l'emplacement exact du camp.

Il sentit un mouvement derrière lui, tourna la tête et vit Syd qui communiquait par signes avec leurs hommes. Mark secoua la tête avec force et lui répondit par une autre série de gestes. Jake n'y comprenait rien : il se promit, s'il s'en sortait, de s'inscrire à un cours de langage des signes des Forces spéciales.

L'instant d'après, Mark se dégagea en roulant sur lui-même et disparut dans le feuillage. Jake se retourna vers Syd : elle aussi avait disparu, ainsi que Maltz. Il ne restait plus qu'Isabela et lui. La jeune femme affichait une panique manifeste. Jake tenta de prendre un air rassurant, mais il se demandait tout de même s'ils ne venaient pas d'être abandonnés par leurs coéquipiers.

Il vit un homme s'approcher tranquillement : un Mexicain de moins de vingt ans, portant un pantalon de treillis et un T-shirt Metallica. Il s'arrêta derrière une fougère géante à moins de un mètre de Jake. S'il baissait les yeux, il ne pouvait pas le rater.

Jake plaqua sa tête contre la mousse et se concentra pour essayer de se rendre invisible. Il tenta de contrôler sa respiration, mais elle lui paraissait assourdissante.

Le garde ouvrit sa braguette et libéra un ruisselet d'urine qui aboutit à une trentaine de centimètres de la tête de

Jake. Tout en pissant, il continua à parler à son compagnon par-dessus son épaule. Tous deux s'esclaffèrent bruyamment.

Un bruissement dans les feuillages. Isabela. Le garde sursauta, s'avança d'un pas, et poussa un cri de surprise. Jake tourna la tête : Isabela s'était relevée d'un bond et s'enfuyait en courant entre les arbres. Sa queue-de-cheval brune rebondissant sur ses épaules. Le garde traversa les bouquets de fougères en hissant son fusil sur son épaule. Il était tout près de Jake, mais tellement concentré sur la jeune femme qu'il ne le remarqua pas.

Isabela trébucha et s'étala à quatre pattes dans la boue. Le garde ajusta son fusil et visa le milieu de son dos.

— Attendez ! dit Jake en se redressant.

Le garde sursauta de nouveau et tourna son arme vers lui. En apercevant Jake, il plissa les yeux.

Jake leva les mains. Un deuxième garde sortit de derrière un arbre en remontant sa braguette. Il était plus âgé, avec une vilaine cicatrice qui lui barrait le visage.

Ils baragouinèrent un instant, puis le plus ancien s'enfonça dans les broussailles derrière Isabela.

L'autre poussa Jake du bout de son fusil pour lui dire d'avancer. Jake croisa les mains derrière la tête, et sentit le canon de l'arme s'écraser au creux de son dos.

Génial, pensa-t-il. Il avait trouvé le moyen parfait de s'introduire dans le camp : en tant que prisonnier.

Kelly pianota sur le clavier du téléphone et regarda par la fenêtre du motel en attendant que son correspondant décroche. Elle connaissait le numéro par cœur, maintenant. Elle avait appelé une dizaine de fois au cours des derniers jours ; chaque fois, une voix féminine enregistrée l'informait que le personnel de Global Investigations était déjà en ligne, et lui proposait de laisser un message. Soit c'était l'entreprise de recherches privées la plus demandée que Kelly ait déjà connue, soit c'était un type tout seul chez lui qui n'écoutait jamais son répondeur. D'après l'indicatif, la boîte se trouvait à New York. Ça collait ; elle se rappelait vaguement que le père de Lin Kaishen travaillait pour l'ONU. La famille avait fait appel à Global Investigations pour continuer à suivre la piste de Stefan Gundarsson après que le FBI eut classé l'affaire. Son patron de l'époque, un imbécile obséquieux, avait déclaré que la famille était dans le déni, et que ces satanés Chinois n'avaient aucun respect pour le travail de la police américaine. Intérieurement, Kelly s'était dit qu'ils avaient de bonnes raisons de douter de celui du FBI. Malheureusement, le dossier ne précisait pas pourquoi l'enquêteur privé était convaincu que Stefan était en vie. Il ne contenait qu'un bref rapport rédigé par l'agent qui avait pris son appel.

« Global Investigations affirme détenir des preuves selon lesquelles le suspect Stefan Gundarsson aurait survécu et serait caché au Mexique. La famille Kaishen demande l'envoi d'agents sur le terrain pour vérifier la piste. »

Une note manuscrite sur le haut de la fiche indiquait :

« Affaire classée. Ne pas donner suite. »

Il y eut un déclic à l'autre bout du fil, puis la voix de la messagerie s'enclencha. Kelly raccrocha, entrouvrit la fenêtre et s'alluma une cigarette. Jake ne savait pas qu'elle avait repris. Elle ne fumait jamais chez eux ; elle se planquait sur le toit de l'immeuble ou dans l'entrée de service. Il ne se serait pas permis de lui interdire quoi que ce soit, mais elle n'avait pas envie de sentir sa désapprobation peser sur elle.

Elle inhala profondément en faisant rougir le bout de la cigarette, et évita de laisser son regard s'attarder sur les draps froissés du lit. Bon sang, pourvu que Jake s'en sorte... Elle l'avait laissé partir parce que c'était leur boulot, la vie qu'ils avaient choisie. C'était précisément cet engagement qui faisait que l'affaire de Stefan la préoccupait à ce point. Elle avait besoin de tourner la page une fois pour toutes.

Elle retint la fumée dans ses poumons avant de la souffler. Elle aurait sans doute mieux fait de prendre un taxi pour l'aéroport et de rentrer à la maison par le premier vol. Mais, à cette idée, elle sentit l'obscurité l'envahir. La futilité de sa vie, l'absence d'objectif qui la hantait depuis son réveil à l'hôpital lui paraissaient insoutenables.

Après tout, si elle s'accrochait autant à la possibilité que Stefan soit vivant, c'était peut-être parce qu'elle ne savait plus quoi faire de sa vie. Au moment de sa rencontre avec Jake, trois ans plus tôt, elle était au top. Sa réputation professionnelle était irréprochable, son taux de résolutions faisait l'admiration et l'envie de ses collègues. Depuis, elle avait été destituée d'une affaire hypermédiatisée et amputée de la moitié d'une jambe. Sa vie lui filait entre les doigts. Le FBI ne voulait plus d'elle. Jake ne restait qu'à cause d'un sentiment d'obligation mal placé. Toute sa famille avait disparu. A part Jake, la terre entière se fichait de ce qui lui arrivait. Elle n'avait même pas de vrais amis.

L'ironie de la situation, c'est qu'elle avait rencontré Jake en poursuivant Stefan. Son psy s'en donnerait à cœur joie quand elle lui parlerait de tout cela.

Son téléphone sonna à ce moment. Elle se jeta dessus et le fit tomber du rebord de la fenêtre. Elle reconnut le numéro, ramassa l'appareil et réussit à décrocher avant la messagerie.

— Allô !

— Ici Mike Caruso, de Global, dit un homme avec un accent de Brooklyn prononcé. Vous m'avez laissé quelques messages.

— Oui… euh… bonjour !

Kelly s'éclaircit la voix.

— Je voulais en savoir plus sur l'enquête que vous avez menée pour les Kaishen.

Silence.

— Je n'ai pas le droit d'en parler, dit-il enfin. Je ne plaisante pas avec le secret professionnel.

— Vous avez tuyauté le FBI à ce sujet il y a quelques mois. Je vous contacte suite à cet appel.

— Vous avez un sacré toupet ! C'est grâce à vous que je me suis fait virer.

— Les Kaishen vous ont renvoyé ?

— Oui, parce que des connards de chez vous leur ont dit que j'avais mauvaise réputation. Ils sont allés déterrer une histoire de conduite en état d'ivresse qui remonte à des années. Résultat : les Kaishen ne m'ont même pas remboursé mes frais.

— Désolée de l'entendre, dit Kelly sur un ton conciliant. C'est moi qui étais chargée de l'enquête, au départ.

— Eh bien, je ne suis pas disposé à vous aider. Au revoir.

— Attendez ! Combien vous doivent-ils encore ?

Un bref silence suivit sa question.

— Trois mille et quelques.

Kelly était prête à parier que le chiffre réel était nettement inférieur, mais elle n'était pas en position de marchander.

— Je peux vous faire parvenir l'argent si vous me dites ce que vous aviez trouvé.

— Ah, tiens.

Nouveau silence.

— Mettez-le-moi en liquide sur mon compte. Je vous dirai ce que je sais quand je l'aurai reçu.

— Je suis au Mexique, je ne peux pas faire le virement avant mon retour. Je vous en prie, monsieur Caruso. C'est important.

Son interlocuteur hésita un long moment, puis soupira.

— Vous n'avez pas intérêt à vous foutre de moi, cette fois.

— Je vous promets que ce ne sera pas le cas. Comment avez-vous retrouvé Stefan Gundarsson ?

— La famille a fait appel à deux enquêteurs privés avant moi, répondit-il avec une note de fierté. Les autres n'ont rien trouvé du tout. Moi, j'ai fait comme d'habitude, j'ai suivi l'argent.

Kelly fronça les sourcils. S'agissait-il d'une vulgaire arnaque ?

— On avait fait saisir ses comptes, fit-elle remarquer.

— Evidemment, mais vous avez oublié ceux de sa soi-disant église. De toute façon, vous n'auriez pas pu y toucher, ils sont protégés par une loi fédérale. Le compte en question a été vidé par un des débiles de sa secte.

Cela se tenait. Le FBI n'avait pas gardé les adeptes de Stefan à l'œil ; or, au moment de sa disparition, il en comptait plusieurs centaines.

— Qu'est-ce qui vous a aiguillé sur le Mexique ?

— La personne qui a clôturé le compte a récupéré un chèque de banque. J'ai obtenu ses relevés bancaires : quelques jours plus tard, il a effectué des paiements à Mexico. Je suis parti là-bas et j'ai retrouvé sa trace dans un hôtel miteux. Devinez quoi ? Il a été victime d'une soi-disant agression la semaine de son arrivée. On l'a retrouvé poignardé à mort.

Kelly inspira une bouffée d'air. Stefan avait une prédilection pour les couteaux.

— Et si le type en question cherchait simplement à disparaître après avoir vidé la caisse ?

— Sauf que l'argent n'a jamais été retrouvé. Et que ses cartes de crédit ont continué à être utilisées plusieurs semaines après sa mort. J'ai remonté la piste à partir de certains paiements. Des gens m'ont parlé d'un type qui correspondait au signalement de Gundarsson. Croyez-moi, les gars dans son genre, ça ne court pas les rues, là-bas. J'en ai parlé aux Kaishen, ils vous ont téléphoné. Et, quelques jours plus tard, je me suis entendu dire qu'ils n'avaient plus besoin de mes services.

Caruso acheva ce récit par un petit rire méprisant.

— Je vais vous dire, si vous faisiez mieux votre boulot, au FBI, vous l'auriez déjà coincé.

— Je n'arrive pas à croire que la famille ait tout simplement abandonné.

Kelly se rappela les Kaishen, qu'elle avait rencontrés brièvement. Ils avaient été accablés par la mort de leur fille.

— Ce que je ne saisis pas, c'est pourquoi vous êtes aussi remontée, tout à coup. Ça fait des mois que j'ai appelé le Bureau.

— J'étais... euh... sur une autre affaire. Je viens juste d'être mise au courant.

Kelly s'interrompit un moment.

— Vous croyez qu'il y a des chances pour qu'il soit encore dans le coin ?

— Ecoutez… Il faudrait qu'il soit dingue pour rester dans les parages après avoir dégommé un type.

Une vague de découragement s'abattit sur Kelly. Caruso avait raison : les chances étaient minces pour que Stefan soit encore à Mexico, surtout s'il avait eu vent des recherches du détective privé.

— Vous avez une idée de l'endroit où je pourrais commencer à chercher ?

Caruso réfléchit un moment.

— Il a fait beaucoup de paiements en librairie. Ce type est un grand lecteur. Faites un tour dans celles qui vendent des bouquins en langue étrangère, vous pourriez avoir de la chance. Mais, pour être franc, vous vous y prenez un peu tard.

— Je vous remercie infiniment de votre aide, monsieur Caruso.

— Ouais, ouais. Oubliez pas de me payer.

Il raccrocha abruptement.

Kelly se rendit compte qu'elle faisait tourner sa bague de fiançailles autour de son doigt depuis un moment, et elle se força à arrêter. La piste était ténue, d'accord, mais elle était déjà sur place. Si elle rentrait à New York, elle se retrouverait désœuvrée dans un appartement vide, à s'inquiéter en attendant des nouvelles de Jake.

Elle inspira profondément et fit un rapide inventaire. Sac à dos, pistolet H&K, chargeurs de rechange. Tout le reste était superflu. Mieux valait voyager léger. A la première indication que Stefan était vivant, elle contacterait le Bureau et attendrait des renforts. Sa capture serait un accomplissement majeur, qui lui permettrait peut-être de reprendre le service actif.

Elle hissa son sac sur ses épaules et quitta le motel à la recherche d'un cybercafé.

15

— Il faut qu'on se mette en route, dit Linus en faisant les cent pas entre le lit et la salle de bains. Ça commence à devenir ridicule.

— Ce serait surtout ridicule d'y aller sans être correctement préparés.

Assis devant le bureau de leur chambre de motel, Brown faisait un jeu de solitaire. Leur départ était retardé par l'attente d'un mystérieux équipement qu'il jugeait essentiel à la mission. Linus le soupçonnait d'atermoyer pour sauver la face. La nuit commençait à tomber, et rien n'indiquait que le départ fût imminent.

— Vous n'avez pas autre chose à faire ? lâcha-t-il enfin avec exaspération.

Brown se leva lentement en le fixant d'un regard noir. Linus songea subitement qu'il pouvait lui arriver n'importe quoi, ici. Brown pouvait le faire cribler de balles par ses propres hommes puis accuser les Zetas de sa mort, ou même prétendre que Linus n'était jamais arrivé à destination. Il déglutit avant de reprendre :

— Excusez-moi. Je suis un peu à...

Des coups à la porte l'interrompirent. Brown écarta le rideau pour savoir de qui il s'agissait, puis alla ouvrir. Un membre de sa cellule apparut, l'air agité. Les deux hommes échangèrent quelques mots à voix basse, puis Brown referma la porte.

— Il y a une complication, dit-il.

— Encore ? s'écria Linus.

— Je reviens tout de suite.

Brown glissa une deuxième arme à sa ceinture.

— Je vous accompagne, insista Linus.

Brown parut sur le point de refuser, puis il haussa les épaules.

— Faites comme vous voudrez.

Linus le suivit dans le couloir. Brown passa deux portes fermées et frappa à la numéro 17.

Ils pénétrèrent dans une chambre identique à la leur : un grand lit au sommier affaissé, un bureau miteux, une chaise bancale. Des membres de l'équipe de Brown se tenaient à chaque bout de la pièce. Au milieu, vautré sur la chaise, un grand type vêtu d'un short en jean et d'un T-shirt sale calait ses pieds sur le lit. Son visage disait quelque chose à Linus, mais il lui fallut quelques secondes pour l'identifier.

— Wysocki, dit Brown, tu as fini par retrouver le chemin de la maison.

— Bonjour, patron, dit Wysocki avec un sourire arrogant.

Devant le regard de Brown, il se ratatina un peu.

— Où est le reste de ton équipe ?

— Aucune idée. Kaplan s'est pris une balle, Riley et Decker sont allés lui chercher des médocs. Au bout d'un moment, comme ils ne revenaient pas, j'ai laissé Kaplan avec Flores et je suis parti chercher de la nourriture et un téléphone. Quand je suis revenu, ils n'étaient plus là. Je les ai attendus un moment, mais ils ne revenaient pas. Alors je vous ai appelé.

— Marrant que tu n'aies pas appelé tout de suite, dit Brown en plissant les yeux.

— J'avais des ordres.

— De qui ?

— De Riley.

Wysocki baissa la voix et ajouta :

— Je me demande s'il ne nous a pas vendus. On a été pris en embuscade sur le site. Les Zetas avaient une taupe.

— Qui a organisé l'évasion ?

— Moi et Decker. J'espère qu'il s'en est sorti. Si ça se trouve, Riley l'a remis entre les mains des mêmes connards.

Wysocki lança un regard oblique aux deux hommes qui le surveillaient.

— Il paraît que vous partez les chercher dans la jungle. J'aimerais bien en être.

— Je ne suis pas..., commença Linus.

— Il nous manque justement un homme, coupa Brown. Fais tes bagages, Wysocki.

Une expression fugitive s'afficha sur le visage de Wysocki. Cela ressemblait à du triomphe. Linus se précipita derrière Brown, qui s'éloignait d'un pas nonchalant. De retour dans la chambre, il se laissa tomber sur sa chaise et commença à battre ses cartes.

— Je sais que Wysocki est un de vos hommes, dit Linus, mais comment pouvez-vous...

— Moi non plus, je ne lui fais pas confiance. Je l'emmène pour le garder à l'œil.

— D'accord... mais s'il révèle nos plans aux Zetas ?

— Il sera surveillé en permanence, et il n'aura pas de radio. S'il travaille pour eux, il sera une source de renseignements intéressante.

— Et Riley ? demanda Linus. Je sais qu'il n'est pas chez nous depuis très longtemps...

— De mon point de vue, tous les hommes de cette unité constituent un problème, répondit Brown. Quand on les retrouvera, on les considérera comme des combattants ennemis jusqu'à preuve du contraire.

Avec sa cuillère rouillée, Flores racla le fond de son assiette pour ramasser les dernières miettes de gruau de maïs. Une chose était sûre, il préférait l'hospitalité de la branche urbaine des Zetas. La nourriture était meilleure, et il y en avait carrément plus. Avec des rations pareilles, pas étonnant que Calderon soit devenu un sac d'os.

Son codétenu avait fini de manger ; il rinçait son assiette

et sa cuillère en utilisant le moins d'eau possible. On ne leur distribuait que deux petites bouteilles par jour, et chaque goutte comptait.

Un garde apparut devant la porte de leur enclos.

— *Venga conmigo*, dit-il à Calderon.

Cesar se leva, une expression indéchiffrable sur le visage.

— Qu'est-ce qu'ils vous veulent ? demanda Flores.

— Difficile à dire. Ça pourrait être le début des négociations.

Calderon eut un maigre sourire.

— Espérons que ce soient de bonnes nouvelles pour tous les deux, *amigo*.

— Bonne chance.

Flores lui serra la main, puis le regarda s'éloigner devant le garde.

Dans l'enclos voisin, Ramon Tejada observa sans un mot le départ de Calderon.

Pour patienter, Flores se mit à arpenter l'enclos. Il avait déjà commencé à organiser mentalement leur évasion : il se familiarisait avec les horaires des gardes, analysait les forces et les faiblesses du lieu d'après ce qu'il pouvait en observer depuis l'enclos. Ce matin, Calderon avait mentionné le fait que des hélicoptères de l'armée survolaient épisodiquement le camp. C'était, selon lui, le seul moment où les gardes semblaient distraits. Ce pouvait être une bonne fenêtre pour une tentative d'évasion.

Et s'ils avaient décidé de déplacer Calderon dans un autre enclos ? S'il ne revenait pas, Flores serait obligé de partir sans lui. Ce ne serait pas une décision agréable à prendre.

Une sirène se mit à hurler, et un brouhaha s'éleva au bout de la rangée. Un groupe de gardes apparut en courant à petites foulées et se dispersa, chacun se plantant devant un enclos. L'un d'entre eux s'arrêta face à Flores. Il cala son fusil sur son épaule et visa sa poitrine.

Le cœur de Flores manqua un battement. Les pensées se bousculèrent dans sa tête tandis que son champ de vision s'amenuisait autour du doigt du garde. Il intensifia la pression sur la détente. *Je ne connaîtrai jamais mon enfant*, pensa-t-il. Son corps ne serait vraisemblablement jamais retrouvé. Maryanne ne saurait jamais ce qu'il lui était arrivé, et il n'aurait pas l'occasion de lui dire au revoir.

— *Tranquilo, amigo*, murmura Ramon à travers la grille. C'est juste un exercice.

— Quoi ?

Flores examina l'homme qui le menaçait de son arme. Il s'était figé sur place comme s'il attendait un ordre.

— Ils font ça deux, trois fois par semaine. C'est un entraînement. En cas d'invasion, les gardes sont censés s'assurer qu'aucun prisonnier ne survit.

— Comment sait-on que ce n'est pas pour de vrai, cette fois ?

— On ne peut pas le savoir.

Flores fit pivoter sa tête. Même si un garde le visait lui aussi de son arme, Tejada n'avait pas l'air affolé : assis en tailleur, il inclinait le visage pour absorber un mince rayon de soleil.

La sirène émit une série de coups espacés. Le garde qui visait Flores abaissa son arme. Puis il repartit en courant vers le bout de la rangée et s'aligna en file indienne avec ses camarades.

Flores expira longuement et s'essuya le front. A cet instant, il prit la résolution de ne pas se trouver ici lors du prochain exercice.

Dans l'enclos voisin, Tejada fut pris d'une nouvelle quinte de toux. Il se plia en deux et plongea le visage dans un mouchoir crasseux.

— *Como estás ?* demanda Flores.

Tejada balaya l'air de sa main. Au bout d'un moment, la crise s'apaisa. Il avala une gorgée d'eau et s'effondra sur sa paillasse de feuilles. En dépit de son état, il sortit une cigarette de sa poche et l'alluma. Etendu sur le dos, il se mit à fumer tranquillement : une fine traînée de fumée s'élevait comme un spectre au-dessus de sa tête.

— C'est l'enfer, ici, dit-il au bout d'un moment.

Il roula sur le flanc pour regarder Flores.

— Et tu es enfermé avec le diable.

Avant que Flores ait pu lui demander ce qu'il entendait par là, Calderon réapparut, poussé par un garde. La porte s'ouvrit et il fut propulsé dans l'enclos, l'air secoué, le visage pâle et les mains tremblantes.

— Qu'est-ce qui s'est passé ? demanda Flores. Ils vous ont pris en photo ?

Calderon s'accroupit lourdement et ramena ses genoux vers sa poitrine.

— Non, *amigo*, murmura-t-il d'une voix à peine audible. Ils voulaient autre chose.

— Quoi ?

Calderon ne répondit pas. Sans doute attendait-il le départ du garde, qui n'avait pas encore refermé la porte de l'enclos.

— *Venga conmigo.*

Flores se tourna vers le garde et vit qu'il le désignait du doigt.

16

Jake émit un grognement, cueilli aux côtes par un violent coup de pied. Il avait encore glissé, et c'était apparemment interdit. Le garde s'époumona en faisant des gestes d'exaspération.

— Pas ma faute, grommela Jake en se relevant douloureusement. Ça glisse, putain.

L'autre se contenta d'écraser le canon de son arme contre sa colonne vertébrale. Son collègue n'avait pas réapparu, ce qui achevait de plomber l'ambiance. Tout en poussant Jake devant lui, le garde jetait des regards réguliers par-dessus son épaule, visiblement en proie à une inquiétude croissante. Ils avaient déjà parcouru près de un kilomètre dans la jungle. Il était où, ce foutu camp ? Les gardes partaient-ils toujours aussi loin pour pisser ?

Ici, la végétation était encore plus touffue : des fougères géantes s'élevaient jusqu'à frôler les lianes qui pendaient des arbres. Le tout plongé dans une brume tiède qui s'enroulait autour des troncs et se condensait sur les feuilles.

Un craquement bruyant s'éleva subitement derrière eux. Quelque chose de gros arrivait à toute allure. Jake et son garde se figèrent tous les deux.

— Hector ? lança l'autre au bout d'une seconde.

Pas de réponse.

Le garde hissa son fusil sur l'épaule en visant un groupe de buissons aux branches mouvantes, une dizaine de mètres plus loin.

— *Quien es ?* s'écria-t-il. *Sal de ahí !*

Toujours rien. Le silence s'était refermé sur la jungle. Jake sentit une goutte de sueur descendre le long de son cou et passer à l'intérieur de son T-shirt. *Syd et Mark*, pensa-t-il. *C'est forcément eux*. Il était à la fois soulagé de n'avoir pas été abandonné, et agacé : pourquoi avaient-ils mis si longtemps ? Ils étaient tout de même six personnes formées à intervenir dans ce genre de situation.

Le garde pivota sur lui-même et pointa son arme vers Jake en aboyant une série d'ordres. Malgré sa connaissance limitée de l'espagnol, qui se résumait surtout à demander les toilettes et à commander des bières, Jake saisit l'essentiel de ses propos. Néanmoins, il haussa les épaules d'un air perplexe.

— *No hablo español.*

Le garde s'avança d'un pas et lui décocha un coup du bout de son fusil.

— Ils sortent, dit-il en anglais, ou tu meurs.

— Qui ça ? demanda Jake en articulant bien. Je suis tout seul.

Le garde émit un sifflement exaspéré, marmonna dans sa barbe et le poussa dans le dos. Jake se remit à avancer en balayant des yeux la végétation de part et d'autre du sentier. Une mer de vert et de gris.

Tiens… Un éclat de couleur vive à sa droite. Il fixa son attention sur l'endroit où il l'avait aperçu tout en continuant à marcher.

Il y avait certainement quelque chose, là-dedans, qui n'appartenait pas à la forêt tropicale.

Jake prit une profonde inspiration, fit semblant de déraper sur un tas de feuilles mortes et se laissa tomber à plat ventre dans la boue.

Un craquement violent s'éleva à sa droite. Un poids lourd et mouillé s'abattit sur son dos. Levant les yeux, il vit le garde chanceler sur le côté. Un trou rouge fleurit sur son front, en dessous de l'implantation des cheveux. Il y eut un bruit de branches froissées, puis Syd et Mark sortirent d'entre les arbres, suivis des autres. Au grand soulagement de Jake,

Isabela était du nombre. En apercevant le corps du garde, elle pâlit et détourna les yeux.

— Il vous en a fallu, du temps, grommela Jake.

Syd indiqua Mark d'un geste de la tête.

— Il voulait qu'on les laisse t'emmener jusqu'au camp. Il se disait que c'était le meilleur moyen pour le localiser.

— Super idée, rétorqua Jake. Je ne suis pas mécontent que le bon sens l'ait emporté.

— On t'aurait libéré, répondit Mark sans lever les yeux.

Il tapota les poches du garde mort et y récupéra un couteau de chasse et des munitions.

— Fais-moi penser à ne plus venir te sauver, lança Jake.

Il se redressa et s'épousseta en évitant la vue du corps inerte sur le sol.

— Un partout, rétorqua son frère. Surtout que tu ne m'as pas vraiment sauvé.

— Vous allez arrêter de vous chamailler ? intervint Syd. Le camp ne doit plus être loin et il va bientôt faire nuit. Il faut qu'on trouve un endroit pour se replier en sécurité.

— On y va, dit Mark. Suivez-nous de près. Ne marchez pas sur le sentier, mais gardez-le en vue. Decker, tu fermes la marche.

— J'y vais, dit Maltz abruptement.

Mark hésita un instant, puis renonça à discuter. Syd passa la première : elle s'éloigna d'une vingtaine de pas sur la droite, puis se fraya un chemin parallèle au sentier en aplatissant la végétation devant elle. Mark était sur ses talons.

Jake lui emboîta le pas. Hors du sentier, la progression était difficile, et Syd n'utilisait plus la machette pour ne pas laisser des traces. Il marchait dans les pas de son frère avec la plus grande prudence, mais il aurait juré que ce dernier faisait exprès de lui envoyer des branches dans le visage. L'une d'entre elles finit par lui griffer la joue jusqu'au sang et lui arracher un petit cri de douleur.

Mark lui lança un coup d'œil par-dessus son épaule, le sourcil levé. Jake lui répondit par un regard noir et lui fit signe de continuer. En voyant le dos musclé de son frère louvoyer entre les arbres, il se rappela les multiples occasions où il s'était retrouvé dans la même configuration. En fait, il avait passé toute son enfance à suivre Mark. Les fossés et buissons d'armoise autour de leur maison étaient le théâtre d'interminables parties de cow-boys et d'Indiens. Quand son frère était parti à la fac, il lui avait légué sa place de quarterback au sein de l'équipe du lycée. Le seul endroit où Jake ne l'avait pas suivi, c'était chez les Navy SEALs.

Ils avaient toujours été beaucoup plus proches l'un de l'autre qu'avec Chris. Ce dernier constituait la proverbiale exception dans une famille dopée à l'adrénaline : c'était un modèle de bon élève, qui préférait les livres aux carabines à air comprimé, et l'année scolaire aux vacances. De leur côté, Mark et Jake étaient quasi inséparables : ils partageaient une chambre et s'attiraient constamment des ennuis – rien de vraiment grave, mais les flics du coin les connaissaient de vue.

Et puis Mark était parti, et tout avait changé.

A présent, son frère se figea devant lui et leva le poing. A trente centimètres derrière, Jake pila brusquement. Enfin un signe qu'il reconnaissait : un code militaire qui signifiait « Pas un geste ».

Mark tomba à plat ventre et continua à avancer en rampant. Au bout d'une seconde, Jake suivit son exemple. Il s'avança prudemment, la peau brûlée par le frottement de ses vêtements trempés, jusqu'à arriver à la hauteur de Mark et de Syd.

Ils se trouvaient au bord d'une petite falaise. En contrebas, le sentier sur lequel le garde l'avait conduit continuait à descendre en lacet abrupt sur près d'un kilomètre. Au fond, comme niché dans un écrin, se trouvait le camp de prisonniers.

Mark balaya la vallée de ses jumelles. Jake tendit la main, et son frère les lui donna d'un air réticent.

Il régla la mise au point, et son cœur se serra.

Isabela leur avait dit que le camp était intégré à une grande base militaire. Soit elle ne connaissait pas l'envergure réelle du site, soit elle avait été incapable de la leur communiquer.

Jake s'était imaginé quelque chose de plus improvisé, à l'image des camps des FARC en Colombie. Ces derniers étaient maîtres dans l'art de multiplier les bases temporaires, qui constituaient autant de leurres dans leur jeu de chat et de souris avec l'armée colombienne.

Apparemment, les Zetas ne s'embarrassaient pas de telles précautions. Le camp de prisonniers s'étendait presque à perte de vue : il devait occuper plus d'une centaine d'hectares. La canopée le dissimulait partiellement aux regards plongeants. Pas question, cependant, d'envisager que l'armée mexicaine ignore son existence. C'était impossible. Syd avait raison : les Zetas avaient forcément des soutiens dans les hautes sphères du gouvernement.

Syd et Mark s'éloignèrent du bord en rampant à reculons. Jake les imita. Au bout de trois ou quatre mètres, Mark se releva, s'éloigna vers les broussailles et s'accroupit près des autres.

— O.K., dit-il. On a un visuel. On va se replier à quelques kilomètres en arrière et on reviendra en reconnaissance à la nuit tombée.

— Comment est-ce que tu comptes retrouver tes hommes, dans ce merdier ? demanda Jake. C'est carrément plus grand que ce que je pensais.

— On les retrouvera.

— Et mon père aussi, lança Isabela.

— Oui, répondit Mark en croisant son regard. Lui aussi, on va essayer de le retrouver.

— Et ensuite ? lança Jake. Pour les sortir de là, tu fais comment ? Il y a des miradors, des chiens…

Il se tourna vers Syd.

— Même toi, tu es obligée de reconnaître que c'est de la folie. On n'a pas affaire à une poignée de gars défendant un avant-poste. Si on les attaquait, ils seraient à cent contre un. En plus, on ne connaît pas le terrain.

Pour la première fois depuis qu'il la connaissait, Syd avait un air hésitant. Ce n'était pas bon signe.

— Il faut qu'on fasse diversion, répondit-elle. Histoire d'éloigner une partie des gardes.

Elle se tourna vers Maltz et ajouta :

— Un peu comme ce qu'on a fait en Syrie.

Maltz secouait déjà la tête.

— Jake a raison, ils sont trop nombreux. Ça ne marchera pas.

— On pourrait faire venir des renforts en hélico, proposa Kane. Réaffecter des équipes qui sont sur d'autres affaires.

— Ça ne servirait qu'à nous faire repérer, rétorqua Mark. On est déjà sur place. Il faut qu'on profite de l'effet de surprise.

— La surprise ne suffira pas, répliqua Syd.

Mark voulut répondre, mais elle ne lui en laissa pas le temps.

— Jake a raison. Y aller comme ça, c'est du suicide. Et, pour ma part, je ne suis pas d'humeur à mourir. Ni à finir ma vie dans un camp en pleine jungle.

Un silence plana sur le groupe.

— Et l'équipe de Tyr ? demanda Syd au bout d'un moment. On pourrait s'associer avec eux.

— On leur fait pas confiance, expliqua Decker.

— Peut-être que si on avait plus de C4…, fit remarquer Maltz d'un air songeur.

— C'est facile de rentrer là-dedans, rétorqua Syd. C'est d'en sortir qui va être coton.

Pendant qu'ils parlaient, l'obscurité tombait petit à petit sur la forêt et rafraîchissait l'air. Jake frissonna dans ses vêtements mouillés. Isabela paraissait aussi démoralisée que lui. Pour la énième fois, il se demanda ce qui lui avait pris. Pourquoi n'était-il pas déjà en avion avec Kelly, à destination de la maison ? Son frère semblait décidé à se faire tuer par n'importe quel moyen. Le pire, c'est qu'il lui avait clairement fait comprendre qu'il n'avait pas envie de son aide. Pourquoi Jake mettait-il en danger de mort son associée et certains de ses meilleurs employés ?

— On a un autre problème, reprit Maltz au bout d'un

moment. Y a des chances pour qu'ils viennent chercher les gars qu'on a descendus.

— Il a raison, confirma Decker. On a bien planqué les corps, mais quand même…

— Si on reste ici, acheva Syd, ils vont nous repérer. Il faut qu'on se replie en lieu sûr pour réfléchir à un plan.

— Moi, je pense qu'il faut rester, répondit Mark.

— Négatif, rétorqua Syd. Je me replie avec mon équipe.

Elle se tourna vers Jake et ajouta :

— Tu es d'accord, non ?

Jake confirma d'un hochement de tête.

— J'ai vu des hôtels dans le dernier village qu'on a traversé. On s'y replie et on essaie de garder le profil bas en attendant de se retourner.

Le visage de Mark s'assombrit. Avant qu'il ait pu parler, Decker posa une main sur son bras.

— Elle a raison, Riley. On peut s'occuper de la reconnaissance tous les deux. Mais ils ne peuvent pas tous rester. On a des civils avec nous.

Le regard de Mark se posa sur Isabela.

— Vous feriez mieux de repartir avec eux, dit-il d'un ton de défaite. De notre côté, on va rassembler le maximum de renseignements sur le camp.

— Tiens, dit Syd en lui passant une radio équipée d'une grosse antenne. On reste en contact. Utilise le canal crypté pour nous faire un rapport. Qui sait, vous allez peut-être repérer une faiblesse qu'on peut exploiter.

— On s'en va ? répéta Isabela. Et mon père ?

— Je m'occupe de le libérer, répondit Mark. Je te le promets.

La jeune femme semblait prête à contester la décision, mais, à cet instant, une sirène se mit à hurler à l'intérieur du camp.

Syd pencha la tête sur le côté.

— Pour moi, dit-elle, c'est le signal du départ.

*
* *

Assise sur un banc dans un jardin public, Kelly se massait la jambe. Après une longue journée de marche, elle était dans un sale état. Elle envisagea de prendre un Vicodin, puis y renonça. Il s'agissait de garder la tête claire, au cas où elle dégotterait quelque chose. Pour l'instant, elle n'avait pas eu cette chance.

Une recherche internet avait livré les coordonnées de cinq librairies étrangères à Mexico. Les deux premières étant spécialisées en langues européennes, Kelly avait décidé de commencer par là. Cela n'avait rien donné. Les propriétaires ne reconnaissaient ni l'un ni l'autre la photo de Stefan.

Selon Mike Caruso, l'argent était arrivé à Mexico trois ans auparavant. Même si Stefan était un habitué, à l'époque, ils pouvaient l'avoir oublié. Ou alors les librairies qu'il fréquentait avaient fermé entre-temps.

Elle décida néanmoins de continuer. Après tout, elle n'avait rien de mieux à faire. L'adresse suivante se trouvait à l'est de la ville, non loin du motel où ils avaient passé les derniers jours. Elle quitta le jardin public et s'arrêta pour déjeuner dans la Zona Rosa avant de reprendre le chemin de ce quartier sinistre.

Elle consulta sa montre : bientôt 15 h 30. Quoi qu'il arrive, elle ne voulait surtout pas se balader là-bas après la nuit tombée.

Il fallut presque une demi-heure au taxi pour se frayer un chemin à travers les embouteillages. La chaleur ne faiblissait pas, les trottoirs grouillaient de passants en T-shirt qui entraient dans les magasins et en sortaient. A mesure que la voiture avançait, des quartiers de plus en plus décrépits se succédaient. Des rues entières étaient condamnées, les ouvertures des bâtiments bouchées par des planches. Des groupes de jeunes traînaient sur les marches à l'entrée des immeubles. Kelly déglutit. Peut-être avait-elle eu une mauvaise idée.

Le taxi s'arrêta devant une devanture isolée au milieu

d'un pâté de maisons en ruine. Kelly regarda par la vitre. Difficile de dire si le magasin était ouvert : il paraissait aussi miteux et abandonné que tout le reste.

— *Espere, por favor*, dit-elle en tendant un billet au chauffeur.

Il regarda autour de lui d'un air d'appréhension, mais hocha la tête.

Une sonnerie tinta quand elle poussa la porte du magasin. A l'intérieur, il faisait sombre, et des livres s'entassaient sur toutes les surfaces disponibles. Un homme minuscule sortit de l'arrière-boutique et s'approcha avec un sourire tout en dents.

— *Si, señora ?* dit-il avec espoir.

— *Hola*. Je suis à la recherche de quelqu'un.

Kelly chercha la photo judiciaire de Stefan dans son sac à dos. La figure du propriétaire s'allongea quand il comprit qu'elle n'était pas une cliente potentielle, mais il prit la photo qu'elle lui tendait et ajusta ses lunettes.

— Pourquoi cherchez-vous cet homme ? demanda-t-il dans un anglais appliqué.

— Sa famille veut le retrouver, dit Kelly.

Elle avait décidé de ne pas se présenter comme agent du FBI ; elle supposait que cela ne lui vaudrait pas l'affection des autochtones.

— Je vois.

Il tendit la photo à bout de bras et baissa les yeux.

— Il a pu acheter des livres chez vous, il y a quelques années.

— Comme vous pouvez l'imaginer, dit le vieil homme, ma clientèle est très réduite. S'il n'y avait pas internet…

Il secoua la tête et ajouta :

— Parfois, je me demande pourquoi je continue à ouvrir le magasin.

— J'en suis désolée, répondit Kelly en réprimant son impatience. Vous le reconnaissez ?

L'homme la dévisagea.

— Vous n'avez pas l'air d'être un parent.

— Je suis une amie de la famille.

— J'en doute. Cet homme n'est pas de ceux qui se font des amis.

Le cœur de Kelly bondit dans sa poitrine.

— Donc, vous le connaissez ?

— Il n'est pas venu depuis des mois. Mais il a été autrefois un de mes meilleurs clients.

Un ton de regret envahit la voix du vieil homme.

— Je lui commandais régulièrement le *Berlingske Tidende*, et d'autres titres. Puis, un jour, il n'est plus venu.

— Vous avez une idée de l'endroit où je peux le trouver ? demanda-t-elle.

Le bouquiniste poussa un soupir.

— J'en ai une, mais c'est très dangereux. Ce n'est pas un endroit pour une femme seule.

— S'il vous plaît… C'est important.

Il la regarda un long moment.

— Promettez-moi de ne jamais y aller seule. Et de ne jamais y aller la nuit.

— Bien sûr, mentit Kelly.

— Très bien. J'ai eu du mal à le croire, parce que cet homme avait clairement des moyens. Il m'a acheté un livre à quatre mille pesos sans hésiter. Mais, d'après ce qu'il m'a dit, j'ai compris qu'il vivait à Bordo Poniente, au milieu des *pepenadores*.

— Pardon ?

— A la décharge municipale.

Il plissa le nez et ajouta :

— C'est à un peu plus de un kilomètre d'ici. On sent très bien l'odeur quand le vent vient de l'est. Mais je dois vous prévenir, *señora*, c'est énorme. Il n'est pas facile de retrouver quelqu'un là-dedans. Et c'est un des endroits les plus dangereux que je connaisse.

Venant d'un habitant du quartier, ce n'était sans doute pas peu dire, songea Kelly.

— *Gracias, señor*, dit-elle en lui tendant un billet de cinq cents pesos.

Le vieil homme écarquilla les yeux.

— Faites attention à vous, lança-t-il dans son dos.

Mais Kelly passait déjà la porte en faisant tinter la cloche.

Flores tenta de garder son calme tandis qu'on le faisait avancer dans l'allée. Ils lui avaient attaché les mains à l'aide de menottes en plastique, ce qu'ils n'avaient pas fait pour Calderon. Sans doute le considéraient-ils comme plus dangereux que son codétenu. Sur son passage, d'autres otages levèrent la tête de leurs plateaux repas. Certains paraissaient envieux, la plupart indifférents. Flores regardait à l'intérieur de chaque cage, au cas où Sock et Kaplan s'y trouveraient.

Que se passait-il ? Les responsables de Tyr avaient-ils négocié sa libération ? Savaient-ils au moins qu'il était ici ? Pourquoi Calderon avait-il l'air aussi secoué ?

Arrivé au bout de la rangée, le garde s'engagea dans une sorte de corridor à ciel ouvert. Le camp était plus vaste que Flores ne le pensait. A sa droite s'élevait une clôture extérieure ; à gauche, des rangées d'enclos s'étendaient à perte de vue. Il eut le temps d'en compter vingt avant que le garde ne s'arrête brusquement.

Ils se trouvaient à l'entrée d'un module préfabriqué tel que l'on en trouvait sur les chantiers. Le garde s'avança et frappa deux coups à la porte, puis poussa Flores à l'intérieur.

L'ameublement était spartiate. Des feuilles étaient scotchées au mur, sans doute les emplois du temps des gardes, d'après ce qu'il put en lire. Pas de fenêtres. Une immense armoire métallique fermée par un cadenas éveilla son attention. Des classeurs la flanquaient de part et d'autre.

Au bout de la pièce, un obèse était assis à un grand bureau. Des bourrelets de chair débordaient du col de sa veste en camouflage. Il arborait un petit béret ridicule et un sourire mauvais.

— *Siéntese*, dit-il en lui indiquant une chaise pliante face au bureau.

Le garde le poussa dans le dos. Flores s'assit.

— Comment vous appelez-vous ? demanda l'obèse.

Même dans l'armée, on avait le droit de donner son nom, son rang et son numéro de matricule à l'ennemi. De toute façon, il ne lui restait plus que son nom.

— Flores, dit-il. Enrique Flores.

— *Hola*, señor Flores. Je suis le général Gente. Vous avez soif ?

Flores haussa les épaules. A vrai dire, il mourait de soif, mais il ne leur faisait pas confiance.

Gente adressa un hochement de tête au garde, qui apporta une tasse en plastique remplie d'eau. Flores la saisit de ses deux mains menottées et la porta à ses lèvres. De l'eau propre. Elle avait un goût incroyable. Il la but d'une traite et reposa la tasse sur le bureau en espérant qu'ils la rempliraient de nouveau.

— Eh bien, señor Flores, dit le général quand il eut fini de boire. Il paraît que vous êtes venu libérer Calderon.

Flores ne répondit pas.

— Il me l'a dit lui-même, reprit Gente en balayant l'air de sa main. Mais vous a-t-il dit, à vous, ce qu'il faisait ici ?

Il ne s'attendait apparemment pas à une réponse de la part de Flores, car il continua sans s'interrompre.

— Vous êtes un ancien militaire, comme beaucoup dans votre domaine. Cela nous fait un point commun.

Les replis autour de sa bouche se retroussèrent pour former un semblant de sourire.

— J'ai beaucoup apprécié mon séjour dans votre pays, señor Flores. Il y a une chose que les Américains ont toujours su faire, c'est transformer des hommes en soldats.

Flores avait du mal à croire que Gente ait pu survivre à un entraînement militaire de base, sans parler du traitement éreintant enduré par les unités d'élite.

— Le problème des militaires, reprit Gente, c'est qu'ils sont des instruments au service d'une cause qui les dépasse. Vous auriez pu vous dire, après votre départ de l'armée, que vos jours en tant que pion étaient terminés. Eh bien, mon ami, vous auriez eu tort.

Encore les échecs, pensa Flores. *Ils ont vraiment un problème avec ça, dans ce putain de pays.*

— J'imagine que vous n'êtes pas au courant de notre… entente préalable avec el señor Calderon.

— C'était au sujet d'une cage plus grande ? demanda Flores. Parce que, si c'est le cas, j'ai une réclamation à faire.

Gente rit doucement.

— J'apprécie votre sens de l'humour. C'est assez rare chez nos hôtes.

Il se pencha vers Flores et joignit ses mains potelées.

— Il y a quelques années, Cesar Calderon est venu nous faire une proposition. Il avait réfléchi à un arrangement mutuellement bénéfique.

Les pensées se succédèrent à toute vitesse dans la tête de Flores. L'idée que Calderon ait pu collaborer avec le cartel était répugnante. Il se rappela qu'on ne devait jamais faire confiance à un interrogateur. Monter des prisonniers l'un contre l'autre était une bonne vieille tradition, dont on leur avait longuement parlé au cours de sa formation. Il durcit ses traits et décida de jouer le jeu.

— Il consiste en quoi, cet arrangement ?

— Mon ami, répondit Gente en se carrant dans son fauteuil, votre profession a un problème inhérent : vous dépendez des malheurs d'autrui. Si les gens ne se font pas enlever, el señor Calderon ne peut plus arriver sur son cheval blanc pour les délivrer, n'est-ce pas ? Quant à nous, si nous prenons quelqu'un qui ne dispose pas de ressources suffisantes, eh bien…

Il ouvrit les mains avec un grand sourire.

— C'est une perte de temps, n'est-ce pas ?

Flores haussa les épaules.

— Calderon nous a proposé un partage d'informations. Il nous a fourni des noms, des emplois du temps, des informations sur les systèmes de sécurité. Une fois que ces personnes étaient chez nous, il a négocié leur libération, et les assureurs ont payé la rançon.

Il martela du bout du doigt la surface de son bureau.

— El señor Calderon était le sauveur qui les arrachait aux mains des méchants kidnappeurs. Ses clients étaient contents de retrouver leurs employés, et nous, on était payés. Tout le monde était content. *Entiende ?*

Tout le monde sauf les pauvres schnoques qui passaient des mois à souffrir dans ce genre de camp, pensa Flores. Il était forcé d'admettre que cela se tenait. Les enlèvements avaient explosé au cours des dernières années, et Tyr en avait fait son beurre. C'était même une des raisons pour lesquelles Flores avait choisi d'y travailler. Lors de la réunion d'information, le recruteur avait affirmé que leur secteur était imperméable à la crise économique.

La règle cardinale de l'industrie de la sécurité, c'était la confidentialité. S'il était de notoriété publique qu'une entreprise avait souscrit une assurance enlèvement, ses employés devenaient des cibles de choix pour les kidnappeurs. Après tout, les grands assureurs étaient capables de payer des rançons nettement plus élevées que la plupart des particuliers. Pour cette raison, les entreprises de sécurité comme Tyr ne publiaient pas la liste de leurs clients. Leurs propres employés ne les connaissaient pas. Si Calderon avait réellement transmis ces informations au cartel, il avait trahi les principes les plus fondamentaux de sa profession. Sauf que c'était probablement faux. Pas besoin d'être un génie pour voir la faille dans le raisonnement.

— Pourquoi l'avez-vous enlevé, s'il vous aidait à identifier des cibles ?

— Parce que el señor Calderon nous a trahis.

Le visage de Gente s'assombrit.

— Une organisation rivale lui a offert un pourcentage supérieur s'il acceptait de collaborer avec eux. Il a décidé d'accepter.

— Pourquoi est-ce que vous me racontez ça ?

— Dans l'espoir de vous dissuader de vous évader, si vous en aviez l'intention.

— M'évader comment ?

Gente gloussa.

— Je vous en prie, señor Flores… Je doute qu'il existe un camp capable de vous retenir, à partir du moment où vous décidez de le quitter. Sachez toutefois que vous devrez parcourir de nombreux kilomètres avant de sortir de notre territoire. Et je n'apprécierais pas votre départ.

— Ç'aurait été plus simple de nous tuer, répliqua Flores. Si Calderon vous a trahis, pourquoi le garder en vie ?

— Parce que nous espérons retisser des relations avec votre entreprise.

— Je ne suis qu'un pion. Vous l'avez dit vous-même. Je ne peux pas faire grand-chose.

— J'en suis conscient. Cela m'ennuie de vous détenir, croyez-moi. Mais vous constituez pour nous un levier intéressant. Par ailleurs, vous êtes susceptible de nous apporter une aide particulière. Si vous acceptez, je peux vous faire passer la frontière d'ici la même heure demain.

— Si j'accepte de faire quoi ? demanda Flores.

L'offre semblait trop alléchante pour être vraie – ce qui signifiait sans doute que c'était un piège.

Un coup résonna à la porte. Gente afficha une expression d'irritation, mais fit signe au garde d'ouvrir. Un homme en treillis passa la tête par l'entrebâillement.

— *Han llegado, General.*

Le visage de Gente s'éclaira.

— Excusez-moi, señor Flores, c'est une journée très chargée pour nous.

Flores se leva.

— Merci pour l'eau.

Gente leva la main.

— Rasseyez-vous. Nous avons encore le temps de discuter de la manière dont vous pouvez assurer votre libération.

17

Jake ôta son pantalon, chercha un endroit pour le faire sécher et finit par l'étendre sur le poste de télévision. De l'eau boueuse coulait des revers sur la moquette verte feutrée. Encore une chambre miteuse, presque autant que la précédente. Il s'en fichait, en fait : tout ce qu'il voulait, c'était se récurer dans la douche et dormir cinq heures d'affilée. Après la journée qu'il venait de passer, il était fortement tenté de s'effondrer tout habillé sur le lit. A en croire l'état des draps, ils avaient déjà vu pire.

Quelques heures plus tôt, ils étaient repartis en file indienne dans la jungle silencieuse, laissant Mark et Decker sur place. A mesure que les ombres s'allongeaient, ils avaient pressé le pas. N'empêche qu'une bonne partie du chemin s'était effectuée dans l'obscurité, car ils n'osaient pas allumer leurs torches. Jake n'avait jamais été aussi mouillé ni aussi sale de toute sa vie.

Ayant enfin retrouvé les Jeep, ils étaient revenus une quinzaine de kilomètres en arrière, jusqu'à une petite ville remplie de magasins de souvenirs, de camions de tacos et de motels avec des enseignes en forme de pyramides. A cette époque de l'année, les touristes étaient rares. Ils avaient mangé seuls à la terrasse d'un restaurant. Pendant qu'ils avalaient en silence leur riz aux haricots noirs, un chien était arrivé en flânant et avait nonchalamment pissé sur un pied de leur table. Pour Jake, cela résumait parfaitement l'ambiance de toute l'expédition, depuis le départ.

Il était sur le point d'ouvrir le robinet de la douche quand on frappa. Il attrapa une serviette, l'enroula autour de ses reins et alla ouvrir. Syd apparut dans l'embrasure de la porte. Elle s'était déjà douchée, ses cheveux blonds étaient mouillés.

— J'allais me débarbouiller, expliqua Jake.

D'un coup, il se sentit extrêmement conscient de sa nudité. Il recula d'un pas et fit un geste vers l'unique chaise de la pièce.

— Assieds-toi.

Syd regarda la chaise du coin de l'œil.

— Non merci. Ce truc a l'air presque vivant.

— Tu voulais me demander quelque chose ? reprit Jake.

Il était un peu décontenancé par la manière dont elle le regardait, comme un chat devant un bol de lait.

— C'est quoi, cette cicatrice ? demanda-t-elle en tendant le doigt vers la poitrine de Jake.

— Mark m'a tiré dessus avec un fusil à plombs quand j'avais douze ans.

— Exprès ?

— Je lui avais dit qu'il ne savait pas viser.

Malgré lui, Jake ne put s'empêcher de sourire. Ils avaient décidé de baptiser leur cadeau de Noël, deux fusils à plombs identiques, par une partie de chasse à l'écureuil. Tous deux n'avaient cessé de rater leurs cibles et de se provoquer l'un l'autre. Mais c'était Mark qui avait le tempérament le plus explosif.

— Il t'a tiré dessus juste pour ça ?

— Tu as du mal à le croire ? demanda Jake en levant un sourcil.

Syd éclata de rire.

— Ah, les rivalités entre frères…

— Qu'est-ce que tu en sais ? Tu en as, au moins, des frères et sœurs ? Tu ne parles jamais de ta famille.

La jeune femme se raidit presque imperceptiblement.

— Il n'y a rien à en dire.

— Allez, Syd. Je t'ai montré ma cicatrice…

— Jake, il faut qu'on réfléchisse à un plan.

— Tu vois ? Dès que je te pose la question, tu changes de sujet.

— Pourquoi est-ce que tu veux savoir ? demanda Syd en s'approchant.

La chambre était petite. Son associée n'était plus qu'à une dizaine de centimètres, et le lit se trouvait juste derrière lui.

— Simple curiosité.

Jake sentit sa respiration s'emballer. Il voulut forcer ses pensées à revenir vers Kelly, mais elle lui paraissait infiniment lointaine, plus un souvenir qu'une réalité.

La main de Syd s'avança vers son torse. Du bout de l'ongle, elle traça le contour de sa cicatrice, sans jamais quitter son visage du regard. La réaction de Jake à ce contact fut violente, et difficile à dissimuler. Il réajusta la serviette autour de sa taille et recula prudemment vers le lit.

Syd sourit à moitié. Petit à petit, ses doigts glissaient le long de son torse ; ils frôlèrent son nombril et continuèrent à descendre. Jake inspira une bouffée d'air.

— C'est une mauvaise idée, Syd.

— Tu as dit la même chose à Livermore, murmura-t-elle en continuant à se rapprocher. Mais, à l'époque, tu étais plus convaincant.

Elle tira adroitement sur la serviette et l'envoya choir sur le sol. Puis ses deux mains se posèrent sur lui. Il voulut objecter, mais elle tombait déjà à genoux et le prenait dans sa bouche. La tête de Jake se renversa en arrière.

— Oh ! mon Dieu…, articula-t-il.

La langue de Syd se baladait partout sur lui. Il s'adapta à son rythme, et se mit à tanguer d'avant en arrière. Pendant ce temps, elle caressait ses jambes de la paume de ses mains en faisant naître des frissons sous ses doigts.

Jake était sur le point de jouir quand un bip se fit entendre. Syd se dégagea doucement et se redressa.

— Ma radio, dit-elle.

— Laisse, dit Jake en posant les mains sur ses épaules.

Elle ne se laissa pas faire, mais elle vint se plaquer contre lui en le frôlant de ses seins tandis qu'elle sortait la radio de sa poche.

La voix de Mark crépita dans le récepteur.

— On a des infos à vous transmettre.

— Super, dit Syd. La liaison satellite est ouverte. Envoie-les-nous.

— Ça marche. Reprenez contact quand vous en aurez pris connaissance.

Syd posa la radio sur la table et se retourna vers Jake. Celui-ci avait récupéré sa serviette et s'en était entouré la taille.

— Du coup… euh… tu ferais mieux de…

Syd commença à déboutonner sa chemise.

— On a le temps. Au moins dix minutes avant la fin de la transmission. La réception satellite est nulle, ici.

Elle ôta sa chemise et la laissa glisser sur le sol.

— Syd…

— Je sais que tu es fiancé.

Elle déboutonna son pantalon et le fit tomber à côté de sa chemise. Puis elle s'avança lentement vers lui, vêtue seulement d'une culotte bleu clair.

— Si tu veux que j'arrête, dis-le.

Elle posa les deux mains sur le torse de Jake et le poussa doucement en arrière. Il se laissa choir sur le lit. En grimpant sur lui, elle lui mordilla l'oreille, puis chuchota :

— Tu as déjà les mains sales, autant nous amuser un peu.

1er FÉVRIER

18

Kelly grimaça en trébuchant de nouveau. Elle pointa sa torche vers son coude et y vit du sang. *Merde*. Elle balaya le sol de son faisceau et repéra un endroit relativement propre où poser son sac, puis y fouilla à la recherche de la trousse de secours. Il fallait tout de même reconnaître que Syd savait préparer un kit de survie. En plus de la trousse d'urgence, son sac à dos contenait une lampe de poche de rechange, du gros Scotch, une corde fine, des barres énergétiques et de l'eau. La seule chose qui manquait, c'était un masque à gaz. Au bout de cinq heures dans cette décharge, la puanteur restait toujours aussi intense et implacable. Comme si une horde d'affreuses bestioles s'étaient infiltrées dans ses narines et y avaient élu domicile.

Elle remonta sa manche et tressaillit en décollant le tissu de la plaie. Puis elle s'arrosa généreusement d'antiseptique. Cet endroit était un milieu rêvé pour les staphylocoques. Elle pansa l'entaille au mieux, sachant qu'elle ne pouvait utiliser qu'une seule main, et redescendit la manche de sa chemise en soupirant. Il fallait qu'elle soit prudente. Depuis son accident, sa résistance à la fatigue avait diminué. Le manque de sommeil pouvait mettre à mal sa coordination. Et elle n'avait certainement pas assez dormi, la nuit dernière.

Elle supposait que cet endroit était la décharge principale de Mexico. Le vieux libraire n'avait pas exagéré : c'était véritablement tentaculaire. Par endroits, les ordures entassées atteignaient la hauteur d'un immeuble à étages. Elle évoluait prudemment dans ce Manhattan des poubelles, en mettant un pied devant l'autre et en se félicitant des rangers que Syd lui avait donnés. Ils étaient très moches, mais idéals pour se frayer un chemin à travers ce merdier.

L'aube pointait. Kelly errait ici depuis cinq heures, cherchant en vain la trace de Stefan. Elle avait croisé des rats, des chats et quelques chiens sauvages qui l'avaient forcée à faire un détour en agitant furieusement sa torche pour les repousser. Le plus dur avait été de constater qu'il y avait aussi des humains qui vivaient ici. Quand le libraire lui avait parlé des *pepenadores*, elle n'avait pas compris. Mais, au bout d'une heure de recherches, elle avait repéré un mouvement du coin de l'œil, et fait volte-face en dégainant son arme. Sa torche avait éclairé un enfant de moins de dix ans, qui fouillait dans les ordures. Il avait levé la main, ébloui, puis s'était enfui. Kelly l'avait suivi avec le faisceau de sa torche et l'avait vu se glisser à l'intérieur d'un grand tas de métal rouillé. Elle s'était approchée prudemment pour en éclairer l'intérieur. Cinq paires d'yeux étaient fixées sur elle, dilatées par la peur.

— *Lo siento*, avait dit Kelly en abaissant son arme.

Ceux-là n'avaient été que les premiers. Apparemment, bon nombre d'habitants de Mexico n'avaient pas les moyens de se loger dans les habitations délabrées qu'elle avait vues au cours des deux derniers jours. A mesure qu'elle avançait dans ces allées labyrinthiques entre des montagnes d'ordures, elle devenait experte en repérage de leurs huttes bricolées. Parfois des ronflements ou des éclats de voix en émanaient. D'autres étaient plongées dans le silence, mais elle sentait la présence de gens à l'intérieur. Des gens sans doute aussi effrayés qu'elle, agrippés à une arme de fortune. Stefan n'était sûrement pas le premier criminel à hanter les lieux. Les rares personnes qui sortaient sur le pas de leurs abris la dévisageaient avec stupeur. Elle ne s'était jamais sentie aussi loin de chez elle.

Ayant terminé son pansement, Kelly se redressa en chancelant. Elle était épuisée, affamée, d'une saleté répugnante. Qu'est-ce qui lui était passé par la tête ? Elle ne connaissait pas assez d'espagnol pour pouvoir interroger les habitants de la décharge au sujet de Stefan. Il pouvait dormir à poings fermés dans une des baraques qu'elle avait dépassées, elle n'en saurait jamais rien. *Je ferais mieux de rentrer au motel*, songea-t-elle. *Ou mieux, à l'aéroport*. Elle aurait pu téléphoner à son ancien patron au FBI et lui demander des renforts. Mais il avait déjà négligé le tuyau fourni par l'enquêteur privé, et la nouvelle piste de Kelly n'était pas très probante. Sans des éléments plus convaincants, le FBI ne bougerait pas. Il fallait qu'elle soit en mesure de leur donner des coordonnées précises, un point de départ solide. Et, pour y arriver, elle devait persévérer.

Quelques minutes plus tard, elle trébucha de nouveau et faillit s'ouvrir la jambe sur le rebord d'une boîte de conserve rouillée. Une chose était sûre : la ville de Mexico n'était pas une championne en matière de recyclage.

Un bruit étrange s'éleva au loin. Kelly se figea sur place et tendit l'oreille. Il se répéta de nouveau, plus faible. Aucun doute n'était possible : c'était un hurlement. Avec une énergie retrouvée, elle pressa le pas en s'orientant vers la source des cris.

Mark se détendit dans son sac de bivouac et ferma les yeux. Il n'avait pas dormi depuis près de vingt-quatre heures, mais il ne parvenait pas à trouver le sommeil. Il changea de position en prenant garde à ne pas faire de bruit. Avec Decker, ils s'étaient calés sur une saillie rocheuse à flanc de falaise. C'était une planque parfaite, invisible d'en haut comme d'en bas. Le seul danger, c'était de basculer dans le vide. Aussi s'étaient-ils attachés par une main à une grosse racine qui sortait du sol. Celle-ci ne suffirait sans doute pas à les retenir, mais, avec un peu de chance, la traction de la corde les réveillerait s'ils commençaient à rouler vers le bord.

Decker s'était endormi presque immédiatement. Comme tous les autres, il était conditionné à s'endormir dès la moindre accalmie au cours d'une mission. Cela pouvait vous sauver littéralement la vie, et, pour ce qui était de rester vif, c'était plus efficace que tous les médicaments. Marc ne méprisait pas ces derniers, il lui arrivait d'ailleurs d'en prendre, comme tous ses collègues. Mais, tant qu'à choisir, il préférait le sommeil.

Sauf que, ce soir, il lui échappait. Decker et lui avaient mis à profit les heures écoulées depuis le crépuscule pour quadriller les alentours du camp. Laissant son regard errer sur les branchages sombres qui ondoyaient au-dessus de sa tête, Mark réfléchit à ce qu'ils avaient vu.

Rien de très encourageant.

Ils n'avaient évidemment réussi à repérer ni leurs camarades, ni Calderon. Selon l'estimation de Mark, le camp s'étendait sur plus de trois kilomètres carrés, suivant un plan ingénieux composé de deux anneaux concentriques. Le cercle extérieur, entouré seulement d'un grillage bas, était facile à pénétrer. Le problème, c'est qu'il était entièrement constitué de baraquements. C'était ici, apparemment, que les Zetas formaient et hébergeaient le gros de leurs troupes. A 2 heures du matin, des sentinelles tournaient encore par groupes de deux, en laissant trois minutes au maximum entre leurs passages. Comme si ça ne suffisait pas, un mirador se dressait tous les trente mètres, équipé de sirènes et de projecteurs alimentés par un groupe électrogène.

Pour accéder à la zone où étaient détenus les otages, il fallait donc franchir ce premier cercle en évitant les gardes et les patrouilles. Ce n'était pas impossible : Mark était déjà revenu auprès des deux hommes qu'ils avaient tués pour récupérer leurs treillis, au cas où. Le problème, c'était que Decker et lui se feraient immédiatement repérer à cause de leur physique. Si Flores avait été là, il aurait eu une chance de se fondre dans la masse, mais, dans les circonstances, c'était exclu.

Avec Decker, ils avaient également assisté à un exercice assez inquiétant. Au son de la sirène qui avait précipité le départ de Syd et des autres, des centaines de gardes s'étaient déployés à travers le camp, armés de fusils-mitrailleurs.

Chacun s'était planté devant un enclos, prêt à faire feu sur les occupants. Mark supposait qu'en cas d'attaque par les forces de l'ordre la consigne était d'abattre les prisonniers. Les gardes étaient restés en position pendant cinq bonnes minutes avant que les miradors ne mettent fin à l'alerte par une série de sonneries plus brèves.

Bref, une petite force d'intervention serait impuissante, et une armée entière ne ferait que provoquer un bain de sang. Mark avait transmis les informations à Syd en espérant qu'elle aurait une idée. Parce que, pour l'instant, ils étaient dans l'impasse.

Après tout ce qui s'était passé, il se sentait personnellement responsable de Flores et de Sock. L'idée de les abandonner lui retournait le cœur.

Il roula sur le flanc et ferma de nouveau les yeux, mais les idées continuaient à se bousculer dans son esprit. Il aurait dû insister plus fermement pour renvoyer Jake à la maison. Sa décision de travailler pour Tyr plutôt que pour le Longhorn Group avait été mûrement réfléchie. Dans ce genre de métier, les pépins étaient monnaie courante, et Mark ne voulait surtout pas laisser du sang sur les mains de son frère. Son apparition inopinée à Mexico n'avait pas été pour lui plaire.

Decker se mit à ronfler légèrement. Mark lui décocha un petit coup de coude dans le dos, et les ronflements s'interrompirent. Puis Decker marmonna quelques syllabes inintelligibles et recommença à ronfler.

A une vingtaine de centimètres du visage de Mark, une procession de fourmis passa en transportant des morceaux de feuilles découpées en équilibre sur leurs têtes. Elles défilèrent sur la paroi de la falaise et finirent par disparaître. Il ferma alors les yeux, et pria pour que Syd trouve quelque chose.

Michael Maltz remua sur sa chaise. Debout, assis ou allongé, toutes les positions le faisaient souffrir au bout d'un moment. La nuit, il se réveillait presque toutes les heures :

pour ses articulations abîmées, même les matelas les plus moelleux ressemblaient à des lits de clous.

Devant lui, Jake et Syd se penchaient sur de grandes feuilles étalées sur la table. Il était bientôt 4 heures du matin. Syd avait griffonné des schémas en fonction des infos et des notes que Mark lui avait envoyées : un plan rudimentaire de l'ensemble du camp, un croquis des postes de garde et ainsi de suite.

Tout ça ne sert à rien, pensa Maltz. Il avait consacré la plus grande partie de sa carrière aux libérations d'otages par la force. C'était à cela qu'il avait été formé, ce qu'il faisait le mieux. Et il avait assez d'opérations réussies à son actif pour reconnaître une situation impossible quand elle se présentait. Autant essayer d'attaquer Fort Knox. Sans bombes à fragmentation, drones et tout le tralala, ce n'était même pas la peine d'y réfléchir. Ce serait le massacre de Fort Alamo.

Syd et Jake n'étaient pas encore prêts à accepter cette réalité, même s'ils en étaient visiblement conscients. Ils venaient de passer une demi-heure à discuter dans le menu détail de tous les plans possibles et imaginables, pour les rejeter l'un après l'autre.

En se penchant pour examiner un papier au coin de la table, Syd frôla Jake de sa hanche. Celui-ci sursauta comme s'il venait de recevoir une décharge électrique. *Tiens, tiens*, pensa Maltz. Au fond, il n'était pas surpris. Syd avait tendance à obtenir ce qu'elle voulait, et elle voulait Riley depuis un moment. Sur ce coup, Maltz ne la comprenait pas trop. Riley était un type correct, mais Syd pouvait faire nettement mieux. Elle l'avait d'ailleurs prouvé à de nombreuses reprises. Evidemment, Maltz ne se prétendait pas expert en psychologie féminine.

Dommage pour la fiancée, en tout cas. Elle lui avait paru assez sympa.

— On pourrait essayer une variante de l'opération Jacque, proposa Jake.

Syd inclina la tête et le regarda d'un air songeur.

Maltz connaissait l'opération en question, menée par

l'armée colombienne quelques années auparavant. Une équipe relativement réduite avait réussi à libérer trois entrepreneurs américains et toute une flopée de hauts responsables colombiens en se faisant passer pour des membres d'une organisation humanitaire. Ils avaient carrément évacué les otages en hélicoptère, sous le nez de leurs ravisseurs. Mais il s'agissait d'un camp de bric et de broc, gardé par des gamins qui rêvaient de Che Guevara.

— A mon avis, dit Syd, les Zetas se fichent du bien-être de leurs prisonniers. Et ils ont la réputation d'être plus malins que les FARC.

Maltz repoussa les accoudoirs de son fauteuil et se leva.

— On trouve du C4, dit-il en posant le doigt sur le plan, et on fait sauter le périmètre ici et là. Ensuite, on fait rentrer quelques gars en uniforme.

— Ça ne marchera pas, objecta Jake en secouant la tête. Selon Mark, au premier signe d'alerte, les gardes se mettent en position pour abattre les détenus.

— Suffit d'avoir de meilleures infos. Si on sait exactement où sont nos gars, on les libère en premier.

— Et on laisse massacrer les autres ?

— Tu vois une autre solution ? demanda Maltz en haussant les épaules.

— Quoi qu'il en soit, dit Syd, Maltz a raison. Il faut que Riley et Decker nous trouvent les coordonnées précises des otages qui nous intéressent.

En se penchant de nouveau vers la table, Syd rangea une mèche blonde derrière son oreille. Maltz surprit Jake en train de l'observer et lui adressa un grand sourire. Ce dernier rougit et détourna les yeux.

— Mark a dit qu'il essaierait de s'approcher davantage aujourd'hui. En attendant, la seule chose à faire, c'est du ravitaillement. Maltz, je te renvoie en ville avec Kane, il nous faut une meilleure puissance de feu. Pablo devrait pouvoir nous passer deux ou trois lance-grenades. Et un fusil de précision calibré en .50.

— Ça marche. Autre chose ?

Syd plissa les lèvres.

— Un hélico, c'est trop te demander ?

— Sans doute, ouais. Mais je vais voir ce que je peux faire.

— Sinon, un Hilux blindé, ou un truc du genre.

— Pigé.

Maltz quitta la pièce. Sentant quelqu'un sur ses talons, il tourna la tête. Jake le suivait, comme s'il avait peur de rester en tête à tête avec Syd. *Il a bien raison*, pensa Maltz en réprimant un sourire.

— Je voulais te remercier d'être resté, dit Jake en réglant son pas sur celui de Maltz. Vous n'étiez pas obligés, avec les autres.

— Aucun problème. On ferait n'importe quoi pour Syd.

— Merci quand même.

Arrivé devant la porte de sa chambre, Maltz s'arrêta et attendit en silence.

— Le truc, déclara enfin Jake, c'est que je ne vois absolument pas comment ça peut marcher.

— Parce que ça ne marchera pas.

Jake leva son regard au loin, vers le néon en forme de volcan en éruption qui ornait la façade de l'hôtel.

— Tu as raison, dit-il. Mon frère va se faire tuer.

— Je ne me fais pas trop de souci pour lui. Les types dans son genre savent se débrouiller.

Maltz ouvrit la porte et alluma le plafonnier de sa chambre.

— Faut que je réveille Kane. Soyez prudents jusqu'à notre retour.

Cesar Calderon fut réveillé par le contact d'un objet tranchant contre sa gorge. Il voulut hurler, mais des doigts se plaquèrent sur sa bouche.

— Restez tranquille, *señor.*

C'était la voix de son nouveau compagnon de cellule, celui qui se prétendait son employé. Calderon ferma les yeux et soupira. A la minute où Flores était rentré dans l'enclos, la veille au soir, après son entretien avec Gente, il avait pressenti qu'ils en viendraient là. Quelque chose s'était durci dans l'expression du jeune homme. On lui avait fait une proposition, et il l'avait acceptée.

— Gente vous a demandé de me tuer, devina Calderon.

La pression contre sa gorge diminua un peu. A présent, il distinguait clairement la silhouette de Flores. Un court silence s'installa.

— Faites vite, je vous en supplie.

— Pourquoi est-ce que je vous tuerais ? demanda Flores.

— Parce qu'ils ont promis de vous libérer en échange. Je ne vous le reproche pas. A votre place, je ferais la même chose. Mais je préférerais ne pas souffrir, si possible.

Calderon ferma de nouveau les yeux. Il n'avait aucune envie de voir la mort venir. Il fit une prière silencieuse et pensa à sa femme, Thalia. Une bouffée de tristesse l'envahit. Pourquoi ne lui avait-il pas donné d'enfants ? Serait-elle rapidement informée de sa mort, ou bien devrait-elle attendre des mois avant d'apprendre la nouvelle ? Impossible de savoir ce que décideraient les Zetas. Dire qu'il se considérait autrefois comme un expert en psychologie de l'adversaire ! C'était son talent à lui : la capacité de jauger la personne à l'autre bout du fil, de savoir quand elle bluffait, de sentir le meilleur moment de lui faire une offre. Il semblait avoir perdu son don au moment où il en aurait eu le plus besoin.

Un filet de sang dégoulina sur son cou et le ramena au présent. Sa respiration s'accéléra.

— Ma femme est enceinte, dit enfin Flores à voix basse.

Calderon déglutit.

— *Felicitationes*. Dans ce cas, vous n'avez pas le choix. Il faut que vous rentriez chez vous.

Le jeune homme ne bougeait toujours pas. Calderon fronça les sourcils, en proie à une exaspération naissante. Il aurait préféré se faire trancher la gorge pendant qu'il dormait.

— Ils vous tueront si vous ne vous acquittez pas de votre mission, dit-il enfin. Je connais Gente. Vous pouvez le croire sur parole.

— Comment le connaissez-vous ?

Le ton était acerbe, accusateur. Sa véhémence fit presque sourire Calderon.

— Laissez-moi deviner : Gente vous a dit que je collaborais avec les Zetas.

— Les autres prisonniers le savent ? lança Flores. Combien d'entre eux sont ici à cause de vous ?

Calderon soupira.

— Mon jeune ami, les ravisseurs expérimentés sont capables d'inventer n'importe quoi pour vous manipuler. Nos formateurs ne vous l'ont pas appris ?

Encore un silence. Enfin, Flores répondit :

— Il aurait pu se contenter de me menacer de mort.

— Oui, mais il vous a permis d'avoir la conscience tranquille. A supposer que ce qu'il vous a raconté soit vrai, vous vous sentiriez justifié dans votre acte, n'est-ce pas ? D'autant plus que, si vous êtes ici, c'est uniquement à cause de moi.

— Peut-être, répondit Flores.

Son ton était incertain, mais encore empreint de méfiance. La lumière d'un projecteur mouvant se refléta sur la pointe du couteau : c'était celui que Cesar avait utilisé pour sculpter les pièces de son jeu d'échecs.

Les lèvres de Calderon se retroussèrent légèrement. C'était tout de même extraordinaire d'arriver à sourire dans cette situation. Mais il y avait une certaine ironie dans le fait d'être assassiné par un de ses propres employés, et avec son propre couteau, celui qu'il avait mis tant d'énergie à se procurer.

— Vous croyiez quoi, Cesar, en faisant ce voyage professionnel au Mexique ? Un type comme vous est toujours dans le collimateur de quelqu'un.

— Vous voudriez que je reste tout le temps chez moi ? Depuis quand travaillez-vous pour la maison, Enrique ?

— Six mois.

— Dans ce cas, vous avez eu le temps de faire connaissance avec vos collègues. Ils vous ont certainement parlé de leurs différentes missions. Les enlèvements se produisent partout, Flores. En Europe, en Afrique du Nord, dans les anciens pays du bloc soviétique, en Amérique du Sud. En

Asie. Dans la Silicon Valley. Où pourrais-je voyager sans risques ?

— Nulle part, sans doute.

— Exactement. J'ai pris toutes les précautions possibles, mais, comme vous avez pu le constater, les Zetas sont plus compétents que la majorité de nos autres adversaires.

— Et voilà où on en est.

— Eh oui, soupira Calderon.

Après un long silence, Flores reprit :

— Ils m'ont dit que vous aviez passé un marché plus lucratif avec un autre cartel.

— Ah, tiens ! Ç'aurait été une bonne idée.

Calderon replia ses genoux et entoura ses chevilles de ses mains.

— Et maintenant ? Vous me tuez, et ils vous libèrent ?

— En gros, c'est ça. Ce que je ne comprends pas, c'est pourquoi ils me demandent de m'en charger. Ils pourraient vous fusiller eux-mêmes.

Calderon sourit de nouveau.

— Vous n'êtes pas le seul à qui Gente ait proposé un marché. Tout à l'heure, il m'a demandé de lui fournir des informations sur les clients de Tyr. Il a menacé de me tuer si je refusais. Voilà pourquoi il n'y a pas eu de photos ni de négociations. Si j'avais accepté, il était censé me libérer et m'aider à maquiller mon départ en évasion.

— Qu'avez-vous fait ?

— J'ai refusé, bien sûr. Je n'allais pas compromettre les principes fondateurs de l'entreprise que j'ai créée.

Calderon se frotta les yeux. Tout cela prenait trop de temps. Le jour était déjà en train de se lever.

— Il faut qu'on trouve un plan, dit-il.

— Quoi ? ricana Flores. Un plan qui consiste à ne pas vous tuer ?

— Vous n'allez clairement pas y arriver, *amigo*. C'est ça, les soldats, de nos jours.

Calderon secoua la tête.

— Ils sont partants pour pulvériser un village entier,

mais incapables de tuer un homme en face à face. Voilà ce qui se passe quand on fait la guerre à distance. Mais si vous ne vous acquittez pas de votre tâche, on va avoir des problèmes tous les deux.

Flores abaissa le couteau.

— Très bien, dit-il au bout d'un moment. Qu'est-ce qu'on fait ?

— Gente est avant tout un homme d'affaires, répondit Calderon. Je vais demander à le voir et lui dire que j'ai changé d'avis.

— Vous croyez sérieusement que ça changera quelque chose ? Qu'il va nous libérer tous les deux, comme ça ?

— Non, mais ça va nous donner un peu de temps. Du temps pendant lequel vous allez remuer ciel et terre pour nous sortir d'ici.

19

Kelly serpentait encore entre les montagnes de déchets. Elle s'arrêtait fréquemment pour tendre l'oreille et modifier son cap en direction des hurlements. Ces derniers n'avaient cessé de s'intensifier ; puis, quelques minutes auparavant, ils avaient brusquement arrêté.

Les premiers rayons de l'aube apparaissaient au-dessus de la décharge en teignant le paysage de leur lumière éthérée. Kelly pivota lentement sur elle-même en cherchant ses repères. Elle était à peu près certaine que les cris s'élevaient depuis l'ouest. Elle se rendit subitement compte qu'elle n'avait aucune idée du chemin à prendre pour sortir de la décharge, mais elle réprima aussitôt cette idée troublante. Elle verrait plus tard. L'urgence, c'était de retrouver Stefan – à supposer que ce soit bien lui plutôt qu'une autre ordure. Dans ce genre d'environnement, le crime était sans doute un mode de vie. Si les *federales* n'avaient pas réagi à la fusillade en plein Iztapalapa, l'autre jour, il était difficile d'imaginer qu'ils assurent des patrouilles ici. Raison de plus pour être prudente.

Kelly crispa la main autour de son pistolet. Ses doigts lui faisaient mal, mais elle n'osait pas le ranger. Un bruissement d'ailes rompit le silence : des vautours tournaient dans le ciel au-dessus de sa tête. Elle réprima un frisson. L'air matinal était frais, et elle ne portait qu'un T-shirt et un blouson léger en Gore-Tex.

L'instant d'après, un bruit fracassant s'éleva à sa droite.

Elle contourna furtivement le monticule devant elle et repéra un abri à trois ou quatre mètres. Elle s'en approcha lentement. Malgré la fraîcheur de l'air, un ruisselet de sueur parcourait son dos. La porte de la hutte était ouverte et pendait à ses gonds. Les lieux paraissaient abandonnés – mais il y avait quelque chose qui clochait.

Un craquement violent déchira l'air. Elle baissa les yeux et jura en silence : elle avait marché sur un emballage de chips. Elle leva le pied pour l'enjamber, hasarda un coup d'œil par-dessus son épaule… et vit un poing géant fendre l'air.

Elle rentra le menton juste à temps pour atténuer l'impact du coup, mais fut néanmoins projetée sur le dos. Atterrissant sur un objet coupant, elle laissa échapper un hoquet de douleur. Une silhouette immense se dressait au-dessus d'elle, le visage à contre-jour. Elle chercha son arme : elle lui avait échappé des mains. Elle tendit le bras pour la récupérer, mais son assaillant anticipa son geste, bondit en avant et l'écarta d'un coup de pied.

Puis il se retourna vers elle avec un grand sourire.

— Quelle joie de vous revoir, agent Jones…

Ellis Brown n'était pas content du tout.

D'une part, il leur avait fallu des plombes pour se ravitailler. Quelqu'un avait fait une razzia chez leur vendeur d'armes habituel, et il avait une idée assez précise de son identité. A savoir cette emmerdeuse de Syd Clement et sa bande de minables. Il avait dû se satisfaire d'un matériel de deuxième choix, et ça le tracassait. En cas de rencontre avec l'autre équipe, ses hommes avaient la consigne de tirer à vue, mais ils ne les avaient pas aperçus pour l'instant.

Pour ne rien arranger, plus ils approchaient du site de l'hypothétique camp de prisonniers, plus leur prisonnier à eux faisait l'huître. Il les avait fait crapahuter toute la nuit pour rien : ils étaient déjà montés sur deux autres cols, puis redescendus en vain. Maintenant, il prétendait que celui-ci était le bon.

Soit le camp n'existait pas et ce demeuré essayait de gagner du temps, soit il les menait tout droit vers la planque de ses copains dans l'espoir de les faire égorger. Deux raisons pour lesquelles Brown avait refusé de se précipiter dans la jungle sans s'y être correctement préparé. N'en déplaise à Linus Smiley.

Ce petit connard prétentieux avait commencé à distribuer des ordres, comme s'il connaissait quoi que ce soit à l'action sur le terrain. Le moindre boy-scout avait une meilleure formation militaire que ce gratte-papier pleurnichard. La seule consolation, c'était qu'il avait l'air d'en baver. Sa ridicule tenue kaki était trempée, et il s'était tordu la cheville cinq minutes après le départ. A présent, il avançait en boitillant à l'arrière de la file, suivi par le dernier homme de l'équipe.

Du revers de la main, Brown essuya son visage moite. S'il avait toujours respecté Cesar Calderon, c'était parce qu'en bon commandant celui-ci savait tenir les rênes. Ce qui signifiait, à l'occasion, lâcher du lest pour permettre à ses hommes de faire leur boulot sans entraves. Cesar n'aurait jamais débarqué au milieu d'une mission en sapant son autorité auprès de ses troupes. La veille au soir, Brown avait été fortement tenté de mettre une balle dans le crâne de Smiley. Si par malheur ils ne récupéraient pas Cesar, et que cet imbécile le remplaçait à la direction de Tyr… Mieux valait ne pas y penser.

Le prisonnier s'arrêta net, et toute la file pila derrière lui. Ses mains étaient attachées par un lien en plastique. Ils l'avaient un peu requinqué avant de partir, au cas où ils croiseraient des *federales* sur la route, mais il avait néanmoins une mine épouvantable. Son visage ressemblait à du steak haché. Il se tourna vers Valencia, qui lui servait de traducteur, et baragouina quelque chose.

Valencia lança un regard oblique à son chef.

— Il dit qu'il s'est encore trompé. Que c'est peut-être la colline d'en face.

— Dis-lui qu'il est à deux doigts de passer un moment en tête à tête avec un chalumeau, rétorqua Brown.

— On ferait peut-être mieux de rebrousser chemin jusqu'à

la dernière ville, intervint Smiley d'une voix chevrotante. J'aurais besoin de me reposer avant de recommencer à…

— On dormira quand on aura retrouvé le patron.

En trois grandes enjambées, Brown se dressa au-dessus de leur prisonnier. Le Mexicain eut un mouvement de recul, mais Brown l'attrapa par les pans de son blouson et l'attira contre lui.

— Ecoute, espèce de petite merde. Je ne marche plus. Je ne sais pas quel tour tu crois nous jouer, mais si ce putain de camp existe, tu as intérêt à m'y emmener maintenant. Si tu ne le fais pas, je commence par te couper la langue.

Les yeux de l'homme s'écarquillèrent. Brown sentit une odeur d'urine. Il jeta un œil à la tache qui grandissait sur le pantalon du prisonnier, et se mit à sourire.

— Il n'a pas l'air d'avoir besoin de traduction, dit-il à Valencia.

— En effet, chef.

— Dis-lui qu'il a cinq minutes pour nous montrer l'emplacement du camp. Après, on l'attache à un arbre et on s'amuse avec lui.

Etendue sur le dos, les mains croisées derrière la tête, Syd contemplait les motifs en spirale du plafond en béton. Des papiers froissés jonchaient le sol autour de son lit. Elle n'en avait plus besoin : après les avoir examinés pendant des heures, elle avait mémorisé toutes les informations qu'ils contenaient. Malheureusement, il n'y avait rien d'utile dans le tas.

Elle roula sur le ventre et soupira. C'était curieux : d'habitude, elle appréciait ce genre de défi. Elle adorait être sur le terrain, face à des obstacles apparemment insurmontables. Mais, pour une raison ou une autre, depuis l'épisode de la veille avec Jake, elle n'avait plus le cœur à l'opération.

Ses pensées revinrent sur ce qui s'était passé, en s'attardant sur tous les détails. Le goût de sa langue quand il l'avait embrassée. Ses mains, la peau râpeuse autour de ses phalanges. Au départ de la mission, elle n'avait pas eu d'intention particulière à l'égard de son associé. Mais, après cette journée dans la jungle, avec toute l'adrénaline qui bouillonnait dans ses veines… Elle avait appris depuis longtemps qu'il n'y avait que deux moyens sûrs de la dissiper : le sexe ou la bagarre. En général, elle choisissait la première option.

Le plus bizarre, c'était que ça ne marchait pas. L'adrénaline était partie, mais elle n'arrivait pas à trouver le sommeil. Elle avait sans doute commis une erreur – Jake était du genre à prendre l'histoire bien trop au sérieux. En ce moment précis, il devait être en train de se morfondre en culpabilisant comme un malade. Il aurait été plus malin, de la part de Syd, de séduire un autre membre de l'équipe – sauf que, par les temps qui couraient, ç'aurait été s'exposer à des accusations de harcèlement sexuel. Cette pensée la fit presque rire. Comment s'était-elle retrouvée dans un boulot où existait un pareil risque ?

Son incapacité à chasser Jake de ses pensées commençait à l'exaspérer.

Elle tendit les orteils vers le plafond, étira ses jambes, les abaissa et se releva d'un bond. Sans briser son élan, elle se laissa tomber en planche et fit une série de vingt pompes. Revenue en position assise, elle examina la tringle du rideau de douche en se demandant si elle supporterait son poids. C'était risqué.

Du yoga, peut-être ?

Elle passa la main dans sa nuque et se massa les trapèzes. Le jour se levait, l'interstice entre les rideaux passait du bleu au jaune pâle. Dans la jungle, Mark et Decker devaient s'être planqués pour essayer de dormir un peu. La reconnaissance en plein jour était plus dangereuse, mais ils avaient néanmoins l'intention d'essayer aujourd'hui. Maltz et Kane étaient retournés à Mexico pour les ravitailler en armes, maintenant qu'elle avait une meilleure idée de ce que l'opération nécessitait. Pour l'instant, elle ne pouvait rien faire de plus.

Pourquoi n'arrivait-elle pas à dormir ?

Et si elle frappait à la porte de Jake ? Il serait peut-être d'accord pour faire une partie de cartes.

Non, c'était une mauvaise idée. Elle savait exactement comment il réagirait : en bégayant une série de platitudes qui équivaudraient à : « Va-t'en. » Tout ça parce qu'il s'accrochait à cette malheureuse rouquine qui était déjà un boulet avant même de se faire couper la jambe.

Syd s'affala de nouveau sur son lit. Quelle ironie ! Pour une fois qu'elle n'avait pas envie d'être seule, personne ne voulait d'elle.

Etendu à plat ventre, Brown scrutait le terrain à l'aide de jumelles. Ses paroles d'encouragement avaient porté leurs fruits. Le type du cartel avait dessiné un plan d'une main tremblante, en jurant sur la vie de sa mère qu'il les mènerait au camp des Zetas. Et, à la grande surprise de Brown, cela s'était avéré exact.

Pendant que le reste de l'équipe se repliait à quelques centaines de mètres en arrière, il était parti en reconnaissance avec Delano. Brown prenait l'enlèvement de son patron comme un affront personnel. Cesar Calderon lui avait offert un travail en dépit de ses états de service irréguliers. Il lui avait fait confiance ; peu d'hommes en auraient fait autant à sa place. Pour le libérer, Brown était prêt à rentrer lui-même dans le camp et à dégommer ses occupants jusqu'au dernier.

D'après ce qu'il voyait dans ses jumelles, on risquait d'en arriver là. Brown n'avait jamais eu directement affaire aux Zetas. La majorité des affaires les concernant étaient résolues par Calderon, au téléphone. Il comprenait, maintenant, pourquoi l'entreprise avait choisi cette politique. Le camp qui s'étendait devant lui était une putain de forteresse.

Depuis l'incident de l'autre jour, son équipe était réduite à quinze hommes valides. Etant donné le matériel foireux dont il disposait, et le fait que l'un des quinze était Sock, le plus raisonnable aurait été de faire demi-tour et de rentrer tout de suite à la maison.

— Rappelle-moi pourquoi on nous force à le récupérer, dit Delano, alors que la situation se prête parfaitement à une demande de rançon.

— On n'est pas là pour réfléchir, mon vieux.

N'empêche que Brown se posait lui aussi quelques questions. Il avait entendu de manière officieuse que Tyr n'avait même pas reçu de preuve de vie, ce qui, si c'était vrai, serait sans précédent. Il y réfléchit de nouveau. Et si une rançon avait bien été réclamée, mais que Smiley avait refusé d'allonger la thune ? Son apparition inopinée à Mexico ne faisait que renforcer les soupçons de Brown. Dans la situation inverse, Smiley serait déjà chez lui, en train de jouer au golf, grâce aux talents de négociateur de Calderon. Or, qu'avait-il trouvé de mieux à faire, suite à la disparition de leur P.-D.G. ? Mettre un inconnu à la tête de l'équipe chargée de le récupérer.

Brown était bien décidé à rectifier le tir. Si Cesar était encore vivant, il allait le ramener chez lui. Puis ils régleraient ensemble son compte à Smiley.

— Il faut qu'on envoie Valencia se mêler aux gardes, suggéra Delano. C'est le seul qui puisse y arriver.

Brown acquiesça par un grognement. Delano avait raison. Son équipe comportait quelques autres natifs du Mexique, mais Valencia était le meilleur candidat. Il avait un de ces visages qui ne retiennent jamais l'attention. Il faudrait tenter d'imiter au mieux les treillis des Zetas ; d'après ce qu'il en voyait d'ici, c'étaient des modèles relativement standard. Les gardes étaient assez nombreux, là-dedans, pour qu'il leur soit impossible de se connaître tous de vue. Ils profiteraient d'une relève pour l'envoyer en reconnaissance rapide à l'intérieur du camp. Avec un peu de chance, tous les otages de Tyr seraient rassemblés au même endroit. Sinon, Calderon restait la priorité. Une fois qu'il serait dehors, ils tenteraient de libérer Flores, Riley et Decker.

Il balaya une dernière fois le camp du regard en comptant les gardes stationnés dans les miradors et ceux qui faisaient des rondes.

— O.K., dit-il en abaissant ses jumelles. On peut…

Figé sur place, Delano regardait fixement quelque chose derrière lui. Brown roula lentement sur son flanc. Son regard remonta le long du canon d'un fusil d'assaut tenu par un type immense qui le regardait calmement.

20

Un nouveau coup de pied fit basculer la tête de Kelly en arrière, et elle faillit s'évanouir. Stefan l'avait soulevée au-dessus du sol d'une main pour pouvoir la cogner de l'autre. Les quelques coups de pied et de poing qu'elle réussit à placer lui faisaient autant d'effet que des piqûres de moustique à un éléphant. Quant à elle, la douleur dans son crâne devenait insupportable. La tentation de s'abandonner à l'inconscience était écrasante. Elle n'allait pas pouvoir y résister longtemps.

Stefan plaça les deux mains autour de sa gorge et serra jusqu'à lui faire voir trente-six chandelles. Kelly se débattit pour se libérer, mais sa prise était d'acier. Stefan l'attira tout près de lui, à quelques centimètres de son visage, et plongea son regard dans ses yeux exorbités. Il affichait une expression particulière, mélange de fascination et de franche curiosité. Les poumons de la jeune femme se contractaient en cherchant désespérément l'air. Son champ de vision se réduisit à toute vitesse : bientôt, il ne resta plus que le visage de Stefan, fendu par un large sourire, flottant au milieu d'une brume rouge.

Cette vision la galvanisa. Elle bascula abruptement la jambe droite en arrière, puis la projeta vers Stefan en l'accompagnant de toute la force de son corps. Son pied prothétique à restitution d'énergie était capable de dégager quarante-cinq kilos de pression cubique. Elle les fit converger à présent vers la poitrine de son adversaire.

Le contrecoup du choc fit vibrer l'articulation de sa hanche. Stefan émit un hoquet et lâcha sa gorge.

Kelly s'effondra à terre en râlant. Ses mains se portèrent instinctivement à sa gorge. Elle lui semblait écorchée, tailladée de l'intérieur, comme si elle venait d'avaler une lame de rasoir. Elle se tortilla en arrière, hors de la portée de Stefan.

Celui-ci se convulsait au sol en se tenant le ventre. Elle fit de nouveau pivoter la jambe à partir de la hanche, comme le lui avait appris Brandi, puis elle fit voler son pied métallique vers le genou de Stefan. Celui-ci poussa un cri de douleur, ramena sa jambe vers son corps pour la protéger, puis tenta de s'écarter en roulant sur lui-même. Kelly prit son élan et visa la main droite de son adversaire. Il la déplaça une fraction de seconde avant que son pied ne s'y abatte.

Le visage de Stefan se durcit. L'instant d'après, il agrippa la cheville de Kelly et la tira vers lui de toutes ses forces.

Ce geste brusque la déséquilibra. Elle trébucha et s'effondra. Il ne lâchait pas sa cheville. Kelly serra les dents tandis que sa jambe se tordait dans l'emboîture de la prothèse en forçant sur les broches.

— Je vois que vous avez subi quelques changements, Miss Jones. Ces dernières années ont été difficiles, on dirait ?

Kelly sentit quelque chose se rompre en elle. Toute la colère et la frustration qu'elle refoulait depuis des mois remontèrent subitement vers la surface. Elle fit pivoter sa jambe valide et décocha un coup solide à la mâchoire de Stefan, propulsant la tête de son adversaire en arrière. Dans un même élan, elle roula sur le ventre et porta un violent coup de pied à son nez. Un craquement satisfaisant s'éleva, et la pression sur sa prothèse s'apaisa.

Elle se releva tant bien que mal. Stefan se tenait le nez et grommelait en danois tout en essayant de se redresser.

Où était passée son arme ? Elle aperçut une barre de fer rouillée sur le sol et se précipita pour l'attraper. Stefan la talonnait déjà. Elle referma les doigts autour de la barre et fit volte-face. Pas le temps de viser : le premier coup rebondit sur son épaule. Kelly sauta en arrière pour prendre du recul.

Face à elle, Stefan avait adopté une position de lutteur, les mains pendant le long du corps, les genoux légèrement fléchis. Son nez était tordu vers la gauche, et un filet de sang écarlate en ruisselait, mais il n'avait pas l'air de s'en rendre compte.

Kelly gardait la barre de fer plaquée contre son flanc. Le danger, lorsqu'on maniait une telle arme contre un adversaire plus puissant, c'était de se la faire arracher et retourner contre soi. Il s'agissait donc de délivrer quelques coups écrasants sans s'approcher assez pour lui permettre de reprendre l'avantage.

Sa respiration était douloureuse, comme si les mains de Stefan entouraient encore sa gorge. Des élancements parcouraient sa jambe amputée, et sa vision devenait floue. Elle cligna des yeux pour essayer d'y voir clair. Stefan fit une feinte en avant, et elle esquiva sur la droite. Un éclair de douleur remonta le long de sa colonne vertébrale. Elle serra les dents et essuya une goutte de sueur au-dessus de son œil.

Stefan souriait de nouveau. Il avait le même regard que lors de leur précédent face-à-face, près de trois ans auparavant. Cette nuit-là, il avait bien failli la tuer. Il lui arrivait encore d'en faire des cauchemars.

Il fit une nouvelle feinte. Kelly décrivit un grand cercle de sa barre de fer, mais son adversaire recula précipitamment, et elle ne put que lui frôler les phalanges de la main.

Stefan pencha la tête sur le côté.

— Avant de vous tuer, Miss Jones, puis-je avoir la curiosité de savoir comment vous m'avez retrouvé ?

C'était la même voix, marquée par un accent danois prononcé et des tournures trop soutenues.

— J'étais déjà sur place. Je vous ai retrouvé en prime.

C'était douloureux de parler, mais elle voulait le déconcentrer. Elle scruta son regard en guettant une étincelle qui lui indiquerait le moment où il repasserait à l'attaque.

— Vous êtes en vacances à Mexico ? demanda Stefan en levant un sourcil. Quelle drôle d'idée… Evidemment, il doit être difficile de se payer un séjour à Cancun, avec votre salaire de fonctionnaire. J'espère que vous en avez tout de même profité.

— C'était génial, rétorqua Kelly. Et ça va l'être encore plus une fois que je vous aurai arrêté.

Stefan rit sèchement.

— Vous avez toujours eu un certain charme, Miss Jones. J'en oublierais presque que par votre faute, j'ai failli finir au fond d'une rivière.

— J'espérais que c'était le cas.

— Désolé de vous décevoir.

Il se rua vers elle, mais, cette fois, Kelly anticipa son mouvement et lui assena un coup de barre à l'avant-bras. Il gémit de douleur, et elle en profita pour le frapper au creux des reins. Stefan tomba à genoux.

Kelly recula de nouveau en sautillant, sa douleur à la jambe momentanément oubliée.

— Je devrais sans doute vous prévenir qu'officiellement je ne travaille plus pour le FBI.

Son adversaire ouvrit la bouche comme pour lui répondre, puis reporta son regard sur quelque chose derrière l'épaule de Kelly. Celle-ci sourit intérieurement : croyait-il vraiment la piéger avec cette ruse éventée ? Elle leva la barre de fer et se prépara à l'écraser sur son front.

Des voix s'élevèrent dans son dos. Kelly se figea sur place. Elle ne comprenait pas ce qu'ils disaient, mais elle se rendait tardivement compte que Stefan était chez lui, ici. Possible qu'il ait recruté de nouveaux protégés pour assurer sa défense.

— Quel dommage que nous n'ayons pas pu rattraper le temps perdu ! lança Stefan. J'ai été enchanté de vous revoir.

Il lui adressa un sourire mauvais, se leva d'un bond et s'enfuit en courant.

Kelly resta quelques secondes interloquée par cette réaction inattendue. Puis elle s'élança derrière lui, son sac à dos rebondissant sur ses épaules. Elle n'avait parcouru que quelques mètres quand un bruit très reconnaissable la fit piler.

La balle déchiqueta un sac en plastique à trente centimètres d'elle. Un petit nuage de confettis blancs en sortit. Kelly leva lentement les mains et se retourna.

Deux hommes en uniformes noirs, casquettes noires et gilets pare-balles se tenaient à sept ou huit mètres derrière elle et braquaient des armes automatiques sur elle.

— C'est maintenant que vous arrivez ? s'écria-t-elle. Dites-moi que vous plaisantez !

Un des deux lâcha un torrent d'espagnol.

— *No hablo !*

Elle jeta un coup d'œil par-dessus son épaule. Stefan avait disparu. Une fois de plus, il s'était échappé. Les épaules de Kelly s'affaissèrent. Subitement épuisée, elle vacilla sur ses pieds, ce qui redoubla la méfiance des flics.

Peu lui importait, maintenant. Elle posa son sac sur le sol et s'y assit prudemment. Un des hommes s'approcha sans cesser de la viser, en répétant inlassablement une question incompréhensible.

— Il s'est échappé, dit-elle avec lassitude.

Elle passa ses mains dans ses cheveux crasseux.

— Vous l'avez laissé partir. Je n'arrive pas à y croire.

L'autre flic disparut dans la cabane de Stefan. Il en ressortit une minute plus tard, se plia en deux et se mit à vomir.

Pendant quelques minutes, les deux *federales* eurent un échange animé, puis ils reportèrent leur attention sur Kelly. Celle-ci n'avait pas compris un mot de la discussion, mais leurs têtes ne lui plaisaient pas. Ils affichaient l'expression universelle du flic face à un superméchant.

— *Soy policia*, tenta-t-elle.

Cela n'eut aucun effet. L'un des hommes braqua son fusil sur sa poitrine tandis que l'autre s'approchait prudemment. Il plaqua Kelly à terre et lui tordit douloureusement le bras dans le dos. Elle se débattit, prise de panique. Tous les crimes qu'elle avait entendu attribuer à la police mexicaine lui revinrent subitement à la mémoire. Enlèvements, extorsion, vols de voitures, cambriolages, même des viols…

— C'est quoi, ce bordel ? demanda-t-elle en essayant de ne pas montrer sa peur.

Le flic la fit avancer jusqu'au seuil de la cabane. Quand elle vit ce qu'il y avait à l'intérieur, son estomac se souleva et elle dut se retenir de vomir à son tour.

Dans une flaque de sang coagulée, sur un tas de chiffons, gisait un corps de jeune garçon entièrement écorché. De longues bandes de peau étaient étendues sur un fil à linge qui traversait la pièce de bout en bout.

— Ce n'est pas moi, dit Kelly en suffoquant. C'est lui, celui avec qui je me battais…

Soit ils ne comprenaient pas, soit ils s'en fichaient. Une paire de menottes se referma autour de ses poignets, et ils l'embarquèrent.

— Nom de Dieu, dit Brown avec un grand sourire. C'est notre bon vieux Mark Riley.

Mark ne sourit pas. En repérant l'unité de Tyr, Decker et lui avaient rebroussé chemin pour décider de l'attitude à adopter. Ne sachant pas à qui ils pouvaient faire confiance, ils avaient décidé de les observer à distance. Quand Brown s'était séparé du groupe, ils y avaient vu une occasion d'obtenir des réponses à leurs questions. Avec cet objectif en tête, il continua à viser la poitrine de Brown.

Celui-ci cessa progressivement de sourire.

— Vous avez le syndrome de Stockholm, Riley ? On travaille pour la même entreprise.

— Quelqu'un nous a balancés, dit Decker en apparaissant à côté de Mark. Les Zetas nous attendaient dans la planque où on était censés récupérer Calderon.

— Ce n'est certainement pas moi, rétorqua Brown en plissant les yeux.

— Vous êtes copains avec Calderon, non ? demanda Mark en inclinant la tête. Marrant que vous n'ayez pas voulu diriger son sauvetage.

— Je voulais en être, mais Smiley a refusé. Il m'a soutenu qu'il avait besoin de moi en Colombie.

— Il est avec vous, maintenant, lui fit remarquer Mark. Pourquoi ?

— Je ne sais pas, répondit Brown. Je me pose la même question.

Il jaugea Mark du regard et ajouta :

— On a aussi récupéré Sock.

— Wysocki ? Comment est-ce qu'il a pu s'en sortir ?

— Il m'a dit qu'il avait laissé Kaplan et Flores pour aller chercher de la nourriture, et qu'à son retour ils avaient disparu.

— Et il a décidé de ne pas nous attendre, nous non plus ? demanda Decker.

— A moi aussi, ça m'a semblé bizarre. En plus, il est arrivé sans une égratignure.

— Le fils de pute.

Decker cracha sur le sol.

— Kaplan y est resté, dit Mark. On a retrouvé son corps quand on est revenus à la planque.

— Désolé de l'entendre, murmura Brown en secouant la tête. On avait fait quelques missions ensemble, c'était un type bien. Cette affaire est un sacré merdier.

— Pourquoi avez-vous emmené Sock ? demanda Mark.

— C'était le seul moyen de le garder à l'œil. Ecoutez, on est tous les deux des anciens de la marine, non ? Ça vous dérangerait de baisser ce flingue ?

Mark hésita un instant, puis s'exécuta. Decker ne bougea pas d'un cil. Face au regard interrogateur de Brown, il haussa les épaules.

— Je suis de l'air, moi. Vos histoires de marins, ça ne me fait rien.

Au-dessus de leur tête, une volée d'oiseaux décolla brusquement. Chacun se figea sur place, puis Mark fit signe aux autres de le suivre et s'enfonça plus profondément dans la végétation. Devant un immense fromager, une petite clairière s'ouvrit. Brown s'assit sur une racine géante comme sur un banc.

— La vache, dit-il. Je suis fatigué. On a passé toute la

nuit à crapahuter dans cette saloperie. Vous savez que votre frère est au Mexique ?

Au bout d'une seconde de silence, Mark hocha la tête.

Brown le dévisagea, les yeux plissés.

— Il n'a pas réussi à vous ramener chez vous, hein ? Il avait pourtant l'air décidé.

— Je n'abandonne jamais mes hommes, rétorqua Mark. On pense que Flores est détenu ici.

Brown hocha la tête.

— Ce n'est pas la politique de l'entreprise, mais j'aurais fait la même chose. Vous avez des renseignements fiables sur le camp ?

Decker et Mark échangèrent un regard. Au bout d'un moment, Mark répondit avec réticence :

— On a fait un peu de reconnaissance, mais on n'a repéré aucun moyen de pénétrer l'enceinte.

— C'est bien sécurisé, confirma Brown. Et vous n'avez pas vraiment des têtes d'autochtones. On va envoyer Valencia les infiltrer.

— Bon choix, lança Decker. J'ai travaillé avec lui en Equateur.

— Notre plan, c'est qu'il pointe les coordonnées de Calderon en essayant de repérer Flores au passage. Ensuite, on les fait sortir de ce bouge.

— Vous êtes quinze hommes, sans compter Smiley, c'est bien ça ?

— Je ne le compte certainement pas parmi les hommes, répliqua Brown avec un sourire. Je vais le renvoyer nous attendre à l'hôtel.

— A votre place, je n'emmènerais pas Sock non plus.

— Je n'en avais pas l'intention. Encore moins maintenant.

— Donc, vous êtes quatorze contre une petite armée, résuma Decker.

— Eh bien, on a quelques informations privilégiées auxquelles vous n'avez sans doute pas eu accès, répliqua Brown.

— C'est-à-dire ?

— On ferait mieux de se mettre d'accord sur un arrangement, déclara Brown. J'ai besoin d'effectifs et de matériel supplémentaires. Et, grâce à votre gentil petit frère, vous pouvez me les procurer.

— En échange de quoi ? demanda Decker.

— Corrigez-moi si je me trompe, mais, en théorie, vous travaillez encore pour moi, non ?

Decker releva le canon de son arme.

— Pour le moment, dit-il, la seule chose qui m'intéresse, c'est de sauver ma peau.

— Dans ce cas, vous auriez dû partir vers le nord. A l'heure qu'il est, vous auriez déjà passé la frontière. Mais vous avez décidé de terminer votre mission, je crois.

— On est surtout venus délivrer Flores. Si jamais on récupérait Calderon, c'était en prime.

— Si vous avez fait de la reconnaissance, vous savez déjà que vous n'avez aucune chance de délivrer qui que ce soit, déclara Brown. Je n'ai pas plus confiance que vous en Sock et Smiley. Mais c'est mon opération. Si vous décidez de me faire confiance, on peut collaborer.

Mark réfléchit. Brown avait raison : même si Syd et Jake pondaient un plan de génie, ils avaient peu de chances ne serait-ce que d'infiltrer le camp. Et, dans la mesure où ils ne savaient même pas où Flores était détenu, ils n'avaient pas le choix.

— Très bien, dit-il enfin. Mais il faut que vous neutralisiez Sock.

— Faites-moi confiance, répondit Brown en souriant. Ce sera un plaisir.

Jake marchait de long en large dans sa chambre de motel. Il avait passé les dernières heures à chercher en vain le sommeil. Maltz et Kane étaient retournés à Mexico chercher de l'artillerie lourde. Syd s'était enfermée dans sa chambre, soi-disant pour faire la sieste. Son frère n'avait pas donné de nouvelles. Pour le moment, il n'avait rien d'autre à faire que se reprocher son infidélité.

Il se laissa tomber sur le lit et retourna une énième fois les faits dans sa tête. Qu'est-ce qu'il lui avait pris ? Même si Kelly n'avait pas existé, coucher avec son associée était indubitablement ce qu'il avait fait de plus idiot dans sa vie – et il avait des trucs incroyablement bêtes à son actif. Mais le pire, c'est qu'il avait trahi Kelly alors qu'elle était au plus bas. C'était la première fois qu'il trompait quelqu'un – évidemment, c'était également la première fois de sa vie qu'il se retrouvait dans une relation plus ou moins stable. En tout cas, il venait de la détruire. Classique.

Il regarda un cafard se balader au plafond. Le corps de l'insecte se fondait par moments dans les taches noires qui émaillaient le plâtre. La vérité, c'est qu'il était nul en relations humaines, tous genres confondus. Mark avait été son meilleur ami pendant toute son enfance ; à présent, ils ne s'adressaient presque plus la parole. Il avait de nombreuses connaissances, des tas de types avec qui prendre une bière. Mais à qui parlait-il réellement ? Ces dernières années, il n'y avait eu que Kelly. Comment était-ce arrivé ? Il était au milieu de la quarantaine et il se sentait absolument seul sur terre.

Avec le recul, il se rendait compte que la brouille avec son frère avait constitué le début de la fin. Leur père s'était fait la malle alors qu'ils étaient encore très jeunes ; à part des cadeaux de Noël merdiques de temps en temps, il n'était pratiquement pas intervenu dans leur vie. Leur mère avait trouvé un travail de secrétaire dans la base militaire du coin et avait bossé comme une dingue pendant vingt ans, en se démenant pour leur offrir une vie confortable. Sur le coup, ni Mark ni Jake n'avaient apprécié ses efforts ; ils avaient surtout uni leurs forces pour lui donner le plus de cheveux blancs possible. N'empêche qu'ils formaient tous les quatre une famille unie.

Puis, dix ans auparavant, on avait diagnostiqué un cancer du sein chez leur mère. Jake avait pris un congé professionnel, fait des allers-retours en avion à chaque nouvelle série de chimios. Avec Chris, ils s'étaient relayés pour prendre soin d'elle. Malheureusement, le traitement proposé par la base était plus que médiocre. Jake s'était battu contre l'administration pour obtenir le transfert de sa mère dans un hôpital civil. Sa demande avait été refusée, et sa mère était morte quelques mois plus tard.

Rien de tout cela n'était la faute de Mark, bien sûr. Ce qui avait fait enrager Jake, c'est que son frère n'avait pas fait l'effort de rendre une seule visite à leur mère. Il se contentait de lui envoyer des cartes postales depuis les endroits où il était en mission, lesquelles arrivaient généralement plusieurs semaines après le cachet de la poste. Jake en crevait presque de voir le visage de sa mère s'illuminer dès que le facteur en apportait une, de la voir dévorer les quelques phrases manuscrites au sujet de la météo et de la nourriture. Elle disait ne pas attendre de ses fils qu'ils mettent leur vie en suspens à cause d'elle. Quand Mark avait enfin annoncé qu'il serait de retour pour Noël, elle avait été surexcitée. Mais elle n'avait tenu que jusqu'à Thanksgiving.

A l'enterrement, Jake fulminait tandis que Mark se tenait silencieux à son côté, les yeux cachés derrière des lunettes noires. Au bout de quelques verres, ils en étaient venus aux coups. Ils ne s'étaient pas reparlé depuis.

Jake avait pourtant sauté dans un avion à la minute où son frère avait eu un pépin. Il se demandait si, dans la situation inverse, Mark en aurait fait autant. Sans doute pas.

Un coup frappé à la porte l'arracha à ses réflexions. Il alla ouvrir et se retrouva nez à nez avec Syd.

— Il faut qu'on parle, Jake, annonça-t-elle d'un air soucieux.

— Oui, je me disais la même chose.

Il recula pour la laisser entrer. Elle s'installa sur l'unique chaise, laissant Jake se percher maladroitement sur le lit.

— Ecoute, pour ce qui s'est passé hier soir…

— Oh ! non, soupira Syd en roulant les yeux. Pitié ! J'ai eu des nouvelles de Mark. Il y a des complications. C'est potentiellement une bonne chose pour nous, mais ça peut aussi être un bordel en boîte.

— Ça n'existe pas, comme expression, Syd.

— Bref, tu vois ce que je veux dire. Ils ont croisé l'équipe de Tyr. Mark a l'air favorable à l'idée d'une opération jointe.

— Quoi ? C'est lui qui disait qu'on ne pouvait pas leur faire confiance…

— Je sais, mais Brown nous propose des infos en échange. Il a un type qui est capable d'infiltrer le camp et de localiser nos cibles. Mark ne pense pas qu'on puisse y arriver sans eux.

— Je ne sais pas, Syd.

Jake avait un mauvais pressentiment. La situation était déjà suffisamment compliquée, et cela ne cessait d'empirer.

Un nouveau coup retentit à la porte.

Syd haussa les sourcils.

— Tu attends quelqu'un ?

Jake s'avança pour ouvrir. Syd se glissa sur le côté en dégainant son arme.

— On n'est jamais trop prudent, dit-elle en réponse à son regard interrogateur.

Il entrebâilla la porte. Isabela attendait dans le couloir.

— Je peux entrer ?

— Jake, marmonna Syd tandis qu'il ouvrait la porte, le lit est à peine froid !

— Quoi ? s'enquit Isabela d'un air perplexe.

— Ne faites pas attention à elle, soupira Jake. Vous avez besoin de quelque chose ?

— J'ai des informations qui peuvent vous intéresser.

La jeune femme affichait une expression nettement plus animée que la veille.

— Des informations au sujet de quoi ?

— Je sais comment entrer dans le camp, déclara Isabela. Mais il faut qu'on y aille ce soir.

21

Chaque fois qu'un garde passait devant leur enclos, Flores relevait brusquement la tête. A tout moment, il s'attendait qu'on vienne les convoquer à un nouveau tête-à-tête avec le général. Voire qu'on les fusille sur place, à l'intérieur de l'enclos, pour servir d'exemple aux autres prisonniers.

La matinée s'était pourtant écoulée sans incident. Les plateaux-repas de midi avaient été déposés puis ramassés. Calderon avait échangé quelques mots avec le garde pour lui demander un entretien avec le général Gente. Depuis, rien. Flores se sentait tellement tendu qu'il était à deux doigts de craquer.

Calderon, en revanche, faisait preuve d'un calme quasi surnaturel. Il avait même proposé une partie d'échecs. Flores avait accepté, puisqu'il n'y avait rien d'autre à faire. Mais il le regrettait déjà : une fois assis, à fixer le minuscule plateau, sa nervosité avait décuplé. Il ne comprenait toujours rien aux règles de ce foutu jeu : quand Calderon lui faisait signe de jouer, il déplaçait une pièce au hasard. Il avait perdu les dix premières parties, et il était bien engagé pour perdre la onzième.

— Vous n'êtes pas concentré, *amigo*.

Avec un grand sourire, Calderon balaya une énième pièce de l'échiquier.

— Et s'il refuse de vous laisser changer d'avis ? demanda Flores.

— Alors, nous nous ferons tuer.

— Génial.

— Ce n'est plus de notre ressort, répondit Calderon en levant les yeux. Dans la vie, il y a des choses qu'on ne peut pas contrôler.

— Et il y a des moments où il faut passer à l'action.

Flores se leva d'un bond. Il avait quadrillé l'intégralité de leur enclos. Le point faible était situé à l'arrière, près de l'endroit où ils dormaient. Ici, le grillage descendait moins profondément dans la terre, et ses mailles étaient moins serrées. Flores supposait qu'un de ses prédécesseurs avait entrepris de les détendre. C'était la meilleure issue possible, qui avait en outre l'avantage d'être partiellement dissimulée aux regards par la bâche. Le couteau de Calderon était émoussé, mais, en mettant de l'huile de coude, il devait réussir à effilocher les fils jusqu'à les rompre. Ce qu'il n'aurait pas donné pour une pince coupante !

Il n'avait pas encore arrêté son opinion au sujet de Calderon. Il devinait des lacunes dans son histoire, mais la version de Gente ne se tenait pas complètement, non plus. Il les soupçonnait tous deux de mêler vérités et mensonges. Une part de lui-même était tentée de prendre la fuite en laissant son compagnon moisir ici. Sauf que ce choix revenait à le condamner à mort, et que cette idée lui restait sur le cœur. Ce matin, en plaquant la lame contre la gorge de Calderon, il s'était senti sali. Il ne cessait de voir le visage de Maryanne devant ses yeux ; finalement, il avait été incapable d'aller jusqu'au bout. Restait à espérer qu'il ne regretterait pas cette décision.

Il examinait à genoux les mailles du grillage, à la recherche de points faibles, quand une ombre s'étendit sur la cage. Le cœur de Flores bondit dans sa gorge. Il se releva et se retourna lentement. Un garde se tenait à la porte. Calderon s'était figé sur place, une pièce d'échecs entre les doigts.

Le garde avait une expression hésitante. Il releva un peu la visière de sa casquette. Calderon expira vivement et se redressa.

— Quoi ? demanda Flores en arrivant à côté de lui. Il vient vous emmener chez le général ?

— Non, *amigo.*

Calderon parlait à voix basse, mais il ne put dissimuler son excitation.

— C'est un des nôtres.

Kelly était perdue dans un endroit où il faisait sombre. Le plafond était parcouru d'ondes, comme s'il était liquide. Elle avait tellement froid ! L'humidité collait à sa peau, ses vêtements étaient trempés, l'air était chargé d'une odeur de brûlé.

— Hé ! lança-t-elle. Il y a quelqu'un, ici ?

Un bruissement d'ailes résonna dans le silence. Quelque chose la frôla, et elle recula précipitamment au contact de plumes poisseuses.

Quelqu'un était là, tout près d'elle. Elle sentait sa présence, l'entendait respirer. Des pas résonnèrent dans l'obscurité, assurés et réguliers. Ils venaient droit vers elle. Ils savaient exactement où la trouver. Elle chercha son pistolet, mais il avait disparu.

Une main glacée se referma subitement autour de son bras.

Kelly se redressa en haletant. Elle passa une main sur son visage pour essayer de dissiper son cauchemar. En regardant autour d'elle, elle se rendit compte que la réalité dans laquelle elle venait de se réveiller était bien pire.

Elle était enfermée dans une cellule de prison. Après l'avoir arrêtée ce matin, les *federales* avaient suivi la routine habituelle : empreintes digitales, photos judiciaires, puis ils l'avaient enfermée dans une plus grande cellule avec tout un groupe de femmes, des prostituées pour la plupart. Ces dernières l'avaient jaugée d'un simple coup d'œil puis l'avaient ignorée.

Cela faisait un drôle d'effet de se retrouver pour la première fois de l'autre côté du miroir.

Au bout d'un moment, on était venu la chercher pour l'emmener dans une salle d'interrogatoire. Un flic rougeaud, engoncé dans un uniforme trop serré, lui avait débité un méli-mélo d'espagnol et d'anglais incompréhensible. Finalement, comprenant qu'elle n'avait aucune idée de ce qu'il racontait, il avait fini par balancer son badge du FBI sur la table et croiser les bras d'un air expectatif.

Kelly s'était contentée de hausser les épaules.

— *Soy policía*, avait-elle répété.

Cela n'avait réussi qu'à irriter davantage son interlocuteur, qui s'était répandu en invectives tout en aspergeant Kelly de postillons. La jeune femme était restée de marbre ; quand il avait fini sa tirade, elle avait simplement ajouté :

— *Teléfono.*

Il avait quitté la pièce en trombe. Kelly y était restée seule une dizaine de minutes, puis un autre flic était venu l'emmener. Elle avait essayé de lui expliquer l'importance de lui accorder le droit de téléphoner, mais ce n'était apparemment pas une obligation, ici. Elle ne savait presque rien du système judiciaire mexicain. Combien de temps pouvaient-ils la détenir ? De quoi était-elle officiellement accusée ? Et surtout, où était Stefan en ce moment ? Combien de victimes supplémentaires ferait-il avant qu'elle ne réussisse à sortir d'ici ?

Bien qu'elle eût demandé à téléphoner, elle ne savait absolument pas qui appeler. Jake était probablement injoignable au milieu de la jungle. Son ancien patron au FBI, l'agent principal McLarty, éviterait l'affaire comme la peste. Et c'était triste à dire, mais elle n'avait personne d'autre.

N'empêche qu'elle était résolue à arrêter Stefan. Et pour y arriver, elle devait sortir d'ici.

Kelly s'assit sur le lit et décrocha sa prothèse pour se masser le haut de la jambe. Au départ, on la lui avait confisquée, en imaginant sans doute qu'elle pouvait servir d'arme. Puis, après complète inspection, on la lui avait restituée.

Tout son flanc droit était ecchymosé par la bagarre du matin. Kelly tressaillit en passant la main sur les zones douloureuses. Brandi ne serait pas contente, songea-t-elle avec un sourire sans joie. Avec tout ce que son corps avait encaissé ces derniers jours, la fin de sa rééducation serait sans doute retardée de plusieurs mois. Tous ses membres étaient contusionnés et douloureux. Elle avait un mal de tête insoutenable, à cause du manque de sommeil et du passage à tabac infligé par Stefan, et elle avalait difficilement. N'empêche, l'un dans l'autre, elle ne se sentait pas si mal. A vrai dire, elle ne s'était pas sentie aussi bien depuis un bon moment.

Une image lui vint à l'esprit : celle du visage de Stefan au moment où il avait compris qu'il allait perdre la bagarre. Difficile de ne pas s'en réjouir. Même sans arme et avec une jambe en moins, elle avait failli l'emporter. Il y avait de quoi être fière.

Des pas résonnèrent sur le sol en béton. Les *federales* avaient-ils enfin réussi à dégotter un traducteur ? Peut-être allaient-ils l'autoriser à téléphoner, après tout. Un garde apparut devant l'entrée de sa cellule, chercha la serrure à tâtons et ouvrit la porte.

— Où est-ce que vous..., commença Kelly.

Puis elle se figea à la vue de l'homme qui l'accompagnait.

22

— Pourquoi faudrait-il attaquer ce soir ? demanda Syd.

— Je peux entrer ?

Isabela se tenait sur le seuil de la porte. Elle s'était douchée et avait enfilé les vêtements propres que Maltz lui avait trouvés. Les cheveux détachés, elle était finalement assez séduisante. Pas étonnant qu'elle ait réussi à convaincre Mark de l'aider, pensa Jake.

— Bien sûr.

Il s'écarta pour la laisser passer. Isabela chercha en vain un endroit où s'asseoir et finit par s'adosser au mur derrière le poste de télévision.

— J'ai appelé quelques contacts.

— Pas au sein des Zetas, par hasard ? demanda Syd d'une voix dure.

— Bien sûr que non. Je connais des gens qui travaillaient pour le cartel de Sinaloa.

— C'est un de leurs rivaux, non ? demanda Jake.

— C'est *le* cartel rival, répliqua Syd en plissant les yeux. Les Zetas ont pris le contrôle du cartel du Golfe en 2007, après l'extradition d'Osiel Cárdenas aux Etats-Unis. Ils se sont alliés avec des anciens de Sinaloa, les frères Beltrán-Leyva. Maintenant, les deux groupes sont à couteaux tirés. Leur rivalité est largement responsable du merdier qu'il y a ici en ce moment. Ce qui m'intéresse, Isabela, c'est que vous avez l'air de connaître tous ces gens.

— On a grandi ensemble dans le quartier d'El Eden,

rétorqua la jeune femme sur le ton de la défensive. Pour les garçons, les cartels sont un des seuls débouchés.

— Tandis que vous, vous êtes devenue pharmacienne. Marrant, non ?

— Mon information peut sauver les amis de Mark, et mon père aussi. Vous croyez que je mettrais sa vie en danger ?

— Il reste encore à prouver que vous avez un père, sans parler de savoir s'il est détenu dans ce camp.

— A votre avis, qu'est-ce que je fais ici ? Je m'expose au même danger que vous.

— Je suis d'accord, Syd, intervint Jake. Je n'arrive pas à imaginer pourquoi elle nous mentirait.

— Ça ne veut pas dire qu'elle ne ment pas, fit remarquer Syd.

Mais elle se carra dans sa chaise et reprit à l'intention d'Isabela :

— C'est quoi, votre info ?

— Il n'y a pas longtemps, les Zetas se sont fait saisir plusieurs livraisons. Leurs chefs pensent avoir affaire à une taupe.

— Ce ne sont pas les seuls, commenta Syd.

Jake lui lança un regard sévère.

— Leur général a rappelé tous ses commandants au camp pour essayer d'identifier le traître. Selon mon ami, les Sinaloa ont eu vent de l'affaire et décidé d'y faire une descente ce soir même. Ils comptent exécuter les dirigeants et reprendre les otages à leur compte.

— Un putsch, dit Jake. Ils prennent le contrôle du camp, éliminent les chefs et s'emparent de leur base d'opérations.

— Exactement.

— Et ton ami t'a raconté tout ça au téléphone ? demanda Syd d'un ton sceptique.

— Je lui fais confiance. Luis a été le premier à me dire que mon père était détenu là-bas.

— C'est drôlement gentil de sa part.

— Des prisonniers vont mourir pendant l'attaque, rétorqua Isabela. Il voulait me préparer à une mauvaise nouvelle.

— Attendez, soupira Syd. Si ce cartel préparait vraiment un raid pour ce soir, vous ne croyez pas qu'on aurait croisé quelques-uns de leurs gars ? Il n'y a qu'une seule route pour y aller.

— Ils sont déjà en place sur la montagne d'en face.

— Ils ont bien choisi leur moment, fit remarquer Jake d'un ton songeur.

Il leva la main pour couper court aux protestations de la jeune femme.

— Je ne vous accuse de rien, mais reconnaissez que c'est une sacrée coïncidence.

— Quelle raison aurais-je de vous mentir ? demanda Isabela avec un regard de défi.

J'aimerais bien le savoir, pensa Jake.

— Content de vous voir, Valencia, dit Calderon.

Valencia hocha la tête et alluma une cigarette.

— Je n'ai pas beaucoup de temps, patron. Vous savez où sont les autres ?

— Je ne pense pas que Kaplan ait survécu, dit Flores. Je crois qu'il ne reste que nous.

Pour la première fois depuis le début de ce long cauchemar, il entrevoyait une lueur d'espoir. On ne les avait pas oubliés. Ils avaient même une petite chance de s'en sortir vivants.

Flores jeta un œil vers l'enclos voisin : Ramon Tejada semblait s'intéresser à leur conversation.

— C'est quoi, le plan ? demanda-t-il en baissant encore la voix.

Valencia souffla une bouffée de fumée vers la cime des arbres.

— Je suis en reconnaissance, dit-il. On n'a pas encore de plan.

— Si on ne sort pas d'ici ce soir, répliqua Calderon avec insistance, ils vont nous tuer.

— Ils vont peut-être le faire avant, ajouta Flores. La situation est devenue compliquée.

— Dans quel sens ?

— Ils essaient de convaincre Calderon de travailler pour eux. Il va leur dire qu'il accepte pour gagner du temps, mais, quoi qu'il arrive, l'un de nous va sans doute y passer.

— Hum..., dit Valencia en lançant un regard à Calderon. Je le dirai à Brown.

— Dieu merci, murmura Calderon. J'espérais bien qu'Ellis viendrait à la rescousse.

— On fait tout ce qu'on peut, patron. Soyez prêts à réagir.

Sur ce, Valencia tourna les talons.

Flores et Calderon le regardèrent s'éloigner. Il garda la tête baissée en dépassant les enclos suivants. Comme il contournait un mirador, un soldat au sommet de la tour aboya quelques mots. Flores se figea, et son cœur se glaça de terreur. Valencia devait à tout prix réussir à ressortir du camp pour indiquer leur position aux autres. Son espoir s'évanouissait à toute vitesse.

Valencia répondit quelque chose d'inaudible, et son interlocuteur lâcha un rire caquetant. Puis il écrasa son mégot sous son talon, passa le coin du mirador et disparut. Pendant un long moment, les deux prisonniers restèrent silencieux. Au bout de quelques minutes, en l'absence de coups de feu, les épaules de Flores se détendirent.

Calderon se tourna vers lui en jubilant.

— Vous voyez, *amigo* ? Maintenant, il nous suffit de gagner encore un peu de temps.

Flores était sur le point de répondre quand une nouvelle ombre s'étendit sur la cage. Il leva la tête : un garde les fixait, le même qui l'avait accompagné chez le général. Il tourna la clé dans la serrure, fit pivoter la porte sur ses gonds et tendit le doigt vers Flores.

— *Venga conmigo*, dit-il d'un ton bourru.

23

— Drôle d'endroit pour une rencontre, Jones.

Kelly cligna des yeux pour retenir ses larmes.

— Comment est-ce que tu m'as retrouvée ?

Son ancien coéquipier, Danny Rodriguez, entra dans la cellule avec un sourire forcé.

— Le patron a reçu un coup de fil disant qu'un de ses agents était enfermé ici pour meurtre. Imagine sa surprise, quand il a appris que c'était toi.

— C'est McLarty qui t'envoie ?

— Pas exactement. J'étais sur une affaire à L.A., et je l'ai appris par un copain. Je me suis dit que j'allais venir t'apporter un gâteau avec une lime à l'intérieur. Désolé d'avoir mis aussi longtemps. J'ai pris le premier avion.

Son regard erra en direction de la jambe de Kelly, qui se rendit compte qu'elle n'avait pas remis sa prothèse. Elle tendit brusquement la main vers l'objet et le fit tomber du lit.

— Attends, je te le…

— C'est bon, dit sèchement Kelly.

Dès que ces mots eurent franchi ses lèvres, elle les regretta. Elle se pencha pour attraper la prothèse et s'occupa de la rattacher. Rodriguez détourna les yeux, comme si elle enfilait un soutien-gorge plutôt qu'une jambe en métal. Kelly réprima une bouffée de colère. Il essayait juste d'être poli. Son ancien coéquipier lui avait rendu quelques visites pendant sa convalescence, puis, au bout d'un moment, il avait cessé de venir. Sans doute parce qu'elle s'était montrée aussi revêche envers lui qu'envers tous les autres.

— Donc…, dit Rodriguez en s'adossant aux barreaux, tu as raté mon mariage.

— Désolée, marmonna-t-elle. Félicitations.

— Merci.

Rodriguez leva la main qui portait l'alliance.

— C'était génial. Dommage que tu n'aies pas pu venir.

— Je ne m'en sentais pas capable.

— Je comprends.

Rodriguez semblait avoir pris dix ans depuis leur dernière rencontre. Il n'avait plus du tout l'air d'un bleu, mais montrait au contraire une certaine assurance. Son visage s'était affiné, et des rides naissantes se devinaient au coin de ses yeux.

— Merci d'être venu, dit Kelly. J'ai essayé de leur expliquer ce qui s'était passé, mais ils n'avaient pas de traducteur.

— Qu'est-ce que tu fiches au Mexique, Jones ? A part tuer des gamins, je veux dire.

— Je ne l'ai pas tué.

— C'est ce que je me disais, aussi.

Kelly détecta néanmoins un petit doute dans sa voix. Difficile de le lui reprocher. Après avoir enduré ce qu'elle avait enduré, un agent n'était plus le même. Il n'était pas totalement impensable qu'elle ait basculé dans la folie. Dans la situation inverse, elle se serait sans doute posé la même question au sujet de Rodriguez.

— Tu te rappelles Stefan Gundarsson, de l'affaire sur le campus ? Il est ici.

— Stefan est mort, répondit Rodriguez en plissant les sourcils.

— Il est vivant. Je l'ai vu.

— C'est lui qui t'a mise dans cet état ?

Kelly prit subitement conscience de son apparence physique. Elle venait d'être sévèrement battue et sentait les immondices à plein nez. Voilà sans doute pourquoi Rodriguez gardait ses distances.

— Dans les dossiers que tu m'as passés, j'ai trouvé une piste, un enquêteur privé qui affirmait que Stefan s'était réfugié ici. Le temps que je le retrouve, il avait déjà tué le gamin. Et il est toujours dans la nature, Danny.

Son coéquipier haussa les sourcils : elle ne l'appelait jamais par son prénom.

— Parons au plus pressé, dit-il au bout d'un moment. On va essayer de te sortir d'ici.

— Il faut que tu préviennes le patron. Je peux collaborer avec un dessinateur pour établir un portrait-robot. Il a modifié son apparence, il a les cheveux courts et il s'est rasé la…

— Détends-toi, Jones. D'abord il faut qu'on s'assure que tu ne deviennes pas une résidente permanente du système pénitentiaire mexicain. On s'occupera du reste ensuite.

Kelly comprit à son ton qu'il ne la croyait pas.

— Je l'ai vu, Danny. Il est ici.

Rodriguez ne répondit pas. Il sortit de la cellule et échangea quelques mots à voix basse avec le garde. Ce dernier hocha la tête et commença à faire coulisser la grille pour la fermer.

— Attends ! s'écria Kelly en titubant vers eux.

Une vague de panique la submergea quand la grille se referma.

Rodriguez leva les mains en un geste d'apaisement.

— Ne t'inquiète pas, Jones. Fais-moi confiance.

Le claquement du loquet résonna dans ses oreilles. Tandis que leurs pas décroissaient dans le couloir, Kelly s'affaissa sur son lit de camp. Elle se sentait encore plus seule qu'avant.

Mark coupa sa radio en fronçant les sourcils. Ils étaient toujours planqués dans la petite clairière. Brown exigeait de conclure le marché avant de les ramener jusqu'à son unité.

— Quoi ? demanda Brown.

— Syd est d'accord. Mais il y a autre chose.

— Nom de Dieu, grommela Decker. Comme si ça ne suffisait pas !

Brown agita la main pour lui dire de se taire.

— Quoi ? demanda-t-il.

Mark retournait encore l'information dans sa tête. Syd

n'avait pas l'air de croire Isabela. Pour sa part, s'il devait choisir, il faisait davantage confiance à la pharmacienne qu'à l'associée de Jake. Les gens de la CIA, il les connaissait. Syd semblait très compétente, mais ses doutes au sujet de renseignements qu'elle n'avait pas elle-même obtenus n'étaient guère surprenants.

— On a une fille avec nous dont le père est prisonnier du camp. Elle dit qu'un cartel rival prévoit d'attaquer cette nuit.

— Quel cartel ?

— Celui de Sinaloa.

Brown laissa échapper un grand éclat de rire.

— Heureusement qu'on devait être les seuls à le savoir !

— Alors c'est vrai ?

— J'ai un gars de Sinaloa qu'on a emmené avec nous. Il nous a dit la même chose.

— C'est grâce à lui qu'on a trouvé le camp, ajouta Delano.

Mark se frotta le menton.

— On dirait que ça se confirme, alors. Votre gars, il ne saurait pas à quelle heure le raid est prévu, par hasard ?

— On va lui poser la question, déclara Brown avec un grand sourire. Et comme on est redevenus copains, je vous laisse l'interroger les premiers.

Flores changea de position sur sa chaise. Le général le dévisageait d'un air méprisant.

— Vous me décevez, señor Flores. Je croyais que nous avions conclu un marché.

— Calderon veut vous parler. On ne vous l'a pas dit ?

— *Sí.*

Gente tapota ses lèvres du bout des doigts. Ses phalanges étaient potelées comme celles d'un enfant.

— Je n'ai plus rien à dire au señor Calderon. C'est vous qui étiez chargé de lui transmettre le message.

— Ah, répondit Flores sur un ton dépité.

La première partie de leur plan venait de tomber à l'eau. Si Calderon était enfin prêt à négocier, pourquoi Gente ne sautait-il pas sur l'occasion ? Ça ne tenait pas debout. Cela dit, il n'y avait rien de logique dans toute cette histoire.

— Il vous a dit qu'il était innocent, lança Gente en basculant en arrière dans son fauteuil. Et vous l'avez cru.

— Sinon, je ne vois pas pourquoi vous l'avez laissé en vie, avoua Flores. Son histoire est plus plausible que la vôtre.

— C'est quoi, son histoire ?

Les lèvres de Gente ne cessaient de tressaillir aux coins, comme s'il avait envie de sourire mais que le poids de ses joues l'en empêchait.

— Que vous lui aviez demandé de vous fournir la liste de ses clients en échange de sa libération, et qu'il a refusé. C'est pour ça que vous m'avez demandé de le tuer.

— Il a refusé ? répéta Gente en levant un sourcil.

— C'est ce qu'il m'a dit.

— Je vous comprends, señor. Après tout, c'est votre employeur. Et vous avez raison, nous l'avons laissé vivre. Il faut dire qu'il a des amis puissants au sein de notre gouvernement. Si nous le tuons, cela annoncera clairement que personne n'est à l'abri du danger.

— C'est ce que vous voulez, non ?

— Pas tout à fait, répondit Gente en se balançant d'avant en arrière. Un certain degré de collaboration de la part du gouvernement est nécessaire pour assurer le bon déroulement de nos opérations. S'ils nous perçoivent comme une menace, ils risquent de recourir à des actions qui nous seraient nuisibles. Voilà pourquoi c'est à vous de le tuer.

— Et si je refuse ?

Gente le contempla en silence pendant un moment.

— Une part de moi admire votre loyauté, même envers un homme qui la mérite aussi peu que Cesar Calderon.

Il marqua une pause, puis ajouta :

— S'il n'est pas mort demain matin, vous serez tous deux abattus au cours d'une tentative d'évasion. Je suis en train de vous offrir un cadeau, mon ami. Je n'ai qu'un doigt à lever pour mettre en scène votre mort. Mais je préférerais vous laisser la vie sauve. Vous me faites penser à moi quand j'avais votre âge.

Flores ravala les nombreuses répliques que cette comparaison faisait naître en lui.

— Ce serait plus facile si j'avais un fusil.

— Nul doute ! dit Gente en éclatant de rire. Nul doute aussi que vous emmèneriez plusieurs de mes hommes dans votre tombe.

— Laissez-moi une deuxième chance, déclara Flores en essayant de prendre un ton sincère. Cette nuit, je m'en occupe.

— Comment ?

— Je lui mettrai un chiffon sur la tête pour ne pas voir ses yeux pendant que je lui tranche la gorge.

Cette réponse eut l'air de satisfaire le général.

— Très bien. Mais si Calderon est vivant à l'aube, je vous fais tuer tous les deux. Et ce ne sera ni rapide, ni indolore.

24

En passant la porte, Kelly sentit la tension dans sa poitrine se dissiper. Elle inspira une grande bouffée d'air. Même la pollution avait un parfum délicieux, par rapport à l'air vicié de la prison.

— Merci, Rodriguez. Je te dois une fière chandelle.

— Tu m'en dois plus qu'une, grommela-t-il avec bonne humeur. Tu sais que soixante-dix pour cent des flics de cette ville ont arrêté l'école en primaire ? Ce n'est pas un plaisir de négocier avec eux.

— Qu'est-ce que tu leur as dit ?

— Que tu étais une criminelle endurcie, recherchée pour plusieurs meurtres similaires aux Etats-Unis, et qu'on ferait le nécessaire pour que tu ne revoies jamais la lumière du jour.

Kelly examina son visage pour voir s'il plaisantait.

Il haussa les épaules.

— Ecoute, ça a marché, non ? Une des conditions, c'était que je t'embarque à bord du premier vol pour chez nous. Prenons un taxi pour l'aéroport.

Elle fouilla dans son sac à dos pour vérifier si tout y était. Quelques pesos avaient disparu de son portefeuille, ainsi que son flacon de cachets. Cette découverte aurait dû la plonger dans la panique, mais, pour une raison ou pour une autre, elle lui fit plutôt un effet apaisant. Elle avait suffisamment d'argent liquide pour se débrouiller pendant un ou deux jours. Seule la disparition de son nouveau téléphone la tracassait un peu. Elle songea à le réclamer, puis y renonça. De toute façon, elle n'en aurait sans doute pas besoin.

— Je ne peux pas rentrer, Rodriguez.

Son ancien coéquipier souffla bruyamment.

— J'en étais sûr.

— Il faut qu'on retourne à la décharge pour interroger les habitants. Quelqu'un doit savoir où est passé Stefan.

— C'est absolument hors de question.

Rodriguez referma une main autour de son bras et la guida vers le bord du trottoir.

— Si tu te fais arrêter de nouveau, je doute qu'ils te laissent sortir. Et, cette fois, ils risquent de m'enfermer, moi aussi.

— Tu n'es pas obligé de me suivre. Tu n'as qu'à rentrer à la maison et convaincre McLarty de m'envoyer des renforts.

— Je lui en ai déjà parlé, Jones. Il n'a personne de disponible pour le moment.

— Il n'y a pas cru, hein ?

Rodriguez ne répondit pas. Kelly le fixa d'un regard dur, mais il ne baissa pas les yeux. Il était devenu un homme, songea-t-elle. Ce n'était probablement pas une bonne nouvelle.

— Je te dis qu'il est ici, insista-t-elle.

— Jones, tu as traversé de sacrées épreuves, ces derniers mois. D'abord l'accident…

— Ce n'était pas un accident. J'ai eu la jambe arrachée par une grenade.

Rodriguez bascula d'un pied sur l'autre, manifestement mal à l'aise.

— Quoi qu'il en soit, tu es sous pression depuis un moment.

— Pas au point d'en avoir des hallucinations. On n'a jamais retrouvé le corps de Stefan.

— Le légiste a dit qu'il était sans doute resté au fond de la rivière.

Kelly souffla avec exaspération.

— Ça fait trois ans, Rodriguez. Quelques restes auraient dû refaire surface, tu ne crois pas ? Tu as vu le rapport du détective que les Kaishen ont engagé l'automne dernier ? L'argent de Stefan a fini ici.

Rodriguez soupira.

— Je n'aurais jamais dû te passer ces dossiers. Si les

responsables du bureau local n'ont pas jugé utile de donner suite, ils avaient sans doute de bonnes raisons.

— Ils avaient surtout la flemme de se renseigner. Peut-être parce que Stefan n'était plus aux Etats-Unis. Bowen devait être ravi de se décharger du problème sur les Mexicains.

— Attends, Kelly. Tu ne crois pas sérieusement que…

— Je te dis que le détective avait raison. Stefan ne s'est pas noyé. Il a survécu à ses blessures et il s'est réfugié ici. Maintenant, il recommence à tuer. Ce qu'il a fait à cet enfant, c'est un des pires trucs que j'aie jamais vus.

— Je sais. Le *comandante* m'a montré les photos.

— Et alors ? Tu es d'avis de le laisser continuer ?

Elle le vit accuser le coup.

— C'est carrément en dehors de notre juridiction, Kelly.

— Je sais.

— Officiellement, tu es en arrêt maladie. Et moi, je suis censé être de retour à L.A. pour demain matin. Je risque de me faire sacrément taper sur les doigts si je m'embringue dans ton histoire.

— Eh bien, rentre chez toi.

Kelly s'éloigna d'un pas furieux en direction du trottoir. Le crépuscule tombait, les rues étaient bondées. Des coups de Klaxon retentissaient, les voitures crachaient des nuages asphyxiants. Elle sentit Rodriguez à son côté.

— Ne le prends pas comme ça, Jones. Tu sais très bien que s'il y avait un moyen…

— Mais oui. Ne t'en fais pas, tu en as déjà assez fait.

Elle leva la main pour héler un taxi, et en repéra un qui se frayait un chemin à travers l'embouteillage.

— Je me débrouille. Je te demande juste un service : si jamais je ne reviens pas, explique à Jake ce qui s'est passé.

— Putain, ne dis pas ça !

Le taxi s'arrêta en biais par rapport au trottoir. Kelly y monta avec effort et hissa sa mauvaise jambe à l'intérieur. Puis elle se pencha pour fermer la portière.

— Au revoir, Danny.

Il leva la main pour lui faire un salut hésitant.

Le taxi se réinséra lentement dans la circulation. Ils avaient à peine progressé de quelques mètres quand des coups résonnèrent sur le coffre. La porte côté passager s'ouvrit abruptement, et Rodriguez grimpa dans l'habitacle.

— Je sens que je vais le regretter, grommela-t-il.

— Je t'ai dit que tu n'étais pas obligé.

Kelly luttait pour s'empêcher de sourire. En dépit de ses airs bravaches, elle n'avait pas été optimiste quant à ses chances de retrouver Stefan sans aide.

— Je t'ai entendue parler espagnol, Jones. Tu serais incapable de demander les toilettes.

— Merci, Rodriguez.

Elle se détendit sur le siège et regarda le paysage défiler par la vitre. Une lune orange flottait au-dessus du volcan aux abords de la ville. Pour la première fois depuis très longtemps, elle ressentait une sorte d'optimisme.

Jake faillit tomber de nouveau et se rattrapa de justesse. Cette deuxième traversée de la jungle se révélait toutefois plus facile, peut-être parce qu'ils savaient où ils allaient. Il faisait moins humide, le sentier n'était pas aussi glissant. N'empêche que ses bottes étaient déjà trempées.

C'était également un soulagement de se replonger dans l'action. Syd et Mark étaient en contact radio depuis le début de l'après-midi. Apparemment, le tuyau d'Isabela au sujet du raid avait été confirmé par un prisonnier de l'autre équipe. Jake avait décidé qu'il voulait en savoir le moins possible à ce sujet. Après cette expérience sur le terrain, le travail administratif lui paraissait de plus en plus attirant.

Syd et Mark pariaient sur la confusion générale qui suivrait le raid pour délivrer Calderon et Flores. L'espion de Tyr n'avait apparemment pas eu le temps, ou pas pris la peine, de localiser le père d'Isabela. La jeune femme s'était rembrunie en apprenant la nouvelle, mais Mark avait promis qu'il se chargerait personnellement de le retrouver. Il n'avait pas été facile de convaincre Isabela de les attendre au motel, mais, sur ce point, Syd s'était montrée intransigeante. Jake la comprenait, d'ailleurs. Il n'était pas de nature aussi méfiante que son associée, mais il sentait tout de même quelque chose de louche dans l'histoire d'Isabela.

Finalement, leur plan ne ressemblait plus à une mission-suicide, mais seulement à une opération extrêmement dangereuse, où ils avaient d'excellentes chances de se faire tous tuer. Il y avait du progrès.

Il n'avait toujours pas réussi à joindre Kelly. A l'heure qu'il était, elle devait être de retour à New York, et pourtant elle ne répondait ni à leur fixe, ni à son portable, et cela en devenait inquiétant. Avec un peu de chance, ils passeraient la frontière demain à l'aube, et il serait de retour chez eux en milieu d'après-midi. Il n'avait pas encore décidé ce qu'il devait lui dire au sujet de l'incident avec Syd. La vérité, c'était que son infidélité était le symptôme d'un problème bien plus vaste au niveau de leur relation. Le moment était sans doute venu de le regarder en face, ensemble.

Evidemment, il y avait de grandes chances pour qu'il n'ait jamais l'occasion de faire cette mise au point. Bizarrement, cette idée le réconfortait.

Il chassa ces pensées de son esprit. Dans l'immédiat, il devait se concentrer sur sa tâche présente : traverser cette jungle infernale sans se faire tuer. Fribush marchait devant lui et lui bouchait la vue de ses larges épaules. Syd était passée la première, Jagerson refermait la marche. La sangle de sa kalachnikov frottait douloureusement sur son épaule. Sous son gilet pare-balles en Kevlar, des gouttes de sueur coulaient le long de son dos.

Kane et Maltz n'étaient pas encore revenus de leur mission de ravitaillement. On espérait qu'ils arriveraient avant le début des opérations. Le plan nécessitait plusieurs dizaines d'hommes bien entraînés ; pour l'instant, ils n'en avaient que vingt. Et, vu leur précédente expérience avec l'équipe de Tyr, Jake n'excluait pas la possibilité de se faire tirer dessus par son propre camp.

Fribush s'arrêta subitement et se laissa tomber sur un

genou. Jake en fit autant, le souffle coupé. Devant eux, les buissons s'écartèrent.

— Ne tirez pas !

Mark apparut entre les branchages, Decker sur ses talons. Il avait l'air épuisé, mais Jake reconnut une petite lueur dans son regard, comme autrefois, lorsqu'ils étaient sur le point de faire sauter des pétards. En apercevant Jake, son frère se mit à sourire.

— Content que tu sois venu, dit-il. Suivez-moi, l'unité de Brown est par ici.

Jake lui emboîta le pas. Son frère semblait heureux de le voir, cela faisait naître une boule dans sa gorge. Il se rappela qu'il était fâché contre lui, mais cela ne semblait plus avoir d'importance. Pour la première fois depuis leur enfance, ils faisaient de nouveau équipe. Il était forcé d'admettre que c'était agréable. La vérité, c'était que Mark lui avait manqué.

Ils le suivirent sur quelques centaines de mètres à travers des broussailles de plus en plus impénétrables. Des branches coupantes labouraient le visage et les mains de Jake à chaque pas.

Soudain, ils émergèrent dans une petite clairière bondée d'hommes occupés à vérifier des armes. Chacun s'arrêta un instant pour jauger les nouveaux venus. A en croire leurs expressions, ils n'étaient pas ravis de cette collaboration.

Jake reconnut Ellis Brown. Il se dressait au-dessus d'un homme attaché à un arbre. La tête du prisonnier pendait vers le sol, sa figure était en sang. En les apercevant, Brown eut un grand sourire et s'avança en ouvrant les bras.

— Voilà nos amis du groupe Littlehorn !

— *Longhorn*, rectifia Jake.

— Il nous cherche, Jake, dit Syd. Les ennemis de mes ennemis sont mes amis, pas vrai, Brown ?

— Vu les circonstances, je n'ai pas vraiment le choix.

Il fit un geste en direction de leurs armes.

— Je me disais bien que c'était vous qui aviez accaparé toutes les kalachnikov de Mexico.

— Tu me connais, dit Syd, je suis incapable de résister aux soldes.

— Vous n'en auriez pas en rab, par hasard ?

— Possible, répondit-elle sur un ton évasif.

A vrai dire, Fribush en avait un sac plein à l'épaule. Mais ils avaient décidé d'attendre pour les distribuer, histoire d'être sûrs que l'équipe de Tyr ne préparait pas un coup fourré.

Syd indiqua le prisonnier d'un geste brusque.

— C'est lui qui a confirmé la rumeur du raid ?

— Positif. Et j'ai envoyé des gars en éclaireurs de l'autre côté du camp. A deux ou trois kilomètres au sud-est, ils ont vu une centaine d'hommes qui attendent quelque chose. Je doute que ce soit un concert de Shakira.

— On sait à quelle heure ils comptent attaquer ?

— Notre prisonnier n'en a pas la moindre idée. Croyez-moi, s'il le savait, il nous l'aurait dit. Riley a repéré une relève de la garde vers minuit ; je parierais sur ce créneau-là. Mais on se disait qu'il y avait un moyen simple de le savoir.

Brown coula un regard vers Jake.

— Quoi ? dit celui-ci.

Ce regard ne lui disait absolument rien qui vaille.

— Il paraît que les Zetas ont enlevé Calderon pour essayer de passer un marché avec lui, répondit Brown. Mon gars n'a pas eu le temps de rentrer dans les détails. Mais on a pensé que vous pourriez prendre contact avec le cartel de Sinaloa et leur proposer quelque chose de similaire.

— Vous voulez que je passe un marché avec un cartel de drogue ? Pour leur offrir quoi ?

— Tes clients, dit Mark. Propose-leur des informations confidentielles sur ton listing.

— Quoi ? Je ne ferais jamais ça.

— Cesar non plus, grogna Brown. Voilà pourquoi il est en train de croupir là-dedans.

Jake sentait presque la tête lui tourner.

— Vous voulez que j'aille voir un groupe de soldats armés, qui sont sur le point de mener un raid, pour leur proposer un marché ? Ils m'abattraient à vue !

— J'en doute, dit Brown. Ils seraient probablement curieux de savoir ce que vous pouvez leur proposer. En plus, on vous donnera des tireurs embusqués pour vous couvrir. Pour tout vous dire, Sinaloa n'a pas l'air d'être l'Agence Tous Risques. Je serais même étonné qu'ils arrivent à prendre le contrôle du camp.

— Pourquoi les contacter, alors ?

— Ce n'est pas une mauvaise idée, intervint Syd. On aurait moins de risques qu'ils nous canardent. En plus, on va attaquer par le côté opposé. En s'alliant avec nous, ils ont plus de chances de réussir. Si leurs chefs ont un peu de jugeote, ils le comprendront.

— Hors de question, dit Jake. Je refuse de passer un marché avec ces gens.

Il surprit le regard désapprobateur de Mark, et sentit la colère flamber en lui. Ses sentiments chaleureux envers lui se dissipèrent en un instant. Mark avait-il même cillé, quand Brown lui avait proposé de risquer la vie de son frère ?

— Moi, j'y vais, dit alors Syd.

Jake secoua négativement la tête.

— Pas cette fois, Syd. L'entreprise nous appartient à tous les deux. On ne va pas la compromettre.

— Et Calderon ? demanda Mark. Et Flores ? Ils ne méritent pas de mourir dans une cage en pleine jungle. Le père d'Isabela non plus.

— Désolé, mais c'est exclu. C'était une mauvaise idée.

— Jake..., glissa Syd en posant la main sur son bras.

Il se dégagea d'un haussement d'épaules.

— N'insiste pas, Syd. Tu veux participer à ce raid, d'accord. Mais pas comme ça.

Il la vit chercher un angle d'attaque, et y renoncer.

— Très bien, dit-elle enfin. On va le faire à ta manière. Mais ça va être carrément plus dangereux.

— Soit.

Jake se tourna vers Brown.

— J'imagine que vous avez laissé des hommes là-bas pour surveiller les troupes du cartel ?

Brown lança un regard à Syd, comme pour lui demander le feu vert, puis il hocha lentement la tête.

— Ils nous préviendront par radio dès que les autres se mettront en marche.

— O.K. Et vous avez localisé avec précision Calderon et…

— Flores, dit Mark d'une voix lourde de reproche.

— C'est ça. Vous savez où ils sont. A la minute où le raid est lancé, on y va. Avec un peu de chance, on arrivera à les libérer pendant la confusion du début. On a deux hommes supplémentaires chargés d'apporter l'artillerie lourde, j'espère qu'ils arriveront à temps.

— Si c'est ce que vous voulez…, dit Brown. Je continue à penser…

— Je me fiche de ce que vous pensez, coupa Jake. Si vous voulez utiliser nos hommes et nos ressources, voilà les conditions.

— Nous les acceptons, lança une voix inconnue.

Un petit homme aux airs de fouine sortit de derrière un arbre et s'avança vers eux en tendant la main.

— Linus Smiley, vice-président du groupe Tyr.

Jake regarda sa main tendue, et décida de l'ignorer.

— On est bien d'accord ? reprit-il.

Smiley voulut répondre, mais Brown lui coupa la parole.

— Comme vous voulez, dit-il.

— C'est entendu, alors.

Un soldat s'approcha en courant et dit quelques mots à voix basse dans l'oreille de Brown. Le visage de ce dernier s'allongea, et il poussa un juron.

— Quoi encore ? demanda Syd.

— Wysocki s'est fait la malle, dit-il à Mark.

— C'est qui ? demanda Jake.

— Pas le temps d'expliquer.

Mark jeta son fusil sur son épaule, l'air sombre.

— Il ne faut pas qu'il arrive jusqu'au camp. Il est parti les prévenir.

25

Sock dévalait la pente à toute vitesse, en dérapant à moitié sur les fesses. Il fallait qu'il arrive au pied de la montagne avant qu'on ne lui tire dessus.

Son évasion avait été plus facile que prévu. Dès le retour de Brown, la veille au soir, Sock avait compris qu'il allait morfler. Depuis le départ de la mission, on le traitait comme une taupe : il n'avait même pas de radio. Mais, avec la réapparition de Riley et de Decker, c'était cuit. Brown avait désigné deux hommes pour le surveiller en permanence, même quand il allait pisser. Sock savait qu'une fois la poussière retombée il pouvait s'attendre à recevoir la raclée de sa vie, ou même pire. Riley le tenait probablement pour responsable de l'échec de toute l'opération. Et si c'était le cas, il avait bien raison.

Sock avait travaillé à quelques reprises avec Hayward et Figuarello, les gros bras chargés de le surveiller. Ils n'étaient pas ce que Tyr avait de mieux à offrir, et ils en étaient conscients. Ils n'avaient même pas pris la peine de l'attacher, ce qui confirmait leur incompétence. L'arrivée du nouveau groupe avait constitué une distraction suffisante pour lui permettre de s'esquiver.

Heureusement, Sock en savait assez sur les plans de ses collègues pour inciter le général à lui sauver la mise. Au départ, il n'avait pas eu l'intention de le tuyauter sur l'attaque. Ces derniers temps, Gente était devenu fuyant. Il prétendait que Sock n'avait pas assez de pouvoir au sein de l'entreprise pour lui être vraiment utile. Ils savaient tous deux ce que cela signifiait : il avait intérêt à passer de l'autre côté de la frontière au plus vite, sous peine de récupérer une balle dans la tête.

Mais là, il avait de l'info fraîche. Un raid du cartel rival, c'était un coup à faire péter la banque. Il lui suffisait juste d'arriver au pied de la montagne sans se faire buter.

Sock glissa encore sur quelques mètres, reprit pied et s'agrippa à des branches pour ralentir sa descente. Le camp n'était plus qu'à une trentaine de mètres. Il sentit une bouffée d'adrénaline monter en lui. Après toutes les conneries qu'il avait endurées ces derniers jours, après avoir dû jouer les victimes avec cette unité de minables pendant une semaine entière, puis avoir été obligé de revenir à la charge quand Gente avait décidé qu'il avait encore besoin d'oreilles chez Tyr… toutes ces humiliations allaient enfin porter leurs fruits. Il ramasserait assez de billets verts pour s'installer dans un coin tranquille et repartir de zéro. Il lorgnait déjà une propriété en bord de plage au Honduras. Plus que quelques mètres, et tous ses problèmes d'argent appartiendraient au passé.

Kelly bascula d'un pied sur l'autre en essayant de ne pas faire attention à l'odeur. Accroupi dans un des abris de fortune aménagés dans la décharge, Rodriguez s'entretenait à mi-voix avec une petite femme ratatinée. Elle paraissait avoir la soixantaine, mais c'était difficile d'en être sûr : les multiples strates de crasse pouvaient dissimuler une femme de trente ans. Sa mâchoire inférieure était édentée, et Kelly voyait qu'elle peinait à articuler. Malgré la puanteur qui émanait de ses haillons, Rodriguez se penchait vers elle en l'écoutant attentivement. L'unique bougie qu'elle avait allumée projetait de grandes ombres mouvantes sur les parois de l'abri.

Cette femme était la troisième personne qui acceptait de leur adresser la parole. Au début, tous les *pepenadores* qu'ils avaient interpellés s'étaient enfuis en courant. L'un d'entre eux avait même piqué une crise de rage, agitant les bras et les invectivant. Suite à cet incident, Rodriguez avait sagement insisté pour revenir à la civilisation et faire ce qu'il appelait un « ravitaillement critique ». De retour à la décharge, munis de bouteilles d'eau, de paquets de chewing-gums et de collations, ils avaient trouvé les portes des habitants grandes ouvertes. Mais la plupart prétendaient n'avoir absolument pas remarqué qu'un géant blanc assassinait leurs enfants. Kelly surprit quelques-uns d'entre eux à la dévisager et elle comprit qu'ils l'avaient reconnue.

Puis cette femme leur avait fait signe d'entrer dans sa baraque. Après avoir avidement accepté une bouteille d'eau et une barre énergétique, elle s'était lancée dans ce monologue, que Rodriguez interrompait de temps à autre par des questions.

Il se leva enfin et la salua d'un geste de la tête.

— *Muchas gracias, señora.*

Kelly le suivit vers la porte. La lune avait grimpé dans le ciel et teignait les alentours d'une couleur orangée. L'odeur de pourriture était presque plus intense à l'extérieur de la cabane : le grand air ne parvenait pas à la dissiper.

— Je comprends pourquoi tu puais autant, dit Rodriguez en plaquant un mouchoir sur ses narines. Tu n'aurais pas pu trouver un tueur qui se planque au Hilton ?

— Qu'est-ce qu'elle a dit ? demanda Kelly avec impatience.

— Elle a confirmé qu'un homme qu'ils surnomment le Diable blanc est arrivé dans le coin il y a un an environ. Plus ou moins à la même époque, des enfants ont commencé à disparaître.

— Et ils n'ont rien fait ?

Rodriguez haussa les épaules.

— La plupart des enfants d'ici sont seuls dans la vie. Fugueurs, orphelins et ainsi de suite. Il faut que tu comprennes, Jones, que ces gens sont en mode survie. *Pepenador*, ça signifie littéralement pilleur de poubelles. Ils n'ont pas le temps de s'inquiéter des autres. Et puis ils se sont dit qu'il y avait une chance pour que les enfants soient retournés dans leur famille, s'ils en avaient une, ou qu'ils aient trouvé un autre moyen de survivre.

— Pourquoi l'appellent-ils le Diable blanc ?

— Apparemment, il faisait des trucs que même les gens d'ici trouvaient bizarres. Des chants, des rituels. Il a installé un autel devant sa cabane et il a sacrifié des animaux. Il ne les a même pas mangés : ça, ça les a vraiment troublés. Au point qu'ils ont commencé à l'éviter. Certains d'entre eux sont carrément partis s'installer plus loin.

— Elle sait où il peut être allé ?

— Non. Une de ses amies l'a vu quitter la décharge par la porte nord, à l'aube, juste après l'arrivée des flics. J'imagine que c'est à ce moment-là qu'ils t'ont arrêtée ?

Kelly fit oui de la tête.

— Elle dit qu'ils ne l'ont pas revu depuis. Etant donné ce qu'on a retrouvé chez lui, ils guettent son retour. Certains l'attendent de pied ferme. S'il est malin, il ne reviendra pas.

— C'est sympa de leur part de s'y intéresser, tout à coup, grommela Kelly.

— Ça n'a rien de surprenant, Jones. Pour tout te dire, les flics du commissariat étaient ravis de se débarrasser de ton cas. A mon avis, à moins que la famille de la victime ne refasse surface, ils risquent d'enterrer l'affaire. Cette femme ne savait absolument pas qui était ce gamin. Il y a très peu de chances pour que les flics arrivent à l'identifier.

— Bon sang…, marmonna Kelly.

Qu'un enfant puisse connaître une mort aussi atroce sans que personne s'en soucie, c'était affolant.

— Ils ont une vision différente de la vie, ici, expliqua Rodriguez. Et de la justice aussi. On ne s'en rend pas compte, mais on mène des vies très protégées, chez nous.

Ayant prononcé ces mots, il changea de position d'un air gêné. Il venait manifestement de se rappeler l'amputation de Kelly, mais il était trop tard pour ravaler ses paroles.

— Allons voir la cabane de Stefan, proposa Kelly.

Rodriguez la suivit sans rien dire entre les tas d'ordures.

— Mais après, dit-il au bout d'un moment, on va chercher un hôtel. Il va me falloir une douche de plusieurs heures.

— Au moins tu me crois, maintenant.

Rodriguez ne répondit pas.

— Danny ! Tu me crois, oui ou non ?

— Je crois que tu as vu quelqu'un dans cette décharge. Possible que ce soit Stefan, ou quelqu'un qui lui ressemble. Quoi qu'il en soit, ça a l'air d'être un méchant.

— C'était Stefan, rétorqua-t-elle fermement.

Il lui fallut une bonne demi-heure pour retrouver la bicoque de Stefan. Avec Rodriguez, ils restèrent un instant à l'entrée, en balayant l'intérieur de leurs torches. Le corps et la peau du garçon avaient été enlevés : pour le reste, tout était tel que Kelly l'avait laissé le matin. La cabane était construite en feuilles de tôle ondulée. Les épaisseurs de carton qui formaient le sol étaient brunies et raidies par le sang qui les imprégnait. Un tas de chiffons dans un coin devait servir de lit. Kelly réprima un frisson à la vue de la corde à linge qui traversait encore la pièce. Le seul meuble était une table bancale, disposée précisément au centre de la cabane.

— La vache !, murmura Rodriguez. Ça fait beaucoup de sang.

— Je n'y crois pas, dit Kelly. Ils n'ont même pas fait venir une équipe du labo.

Rien n'indiquait que les flics aient cherché à prélever des indices sur le lieu du crime. Il n'y avait pas de traces de poudre, ils ne semblaient pas avoir découpé d'échantillons du carton ensanglanté. Rodriguez devait avoir raison : la mort du garçon ne susciterait pas plus d'attention que celle d'un pigeon écrasé dans la rue.

— C'est quoi, tout ça ? demanda Rodriguez en examinant le mur du fond. Du papier peint fabriqué par un malade mental ?

Kelly éclaira le mur de sa torche. Certains éléments dessinés qui apparurent lui rappelaient quelque chose.

— Des runes, dit-elle. Tu te rappelles ? C'était déjà son truc, à l'époque.

Rodriguez émit un sifflement.
— Alors c'est peut-être lui, après tout. Sinon, ça commence à faire beaucoup de coïncidences.
— Personne n'a l'air de comprendre que j'ai perdu ma jambe, pas ma tête, grommela Kelly.
— Ecoute, tu n'étais pas vraiment l'équilibre psychologique incarné, même avant.
Kelly haussa un sourcil : il leva les mains d'un air défensif.
— Je dis juste que tu as toujours été une acharnée du boulot. C'est pour ça que tu étais si forte. Tu as la capacité de te concentrer sur une affaire au point que tout le reste cesse d'exister.
Kelly allait riposter, mais les mots de son collègue sonnaient juste. Depuis son entrée au Bureau, elle s'était davantage préoccupée de son taux de résolution que de sa vie personnelle. D'où le fait qu'en perdant son boulot elle s'était rendu compte qu'elle n'avait pas d'existence à elle.
— Acharnée, ce n'est pas la même chose que cinglée, dit-elle enfin.
— Si, quand ton acharnement te pousse à faire des trucs cinglés. Par exemple, traquer un fou violent dans une décharge au Mexique.
— Je te l'accorde. Evidemment, ça veut dire que tu es cinglé aussi, puisque tu m'aides.
— Merci de me le rappeler, répondit Rodriguez avec un grand sourire.
Des larmes perlèrent subitement aux yeux de Kelly. Elle cligna des paupières, surprise. Rodriguez s'en aperçut.
— Ça va, Jones ?
— Très bien, dit-elle en secouant la tête. Excuse-moi. Je dois être fatiguée.
— Tu viens de passer une sacrée journée, dit Rodriguez d'un air inquiet. On devrait peut-être aller à l'hôpital. Ils ne t'ont même pas examinée après la bagarre.
— Pas d'hôpital.
Le simple mot lui rappelait le bourdonnement des néons et l'odeur écœurante du désinfectant. Si cela n'avait tenu

qu'à elle, elle n'aurait pas remis les pieds dans un hôpital jusqu'à la fin de sa vie.

— Tu es sûre ?

Kelly hocha la tête.

— O.K. Revenons-en à Stefan.

Rodriguez reporta son attention sur le mur.

— Dans l'affaire du campus, il disposait les corps des filles pour dessiner des lettres, non ?

— Le mot VIDAR, en utilisant un alphabet runique. Il était obsédé par une légende nordique au sujet d'un loup.

Des images de l'affaire défilèrent dans la tête de Kelly. Sur le campus, les victimes de Stefan étaient très jeunes – pour la plupart, des étudiantes. Leurs corps avaient été retrouvés dans des positions bizarres, les jambes désarticulées pour former des runes. Stefan avait volé un livre ancien dont il croyait qu'il lui permettrait, entre autres, de réveiller les morts. Le sacrifice rituel était apparemment un élément central du plan, mais Kelly avait réussi à l'arrêter avant qu'il n'ait tué sa dernière victime. Qui sait, pensa-t-elle, peut-être avait-il raison ? Après tout, il avait bien réussi à ressusciter, lui.

— Putain de merde ! s'écria Rodriguez en bondissant sur le côté.

Un rat détala devant eux et s'enfuit dehors. Rodriguez frissonna.

— Je déteste les rats. Je t'en ai déjà parlé, peut-être ? Les serpents, les araignées, ça va, mais les rats… Je commence à avoir super envie de prendre ma douche.

— Une seconde.

Le rat était sorti de la paillasse en chiffons au coin de la pièce. Kelly ressortit de l'abri et attrapa une tige métallique qui dépassait d'un tas de ferraille. De retour à l'intérieur, elle l'utilisa pour sonder la paillasse. Il y avait quelque chose qui coinçait, au fond. Elle tenta de faire levier avec la tige, mais l'objet refusait de bouger. Finalement, elle se laissa tomber sur son genou valide.

— Bon Dieu, Kelly, tu ne vas pas…

Rodriguez crispa les mâchoires d'un air peiné pendant

que Kelly plongeait sa main dans le tas de chiffons. Au bout de quelques secondes, pendant lesquelles elle s'efforça d'oublier que Stefan avait dormi ici, et redouta de sentir les dents d'un rongeur se planter dans sa chair, elle sentit la tranche d'un livre sous ses doigts. Avec un petit cri de triomphe, elle l'arracha à la paillasse.

— Je viens juste de faire trois attaques cardiaques, annonça Rodriguez.

— Eclaire-moi, s'il te plaît.

— J'espère que tu as du désinfectant sur toi. Tu sais combien de maladies ces bestioles trimballent ?

Rodriguez dirigea sa lampe de poche vers la couverture du livre.

Kelly resta un instant interloquée. Stefan avait disparu en même temps qu'un texte très ancien et précieux. Mais le volume qu'elle venait de trouver n'avait absolument rien à voir. Sur sa couverture plastifiée, qui sentait la publication à compte d'auteur à plein nez, un bateau scandinave grossièrement dessiné était surmonté du titre *Les Vikings au Mexique*.

— Le genre de truc que j'adore lire avant de m'endormir, dit Rodriguez.

— Je ne savais pas que les Vikings étaient arrivés jusqu'ici, murmura Kelly en feuilletant le livre.

Les marges étaient couvertes de notes manuscrites, au point de remplir presque entièrement les pages.

— Parce que ce n'est pas le cas, fit valoir Rodriguez. C'est ridicule. Ce bouquin est écrit par un cinglé.

— Eh bien, un autre cinglé a pu le croire, fit remarquer Kelly.

Elle sonda une dernière fois le tas de chiffons, mais n'y découvrit rien d'autre.

— S'il te plaît, Kelly, dis-moi qu'on a presque fini. Encore quelques minutes, et je risque de ne jamais retrouver mon appétit.

— Prends des photos des murs. J'essaierai de les déchiffrer à l'hôtel.

Rodriguez fit rapidement quelques images. Kelly les examina : les caractères griffonnés étaient assez nets pour qu'on puisse les décoder.

— C'est bon ? demanda son coéquipier.

— Oui. Tirons-nous.

26

Avec un juron, Jake perdit pied et dérapa sur deux ou trois mètres. Son visage était couvert d'égratignures. Le faisceau de la torche de Mark sautillait à dix mètres devant lui ; Jake n'avait pas vu son frère trébucher une seule fois.

Quand Mark était parti en courant, Jake l'avait suivi sans réfléchir. Une grande partie du contingent de Tyr en avait fait autant. Force était de reconnaître que Mark était toujours aussi rapide. Le reste du groupe, y compris Decker, courait loin derrière eux. Seul Jake avait réussi à se maintenir à moins d'une vingtaine de mètres, mais ses poumons étaient sur le point d'exploser dans sa poitrine. Il s'attendait à entendre des coups de feu à tout moment – il était inconcevable que le fameux « Sock » ne les ait pas entendus arriver. Sans parler des Zetas qui pouvaient patrouiller dans le coin.

Jake supposait que c'était Sock qui avait saboté la mission de Mark. Pourquoi l'équipe de Tyr l'avait-elle emmené jusqu'ici ? C'était franchement incompréhensible. Au moment de monter le Longhorn Group, avec Syd, ils s'étaient fortement inspirés de Tyr, considéré comme l'étalon-or des boîtes de sécurité spécialisées dans le kidnapping. A présent qu'il avait vu ses employés en action, Jake se demandait s'ils n'auraient pas mieux fait de prendre exemple sur *Police Academy*.

Devant lui, Mark s'arrêta en dérapant. Jake pila derrière lui. Une seconde plus tard, quelqu'un le percuta violemment et l'envoya s'écraser à terre. Syd se dégagea en roulant.

— La vache, Riley… Préviens-nous, la prochaine fois.

En grommelant, elle récupéra la kalachnikov qui lui avait échappé des mains.

Jake se releva et lui tendit la main pour l'aider, mais elle refusa d'un regard mauvais. Depuis l'incident de l'autre soir, elle se montrait presque méprisante à son égard. Soit elle était également gênée par ce qui s'était passé, soit elle n'avait pas apprécié sa réaction. Qu'espérait-elle donc de lui ? Quoi qu'il en soit, il n'avait pas le temps de régler ce problème maintenant.

En se baissant au point de se plier presque en deux, il suivit son associée vers la fougère géante derrière laquelle Mark s'était réfugié. De l'autre côté, la lune éclairait un colosse aux cheveux blonds tondus qui levait les mains au-dessus de sa tête. Deux Mexicains le tenaient en respect avec des fusils d'assaut. L'enceinte du camp de prisonniers se trouvait à moins de cinquante mètres. Jake leva les yeux vers le mirador le plus proche et repéra le canon d'une arme automatique de grand calibre.

— Merde, dit Mark sur un ton de résignation. Il y est arrivé.

— Pas forcément, murmura Syd. Ils n'ont pas l'air de le reconnaître.

Sock parlait à voix forte en mauvais espagnol. Les gardes n'avaient pas l'air de le comprendre. Ils s'approchèrent prudemment, en criant des ordres. Sock se mit à genoux. Un des gardes s'avança vers lui.

A l'instant où il tourna la tête pour parler à son collègue, Sock saisit le canon de son arme et l'arracha à sa prise. La sangle entourait encore l'épaule du garde, qui fut projeté à terre. Sock repositionna ses mains sur le fusil et plaqua la crosse contre la gorge de son adversaire pour le clouer au sol. Puis il hurla quelques mots à l'autre garde, qui restait paralysé, ne sachant comment réagir.

— Qu'est-ce qu'il dit ? demanda Jake.

— Il prétend être l'ami d'un certain général Gente, expliqua Syd à voix basse. Il demande à lui parler.

— Il ne faut surtout pas qu'il arrive jusqu'à lui.

Mark mit son fusil sur son épaule en visant l'arrière du crâne de Sock.

— Ça va s'entendre, le prévint Syd. On risque de déclencher une alarme.

— Impossible de faire autrement.

Jake était sur le point de protester, mais il décida finalement de s'abstenir. Si ce Sock était responsable de la mort des coéquipiers de Mark, c'était à son frère de prendre la décision. Jake, pour sa part, n'était pas fan des exécutions de sang-froid. Il n'aimait pas non plus l'idée d'annoncer leur présence, éliminant l'effet de surprise sur lequel reposait tout leur plan. Evidemment, si Sock arrivait à prévenir son général, cela revenait plus ou moins au même.

Le feuillage bruissa dans leur dos. Jake tourna brusquement la tête : Decker et Brown apparurent dans la pénombre.

Brown évalua la situation d'un coup d'œil, et s'attarda sur le mirador.

— J'espère qu'ils n'ont pas de visée thermique, là-haut. Sinon, ils vont nous repérer comme une guirlande clignotante sur un sapin de Noël.

— Si c'était le cas, on serait déjà morts, murmura Mark.

— Qu'est-ce que tu attends ? répliqua Brown. Descends-moi ce connard.

Mark ne répondit pas. Il intensifia légèrement la pression de son doigt sur la détente. Jake reconnut l'expression de son frère : il rechignait à faire quelque chose dont il n'avait pas envie. Il l'avait vu à d'innombrables reprises au cours de leur enfance. Dès qu'on lui demandait de faire quelque chose, la réaction instinctive de Mark était de refuser. Cette attitude concernait même les tâches les plus anodines, par exemple tondre la pelouse ou sortir la poubelle. Voilà pourquoi sa décision de s'engager dans l'armée n'avait pas fini d'étonner Jake. Il ne comprenait pas pourquoi son grand frère obstiné avait choisi un métier où il passerait sa vie à obéir à des ordres.

Une brève rafale de mitrailleuse résonna. L'instant d'après, la tête du grand blond avait disparu. Mark avait l'air surpris. Il regarda son arme, puis Decker.

Celui-ci baissa son fusil en haussant les épaules.

Il fallut quelques secondes aux gardes pour réagir. Puis ils se mirent à arroser la jungle de rafales. D'autres tirs surgirent du mirador et pulvérisèrent les fougères autour de leur groupe. Jake bondit en arrière. Il avait dû faire tanguer les buissons, car les tirs convergèrent subitement vers lui.

— Courez ! s'écria Syd, qui piquait déjà un sprint vers le haut de la colline.

Kelly feuilletait le livre de Stefan quand un coup résonna à la porte. Elle alla ouvrir : c'était Rodriguez, le visage rouge et brillant à force d'être récuré.

— Bon sang, Jones…, dit-il en plissant le nez. Tu as décidé de sauter la douche ?

— Je voulais juste regarder ça pour essayer d'y trouver une piste.

Prenant subitement conscience de l'état où elle se trouvait, Kelly fit un pas en arrière. Rodriguez tendit la main pour prendre le livre.

— Laisse-moi y jeter un œil. Mais, par pitié, va te doucher. Je meurs de faim, et aucun restaurant correct ne va t'accepter dans cet état. Ni même un boui-boui en plein air, d'ailleurs. C'est une véritable infection.

— D'accord.

Avec réticence, Kelly lui confia le livre. Rodriguez se laissa tomber dans un fauteuil pendant qu'elle se réfugiait dans la salle de bains. Par-dessus le bruit de la douche, elle l'entendit pousser des exclamations.

La quantité de crasse accumulée sur son corps la laissa confondue. L'eau ne s'éclaircit qu'au bout d'une dizaine de minutes de nettoyage à la brosse. Ce n'était pas évident de garder l'équilibre sans la barre pour handicapés : elle lâcha plusieurs fois le savon et faillit glisser en essayant de le récupérer. Chose curieuse, c'était la première fois de la journée qu'elle reprenait vraiment conscience de son handicap. Et cela en dépit de la douleur : la nécessité de se concentrer sur des choses plus importantes l'avait repoussée au second plan. Néanmoins, le simple fait de prendre une douche lui rappelait la triste réalité. Elle n'était plus entière, et ne le serait plus jamais.

Elle posa une serviette sur le siège des toilettes et s'y installa pour se sécher et rattacher sa prothèse. Puis elle enfila les vêtements que Rodriguez lui avait trouvés. Le T-shirt était un peu trop serré, le pantalon trop grand. Elle retroussa les revers des jambes et s'examina dans la glace. De grands hématomes mauves apparaissaient sur son visage, et la trace des mains de Stefan était encore imprimée en rouge vif sur sa gorge. Elle déglutit et, l'espace d'une seconde, retrouva la sensation de mourir étranglée. Puis elle se reprit, passa une brosse dans ses cheveux et retourna dans la chambre.

— L'auteur de ce bouquin est dingue, déclara Rodriguez sans lever les yeux. Y a de ces trucs, là-dedans… Et tout est souligné, comme si c'était l'Evangile.

— Je sais, dit Kelly.

Après un rapide survol, elle avait compris qu'il s'agissait d'un texte pseudo-historique. En s'appuyant sur une référence isolée à un roi aztèque roux, l'auteur affirmait que les Vikings avaient débarqué sur la péninsule mexicaine au cours du Xe siècle.

— Il dit qu'on a retrouvé des restes de navires de type scandinave à Baja. C'est vrai ?

— Aucune idée, répondit Kelly. Mais, de toute évidence, Stefan y croit. J'ai vu beaucoup de trucs du même acabit là-dedans, mais rien qui puisse nous indiquer où il est passé.

— Hum…, dit Rodriguez en feuilletant quelques pages.

Soudain, ses yeux s'écarquillèrent.

— Tu as vu ça ?

Kelly se pencha pour regarder par-dessus son épaule. Dans le coin droit de la page, un temple était représenté. Au sommet des marches, un personnage se dressait au-dessus d'une silhouette prostrée. La légende indiquait :

« Sacrifice rituel effectué pendant la période de Tlacaxipehualiztli, du 6 au 25 mars. »

— Les Aztèques pratiquaient beaucoup de sacrifices rituels, fit remarquer Kelly. Ils aimaient bien jeter des enfants à l'intérieur de volcans, et d'autres choses du même genre.

— D'accord, mais regarde ce qu'il a dans les mains.

Kelly se pencha plus près. La reproduction était floue sur les bords, et elle dut plisser les yeux pour voir les détails.

— On dirait une sorte de veste.

— Si je ne me trompe pas, dit Rodriguez, elle est en peau humaine.

27

Kelly sentit une bouffée d'excitation monter en elle.

— Ils disent que c'est un sacrifice à Xipe Totec. Tu as un ordinateur avec toi ?

— Bien sûr, dans ma chambre. Mais ça m'étonnerait qu'il y ait une connexion wi-fi, ici. Je n'arrive même pas à faire marcher le téléphone.

— Il faut qu'on essaie.

Kelly parcourut des yeux les notes dans la marge. La plupart étaient rédigées en danois, d'une écriture tellement serrée qu'elle peinait à déchiffrer les lettres.

— Il faut qu'on arrive à traduire ça. Et qu'on identifie cette pyramide sur une carte.

— Tu crois que Stefan a l'intention de reconstituer d'anciens sacrifices aztèques ? demanda Rodriguez en levant un sourcil. Le gamin qu'il a tué n'avait pas du tout les mêmes blessures que les filles du campus. Est-ce qu'il a pu changer totalement de mode opératoire ?

— Je sais que c'est inhabituel. N'empêche qu'il y a une continuité dans le thème du sacrifice rituel. C'est peut-être la seule chose qui compte pour lui : trouver une justification qui transcende les meurtres qu'il commet.

— C'est un peu tiré par les cheveux, Jones. S'il est fou à ce point, il a pu prendre la décharge pour une pyramide aztèque.

— Ou alors elle est située sur l'ancien emplacement du temple.

Kelly espérait toutefois que ce n'était pas le cas. Elle savait que Stefan était aliéné, mais, dans le passé, cette folie restait ancrée dans la réalité. Sans doute avait-il utilisé la décharge comme base d'entraînement. L'endroit correspondait parfaitement à ses besoins, avec une réserve infinie de victimes potentielles, et un risque relativement faible d'intervention de la part des autorités. Cette opération était comparable à celle qu'il avait montée à l'université, sauf qu'il se préparait à frapper beaucoup plus fort. Pour le coincer, le mieux était d'arriver à deviner ce qu'il avait prévu.

— D'accord, soupira Rodriguez. Je vais chercher mon ordinateur. Mais mon exigence tient toujours : si on n'a rien trouvé demain, on met les voiles.

— Bien sûr, répondit Kelly. J'ai déjà fait mes valises, au cas où.

— Très drôle. Je reviens te chercher tout à l'heure. On a plus de chances de trouver du wi-fi dans un restaurant, de toute façon.

Kelly attrapa son sac à dos et parcourut la chambre du regard pour vérifier qu'elle n'avait rien oublié. Quelque chose lui disait qu'ils ne reviendraient pas à l'hôtel, ce soir. Pour la première fois depuis de longs mois, elle sentait de nouveau cette étincelle familière, qui signifiait qu'elle était sur le point de faire une découverte capitale. Elle avait cru ne plus jamais l'éprouver de sa vie.

Elle n'avait pas la moindre intention de quitter le Mexique sans avoir résolu l'affaire. Le mensonge qu'elle venait de faire à Rodriguez n'était destiné qu'à le retenir ici le plus longtemps possible. Au bout du compte, elle trouverait le moyen de coincer Stefan, avec ou sans son aide.

Il était carrément plus pénible de courir en montée qu'en descente. Le côté positif, c'est qu'on glissait un peu moins. Mais Jake s'attendait à tout moment à sentir la brûlure d'une balle dans son dos. Il connaissait les dégâts qu'une arme automatique pouvait occasionner. Impossible de survivre à ce genre de blessure dans un endroit aussi isolé. Si l'un des leurs était touché, ils seraient contraints de l'abandonner.

Syd courait toujours devant, et il entendait les autres derrière lui. Il avait perdu tout sens de l'orientation ; pourvu que Syd ait gardé ses repères ! Les échanges de tir avaient dû mettre le camp en alerte maximale. Les Zetas déploieraient des unités pour passer la jungle au peigne fin. Leur équipe serait obligée de se replier, peut-être même de battre en retraite. Sans l'effet de surprise, Jake ne concevait aucun moyen de réussir l'opération.

Syd disparut derrière un arbre. Il la suivit et la heurta de plein fouet : elle avait brusquement cessé de courir.

— Il faut qu'on arrête de se rencontrer comme ça, commenta-t-elle en le repoussant d'une main.

— Pourquoi tu t'es arrêtée ?

— Parce que j'ai l'impression qu'on n'est plus suivis.

Jake tendit l'oreille. Des crépitements s'élevaient toujours en contrebas.

— J'entends quand même des rafales.

— Oui, mais elles viennent de plus loin, dit Syd en inclinant la tête. De l'autre côté du camp, je dirais.

Mark les dépassa en courant. Syd lança un sifflement bas. Il pivota sur ses talons et les aperçut.

— Decker et Brown se sont repliés avec les autres, dit-il. On ferait mieux de les rejoindre.

— Je ne sais pas si on a le temps. Ecoute.

Mark fronça les sourcils.

— Merde, murmura-t-il. L'autre cartel.

— Ils ont dû prendre les coups de feu pour le signal du départ, fit remarquer Syd.

— Je vais appeler Brown, dit Mark en décrochant sa radio. On a intérêt à y aller tout de suite, si on veut récupérer autre chose que des cadavres.

28

Quand les premiers coups de feu retentirent, Flores se trouvait au fond de l'enclos, en train de scier le grillage. Il avait d'abord essayé de le déterrer, mais les constructeurs de l'enclos avaient bien fait leur boulot. A trente centimètres de profondeur, on n'en voyait toujours pas la fin. La seule solution était de scier les écheveaux métalliques à l'aide du couteau de Calderon, puis de les détortiller du bout des doigts. Un processus extrêmement laborieux. Au bout de trois heures, Flores n'avait coupé que quatre fils, et il avait déjà les mains en sang.

Au son de la première rafale, il s'immobilisa. L'équipe de Tyr venait-elle les délivrer ? Ou bien s'était-elle fait coincer par les gardes ?

— Qu'est-ce qui se passe ? demanda-t-il.

Calderon se plaquait contre la grille pour essayer de scruter le bout de la rangée.

— *No sé.*

Dans la cage voisine, une quinte de toux s'éleva.

— *Silencio*, Ramon ! lança sèchement Calderon.

Tejada pinça les lèvres, et ses épaules se convulsèrent en silence.

— Qu'est-ce qui se passe ? dit Calderon à son tour. Quand ils font les exercices, ils sont là en une ou deux minutes.

— Le général a peut-être changé d'avis, murmura Flores. C'est une couverture pour nous faire tuer.

Calderon pouffa.

— Ne te fais pas d'illusions, *amigo* ! Il peut nous faire tuer quand il veut. Là, c'est autre chose.

— Quoi qu'il en soit, on n'a pas intérêt à traîner.

Flores se remit au travail avec détermination. A sa gauche, une paire d'yeux luisait dans l'obscurité.

— Emmenez-moi, supplia Tejada. S'il vous plaît… Sinon, ils vont me tuer.

— *Absolutamente*, mentit Flores.

La vérité, c'est qu'il doutait déjà d'arriver à emmener Calderon vivant. Il continua à scier jusqu'à ce que le fil de fer se rompe, le détortilla du bout des doigts, puis s'attaqua au fil suivant.

— J'ai trouvé, dit Rodriguez.

Il avait une traînée de *salsa* sur le menton, et il pianotait sur le clavier en tenant son taco à la main.

Ils s'étaient réfugiés dans un restaurant à proximité de leur hôtel, à Chapultepec-Lomas. Le quartier était nettement plus huppé que tous ceux que Kelly avait vus jusqu'ici. Les rares voitures qui passaient à cette heure tardive étaient de marque étrangère : surtout des Toyota, parfois une Mercedes ou une Lexus. Les rues étaient plus propres, même l'air semblait moins pollué. Malgré tout, Danny s'était prononcé contre trois autres établissements, jugés trop louches, avant de se fixer sur celui-ci. Situé dans le bar d'un hôtel, il proposait en prime une connexion wi-fi gratuite.

— La vache !, dit Rodriguez en contemplant son taco avec vénération. Ça me rappelle ceux de ma maman.

Kelly, pour sa part, n'avait réussi à avaler que quelques bouchées de son *enchilada*. L'envie de trouver une piste était trop forte : la trace de Stefan refroidissait de minute en minute. A l'heure qu'il était, il avait très bien pu enlever une nouvelle victime.

— Tu disais ? reprit-elle avec impatience.

— Que j'ai trouvé le site de l'auteur du bouquin. Et qu'il y a plein d'infos supplémentaires. Attends… « Xipe Totec, également appelé “Notre seigneur l'écorché”, est un dieu du renouveau et de la réincarnation. Il est généralement représenté portant une peau d'écorché. Les peaux écorchées des victimes sacrifiées étaient réputées avoir des propriétés curatives. On les faisait même toucher à des enfants malades. »

Rodriguez fit la grimace et reposa son taco sur son assiette.

— Ça y est, je n'ai plus faim.

— Ils disent autre chose au sujet de ce dieu ?

— « Xipe Totec s'est écorché lui-même pour nourrir l'humanité. Son geste symbolise le grain de maïs perdant son enveloppe avant de germer. Au moment de sa fête, les prêtres écorchaient les victimes pour se revêtir de leur peau. Au bout de vingt jours, ils retiraient les peaux et les rangeaient dans une grotte. » Ça devait sacrément schlinguer, si tu veux mon avis.

— Et le sacrifice ? La pyramide ?

— Voyons voir… J'ai un calendrier aztèque avec les cultes de chaque divinité et les sacrifices correspondants. Début février, pour commencer l'année en beauté, ils organisaient des noyades collectives. Le mois suivant, des écorchements. Plus tard dans l'année, les types se faisaient cribler de flèches ou arracher le cœur vivants… Attends… Ils disent ici qu'en 1487 ils ont sacrifié quatre-vingt mille prisonniers en l'espace de quatre jours. C'est complètement marteau ! Comment est-ce qu'ils ont fait pour ne pas s'exterminer ?

— Le temple, Rodriguez, le temple.

— Ah oui… Alors… Les sacrifices à Xipe Totec avaient lieu pendant le mois de Tlacaxipehualiztli, qui commence aux alentours du 6 mars.

Il releva la tête.

— C'est dans plus d'un mois. Stefan s'est trompé de date.

— Ou alors il s'entraîne, fit remarquer Kelly d'un air sombre.

— La religion catholique me paraît super-sympa, tout à coup, dit Rodriguez avec un frémissement d'horreur.

Kelly se pencha pour regarder par-dessus son épaule.

— Xipe Totec est associé à la grande pyramide de Tenochtitlán, lut-elle. C'est où, ça ? Elle existe encore ?

— La vache, murmura Rodriguez. « La cité aztèque de Tenochtitlán était bâtie sur une île du lac Texcoco, à l'emplacement actuel de la ville de Mexico. » On y est, Jones !

Jake se barbouillait le visage de boue. De près, son déguisement ne tenait absolument pas la route, mais il espérait qu'à quelques mètres, l'obscurité aidant, les gardes des Zetas n'y verraient que du feu.

— Pas mal, commenta Syd.

— Et toi ?

A part remonter ses cheveux blonds sous une casquette et enfiler une combinaison de camouflage, Syd n'avait rien fait pour modifier son apparence.

— Pas la peine, dit-elle. Il n'y a aucun garde femme dans le camp. Les Zetas ne sont pas connus pour leur attitude progressiste en matière d'égalité des sexes. S'ils me voient, ils me tireront dessus, que j'aie de la crasse sur la figure ou pas.

Ça se tenait, pensa Jake en l'examinant. Même sous sa combinaison ample, les formes féminines de son associée ressortaient avec évidence. Syd remarqua son air inquiet et lui adressa un clin d'œil.

— T'en fais pas, mon grand. Tout ira bien.

Syd n'était jamais de meilleure humeur qu'au lancement d'une opération particulièrement dangereuse. Jake, lui, n'arrivait pas à partager son enthousiasme. Ils se préparaient à affronter une armée de mercenaires ultra-entraînés, tout en essayant d'empêcher un clan rival de tirer sur tout ce qui bougeait. Sans parler de délivrer des otages au beau milieu de cette bataille, qui prenait des allures de dernier combat d'Alamo.

Et tout ça, c'était encore relativement simple. Le plus difficile serait d'arriver à ressortir du camp.

Par ailleurs, Kane et Maltz n'étant pas revenus de leur mission, ils étaient forcés de compter sur l'équipe d'une entreprise rivale, dont les compétences n'avaient pas impressionné Jake pour l'instant. Somme toute, il aurait préféré se jeter dans le cratère d'un volcan en activité. Les chances de survie auraient sans doute été meilleures.

Une deuxième roquette illumina le ciel au-dessus du camp, puis flotta vers le sol en étincelant. Des rafales de mitraillettes y répondirent : c'était un feu d'artifice doublé d'un concert cacophonique. Pour l'instant, les combats semblaient se concentrer au sud du camp.

Mark vint à côté d'eux.

— Voici le plan. On rentre par équipes de trois. Brown et ses gars partent à la recherche de Calderon et Flores. Decker et moi, on les couvre, puis on essaie de retrouver le père d'Isabela.

— On n'a aucune idée de sa position, protesta Syd.

— Je sais. Mais j'ai promis d'essayer.

— Et nous, on fait quoi, pendant ce temps ?

Mark se tourna vers Jake.

— Je serais plus tranquille si vous nous couvriez d'ici.

— Quoi ? s'exclama Syd. Tu te fous de nous ?

— Syd, tu serais une cible ambulante, là-dedans. Et Jake, on sait tous les deux que tu n'es pas dans ton élément.

— Il te faut quelqu'un pour protéger tes arrières, Mark.

— Ne le prends pas mal, Jake. C'est juste que…

— Je me débrouillerai. Tu ne fais pas confiance aux gars de Tyr, je le sais. Ils sont capables de te tirer une balle dans le dos.

Un crépitement s'éleva de la radio de Mark.

— En position, dit la voix de Brown. Top départ dans deux secondes.

— Compris. On se dirige vers la porte est.

Mark coupa sa radio et regarda longuement son frère.

— Très bien, reprit-il enfin. Tu viens avec nous. Syd, tu restes à l'arrière avec le fusil à lunette. On aura besoin d'un bon tireur pour nous aider à ressortir.

Syd hocha sèchement la tête. Jake était sur le point de

partir quand elle s'avança vers lui et l'entoura brusquement de ses bras.

— Fais attention à toi, Jake.

— Toujours.

Il se dégagea doucement de son étreinte et suivit Mark en direction du camp.

29

— En gros, il suffit de découvrir où était situé le temple, dit Kelly.

— Mouais, soupira Rodriguez en faisant défiler les pages du site. Sauf qu'ils disent que des sacrifices du même style avaient lieu dans d'autres villes, comme Tlatelolco, Xochimilco ou Texcoco.

— Stefan est obsédé par Tenochtitlán, objecta Kelly en secouant la tête. Je parie même que c'est pour cette raison qu'il s'est réfugié à Mexico.

Elle se mit à sourire, et ajouta :

— Avoue-le, Rodriguez. Tu le sens, toi aussi.

— Tu sais, dit-il en la regardant attentivement, c'est la première fois que je te vois sourire depuis… enfin…

Le sourire de Kelly s'effaça.

— Je voulais juste dire…

— Ne t'en fais pas, répliqua-t-elle rapidement. Je comprends. Et je suis désolée d'avoir raté ton mariage. Vraiment.

Rodriguez haussa les épaules, mais ses joues s'étaient teintées de rose.

— Aucun problème. De toute façon, tu aurais détesté. Il y avait trois cents personnes en train de hurler en espagnol.

— Tu plaisantes ? C'est presque ma deuxième langue, maintenant.

Ils sourirent tous les deux.

— Maintenant, si on essayait de trouver l'emplacement du temple ?

— Pourquoi est-ce que j'ai le pressentiment qu'on va passer une nuit blanche ? grommela Rodriguez.

Il tapa néanmoins quelques mots dans le moteur de recherche, et se mit à lire à haute voix.

— « Tenochtitlán était bâtie sur une île au milieu du lac Texcoco, reliée au rivage par trois chaussées. Des canaux servaient à la circulation, les habitants se déplaçaient uniquement en canoë. Avec ses palais, ses jardins, ses fontaines, ses aqueducs, ses barges qui ramassaient les déchets des égouts pour les utiliser comme engrais, Tenochtitlán devançait toutes les villes européennes contemporaines. Tout cela à l'ombre de son immense pyramide surmontée de temples tachés de sang. »

— Ils disent où elle était située, cette pyramide ?

— Je cherche, je cherche…

Il pianota quelques instants, et une grande carte topographique s'afficha à l'écran.

— Ils disent que les plans de Tenochtitlán dont on dispose ne sont pas très fiables. La plupart viennent des archives espagnoles et de fouilles archéologiques. En voilà quand même une.

Kelly se pencha vers l'écran. La carte était constituée de griffonnages sur du parchemin : des petite pattes de mouches délimitaient les pâtés de maisons.

— Au moment de la conquête espagnole, la grande pyramide de Tenochtitlán a été presque entièrement rasée. Elle était située en plein centre-ville.

— Ça n'a pas l'air très dur à retrouver.

— Pas très simple non plus. Il nous faut repérer le tracé des anciennes enceintes de la ville. Si j'étais au bureau, je pourrais imprimer un plan actuel et le superposer…

— Pas le temps. Continue à chercher.

Rodriguez souffla bruyamment.

— Tu veux que je prenne la relève ? demanda Kelly.

— Non. Voilà.

Une nouvelle page s'afficha, qui comportait cette fois la photo d'un site archéologique.

Kelly lut la légende à voix haute.

— « Quatre siècles après la conquête espagnole, à l'occasion de travaux de reconstruction, suite à de violents tremblements de terre, la base de la pyramide fut mise à jour. Les fouilles se poursuivent depuis 1978. Les ruines sont situées au pied de la cathédrale bâtie par les Espagnols sur la grande place de Mexico. Un réseau de sentiers pédestres avec des points de vue panoramiques permet de visiter le site. » On y va, Rodriguez.

— Là, tout de suite ?

Kelly hocha la tête. Les épaules de son coéquipier s'affaissèrent. Il ramassa le reste de son taco, le fourra dans sa bouche et mastiqua à toute vitesse.

— Comment est-ce que tu fais pour me convaincre de te suivre sur des trucs pareils ? soupira-t-il.

Il referma son ordinateur et ajouta :

— O.K., mais il faut qu'on s'arrête quelque part d'abord.

— On n'a pas le temps de…

— Ecoute, Jones. Je n'ai que mon arme de service et dix cartouches. Et, sauf erreur, tu n'es toujours pas armée. On ne va pas poursuivre qui que ce soit avec ce matériel-là.

— Il est presque minuit, comment veux-tu…

— Tu oublies que j'ai de la famille ici, *chica*.

Rodriguez lui fit un clin d'œil et ajouta :

— On va rendre visite à tío Pablo.

De grosses gouttes de sueur ruisselaient sur le visage de Flores. Les coups de feu se rapprochaient, mais il continuait son travail sur la grille. Pour sa part, son objectif était de s'éloigner d'ici avant que les combats n'arrivent devant leur porte. Il avait supposé que Tyr mènerait une opération furtive, consistant à les délivrer à la faveur de l'obscurité et d'une relève de la garde. Mais, à en croire le boucan qu'il entendait, ils avaient mobilisé des troupes suffisantes pour livrer une attaque tous azimuts. Un type d'opération qui ne figurait nulle part dans le manuel de l'entreprise.

La terre se mit à trembler : une grenade avait sauté non loin de leur cage. Des cris et des hurlements de douleur déchirèrent l'air. Flores serra les dents. Il sentait Calderon tout près de lui, l'entendait haleter de peur.

— Vite, mon ami !

— Je fais de mon mieux, répliqua sèchement Flores.

Dans l'enclos voisin, Tejada s'était enfermé dans un silence ponctué de quintes de toux. Assis par terre, les bras serrés autour des genoux, il se balançait d'avant en arrière.

Flores arracha les deux derniers fils et les repoussa vers l'extérieur pour qu'ils ne se blessent pas en se faufilant par l'ouverture.

— C'est assez grand ? demanda Calderon d'un air dubitatif.

La fente dans le grillage partait du sol et montait à une quinzaine de centimètres, sur cinq ou six centimètres de largeur.

— On va le savoir tout de suite, répondit Flores.

Il s'entoura la tête d'un bout de paillasse pour la protéger, puis se glissa doucement dans la fente. Sa tête passait juste. Flores sentit les fils coupés griffer la paillasse. L'un d'entre eux entailla sa main droite, et il tressaillit de douleur. Il tourna le poignet pour se dégager et fit passer ses épaules. Les fils accrochèrent ses vêtements, mais, si les épaules passaient, le reste passerait.

— Tu as réussi, *cabrón* ! rugit Calderon avec exubérance. En avant !

A plat ventre sur le sol, Flores s'avança en se tortillant, centimètre par centimètre. Il était à moitié sorti quand un brouhaha éclata à l'entrée de leur cage. Il se figea sur place et tourna la tête.

Un garde se dressait devant la porte de leur enclos.

30

Jake suivit Mark et Decker en restant dans l'ombre. Ils se dirigeaient vers l'entrée principale du camp, côté est. Devant la haute clôture de bois, une piste criblée de nids-de-poule s'éloignait en lacet et disparaissait dans la jungle. Jake leva les yeux vers la tour de garde en se demandant pourquoi personne n'ouvrait le feu.

— Ils doivent être partis en renfort au sud, dit Mark comme s'il avait lu dans ses pensées. Mais, à mon avis, certains sont restés pour surveiller les enclos.

Devant eux, Decker ouvrait le chemin en balayant l'air de sa mitraillette. Ils se glissèrent tous trois entre les barreaux de la clôture et longèrent l'enceinte du camp sur le côté intérieur. Devant eux se dressait un ensemble de constructions disparates, certaines préfabriquées, d'autres de bois brut. Ils passèrent un long bâtiment, sans doute les baraquements des gardes. Une pluie fine se mit à tomber.

— Enfin un peu de veine, murmura Decker à voix basse. Ça nous fait une bonne couverture.

Jake ne cessait de lancer des regards par-dessus son épaule. Il s'attendait à se faire cribler de balles d'une seconde à l'autre. Soudain, Decker se figea sur place en levant le poing. Quelques secondes plus tard, il traversait en courant un espace ouvert et s'enfonçait dans une longue allée qui constituait le début de la zone des prisonniers. Jake et Mark le suivirent un instant plus tard. Il n'y avait pas un seul garde en vue.

— La vache !..., murmura Mark. C'est presque trop facile.

Ils s'arrêtèrent au début d'une longue rangée de cages

grillagées qui évoquait un chenil. Une odeur atroce flottait dans l'air, mélange de sueur, d'urine et de feuilles pourries. Comme ils avançaient dans l'allée, un chœur de voix s'éleva. Des yeux pâles les suivaient, des mains s'agrippaient au grillage.

— *Señores ! Por favor !*

— Putain ! s'exclama Decker, autant nous annoncer au mégaphone. Les gardes vont rappliquer en moins de deux.

Jake était du même avis, mais il ne voyait aucun moyen de faire taire les prisonniers. Les exclamations se répandirent le long de la rangée et s'intensifièrent jusqu'à former un seul refrain scandé :

— *Americanos ! Americanos !*

— Calderon et Flores sont à deux rangées d'ici, dit Mark. Brown devrait y être d'une minute à l'autre.

Le plan prévoyait que Brown entre par la porte nord, la plus proche de la position de Calderon, tandis que Mark et les autres s'y dirigeraient depuis l'est. De cette manière, si l'un des groupes essuyait le feu de l'ennemi, le deuxième profiterait de la distraction des gardes pour délivrer les otages.

Mark pressa le pas. Jake devait courir à petites foulées pour rester à sa hauteur. La radio sur l'épaule de son frère se mit à crépiter.

— Ici l'équipe Alpha, dit Brown. Feu ennemi à la porte nord.

— Compris. Ici, R.A.S. On est tout près de la cible.

— Compris. On se replie et on rentre derrière vous.

La radio se tut.

Donc, ça ne tient plus qu'à nous, pensa Jake. Ils prirent tous trois à droite en courant ventre à terre. Selon leurs renseignements, Flores et Calderon se trouvaient à une centaine de mètres.

Une rafale de mitraillette s'éleva à quelques rangées devant eux. Un hurlement déchira l'air. Il y eut un silence, puis une deuxième rafale. Le hurlement cessa abruptement. Mark et Decker ralentirent, et Jake régla son pas sur les leurs.

— On dirait qu'ils ont laissé quelques gardes dans le coin pour exécuter les prisonniers.

Le murmure qui s'élevait autour d'eux se transforma en brouhaha enfiévré. Pris de désespoir, les prisonniers se jetaient contre le grillage et labouraient de leurs ongles la porte de leur enclos. Jake serra les dents et continua à avancer.

Ils s'engagèrent dans la dernière rangée. A vingt mètres devant eux, un type en treillis braquait une mitraillette sur l'intérieur d'un enclos.

— *Alto !* s'écria Mark en le visant à son tour.

Le canon du fusil pivota vers eux.

— Baisse-toi ! s'écria Mark en poussant Jake de toutes ses forces.

Il vola en l'air et roula sur lui-même avant de s'écraser contre le grillage d'un enclos.

Il y eut une rafale de mitraillette, et Mark s'effondra.

Flores ne bougeait plus. Son torse était à l'extérieur de la cage, ses jambes encore à l'intérieur. Chaque particule de son être lui disait de se glisser dehors et de se sauver. Mais, dans ce cas, il laissait Calderon se faire tuer. Et, malgré tout, Flores ne savait pas s'il pourrait se le pardonner.

Evidemment, il y avait de bonnes chances pour qu'ils se fassent tuer tous les deux.

— *Métanse !* hurla le garde en pointant tour à tour son arme sur chacun des détenus.

Calderon croisa le regard de Flores, et ne le lâcha pas. Une infinie tristesse s'afficha sur son visage.

— *Vaya con Dios, amigo*, dit-il avant de se détourner.

— Attendez ! protesta Flores.

Mais Calderon s'éloignait déjà vers l'entrée de l'enclos, la tête haute et les mains au-dessus de la tête. Le garde se balançait d'un pied sur l'autre, comme s'il s'attendait à se faire attaquer, même si la porte était encore verrouillée. Le canon de son arme était braqué sur la poitrine de Calderon.

Ce dernier faisait un bouclier entre le garde et Flores – du moins pour l'instant.

Flores canalisa l'adrénaline qui inondait ses veines. Il enfonça ses coudes dans la terre et rampa en avant en labourant la terre de ses ongles. Ses hanches passèrent tout juste : l'extrémité des fils déchira le tissu de son pantalon tandis qu'il se traînait à l'extérieur. A l'instant où il dégageait ses pieds, des coups de feu éclatèrent derrière lui. Sans se retourner, il se leva d'un bond et prit ses jambes à son cou.

— Mark ! s'écria Jake.

Decker avait déjà le doigt sur la détente. Les balles criblèrent le corps du garde en l'agitant comme un pantin. Ses mains se crispèrent autour de son arme, laquelle lâcha une grande rafale en direction de la cime des arbres. Puis il s'effondra.

Jake rampa jusqu'à son frère. L'impact de la balle l'avait renversé sur le flanc. Ses yeux étaient fermés, il n'avait pas l'air de respirer.

En tremblant, Jake le fit rouler sur le dos. Il ne vit pas de sang sur son flanc ni sur son ventre.

Decker s'accroupit à côté de lui. Il prit calmement le pouls de Mark, puis le secoua brusquement.

— Arrête ! s'écria Jake.

Mark tressaillit et ouvrit les yeux. Il posa sur eux un regard voilé.

— Qu'est-ce qui s'est passé ?

— T'as failli y passer, répondit Decker sur un ton brusque. On dirait que ton gilet t'a sauvé la vie.

Mark baissa la tête. Au niveau de son cœur, il y avait un trou dans sa chemise de la taille d'une pièce de vingt-cinq cents. Il y introduisit son doigt et tapota son gilet pare-balles.

— Heureusement que c'était pas une balle à tête creuse, dit-il.

— Ouais, confirma Decker. N'empêche que t'as foutu une trouille bleue à ton petit frère.

— Tiens ? dit Mark en reportant son regard sur Jake. Je n'aurais pas cru que tu verserais des larmes sur moi.

— Je n'avais pas envie de te trimballer dans la jungle, expliqua Jake.

— J'aurais eu la même réaction, rétorqua Mark avec un grand sourire.

— On ferait mieux de bouger, intervint Decker.

Mark grimaça de douleur en se relevant, mais il refusa leur aide d'un haussement d'épaules. Il balaya du regard la rangée en cherchant ses repères.

— Ils devraient être dans la douzième cage.

— Merde, dit Decker. C'est là qu'était le garde.

31

Réfugiée dans un coin de la pièce, Kelly serrait une tasse de café entre ses mains. Le liquide tiède était couvert d'un film gras qui présageait une sévère turista dans les jours à venir. Ne voulant pas offenser leur hôte, elle se risqua cependant à en avaler quelques gorgées. Il n'était pas si mauvais, en fait. Il avait un arrière-goût de… cannelle, peut-être ? Voilà qui pouvait expliquer les petites particules brunes qui y flottaient.

Par-dessus le bord de la tasse, elle observa l'oncle de Rodriguez. Il était minuscule, frêle comme un oiseau, avec de rares cheveux soigneusement lissés sur son crâne. Une énorme moustache mangeait son visage, comme pour compenser sa calvitie. Il portait un pantalon rouge vif à taille haute, et des mocassins en cuir blanc avec des chaussettes noires.

Quand Rodriguez lui eut expliqué la raison de leur visite à cette heure tardive, il les conduisit vers l'arrière de la maison, jusqu'à une pièce où des caisses de bois s'entassaient presque jusqu'au plafond. Pablo en ouvrit une : elle contenait des rangées de kalachnikov dorées. Une deuxième contenait des grenades. Une troisième des pistolets.

Kelly ne demanda pas d'où venait cet arsenal, ni comment Pablo l'avait récupéré – elle pressentait qu'il valait mieux ne pas le savoir. Elle regarda Rodriguez fouiller dans les caisses et soupeser un fusil de précision tout en négociant en espagnol. Elle crut comprendre qu'ils auraient droit à la réduction « famille et amis », mais que rien ne serait gratuit. C'était un peu inquiétant. Les *federales* ne lui avaient laissé que quelques centaines de dollars, et elle doutait que Rodriguez ait beaucoup plus sur lui. Or, ce n'était certainement pas le genre de transaction que l'on pouvait régler avec une carte American Express.

Elle surprit Pablo en train de la fixer. Il prononça quelques mots en espagnol, et le visage de Rodriguez s'assombrit. Une dispute s'éleva entre les deux hommes. Rodriguez faisait une tête de plus que son oncle, mais cela n'empêchait pas Pablo de s'époumoner en gardant la tête haute. Kelly se demanda s'il y avait quelqu'un d'autre dans la maison. Pour sa part, elle ne trouvait pas très avisé de s'engueuler avec un type en possession d'un tel arsenal. Une fois de plus, elle mesurait à quel point la vie était différente, ici. Elle pourrait disparaître sans laisser de traces, personne n'aurait la moindre idée d'où la chercher. Danny avait-il prévenu quelqu'un qu'il se rendait à Mexico ? Sans doute pas – et même s'il l'avait fait, personne ne se douterait qu'ils avaient fini chez son oncle.

L'engueulade fut interrompue par des coups frappés à l'entrée de la maison. Pablo sourit en révélant une rangée de dents en or. Puis il lança quelques derniers mots et fit une sortie majestueuse en frôlant l'épaule de Kelly. Celle-ci eut un mouvement de recul.

— Qu'est-ce qui s'est passé ? demanda-t-elle en posant sa tasse avec un certain soulagement.

— Rien.

N'empêche que Rodriguez avait l'air furieux.

— Comment il fait pour avoir tout ça chez lui ?

— C'est le plus grand trafiquant d'armes de la ville.

— Ah bon…

Kelly était estomaquée. Ce genre de relations familiales pouvait abréger une carrière au FBI. Au bout d'un moment, elle ajouta :

— Ne t'en fais pas. Je ne le dirai jamais à McLarty.

— Je sais, Kelly. Sinon, je ne t'aurais pas amenée ici.

Kelly leva un doigt et ils se turent tous les deux. Une conversation se déroulait à voix basse dans la pièce adjacente.

— Il ne va pas revenir armé, j'espère ?

— Il en serait capable, grommela Rodriguez.

Voyant l'expression de Kelly, il ajouta :

— Détends-toi, Jones. Je plaisantais. Ma mère est sa sœur préférée, et je suis son fils unique. Il ne prendrait jamais le risque de me tuer. Ma famille lui tomberait dessus à bras raccourcis.

Kelly s'abstint de lui faire remarquer que sa famille ne se doutait absolument pas qu'il se trouvait ici.

— Et lui, c'est le frère préféré de ta mère ?

— Lui, c'est le préféré de personne, rétorqua-t-il avec un regard noir. Et après ce qu'il vient de dire, il est officiellement rayé de ma liste de cartes de vœux.

— Qu'est-ce qu'il a dit ?

— Il vaut mieux que tu ne le saches pas.

— D'accord.

Kelly parcourut du regard l'arsenal devant eux.

— Qu'est-ce qu'on peut se payer ?

— Un fusil d'assaut et deux pistolets. Ou deux pistolets et une grenade.

En entendant ce mot, Kelly sentit un élancement de douleur parcourir sa jambe droite. Elle avait évité de regarder la caisse de grenades depuis son arrivée dans la pièce.

— Les pistolets, ça suffit, dit-elle. Une mitraillette serait trop voyante.

— D'accord.

Comme par hasard, Pablo réapparut dans l'embrasure de la porte. Kelly le soupçonnait de mieux comprendre l'anglais qu'il ne voulait le faire croire.

— *Qué pasa ?* demanda Rodriguez en crispant ses doigts autour du fusil entre ses mains.

Kelly se rendit compte que Pablo n'était pas seul.

— D'autres clients, dit Pablo en anglais, avec un accent à couper au couteau.

Il leur refit un grand sourire doré et s'écarta pour laisser passer deux silhouettes massives.

— Maltz ? dit Kelly sur un ton de stupéfaction.

— Mademoiselle Jones…

Maltz balaya la pièce du regard en s'arrêtant sur Rodriguez et les caisses ouvertes.

— Je croyais que vous deviez rentrer chez vous.

— Mon départ a été… retardé.

Il plissa les yeux et dit quelques mots incompréhensibles à Pablo. Ce dernier haussa les épaules et se ratatina un peu.

— Vous êtes qui ? demanda Rodriguez d'un air médusé.

— Je pourrais vous poser la même question, rétorqua Maltz tranquillement.

Derrière lui, Kane remplissait toute l'embrasure de la porte.

— Ils travaillent pour Jake, expliqua Kelly.

— Jake est ici ? demanda Rodriguez d'un air agacé. Tu as oublié de m'en parler ?

— C'est compliqué. Il participe à une mission.

Kelly reporta son regard sur Maltz et ajouta :

— Danny est mon ancien coéquipier.

— Je vois.

Tout en gardant les yeux rivés sur Pablo, Maltz ajouta :

— Vous êtes un peu loin de l'aéroport, tous les deux. Jake est au courant ?

— Non, répondit Kelly sur un ton catégorique. Et vous, comment se passe l'opération ?

Maltz haussa les épaules.

— On a besoin de ravitaillement, on s'est dit que Pablo pourrait nous aider… Mais on va attendre que vous ayez terminé.

Il fit un hochement de tête à Kane et les deux hommes disparurent dans l'autre pièce.

Pablo se retourna vers Danny et se remit à baragouiner. Une fois de plus, Kelly éprouva un sentiment de frustration. Elle n'en pouvait plus de ne pas comprendre ce qui se disait autour d'elle.

Rodriguez sortit une petite liasse de sa poche arrière et détacha quelques billets de cent. Pablo les compta, puis leva un sourcil. Rodriguez en allongea un de plus, et ils se retrouvèrent en possession de deux Glock flambant neufs. Pablo lorgna une dernière fois Kelly avant de quitter la pièce.

— J'aurais préféré un H&K, déclara Rodriguez en regardant par le viseur du pistolet.

— Moi aussi.

Kelly fit glisser plusieurs fois la culasse d'avant en arrière, pour vérifier le ressort, puis appuya sur la détente et tira un coup à sec.

— Ils ont l'air en bon état.

— Impossible de les tester. On va devoir faire confiance à tío Pablo.

Rodriguez la regarda un instant, puis ajouta :

— Pourquoi est-ce que tu n'as pas appelé Jake à ton secours ?

— Parce qu'il aurait essayé de me renvoyer à la maison.

— Je le comprends. Comment fait-il pour te convaincre alors que moi, je n'y arrive pas ?

— Lui non plus, il n'y arrive pas. Je n'avais pas envie de dispute, voilà tout.

Kelly jeta un œil à sa montre. Presque minuit.

— On ferait mieux d'y aller.

Ils ressortirent en passant par le séjour. Les murs en lambris étaient ornés de peintures de nus féminins à deux sous, la moquette marron avait vu des jours meilleurs. Cette maison miteuse et bringuebalante contenait cependant pour des milliers de dollars de matériel électronique. Une télévision à écran plat géante était reliée à toute une collection de consoles de jeu et de matériel hi-fi. Deux fauteuils relax lui faisaient face. Maltz était juché sur l'accoudoir du premier. Kane se tenait debout à son côté. Le deuxième était occupé par Pablo. Tous se turent quand Kelly et Rodriguez apparurent.

— On y va, dit Kelly. Bonne chance pour votre mission.

Maltz se leva et s'avança tout près d'elle. Sa proximité la fit rougir un peu.

— Je n'aime pas vous laisser partir comme ça, dit-il à voix basse. J'ai l'impression que vous allez au-devant des ennuis.

— Je couvre ses arrières, déclara Rodriguez.

Maltz l'examina du regard. Il n'avait pas l'air rassuré.

— Vous préférez sans doute que je ne dise pas à Jake qu'on s'est croisés, dit-il enfin.

— Ce serait préférable, merci.

— Vous êtes sûre que tout va bien ?

Maltz posa sur elle un regard pénétrant. Elle hocha la tête, et il recula d'un pas.

— Bonne chance, dit-il.

— Merci, lança Rodriguez en entraînant Kelly vers la porte.

Puis il ajouta à mi-voix :

— On va en avoir besoin.

Flores sortit prudemment le nez de l'allée entre les cages. Il longeait un bâtiment long et étroit, aux hautes fenêtres, sans doute un baraquement. Il était arrivé jusqu'ici sans croiser de gardes, à part un mort dans la rangée précédente. Derrière le grillage, les prisonniers l'interpellaient sur son passage, mais il évitait leurs regards. Leurs cris lui faisaient d'autant plus horreur que le sacrifice de Calderon était tout frais dans son esprit. Mais il devait à tout prix sortir d'ici et retrouver Maryanne. Seul, il avait une chance de s'en tirer. S'il ajoutait qui que ce soit à l'équation, le risque devenait trop élevé. De toute façon, d'après ce qu'il entendait, Tyr semblait avoir mis les Zetas en déroute. Restait à espérer que le bilan ne serait pas trop lourd.

A une vingtaine de mètres à sa droite deux miradors se dressaient. Pour sortir du camp, il devait passer entre ces deux tours puis traverser une clairière dégagée. Au-delà, c'était la lisière de la jungle, et la piste disparaissait dans l'obscurité. On avait débroussaillé sur trente mètres à la ronde pour former une sorte de no man's land autour du camp.

C'était sans doute par ici qu'il était arrivé. Les combats les plus lourds avaient lieu à l'autre bout du camp. Il n'avait pas d'autre option : c'était cette sortie-là ou aucune autre.

Une pluie légère tombait. Flores cligna des yeux en parcourant l'espace devant lui. Il ne détecta aucun mouvement ni éclat métallique d'armes. Pourquoi les Zetas avaient-ils abandonné leurs positions alors qu'ils se faisaient attaquer ? L'équipe de Tyr avait-elle déjà nettoyé le secteur ? Dans ce cas, pourquoi n'avait-elle pas laissé d'hommes pour le défendre ? Il se demanda quelle tournure prenaient les combats, combien de ses anciens copains se battaient au sud du camp. Flores n'avait plus très envie de les rejoindre – ils ne feraient que lui poser des questions gênantes. Et lui reprocher de les avoir abandonnés, après tout ce qu'ils avaient mis en œuvre pour le retrouver. Non, il avait plutôt intérêt à partir de son côté, et vite.

S'il franchissait la sortie, il serait capable de se frayer un chemin à travers la jungle, en suivant la route de loin, et de gagner Mexico. De là, il lui faudrait rejoindre les Etats-Unis. Ce serait difficile, mais pas impossible.

Mais, d'abord, il devait arriver à sortir sans se faire descendre.

Le portail ouvert l'arrangeait et éveillait sa méfiance en même temps. Il ne distinguait personne dans le poste de guet, mais cela ne signifiait pas qu'il était vide. Des snipers pouvaient très bien y être embusqués. Il balaya du regard le sol autour de lui, repéra une pierre et la lança au milieu du portail.

Aucune réaction.

Il était obligé de tenter le tout pour le tout.

Flores s'avança de quelques pas, puis se replia brusquement en percevant un mouvement du coin de l'œil. A une vingtaine de mètres sur sa gauche, deux gardes chargeaient le plateau d'un Toyota Hilux. Il expira fortement. Il l'avait échappé belle : s'ils l'avaient repéré, il serait certainement mort.

Ils étaient manifestement pressés : ils empilaient à toute vitesse des cartons à l'arrière du pick-up. Une voix aboya un ordre, et Flores fronça les sourcils. *Gente*. Le général prenait apparemment la poudre d'escampette en pleine bataille en abandonnant ses hommes à leur sort. *Classique*. Malgré tous ses grands discours sur son entraînement militaire de pointe, il se tirait au premier pépin. Flores avait servi sous des commandants de cet acabit, et il n'avait que du mépris pour eux.

Tandis qu'il se faufilait vers eux, les gardes passèrent derrière le véhicule et disparurent de sa vue. Le pick-up était garé à quelques mètres du mobile home de Gente : un instant plus tard, il les vit y entrer.

Il aurait pu en profiter pour partir en courant. Le portail n'était plus qu'à quelques dizaines de mètres. En moins d'une minute, il serait libre. Et, dans quelques jours, il serait de nouveau dans les bras de Maryanne.

Ç'aurait certainement été le choix le plus intelligent. Mais personne ne l'avait jamais traité de génie.

En demandant mentalement pardon à Maryanne pour ce qu'il allait faire, Flores repositionna ses doigts autour du couteau. Le manche était dissimulé dans son poing, la lame pointait vers l'avant. Puis, penché en avant, le cœur battant, il s'élança à pas rapides et silencieux.

Les gardes ressortirent du mobile home. Flores vit leurs bottes passer sous le plateau du camion. Tapi près de la roue arrière gauche, il tendit l'oreille. Ils avaient l'air agités, ils parlaient tous en même temps des salopards de Sinaloans qui les avaient pris de court.

— Je ne vois même pas pourquoi on s'emmerde avec ces conneries, grommela l'un d'entre eux en espagnol.

— Il reste plus que trois cartons. Grouille-toi, il faut qu'on sorte d'ici.

Des pas décroissants résonnèrent, puis un bruit sourd. Un objet lourd s'abattit sur le plateau du pick-up et le fit tanguer un peu. Flores sortit le nez de derrière la roue. Un garde lui tournait le dos, une mitraillette en bandoulière.

Il se précipita vers lui. Le garde pivota sur ses talons et voulut empoigner son arme, mais c'était trop tard. Flores avait déjà la main sur sa poitrine. Avant qu'il n'ait pu faire un bruit, Flores lui trancha la gorge d'un geste rapide. Tandis qu'il le traînait derrière le camion, il vit l'homme agripper sa plaie de ses mains. Il émit un gargouillement plaintif, se convulsa un peu, puis cessa de bouger.

Flores laissa le corps tomber dans l'ombre du pick-up. Il examina la mitraillette et s'assura qu'elle était chargée. Il était ravi d'avoir une meilleure arme que son canif. Le poids de l'arme entre ses mains était réconfortant.

Moins d'une minute plus tard, l'autre garde l'appela. Accroupi en dessous du plateau du pick-up, Flores vit ses pieds avancer – il avait l'air de tituber.

— Aide-moi, espèce de flemmard ! s'écria-t-il.

Flores se redressa pour regarder par-dessus le plateau du véhicule. Apparemment résolu à finir le boulot en un seul voyage, l'autre ployait sous le poids de trois cartons superposés. *C'est mon jour de chance*, pensa Flores avec répugnance.

Il s'avança d'un pas. La pile de cartons dissimulait son visage aux yeux du garde.

— Prends celui du dessus, grommela-t-il. Les autres, ça ira.

Flores fit valdinguer le carton du haut. En une fraction de seconde, l'expression du garde passa du soulagement au choc. Sans hésiter, Flores pointa son arme vers le visage de l'homme et tira plusieurs fois. Les deux autres cartons dégringolèrent vers le sol tandis que le garde chancelait en arrière. Deux mètres plus loin, il s'écroula.

Un juron s'éleva dans le dos de Flores. Gente se découpait dans l'entrée du mobile home. Le gros homme lui lança un regard noir, puis battit en retraite et claqua la porte.

Flores lâcha quelques rafales qui firent exploser la poignée de la porte. Des éclats de bois en jaillirent subitement : Gente le canardait depuis l'intérieur. Flores bondit en arrière et se réfugia à l'arrière du pick-up. Il aurait pu vider son chargeur sur la façade du mobile home, mais il craignait qu'elle ne soit blindée. Gente pouvait avoir tout un arsenal là-dedans, et Flores avait intérêt à économiser les munitions s'il voulait s'en sortir vivant. *Je ferais mieux de foutre de camp avant que d'autres gardes ne rappliquent*, pensa-t-il. Le portail tout proche exerçait une attirance presque irrésistible sur lui.

— Je croyais que vous aviez du mal à tuer les gens en face ! lança Gente depuis l'intérieur.

Son ton imperturbable mit Flores en rage.

— Ça va mieux ! dit-il.

— Je suis étonné de vous trouver encore ici. Je vous croyais dit ça.

— Vous vous êtes trompés.

— Señor Calderon est avec vous ?

Flores ne répondit pas.

— *Bueno*, dit Gente en gloussant. C'était un salopard.

— C'était un héros.

— Vous y croyez encore, *amigo* ? Regardez dans la boîte d'archivage, à l'arrière du camion. Vous y trouverez le dossier de Tyr.

Flores n'eut même pas à chercher. Un des cartons qu'il avait fait tomber des mains du garde s'était ouvert en éparpillant des dossiers sur le sol. Il s'avança prudemment. Les titres des dossiers étaient écrits d'une main serrée, impossible à déchiffrer dans l'obscurité. Il en attrapa quelques-uns puis se réfugia précipitamment derrière le camion pour les feuilleter. Plannings de tours de garde, procédures disciplinaires… le passé militaire des Zetas leur avait apparemment laissé le goût de la bureaucratie.

Son regard s'arrêta sur un dossier intitulé « Tyr ».

Il posa le genou gauche à terre, s'y appuya et ouvrit le dossier d'une main, tout en continuant à braquer la mitraillette sur la façade du mobile home. Il entendait Gente haleter à l'intérieur.

Le dossier contenait différentes chemises de couleur. Flores ouvrit la première. Il vit le plan d'une maison dessinée à main levée, puis une liste de noms et de dates. L'un des noms lui sauta aux yeux : Wysocki.

— C'est assez accablant, hein ? lança Gente.

— Ça ne prouve rien du tout. Wysocki a pu vous fournir tout ça.

— Prenez la clé USB. Vous entendrez Calderon nous vendre son listing.

Une clé se trouvait effectivement dans le rabat de la chemise. Flores l'empocha.

— Dommage que je n'aie pas un ordinateur sur moi.

Gente se remit à rire.

— Entrez donc, je vous prêterai le mien.

Flores parcourut du regard le plateau chargé de cartons. Il repéra des marques de feutre sur l'un d'entre eux, tendit prudemment la main et l'attira vers lui. Quand il l'ouvrit, il se mit à sourire.

— Je vais avoir besoin de recruter, après tout ça, dit Gente. Vous pourriez devenir mon lieutenant. Je pourrais vous rendre riche.

Flores passa la main dans le carton. D'après les bruits qui s'élevaient du mobile home, son interlocuteur s'activait à l'intérieur. Sans doute préparait-il une sorte d'embuscade. Peut-être sa formation militaire lui revenait-elle, après tout.

— Une offre intéressante, dit-il en arrachant la goupille avec ses dents. Mais là où vous allez, je doute qu'elle tienne.

Flores compta jusqu'à trois, puis il lança la grenade par un trou dans la porte du mobile home et courut se réfugier derrière le camion.

Il entendit un cri de surprise. Gente apparut dans l'embrasure de la porte, l'air paniqué. Le temps qu'il pose le pied sur la première marche, le mobile home explosa. Flores se couvrit la tête pour se protéger des débris qui pleuvaient sur lui, certains teintés d'écarlate.

Au bout d'un moment, il leva la tête. L'arrière du mobile home n'existait plus, l'avant était un tas de ruines fumantes. A l'endroit où Gente s'était tenu, un cratère sombre s'était creusé, et les marches avaient complètement disparu.

— Bon, dit Flores.

Il récupéra l'arme du deuxième garde, puis fit le tour vers le volant. Une paire de clés pendait au contact.

Sans cesser de sourire, Flores grimpa dans la cabine et démarra.

32

Mark et Decker dépassèrent Jake et remontèrent l'allée en courant. Le garde mort gisait de guingois, bras et jambes écartés. Son fusil était tombé au sol. Les nuages se dissipèrent brièvement, et un rayon de lune vint éclairer la flaque de sang autour de sa tête.

— Reculez-vous, dit Mark à l'occupant de la cage.

Il positionna son pistolet à quelques centimètres de la porte et pressa deux fois la détente. La serrure vola en éclats, la porte bascula sur ses gonds. Mark passa la tête à l'intérieur.

— Putain, marmonna Decker, j'espère que c'est la bonne.

Une silhouette s'avança vers la lumière.

— C'est lui, dit Mark. Monsieur Calderon, nous sommes ici pour vous délivrer.

Calderon tremblait.

— Vous arrivez juste à temps, dit-il. Ils allaient me tuer.

— Où est Flores ? demanda Mark en regardant le fond de la cage.

— Parti.

— Il vous a laissé ? Ça ne lui ressemble pas.

Un bruit s'éleva dans l'enclos voisin. Ils virevoltèrent tous les trois, prêts à tirer. Un bonhomme minuscule, aux cheveux blancs en bataille, se jeta contre le grillage de sa cage. Jake recula précipitamment.

— *Ayúdenme !*

Mark lança un regard à Calderon.

— Un copain à vous ?

— Ici, les amis n'existent pas.

Il était difficile de distinguer l'expression de Calderon dans la pénombre, mais son ton de voix était dépourvu d'émotion.

— A vous de décider, lui dit Mark.

Jake n'attendit pas la réponse. Il ne pouvait pas sauver tous les otages, mais celui-ci ne posait aucune difficulté. D'un geste de son arme, il lui demanda de reculer, puis il fit sauter la serrure. Le prisonnier sortit dans l'allée en trébuchant, et tomba à genoux devant Jake.

— *Gracias, gracias*, répéta-t-il en s'agrippant à son pantalon.

Jake tendit la main pour l'aider à se relever.

— Vous êtes capable de marcher ?

— *Sí, señor.*

L'homme se redressa tant bien que mal avant de se plier en deux, secoué par une quinte de toux. Même lorsqu'il s'étirait de toute sa hauteur, il arrivait à peine à la poitrine de Jake.

— Je m'en lave les mains, dit Mark à Jake.

Puis il se retourna vers Calderon.

— Par où est sorti Flores ?

— Par l'arrière. Il a fait un trou dans le grillage. On ferait mieux de…

— Il y a combien de temps ?

— Quelques minutes, répondit Calderon en haussant les épaules.

— Il doit être déjà sorti du camp, fit remarquer Decker.

Ce dernier leur tournait le dos en surveillant l'allée.

— Et maintenant, chef ? ajouta-t-il.

— Le père d'Isabela, dit Mark en se retournant vers Calderon. On cherche un autre prisonnier, Francisco Garcia. Vous avez une idée de l'endroit où il peut être ?

— C'est un client ?

— C'est l'ami d'une amie.

— Dans ce cas, je ne vois pas…

— Ça fait partie du marché, monsieur Calderon.

— Je connais señor Garcia, dit le petit homme aux cheveux blancs. Il est vers la porte du fond.

— C'est-à-dire ?

L'homme tendit le doigt en direction du sud, où les combats continuaient à faire rage.

— Génial, soupira Decker. Il faut toujours que tout soit compliqué.

— Decker, ordonna Mark, tu évacues Calderon. Reprenez le chemin qu'on a suivi pour venir. Jake, tu les accompagnes.

— Tu vas avoir besoin de quelqu'un pour te couvrir.

Mark réfléchit. Une explosion retentit non loin d'eux, et une odeur de soufre imprégna l'air.

— Prends-le, dit Decker. Tu auras plus besoin de renforts que moi.

— O.K. On y va.

Il était presque 1 heure du matin. Kelly colla son nez contre la vitre pendant que Rodriguez réglait la course du taxi.

— Je ne vois pas de temple, dit-elle.

— J'ai demandé à descendre quelques rues avant. On n'est jamais trop prudent.

Le Templo Mayor était situé en plein cœur de la ville, dans un quartier bondé de touristes pendant la journée, mais désert à cette heure tardive.

— Une fois sur place, on va faire un repérage rapide. Si on ne voit pas Stefan, on va chercher un endroit d'où surveiller les lieux. Un hôtel avec vue sur le site, par exemple.

Rodriguez se passa la main dans les cheveux et ajouta :

— J'aurais bien besoin de piquer un roupillon.

Kelly l'examina. Son costume était froissé et une tache de salsa ornait le devant de sa chemise. Il avait l'air épuisé. Elle mesura subitement à quel point elle avait été une amie indigne : elle avait fui son coéquipier pendant sa convalescence et raté son mariage. Pourtant, voilà qu'il s'enfonçait avec elle au cœur d'un quartier dangereux de Mexico, en pleine nuit, à la poursuite d'un tueur en série. Elle n'avait jamais eu d'ami prêt à faire ce genre de sacrifice pour elle. A part Jake, bien sûr.

— Merci, dit-elle avec une émotion soudaine.

— Aucun problème, répondit Rodriguez avec un sourire forcé. Si on ne le trouve pas ce soir, j'essaierai de voir si McLarty peut demander aux autorités locales de coopérer avec nous.

— Pourquoi est-ce qu'il me croirait, tout à coup ?

— Parce que tu n'es plus la seule à dire que Stefan est ici. Allez, on y va.

Rodriguez partit en courant à petites foulées. Au bout de la rue, il tourna et continua à courir jusqu'à déboucher sur une place publique. Puis il s'arrêta et lui fit signe de le suivre sous une entrée d'immeuble.

— Juste pour mettre les points sur les i, Kelly : notre objectif est de placer Stefan en état d'arrestation.

— Evidemment, rétorqua-t-elle avec surprise. Tu croyais quoi ?

— Rien. Je sais qu'entre vous deux ça remonte à loin. Tu es partie à sa recherche toute seule, sans rien dire à personne. Je veux juste m'assurer qu'on est sur la même longueur d'onde.

— Je vérifiais juste une piste, Rodriguez. Si j'avais réussi à repérer sa planque, j'aurais prévenu McLarty.

— D'accord. N'essaie pas de jouer au cow-boy, c'est tout.

— Compris.

Il fit un signe en direction de la place.

— C'est par ici.

Flores appuya le pied au plancher et le pick-up bondit en avant. Il lui fit décrire un demi-tour serré en dérapant sur du gravier. L'espace d'une seconde, les roues s'embourbèrent sur le bas-côté de la piste, puis il passa en 4x4 et le véhicule se dégagea en faisant une embardée.

— Dieu bénisse les Hilux, murmura-t-il entre ses dents.

Le pick-up Hilux était à toute épreuve, et constituait un véhicule de choix pour ce genre de terrain. Celui-ci semblait blindé, par-dessus le marché, et le réservoir était plein. Avec un peu de chance, il l'emmènerait jusqu'à la frontière sans problème.

Il passa le portail à toute vitesse, en se préparant à essuyer des tirs depuis les miradors – si les flancs du véhicule étaient blindés, il y avait peu de chances pour que le toit le soit aussi. Mais rien ne se passa. Quelques secondes plus tard, il expira une grande bouffée d'air. Il était libre.

A cet instant précis, des tirs pilonnèrent le flanc du véhicule. Flores fit un écart pour tenter d'éviter les rafales, mais une balle ricocha sur la portière, au niveau de son genou. Sa vitre se fendit, et il dut baisser la tête. Il tendit la main droite pour essayer d'attraper son fusil, mais celui-ci avait glissé au sol.

Sans lever le pied de l'accélérateur, il se pencha pour le récupérer. Malheureusement, ce geste déporta le pick-up sur le bas-côté. Les roues avant tournèrent à vide, coincées dans la boue.

— Merde ! s'écria Flores en tapant du poing sur le volant.

— *No se mueva*, dit une voix tout près de lui.

Il sentit le canon d'une arme se plaquer contre son oreille. Tout espoir le quitta, et il leva les mains.

— Flores ?

Il se tourna lentement. C'était Decker. Un grand sourire fendit son visage, et il abaissa son fusil.

— Putain, ce que je suis content de te voir !

— Moi aussi, soupira Flores. Je te dépose quelque part ?

— Carrément.

Decker se détourna pour faire signe à quelqu'un.

— Montez.

La porte s'ouvrit du côté passager et Flores vit apparaître Cesar Calderon.

— *Hola, amigo.*

Calderon se glissa dans la cabine et lui donna une petite tape sur l'épaule.

— Content de voir que vous vous en êtes sortis.

— Ouais, moi aussi.

Flores détourna les yeux et fixa son regard sur le pare-brise.

— Où sont les autres ?

Decker grimpa à côté de Calderon, claqua la porte et sortit le canon de son fusil par la fenêtre ouverte.

— Riley est allé à la rescousse d'un autre prisonnier. Tu vas arriver à sortir du fossé ?

Flores entrouvrit sa porte. Seules les roues avant étaient embourbées.

— Je crois.

— Dieu merci ! Je ne me faisais pas une joie de repartir à pinces. On se casse.

Flores passa la marche arrière et mit le pied au plancher. Au bout d'une seconde de protestation, le pick-up se libéra et s'élança vers la piste en louvoyant. En s'éloignant, Flores lança un dernier regard dans le rétroviseur. L'entrée du camp disparaissait au loin.

— On va où ?

— Il y a un motel à une heure d'ici, en continuant vers le nord.

Decker alluma sa radio et parla dans le récepteur.

— On a récupéré le paquet. On est en route pour le deuxième point de ralliement.

L'appareil grésilla, puis une voix de femme s'en éleva.

— Compris.

Flores examina Calderon à la dérobée. Difficile de croire que cet homme qui lui avait sauvé la vie en avait également mis tant d'autres en danger. De toute façon, il n'avait pour l'instant que la parole de Gente. Il fallait qu'il écoute l'enregistrement sur la clé USB.

— Tout va bien, Enrique ? demanda Calderon.

Flores tourna les yeux vers lui. Sauf erreur, une expression calculatrice s'était affichée dans le regard du P.-D.G.

— Je suis soulagé qu'on s'en soit sortis vivants, dit-il.

— Moi aussi, renchérit Decker. J'espère que Riley aura la même chance.

33

Ils formaient un drôle de trio, songea Jake. Mark ouvrait la voie, en s'arrêtant de temps à autre pour consulter Tejada en chuchotant. Ce dernier n'était visiblement pas enchanté d'être de la partie. Il respirait bruyamment, et ses muscles s'étaient tellement atrophiés pendant sa détention qu'il était à peine capable de marcher, sans parler de courir. Jake s'attendait à ce qu'il tourne de l'œil d'un instant à l'autre.

A mesure qu'ils s'approchaient de la zone de combats, Tejada s'agitait de plus en plus.

— *Señor*, dit-il enfin en attrapant la manche de Mark, laissez-moi revenir là-bas, avec les autres.

— Vous êtes le seul à savoir où est Garcia.

— Mais, *señor*...

— Si ça ne vous plaît pas, je peux vous remettre dans votre cage.

Après cela, le petit homme se tut.

Au grand soulagement de Jake, les cris de désespoir et de supplication s'estompaient. La plupart des prisonniers se tapissaient au fond de leurs cages. De l'extérieur, on distinguait à peine des ombres recroquevillées sur elles-mêmes. Quelques-uns appelaient encore au secours, mais ils étaient de moins en moins nombreux. De toute façon, le crépitement des mitraillettes couvrait tous les autres sons. Ils auraient pu débouler en hurlant que cela n'aurait rien changé.

L'air était chargé de fumée. La terre se mit à trembler sous ses pieds : une grenade avait sauté. Des hurlements s'élevèrent.

Ils s'engagèrent dans une nouvelle rangée, et y découvrirent un carnage. Des membres déchiquetés s'éparpillaient dans l'allée, encore entourés de tissu de camouflage. Du sang suintait de sous les portes des cages. Soit les Zetas avaient commencé à exécuter les otages, soit ils faisaient partie des dommages collatéraux.

— *Jesucristo*, dit Tejada en se signant.

— Restez près de nous, lui conseilla Mark.

Le petit homme n'avait pas besoin qu'on le lui dise : il trébuchait déjà sur leurs talons, tant il les collait.

Une deuxième grenade explosa, si près que Jake sentit ses tympans se comprimer. Au fond, Tejada avait peut-être raison. De seconde en seconde, l'idée de sauver le père d'Isabela paraissait moins judicieuse.

Soudain, des balles labourèrent le sol à six ou sept mètres devant eux. Des mottes de terre se décollèrent en suivant une ligne droite qui avançait tout droit vers eux.

— Mettez-vous à couvert ! hurla Mark en bondissant sur le côté.

Jake attrapa Tejada par le col et se jeta vers un interstice entre deux cages. Ils s'écrasèrent tous deux sur le flanc. Secoué par une violente quinte de toux, le petit homme tenta en vain de reprendre son souffle. Tout près d'eux, des yeux écarquillés les fixaient à travers le grillage.

— *Dónde está Francisco Garcia ?* demanda Jake.

Il y eut un silence, puis une voix féminine tremblotante lui répondit :

— *Una fila más.*

Un doigt sortit du grillage pour lui indiquer la droite.

— *Gracias.*

Jake chercha comment dire « Restez calme, les secours arrivent », puis il décida que ce mensonge serait inutile. Il hissa Tejada sur ses pieds.

— Vous avez entendu la dame. Faut qu'on aille par là.

Un hélicoptère apparut dans le ciel et passa rapidement au-dessus de leurs têtes. Jake se replia dans l'ombre entre les cages tandis qu'un projecteur balayait l'allée entre les enclos. L'appareil tourna quelques instants, cherchant visiblement quelque chose.

— C'est qui, ça ? demanda Tejada.

— Aucune idée, mais ça m'étonnerait que ce soient des amis à nous.

— Jake ! lança la voix de Mark.

— On est là.

Mark apparut de l'autre côté de l'allée.

— Je me replie. La rangée suivante est peut-être dégagée.

— D'accord. Mais va falloir y aller, là-bas, à un moment ou à un autre.

— Je sais. Avec un hélico à éviter, par-dessus le marché.

Il jeta un regard sur Tejada.

— Vous feriez peut-être mieux de rejoindre les autres.

Une lueur d'espoir s'afficha sur le visage de Tejada, mais Jake secoua la tête.

— Hors de question. Je ne te laisse pas tout seul.

— Je n'en suis pas à mon premier rodéo, Jay-Jay. Je m'en sortirai.

Il y avait des années que Jake n'avait pas entendu ce surnom.

— Je te couvre, affirma-t-il avec fermeté. Et on a besoin de lui pour identifier Garcia. Sinon, ils diront tous qu'ils s'appellent comme ça.

— J'y avais pensé, dit Mark en promenant son regard d'un bout à l'autre de la rangée. Très bien. Mais restez près de moi.

— T'inquiète.

Ils repartirent en courant à petites foulées. Tejada les suivait tant bien que mal. Au bout de l'allée, ils tournèrent à gauche et repartirent en suivant une artère parallèle. Ici, les dégâts étaient moins sévères, mais le sol était tout de même taché de sang.

L'hélicoptère réapparut. Il volait très bas, en frôlant presque les enclos. Jake se baissa instinctivement.

— Nom de Dieu, souffla son frère.

— Quoi ?

— Il y a un insigne de l'armée sur la portière.

L'appareil s'immobilisa deux rangées plus loin et braqua un projecteur sur quelque chose en contrebas. Puis un fusil-mitrailleur calibre 50 ouvrit le feu. Le bruit était assourdissant.

— C'est l'allée du père d'Isabela ! dit Mark en criant pour se faire entendre.

— Mark, il faut faire demi-tour. On ne peut pas…

— Il est dans quel enclos ? demanda Mark à Tejada.

Celui-ci le regarda sans répondre. Mark l'attrapa par les épaules et le secoua.

— Dites-moi où il est, et je n'aurai pas besoin de vous emmener.

— Le… le neuvième. En partant du fond de la rangée.

— O.K., dit Mark en se tournant vers Jake. Evacue-le. Je vous rejoins.

Sans un mot de plus, Mark s'élança tout droit vers la cible pilonnée par l'hélicoptère. Jake eut un instant d'hésitation. Tejada était tellement terrifié qu'il tremblait littéralement. Il était hors de question de le soumettre à un assaut pareil. Mark disparut au coin de l'allée.

— S'il vous plaît, *señor*. Je ne peux pas…

Les joues de Tejada étaient sillonnées de larmes.

— Je sais. On rebrousse chemin.

Tejada lança un regard rapide vers l'endroit où Mark avait disparu. Puis, sans rien dire, il emboîta le pas à Jake.

En reprenant le chemin par lequel ils étaient arrivés, Jake eut l'impression d'avancer dans du ciment frais. A cinq ou six reprises, il s'arrêta, prêt à faire demi-tour pour s'élancer au secours de son frère. Chaque fois, la terreur brute de Tejada l'en dissuada.

Ils étaient presque arrivés à l'enclos vide de Calderon quand une explosion massive les précipita à terre. Jake roula sur le dos. Au-dessus des enclos, à l'endroit précis où Mark les avait quittés, une énorme boule de feu éclairait le ciel.

*
* *

— J'ai un sentiment de déjà-vu, puissance dix, grommela Rodriguez.

Kelly ne répondit pas. Elle avait oublié à quel point son coéquipier devenait ronchon lors des opérations de surveillance, surtout quand il n'avait rien à grignoter. En même temps, elle ne pouvait le lui reprocher. Elle aussi commençait à s'interroger sur la logique qui les avait conduits jusqu'ici. Autant elle avait cru à un éclair de génie, la veille au soir, autant la piste lui paraissait maintenant ténue. Ils étaient planqués dans l'ombre près de l'entrée principale du Templo Mayor depuis presque trois heures, et Stefan n'était toujours pas apparu.

Les ruines du temple aztèque s'étendaient sur tout un pâté de maisons, formant un labyrinthe encaissé en pierre taillée qui descendait en terrasses. L'ensemble des constructions rappelait les jetées en bord de mer. Un bâtiment moderne se dressait dans un coin du site : sans doute le musée. Au centre s'élevait une volée de marches en ruines : c'était tout ce qu'il restait du temple original.

— J'en ai marre, annonça Rodriguez en consultant sa montre. Il fait presque jour, l'heure de pointe va bientôt commencer. Même Stefan n'est pas assez débile pour faire des conneries à ce moment-là. Je propose de rentrer à l'hôtel et de dormir quelques heures avant d'appeler McLarty.

— Attends encore un petit peu, le supplia Kelly.

Elle le soupçonnait d'avoir raison, mais c'était leur seule piste.

— Peut-être qu'il attend… c'était quoi, déjà, la date ? demanda Rodriguez en étouffant un bâillement.

— Le 6 mars. Peut-être.

Plus d'un mois les en séparait. Difficile de croire que Stefan patienterait aussi longtemps avant d'enlever une nouvelle victime, surtout en sachant que Kelly était sur ses traces. Evidemment, il avait toutes les raisons de penser qu'elle était en prison.

— Peut-être aussi qu'il est revenu à la décharge, nota-t-elle.

— Non, rétorqua Rodriguez, ils le tueraient. Et ça ne lui ressemblerait pas, de toute façon.

— Tu as raison, dit Kelly.

Elle cligna des yeux, épuisée. Son corps était raidi par les heures passées assise dans la même position, et par les séquelles de son passage à tabac. Malgré une demi-douzaine d'Advil, sa jambe droite la faisait terriblement souffrir.

— Ecoute, on ne va pas poireauter ici jusqu'à début mars, dit Rodriguez. Il faut que je rentre à L.A. et que je vérifie que je ne suis pas au chômage.

— Je comprends, répondit Kelly sur un ton de défaite.

— J'ai comme l'impression que tu n'as pas l'intention de me suivre, déclara Rodriguez en plissant les yeux. Ce n'est pas ce qu'on avait convenu.

— Si McLarty accepte de m'envoyer des renforts…

Kelly s'interrompit au milieu de sa phrase et se figea sur place.

— Danny ! Là-bas !

Il suivit son regard.

— Ça pourrait être n'importe qui. Tu veux le suivre pour vérifier ?

Kelly n'avait pas besoin de vérifier : elle avait reconnu la démarche de Stefan. Elle hocha néanmoins la tête.

Ils s'approchèrent du temple en suivant une rue qui le longeait par l'ouest. Un long mur surmonté d'une rambarde séparait le site de la chaussée. Sous le regard de Kelly, une silhouette sombre sauta par-dessus le mur et disparut dans l'obscurité.

— C'est lui.

— Il est seul, dit Rodriguez. C'est bon signe.

Il hésita un instant, puis déclara :

— Le site est une propriété privée. On pourrait appeler les *federales*. Il doit encore avoir des traces du garçon sur lui.

— Ça marche différemment, ici, c'est toi qui me l'as dit. Quoi qu'il en soit, on ferait mieux de le coincer tout de suite, avant qu'il ne tue quelqu'un d'autre.

— J'imagine qu'il sera plus facile de l'extrader s'il est

déjà en garde à vue, soupira Rodriguez. Très bien, on y va, mais je passe le premier. Et si on nous pose la question, on l'a arrêté dans la rue.

— Bien sûr.

Rodriguez traversa la place en courant, suivi de Kelly. Arrivé devant la rambarde, il eut un mouvement de recul.

— La vache, dit-il. Il y a au moins sept mètres de vide.

Kelly se pencha à son tour. En contrebas, les ruines du temple s'étendaient devant eux sur près de un hectare. Les archéologues avaient relié les structures par de profondes tranchées tapissées de pierres. Certaines constructions possédaient encore des entrées intactes, d'autres n'étaient que des empilements de pierres. Par endroits, des bâches étaient tendues, notamment au-dessus des restes de l'escalier permettant de rejoindre la pyramide.

— Où est-il passé ? chuchota-t-elle.

— Qui sait ? C'est un labyrinthe, là-dedans.

Rodriguez soupira de nouveau et ajouta :

— Tu es sûre que tu veux y aller ?

Pour toute réponse, Kelly se contenta de lancer sa jambe valide par-dessus la rambarde. Elle fit prudemment passer la deuxième, puis se laissa pendre par les bras. Après avoir pris une profonde inspiration, elle lâcha prise.

Elle s'écrasa durement au sol, fléchissant la jambe droite pour que sa cheville gauche absorbe le gros de l'impact. Un élancement de douleur parcourut son pied valide. Il ne manquait plus que ça, pensa-t-elle. Handicapée des deux jambes. Mais après avoir fait pivoter son pied sur l'articulation, la douleur s'apaisa.

Rodriguez se laissa tomber à côté d'elle en étouffant un juron.

— Ça va ? chuchota-t-elle.

— En te regardant faire, ça avait l'air facile, mais ces putains de...

D'un geste brusque, Kelly coupa court à ses ronchonnements. Un bruit venait de s'élever sur la gauche. Elle dégaina le Glock qu'elle avait coincé sous la ceinture de son pantalon et vérifia qu'il était chargé. Rodriguez lui fit un petit signe de tête, et elle partit en courant dans la direction du bruit.

La lune projetait de longues ombres sur le sol qui rendaient la profondeur difficile à estimer. Plus d'une fois, Kelly trébucha et faillit tomber. Les pierres du chemin étaient scellées par du ciment raboteux, et les sentiers louvoyaient entre les murets bas. Çà et là, il y avait des portions de trottoir plus lisse, puis les pavés inégaux faisaient de nouveau irruption. Au bout de quelques minutes, ils se retrouvèrent dans une impasse.

— Je vais grimper là-haut pour essayer de le repérer, proposa Rodriguez.

Elle acquiesça. Avec un grognement, il se hissa sur le parapet, fit pivoter sa tête de droite à gauche, puis se baissa vivement.

— Il est devant les marches du temple. Suis-moi !

Ils partirent en trottant, tête baissée, Kelly sur le chemin et Rodriguez sur le muret. Le sentier déboucha bientôt sur une petite place. Rodriguez s'arrêta.

— Je me sens un peu exposé, marmonna-t-il.

— Qu'est-ce qu'il fait ?

— Difficile à dire. Pour l'instant, il est encore seul.

Kelly regretta de ne pas avoir rassemblé davantage d'informations sur le temple. Elle avait supposé que Stefan comptait tuer une nouvelle victime sur les marches, comme dans les illustrations qu'ils avaient vues, mais même lui n'était pas assez cinglé pour le faire dans cet endroit découvert. Il devait rester quelques zones plus abritées sur le site. Peut-être sa prochaine victime était-elle déjà dissimulée dans l'un ou l'autre recoin.

— Attends.

Avec précaution, Rodriguez se hissa de nouveau au-dessus du mur.

— Il descend des marches ! Il va rentrer dans une salle. Il doit n'y avoir qu'une entrée. On peut le coincer.

Kelly hocha encore la tête. A l'idée d'affronter de nouveau Stefan, la terreur l'étreignit. Elle avait encore mal partout à cause de la raclée qu'il lui avait infligée. Mais cette fois, Rodriguez était là, et ils étaient tous deux armés. A moins que Stefan n'ait d'autres tours dans son sac, il ne leur échapperait pas.

Mark courait entre les rangées de cages quand une pluie de balles déchiqueta le sol devant ses pieds. Il plongea à terre, roula sur lui-même et tira quelques rafales avant de se réfugier précipitamment entre deux enclos. Il fit le point sur les munitions : ses réserves diminuaient. Il devait à tout prix en garder suffisamment pour réussir à ressortir.

Autour de lui, un calme sinistre régnait. Il jeta un œil à travers le grillage à sa gauche. Des paires d'yeux morts le fixaient depuis le fond de l'enclos. Il poussa un juron – si les Zetas avaient sommairement exécuté tous les prisonniers de la rangée, il arrivait peut-être trop tard pour le père d'Isabela.

L'hélicoptère repassa dans le ciel, et il se plaqua contre les barreaux de la cage. Le projecteur balaya le sol à quelques centimètres de ses pieds, mais ne s'arrêta pas. Mark repartit en se frayant un chemin entre les morts en treillis. Impossible de savoir s'il s'agissait de Zetas ou de Sinaloans. D'après ce qu'il entendait, il avait l'impression que les deux camps tiraient comme des malades sur tout ce qui bougeait.

Le centre névralgique des combats s'était toutefois décalé de quelques rangées. Il avança en continuant à compter. Dans certaines cages, les occupants haletaient en se vidant de leur sang. L'un d'entre eux l'appela au secours d'une voix râpeuse. Bien que cela le mît au désespoir, Mark ne lui répondit pas. Il ne pouvait prendre le risque de se faire tirer dessus. De toute façon, pour la plupart des victimes, il n'y avait plus rien à faire.

Il passa la quatrième cage. Plus que cinq. Il désespérait de plus en plus de trouver un survivant dans la neuvième.

Au niveau de la septième cage, une silhouette sortit d'une allée perpendiculaire et se précipita vers lui en tirant follement. Mark pointa son fusil vers la poitrine de l'homme.

L'instant d'après, son adversaire s'arrêta net, figé sous le faisceau lumineux du projecteur. Son corps se trémoussa et sursauta sous l'impact d'une pluie de balles. Puis il fit quelques pas chancelants et s'effondra.

Mark se plaqua contre le sol et retint sa respiration en priant pour que l'hélico poursuive son chemin. L'appareil plana quelques instants au-dessus de la zone, avant de s'éloigner vers une rangée parallèle. De nouvelles rafales se firent entendre.

— Putain de merde…, souffla Mark en haletant.

Au bout d'une seconde, il se força à repartir. Il passa la sixième cage en rampant. Puis la septième. La huitième avait l'air vide. Mark se hissait en avant en s'accrochant au grillage comme à un câble remorqueur. Arrivé devant la neuvième porte, il décrocha une petite lampe de poche de son gilet et éclaira l'intérieur de l'enclos.

Un homme gisait sur le flanc. Sa poitrine se soulevait et retombait à intervalles réguliers tandis qu'il plissait les yeux, ébloui.

— Francisco Garcia ?

L'homme ouvrit la bouche, puis la referma. Il baignait dans une flaque de sang. A cet instant, par-dessus le brouhaha des pales d'hélicoptère et des rafales de mitrailleuse, Mark perçut un sifflement qu'il connaissait bien et qui lui fit froid dans le dos.

Il bondit debout et partit en courant. Il n'avait pas fait trois mètres quand le missile explosa dans son dos. L'onde de choc le projeta en l'air. Son arme lui échappa, et il moulina des bras et des jambes, cherchant désespérément une prise. Un souffle incandescent lui brûla le dos, et il sentit ses tympans se déboucher brusquement.

Il s'écrasa sur quelque chose de dur, et fut envahi par une douleur fulgurante. Il réussit à prendre trois respirations, puis l'obscurité se fit en lui.

34

Jake se releva en chancelant. Tejada s'était remis à prier à mi-voix. Il tira sur la manche de Jake d'un air désespéré.

— *Señor*, il faut y aller.

— Mark…

Une nappe de fumée noire se déplaçait en flottant sur le haut des enclos. Tandis qu'elle avançait vers eux, Jake sentit ses yeux s'embuer et sa gorge se serrer.

— *Por favor, señor…*

Jake était paralysé. Des images de son enfance défilaient à toute vitesse devant ses yeux. Son frère lui apprenait à rouler à vélo en lui tenant la selle. Il lui expliquait comment tirer au fusil, lui tendait sa première bière, lui montrait furtivement un magazine cochon.

Jake s'avança d'un pas vers la zone de destruction.

Le missile avait déclenché un incendie le long de la rangée. A mesure que la fumée s'épaississait et que les flammes s'épanouissaient, les cris des prisonniers piégés montaient en intensité. Jake cligna subitement des yeux et regarda autour de lui. L'espace d'un instant, il avait oublié où il se trouvait et ce qu'il devait faire. Son esprit s'était totalement vidé.

La vue d'un visage terrifié le ramena à la réalité. C'était une femme plaquée contre le grillage de sa cage. Ses mains étaient rouges et usées, son visage sillonné de suie et de larmes. Jake la regarda un instant, médusé.

— Il faut libérer les otages, dit-il subitement.

Il fit signe à la femme de reculer et pointa son arme vers la serrure. Il lui fallut deux balles pour la faire sauter. La prisonnière se jeta sur la porte, la fit basculer vers l'extérieur et disparut en courant.

Jake passa à la cage suivante.

— *Señor !* s'écria Tejada.

Il lui attrapa le bras et tenta de l'entraîner avec lui. Jake se dégagea d'un haussement d'épaules et fit sauter la serrure. L'adolescent dans la cage se fraya brusquement un chemin au-dehors et tomba à terre en essayant d'embrasser les bottes de Jake. Celui-ci l'ignora et continua à avancer.

— Riley ! lança une voix.

Jake l'enregistra à peine. Mark était peut-être mort, mais il n'allait certainement pas laisser mourir tous ces gens. Ce serait un crime de les abandonner à leur sort. Il appuya sur la détente. Un bruit sec l'informa que le chargeur était vide. Il le dégagea et commença à le remplir. Une main l'attrapa par l'épaule, avec plus de force cette fois. Il virevolta, prêt à frapper. Puis il s'arrêta net en voyant Syd apparaître devant lui.

— Qu'est-ce que tu fous, Jake ? Il faut dégager d'ici ! Où est Mark ?

— Il y a un incendie. Je dois faire sortir ces gens.

— Mais…

— Ils vont tous mourir si on ne les aide pas.

Syd tourna son regard vers les flammes qui approchaient à toute vitesse.

— O.K., dit-elle enfin. Je prends la rangée d'en face.

Jake remarqua distraitement que Tejada avait disparu. Le feu gagnait en intensité à mesure qu'il se propageait. Les gouttes d'eau avaient laissé place à une pluie de cendres incandescentes qui brûlaient le visage et la peau, mais il ne sentait plus rien. Sa vie entière s'était réduite à quelques actions simples. Viser, tirer. Viser, tirer, recharger.

Il arriva à la dernière cage de la rangée. Les prisonniers libérés défilaient les uns derrière les autres dans l'allée. Certains s'appuyaient les uns sur les autres pour arriver à avancer, le visage couvert de larmes. Syd avait libéré quasiment tous les détenus de la rangée d'en face. Jake continua vers la rangée suivante sans prendre le temps de vérifier si elle était occupée par des tireurs ennemis. Il s'en fichait.

Il passa le coin de l'allée sans problème et commença à ouvrir les premières cages. Des gens le dépassaient en le bousculant, horde crasseuse de détenus presque impossibles à distinguer, qui fuyaient pieds nus dans la chaleur et la fumée. Il visa, tira, rechargea. Et recommença.

Il ne s'arrêta que lorsqu'il s'aperçut qu'il n'avait plus une seule cartouche dans sa poche. Se retournant pour en demander à Syd, il se retrouva nez à nez avec Ellis Brown. Ce dernier paraissait littéralement enragé.

— C'est quoi, ces conneries ? s'exclama-t-il. Mes hommes sont coincés ici depuis plus d'une demi-heure. Où est Riley ?

— J'ai besoin de munitions, expliqua Jake sur un ton morne.

— Je vous ai posé une question.

— Laisse-le, Brown, dit Syd en apparaissant à leur côté.

Ils furent interrompus par le rugissement d'un mégaphone. Syd et Brown se turent pour écouter. Jake tenta de comprendre ce qui se disait, mais son espagnol était rouillé, et les mots déformés par l'amplification.

— Merde, dit Syd. Jake, il faut qu'on y aille.

— Pas avant de les avoir délivrés, répondit-il fermement.

— L'armée est à l'entrée du camp, Jake. Ils vont s'en charger. Mais nous, il faut absolument qu'on sorte d'ici avant qu'ils n'arrivent.

Brown aboyait déjà des ordres à l'intention de ses hommes, qui partirent en trottant vers la sortie. Un véhicule de transport de troupes militaires déboucha au coin de la rangée en hurlant, et faillit les écraser. Brown se figea, puis leva les mains.

— T'en fais pas, lança Syd gaiement. Il attend que je lui dise de tirer.

La porte du passager s'ouvrit et la tête de Kane apparut.

— On a tout raté ? demanda-t-il.

Syd attrapa Jake par le bras.

— On y va, dit-elle avec force. Maintenant.

— Mais Mark…

— Jake, si tu ne montes pas dans ce véhicule, je te tire une balle et je demande à Kane de te jeter à l'arrière. A toi de choisir.

Jake hésita encore un instant. Les flammes faisaient rage, mais la plupart des enclos situés directement sur la trajectoire de l'incendie étaient vides. Le reste des prisonniers ne semblaient pas être en danger immédiat. Sans dire un mot, il se retourna vers Syd et la suivit.

C'était un vieux camion militaire couvert de bâches en toile kaki. Jake jeta un œil à l'arrière du véhicule. Les bancs vissés sur le plateau étaient occupés par les hommes de Brown, dont certains en piteux état.

— On monte dans la cabine, dit Syd.

Kane les laissa se serrer au milieu, puis monta en dernier, se plaqua contre la portière et pointa l'extrémité de son lance-grenade par la vitre ouverte. Dès qu'il fut installé, Maltz embraya et le camion bondit en avant.

— Impossible de trouver un hélico, chef, dit-il sur un ton d'excuse.

— Ça fera l'affaire.

Le regard fixé sur le pare-brise, Syd rechargeait son pistolet.

— On ne prend pas la route par laquelle on est arrivés ? demanda-t-elle.

— A tous les coups, elle est déjà barrée, expliqua Maltz. On a l'armée aux fesses depuis la sortie de Mexico.

Il regarda devant lui et ajouta :

— On dirait qu'on n'a pas tout raté, finalement.

— Reste en bordure du camp, l'incendie est surtout au centre.

Syd souleva le pan de bâche qui les séparait du plateau arrière.

— Brown, on se dirige vers la zone chaude. Mettez vos gars en position.

— Compris.

Sur un hochement de tête de sa part, deux hommes se postèrent à l'arrière du véhicule et balayèrent de leurs armes la route derrière eux. Les autres percèrent des trous dans la toile sur les côtés, se laissèrent tomber sur un genou et y firent passer les canons de leurs fusils.

Maltz donna un coup de volant à droite, fit une embardée et prit un virage quasiment sur deux roues. Un concert d'injures s'éleva de l'arrière du véhicule.

— Vous seriez gentils de nous prévenir ! tonna Brown.

— Désolé, marmonna Maltz. Ça fait un moment que j'ai pas conduit un de ces engins.

Jake remarqua les gouttes de sueur qui perlaient sur son front, et n'en fut pas rassuré.

Ils émergèrent sur la route qui longeait le périmètre du camp. Jake tressaillit quand les roues du camion rebondirent sur des corps en treillis. Maltz faisait de son mieux pour les éviter, mais la route était jonchée de cadavres. Personne ne disait un mot. Les coups de feu avaient cessé, et l'on n'entendait plus que le rugissement de l'incendie.

— Les gars des cartels ont dû s'enfuir dans la forêt, dit enfin Syd.

— Dès qu'ils ont vu arriver les bidasses, confirma Kane.

— Marrant que l'armée ait choisi ce moment précis pour se pointer.

Le camion passa devant une rangée d'enclos enflammés qui éclairaient la nuit. Une rafale de mitraillette isolée s'éleva, et Jake se tassa d'instinct sur son siège. Une balle ricocha sur le pare-brise : elle y creusa une marque sans le faire voler en éclats.

— Du verre blindé, fit remarquer Syd. Dieu merci !

Maltz appuya sur l'accélérateur et le véhicule rugit en bondissant en avant.

— Ça va, derrière ? lança Syd.

— Ça irait mieux si on était moins secoués.

— Si vous préférez rentrer à pied, ne vous gênez surtout pas.

Il n'y eut pas de réponse.

Maltz tourna de nouveau à droite. La sortie du camp apparut à quelques centaines de mètres devant eux.

— On y est presque, dit Syd.

Jake osait à peine respirer.

L'instant d'après, un bruit de pales se fit entendre au-dessus de leurs têtes. Le même hélicoptère que Jake avait vu survoler le camp déboucha au-dessus du pare-brise, vira de bord et se positionna face à leur véhicule en bloquant la sortie. Le projecteur se braqua sur la cabine et les aveugla. Jake leva la main devant ses yeux. Maltz ralentit puis s'arrêta.

Son lance-roquettes pointé vers l'hélicoptère, Kane lança un regard interrogateur à Syd. Elle plissa les lèvres.

— Attends un peu, dit-elle en posant la main sur l'arme. Ils n'ont pas ouvert le feu.

Elle se tourna vers le plateau du camion et lança :

— Brown ! On a de la visite.

Un silence, puis Brown répondit :

— Qu'est-ce qu'on fait ?

— C'est un Bell 206 armé de missiles. Repos pour l'instant.

A l'extérieur, quelqu'un aboya des ordres en espagnol dans un mégaphone. Des cordes se déroulèrent de l'appareil, et des silhouettes sombres s'y laissèrent descendre. En l'espace de quelques minutes, le camion fut encerclé par des hommes en uniforme qui brandissaient des armes automatiques.

Jake sentit la colère monter en lui. Cet hélicoptère avait tué Mark. Ces gens étaient responsables de sa mort. Il passa le bras devant Kane et tourna la poignée de la porte.

— Jake ! protesta Syd. Attends !

Il l'ignora, sauta hors de la cabine et brandit son pistolet. Le mégaphone se remit à beugler sur un ton de colère. Jake l'ignora aussi. Il se dirigea tout droit vers l'appareil, prêt à tirer.

— Jake ! hurla quelqu'un. Non !

Il se figea sur place, désorienté. Cette fois, la voix émanait de l'hélicoptère. Une silhouette apparut à la porte de l'appareil, se laissa descendre le long d'une corde et s'avança vers lui en courant. Quand il la reconnut, il baissa son arme.

— Isabela ?

*
* *

Syd était à moitié sortie du camion, prête à couvrir Jake et probablement à se faire faucher dans les secondes qui suivaient, quand elle vit apparaître la pharmacienne.

Isabela portait le même uniforme noir que les hommes autour du camion, avec le même insigne « PGR » sur la manche. Elle lança un ordre, et ils baissèrent leurs armes, certains avec plus de réticence que d'autres.

— C'est quoi, ce bordel ? demanda Maltz. C'est pas la fille que Riley avait récupérée ?

Brown passa la tête entre les pans de toile.

— On est toujours au repos ?

— On dirait, répondit Syd. Attendez-moi deux minutes.

Elle descendit du véhicule et s'avança lentement vers Jake et Isabela, son pistolet à la main.

— Eh bien ! lança-t-elle. Vous aviez quand même un peu menti.

Elle coula un regard en direction de Jake en se retenant avec difficulté de lui lancer : « Je te l'avais dit. »

— Toutes mes excuses, dit Isabela.

Son attitude douce et effacée avait totalement disparu.

— Je travaillais sous couverture dans la pharmacie pour essayer d'infiltrer le système de distribution des Zetas. Mark a failli ruiner des mois de travail.

— Vous auriez pu nous le dire ! s'écria Jake sur un ton enragé.

Syd resserra sa prise autour de son H&K.

— Je n'étais pas sûre de pouvoir vous faire confiance.

— Les forces PGR travaillent pour le ministère public, non ? demanda Syd.

— Oui. On est chargés de tout ce qui a un lien avec les stupéfiants.

— Et les infos au sujet du raid ?

— Nos agents au sein du cartel de Sinaloa ont mis des mois à les convaincre d'attaquer. Quand vous êtes arrivés, on s'est rendu compte que, si les choses tournaient mal, on pourrait rejeter la faute sur les Américains. Du coup, on a avancé la date du raid.

Isabela promena son regard sur les décombres qui les entouraient.

— Ça a marché. On a probablement fait régresser les deux cartels de plusieurs années.

— Vous avez envoyé mon frère en mission-suicide ! lança Jake.

Ses poings étaient serrés, ses mâchoires crispées.

— C'était important. L'homme qu'il devait secourir était un de nos meilleurs agents.

Elle regarda autour d'elle.

— Où est Mark ? Dans le camion ?

— Il a été tué par un missile lancé par votre hélico, répondit Jake. Comme la plupart des otages dans le coin. Ils ont été brûlés vivants.

Isabela balaya l'air de sa main, et les hommes qui encerclaient le camion s'éloignèrent par groupes de deux.

— Ils vont en sauver autant que possible. Nos unités sont déjà en train d'évacuer la zone nord.

Elle le dévisagea un instant, puis ajouta :

— Je suis désolée, pour Mark.

— Il est retourné là-bas uniquement parce qu'il croyait sauver votre père. Et les prisonniers exécutés, vous en faites quoi ?

Isabela haussa les épaules.

— C'était un risque à prendre. D'autres vies étaient en jeu.

— Pas les nôtres, apparemment, rétorqua Syd. Puisque vous vous êtes assurés qu'on entrerait les premiers.

— Oui, répondit posément Isabela, mais vous y seriez allés de toute façon. Si on n'avait pas fait diversion, vous seriez sans doute tous morts. Vous avez libéré Calderon ?

Syd jeta un œil sur Jake : il paraissait sur le point de vider son chargeur sur Isabela. Elle n'aurait pas été contre, mais cela n'aurait servi qu'à les faire tuer.

— On a récupéré nos gars, répondit-elle. Mais je doute que le vôtre s'en soit sorti.

— Dommage, répondit tranquillement Isabela. Garcia était un type bien.

Elle n'avait pas l'air particulièrement affectée. L'instant d'après, elle reporta son regard sur quelque chose au loin.

— Vous êtes sûrs que Mark est mort ?

Jake pivota sur ses talons. Un monstre à deux têtes, couvert de suie, de sang et de terre, s'avançait vers eux dans un halo de fumée.

Kane se glissa hors de la cabine et se précipita pour récupérer le corps de l'homme inerte, qu'il déposa doucement sur le sol. Le deuxième homme se redressa, et le cœur de Jake cessa de battre. C'était son frère.

— Mark ! hurla-t-il en se ruant vers lui.

Mark fit un pas en avant, chancela et s'effondra.

35

— C'est quoi, ces trucs ? demanda Rodriguez.

Il passa la main sur les protubérances du mur qu'ils longeaient en rampant. Ils se trouvaient encore à une quinzaine de mètres de l'entrée dans laquelle s'était engouffré Stefan. Ils avaient décidé de s'approcher autant que possible avant de se risquer à traverser la place à découvert. Du coup, ils se frayaient un passage à travers un labyrinthe de murs hérissés d'objets coupants, qui s'arrêtaient juste au-dessus de leurs épaules. Ils continuaient à baisser la tête en essayant de faire le moins de bruit possible.

— On dirait des crânes, répondit Kelly.

Rodriguez retira brusquement sa main.

— Les sacrifices rituels, tu te rappelles ?

— Comme si ce n'était pas déjà assez glauque…

Kelly le fit taire d'un geste de la main. Ils arrivaient à l'extrémité d'un passage. A partir de là, ils seraient forcés de s'élancer sur la place qui les séparait de la salle dans laquelle Stefan était entré.

— Prêt ? demanda-t-elle.

Rodriguez hocha la tête, et elle partit en courant. Sa jambe droite la mettait à la torture à chaque pas. Les élancements remontaient jusque dans sa hanche et le bas de son dos. Serrant les dents, elle essaya de ne plus y penser. Le bruit du gravier sous ses pieds lui semblait assourdissant. Elle balaya l'espace de son Glock. Les ombres étaient impénétrables. Stefan les avait-il entendus ? Attendait-il de bondir sur eux ?

Au bout d'une éternité, elle parvint à la petite ouverture

par où Stefan avait disparu. Celle-ci semblait faire partie des zones moins explorées du site. Le sol n'avait pas été renforcé en béton, et l'entrée était constituée d'une fente de trois mètres de haut dans la pierre tachetée.

— Les dames d'abord, murmura Rodriguez.

Kelly inspira profondément et se glissa dans l'ouverture. L'obscurité se referma complètement autour d'elle. Elle avait une torche dans son sac à dos, mais elle n'osait pas l'allumer. Le sol penchait légèrement, comme s'il descendait vers les entrailles de la terre.

— Tu as vraiment un truc avec les tunnels, grommela Rodriguez à son oreille.

Kelly ne répondit pas, mais elle pensait la même chose que lui.

Elle avança le long du mur en se guidant de la main et en espérant que les excroissances sous ses doigts n'étaient pas de nouveaux crânes humains. Les distances étaient difficiles à évaluer, mais, au bout d'une quinzaine de mètres, elle aperçut une lueur au loin. Elle ralentit l'allure pour tenter de s'approcher sans faire de bruit.

Le tunnel qu'ils parcouraient déboucha subitement dans une salle souterraine. Kelly s'arrêta à quelques mètres de l'entrée. Une ombre se découpait devant eux. Elle recula et retint sa respiration. Au bout d'un moment, l'ombre disparut.

— Cueillons-le, murmura Rodriguez.

Kelly opina de la tête. Elle se faufila en avant, un pied après l'autre. D'autres ombres vacillaient et dansaient sur les murs – la lumière devait provenir de bougies.

Elle passa la tête dans la pièce et fronça les sourcils. Rodriguez était sur ses talons.

— Qu'est-ce qui se passe ?

— Il s'est sauvé.

— Quoi ?

Rodriguez passa à son tour la tête dans la pièce. Elle était plus grande que Kelly ne l'aurait cru, occupant un espace ovale d'environ sept mètres de diamètre. Aucune autre sortie n'était visible.

— Où est-ce qu'il est passé, nom de Dieu ?

Kelly pénétra dans la salle. A part la bougie qui achevait de se consumer dans un bocal posé au sol, l'espace était vide. Des fresques à moitié effacées couvraient les murs, dans lesquels étaient creusées de petites niches contenant des tas d'ossements. Le tout recouvert d'une fine couche de poussière. Kelly posa le doigt sur une narine pour se retenir d'éternuer.

— La vache !, dit Rodriguez. Ce type est un vrai magicien. Il nous refait le coup chaque fois !

— Ce n'est pas de la magie, répondit Kelly d'un ton résolu. Il doit y avoir une autre sortie.

Stefan n'était qu'un être de chair et de sang, leur bagarre récente l'avait prouvé. Elle se rappela leur affrontement sur le campus, des années auparavant.

— Cherche une trappe.

— Tu crois ? Ça me semble un peu improbable. On est sur un site archéologique, Kelly. Des professionnels ont passé les lieux au peigne fin. S'il y avait une entrée secrète, ils l'auraient trouvée.

— Pas forcément. Stefan a pu découvrir quelque chose, à force de faire des recherches.

— Très bien, dit Rodriguez sur un ton sceptique.

Il parcourut la salle en tapant des pieds, soulevant au passage de petits nuages de poussière. Kelly se déplaça en longeant le mur opposé, et balaya le sol du regard à la recherche de signes particuliers.

Ils se rejoignirent à l'autre bout de la pièce.

— Rien, dit Rodriguez d'un air perplexe.

Il réfléchit un instant, puis ajouta :

— J'ai vu un docu à la télé, le mois dernier, sur un temple à Pacal. En appuyant sur des chevilles en pierre dans le sol, une trappe basculait vers un escalier secret qui descendait à trente mètres de profondeur. Mais, là, je ne vois pas de trappe.

— Il y a ça.

Kelly s'avança vers une niche dans le mur, profonde d'une quinzaine de centimètres. Des ossements y étaient rangés et surmontés d'un crâne.

— Bizarre, dit Rodriguez. On dirait un crâne de chien.

— C'est un loup.

Kelly sentit la lumière se faire en elle. Lors de sa première rencontre avec Stefan, il était obsédé par un mythe au sujet d'un loup. Ce squelette ne pouvait se trouver ici par pure coïncidence.

— Il y a peut-être quelque chose dessous.

Elle glissa sa main dans la niche et tâtonna sous les ossements.

— Je parie que tu viens de foutre en l'air des décennies de recherches, dit Rodriguez.

Elle ressortit la main de la niche.

— Alors ?

— Rien.

Son regard s'arrêta sur la bougie. La flamme vacillait d'avant en arrière, dégageant une fumée noire qui remontait vers le tunnel. Elle fronça les sourcils.

— Quoi ?

— La fumée devrait partir dans l'autre sens, à cause du courant d'air qui arrive par l'entrée.

— Hum…

Rodriguez passa les deux mains sur la fresque qui faisait face à la porte. Il s'arrêta subitement, se lécha la paume de la main et la tendit devant le mur.

— Ça vient d'ici.

Kelly s'avança derrière lui. La fresque représentait une bête fantastique, avec une queue aux longs poils et un regard mauvais. Elle se pencha pour l'examiner de plus près. Les yeux n'étaient pas peints : c'étaient de petits trous percés dans la paroi rocheuse.

— Il n'a pas pu se faufiler par là, affirma Rodriguez sur un ton catégorique.

— Tu te rappelles autre chose, de ton reportage ?

— Ecoute, je dormais à moitié…

Rodriguez se passa la main sur le visage.

— Ils ont dit que les Aztèques avaient peut-être une utilisation particulière du son, un truc harmonique, je crois.

— Comme de la musique ? demanda Kelly.

— Ouais, les pierres réagissaient à une fréquence particulière. Un machin comme ça.

— Je n'ai pas entendu Stefan faire de bruit.

— Certains sons étaient inaudibles pour l'oreille humaine. Comme les sifflets à ultrason pour les chiens.

Devant l'air sceptique de Kelly, il haussa les épaules.

— Attends, c'est toi qui m'as posé la question.

— Comment ce salopard a-t-il pu sortir d'ici ? demanda Kelly avec exaspération.

— J'ai une idée.

Rodriguez fit glisser son sac à dos de ses épaules.

— Mais elle risque de nous faire remettre en prison.

— Pourquoi ?

Il ouvrit la glissière et fouilla rapidement dans le sac. Il en retira une brique de couleur beige, et la brandit devant elle.

— J'ai récupéré ça chez tío Pablo.

— Ce n'est pas du C4, par hasard ?

— Exact. Maintenant, à toi de décider. Ce type est-il assez important pour qu'on se mette à dos l'Etat mexicain et les archéologues du monde entier ?

Jake s'élança vers son frère. Mark gisait à terre, complètement inerte. Jake le fit rouler sur le côté et chercha un pouls. Son cœur battait encore, mais très faiblement. Des ruisselets de sang coulaient sur ses joues, ses bras et ses jambes. Les restes en loques de son gilet pare-balles étaient hérissés d'éclats de bois et de métal. Jake tirailla sur les fermetures Velcro pour essayer de l'enlever, mais Syd l'en empêcha.

— Des éclats ont pu pénétrer, dit-elle. Ce gilet est peut-être la seule chose qui l'empêche de se vider de son sang.

Jake se passa une main sur le front. A quelques mètres, Isabela était en grande discussion avec un de ses hommes.

— Hé ! s'écria-t-il en se redressant.

Il s'avança de quelques pas, écarta l'interlocuteur de la jeune femme et se planta devant elle.

— Vous avez un médecin avec vous ?

— Un infirmier. Il examine notre agent en priorité.

Non loin d'eux, le type que Mark avait transporté était étendu par terre. Un jeune homme en uniforme fixait un tourniquet autour de sa jambe.

— Vous savez quoi ? Votre gars vient juste de basculer en deuxième position sur la liste.

Isabela plissa les yeux.

— Garcia est emprisonné depuis des mois. Il a pris une balle.

— Et mon frère l'a sauvé. Dites à votre gars de venir l'examiner.

Isabela crispa les mâchoires, puis lança finalement un ordre. L'infirmier se releva et se dirigea en hâte vers Mark. Jake s'agenouilla à côté de son frère. La poitrine de ce dernier se soulevait et se creusait faiblement : il respirait encore, mais à peine.

L'infirmier vérifia les organes vitaux, puis tâta doucement quelques-uns des plus gros éclats métalliques. Il releva la tête et croisa le regard de Jake. Il n'y avait pas besoin de traducteur pour comprendre le diagnostic.

Jake appela Isabela, qui s'approcha d'un air méfiant.

— Où est l'hôpital le plus proche ?

— A quatre-vingts kilomètres. Mais celui de Mexico est mieux équipé pour ce genre de trauma. C'est là qu'on envoie Garcia.

— Envoyez Mark avec lui.

— On est en plein milieu d'une opération…

— Notre équipe peut vous aider à faire le ménage, déclara Jake avec force. Occupez-vous de Mark. Vous le lui devez.

Isabela posa une question à l'infirmier, qui débita quelques mots sur un ton implacable. Une ombre passa sur le visage de la jeune femme.

— Mario dit qu'il ne survivrait sans doute pas au voyage.

— Vous ne connaissez pas mon frère, rétorqua Jake. Chargez-le dans l'hélico, et puis c'est tout.

Elle inclina la tête.

— Je suis vraiment désolée, mais je n'ai pas l'autorité pour le faire. Ma responsabilité première est envers mes hommes. Je peux m'assurer que Mark fera partie du prochain voyage, mais on a d'autres blessés à soigner en priorité.

— S'il vous plaît ! supplia Jake. Sa vie est entre vos mains.

Isabela hésita, puis appela deux hommes qui portaient un brancard.

— Votre équipe restera tant qu'on en aura besoin, dit-elle sèchement. Et elle sera placée sous mes ordres.

— Ça marche ? demanda Jake en se tournant vers Syd.

— Ça marche, confirma-t-elle.

Elle referma les doigts autour de son épaule et ajouta :

— Il va s'en tirer.

Sans répondre, Jake mit les bras autour de Syd et l'attira contre sa poitrine. Puis il s'éloigna en courant derrière le brancard.

— Les bus vont bientôt arriver, dit Isabela. Vous m'aiderez à y charger les otages, en vérifiant qu'aucun Zeta ne se glisse dans le lot.

— Compris, répondit Syd.

Mais son regard était fixé sur l'hélico qui décollait dans la nuit.

Flores entra dans le parking ct coupa le moteur du Hilux à l'entrée de la chambre 12. Puis il poussa un profond soupir. Après tout ce qui s'était passé au cours des derniers jours, ce motel tranquille, avec ses murs en chaux écaillée, lui semblait assez irréel. Il allait lui falloir un moment pour se réhabituer à la normalité.

— J'ai une de ces envies de pisser…, annonça Decker en ouvrant brusquement la portière.

A côté de lui, Calderon étira ses bras avec un grand sourire.

— Ça fait un drôle d'effet, *amigo.* J'ai du mal à croire que je vais pouvoir enfin prendre une douche.

— Pareil.

Flores sortit de la cabine et fit le tour vers l'arrière du camion. Il attrapa une couverture en laine et la déplia pour couvrir le chargement.

En se retournant, il constata que Calderon l'avait suivi. L'autre plissa les yeux en apercevant les cartons.

— Qu'est-ce qu'il y a là-dedans ?

— Je ne sais pas, mais on dirait de l'artillerie. On ferait mieux de les dissimuler aux regards curieux.

En calant le coin de la couverture autour de la boîte d'archivage, il glissa discrètement le dossier de Tyr en dessous.

— On devrait peut-être…

— Cesar !

Un homme de petite taille surgit de la chambre 14. Flores reconnut le subordonné de Calderon.

— Dieu merci, tu es vivant !

Calderon lui tendit les bras.

— Linus, mon ami ! Je suis heureux de te voir.

— Oui… euh…

Linus plissa le nez et tapota maladroitement les bras de Calderon au lieu de lui donner une accolade.

— Je sens si mauvais que ça ? demanda Cesar en riant.

— Non, bien sûr que non… Entre, entre. Tu peux utiliser ma douche. Je peux te prêter des vêtements propres. Ils seront sans doute un peu…

Flores s'adossa au pare-chocs en écoutant leurs voix s'estomper en s'éloignant. La porte de la chambre de Linus se referma. Au bout d'un moment, Decker le rejoignit.

— Tiens, dit-il en lui lançant un paquet.

C'était une barre énergétique. Flores ouvrit l'emballage avec ses dents et la dévora.

— J'en ai d'autres, dit Decker. Sinon, on peut aller voir au resto au bout de la rue. Il est tôt, mais ils voudront peut-être nous ouvrir si on leur demande gentiment.

— Il faudrait emmener Calderon, dit Flores.

— Et Smiley, ouais. Ça te pose un problème ?

— Tu as un ordinateur à me prêter ?

— Bien sûr. Mais je te préviens, la wi-fi ne vaut rien.

La porte de la chambre 12 était restée entrouverte. Decker le conduisit à l'intérieur et lui indiqua un Toughbook posé sur une table.

Flores sortit la clé USB de sa poche et la brancha sur l'ordinateur. Puis il leva les yeux vers Decker.

— Il vaut peut-être mieux pour toi que tu n'écoutes pas.

— Autant agiter une cape rouge devant un taureau ! pouffa Decker.

Flores hésita encore une seconde, puis cliqua sur le fichier son pour l'ouvrir.

— Je commençais à paniquer, lança Smiley par-dessus le bruit de la douche. On a une réunion du CA ce vendredi.

— Ne t'inquiète pas, Linus. On sera prêts.

— Je l'espère. Ils vont nous poser des questions délicates. Au vu de tout ce qui est arrivé, il me semble qu'une petite restructuration serait à envisager.

Calderon ferma le robinet de la douche. L'eau n'était que tiède, mais, après des mois sans se laver, la douche lui faisait l'effet de bains romains.

— Quel genre de restructuration ?

— On a eu un mal de chien à te retrouver, Cesar. Et ces crétins du gouvernement n'avaient pas la moindre idée de ce qu'il fallait faire. Je ne savais même pas qui appeler ! Je me suis dit qu'il nous faudrait plus de transversalité entre les services. Que les gars du bureau Amérique Centrale soient un minimum au courant de ce qui se passe en Asie du Sud-Est, et ainsi de suite.

Calderon se sécha en réprimant une bouffée d'exaspération.

— Je suis un peu fatigué pour parler affaires, Linus.

— Bien sûr, bien sûr… Peut-être sur le trajet du retour. J'ai affrété un avion ; dès que le reste de l'équipe sera de retour, on pourra…

— Je suis pressé de rentrer chez moi, Linus.

Calderon apparut à la porte de la salle de bains. Les vêtements que Linus lui avait prêtés lui étaient tellement petits que c'en était presque comique. En se frottant les cheveux avec une serviette, il poursuivit :

— Brown doit avoir la situation en main. Ils pourront rentrer par un autre vol. J'aimerais partir d'ici cinq minutes maximum.

— Entendu, dit Smiley sur un ton contrit.

Calderon vit sa nuque s'embraser tandis qu'il circulait dans la pièce en rassemblant ses affaires.

Un coup résonna à la porte, puis Decker passa la tête dans la pièce.

— On va manger un morceau au coin de la rue.

— Nous partons justement dans quelques…

— Sans vouloir vous offenser, je n'ai pas fait un repas correct depuis des jours. Et l'aéroport est à cinq heures de route, minimum. Il faut que je me remplisse le ventre avant de prendre le volant.

— Très bien, dit Calderon d'un air irrité. Mais faites au plus vite.

— On ne peut pas vous laisser seul ici, avec tous ces Zetas dans la nature. Vous feriez mieux de nous accompagner.

Calderon eut l'air contrarié, puis il céda.

— J'ai sans doute besoin de manger, moi aussi. Tu nous accompagnes, Linus ?

— Bien sûr.

Ils sortirent tous trois dans la nuit. Un instant plus tard, Flores leur emboîta le pas.

— Ça va faire du bien de prendre un repas chaud, pas vrai, *amigo* ? demanda Calderon.

Flores ne répondit pas.

Les autres motels qui longeaient la route étroite étaient assombris, leurs enseignes au néon éteintes. Dans cette pénombre, la jungle environnante semblait plus proche encore, comme si elle était sur le point d'ouvrir sa gueule sombre pour les engloutir. Smiley s'éclaircit la voix.

— On doit être hors saison, fit-il remarquer.

— Le Mexique, c'est devenu trop dangereux pour les touristes, lança Decker sur un ton jovial. Il paraît même qu'on peut se faire kidnapper.

Flores rit sèchement, et ils continuèrent en silence.

— Rappelez-moi votre nom, soldat, dit enfin Calderon.

— Decker. Rodney Decker.

— Je vous arrangerai une promotion dès notre retour au QG, Rodney.

Calderon se gratta le cou et ajouta :

— C'est marrant, mes piqûres me démangent davantage depuis que j'ai pris une douche. Ce que je ne donnerais pas pour une pommade à la cortisone !

— On pourra peut-être en acheter à l'aéroport, suggéra Smiley.

Calderon balaya du regard le paysage alentour.

— On est presque aussi isolés que dans le camp, dit-il en secouant la tête.

Quelques heures auparavant, son unique objectif était de rester en vie. A présent, la perspective des réunions, des téléconférences et des multiples responsabilités qui l'attendaient lui pesait déjà. Paradoxalement, sa captivité lui avait offert une forme de répit.

— Qu'est-ce qui vous fait marrer ? demanda Decker.

— Rien, rien. J'ai beaucoup de choses à faire en rentrant, voilà tout…

— Ça ne m'étonne pas. Dites, quand ils ont proposé de vous acheter la liste de nos clients, vous avez bien refusé ?

— Je vous en prie ! s'étrangla Smiley. C'est tout à fait…

Calderon plongea son regard dans celui de Decker.

— Evidemment. Voilà pourquoi ils m'ont retenu si longtemps sans demander de rançon.

— Hum…, fit Decker en reportant son regard sur la route.

A mesure qu'ils s'éloignaient du motel, elle était de plus

en plus envahie par la végétation. Calderon sentit un frisson remonter le long de son dos. Il était un excellent menteur, connu pour sa capacité à inventer des bobards convaincants en pleine négociation. Mais à présent, il avait le sentiment que la mayonnaise ne prenait pas.

— Il n'y a pas longtemps, dit enfin Decker, la boîte m'a mis sur une sale affaire. Une petite fille s'est fait enlever et tuer.

— Jennifer Esposito ?

Decker confirma d'un hochement de tête.

— J'ai été le premier à entrer dans la pièce, juste après le coup de feu. On les a descendus, ces chiens, mais quand même…

Il secoua la tête.

— … Ça m'a affecté, vous voyez ce que je veux dire ? C'était une jolie petite fille. Elle n'aurait pas dû mourir comme ça.

— Oui, enfin…, grommela Linus. C'est un pays dangereux.

— Son père était un de nos clients ? demanda Flores, qui marchait à quelques pas derrière.

— Son entreprise l'était.

Calderon s'éclaircit la gorge.

— C'est encore loin, ce restaurant ? On ne pourrait pas commander quelque chose au motel ? Ça nous permettrait de prendre la route plus vite.

— Il y a un truc dans l'histoire que je ne comprends pas, poursuivit Decker comme s'il n'avait pas entendu. J'ai parlé au garde du corps de la petite, et il m'a dit que si les Zetas avaient pu les surprendre, c'est qu'ils avaient réussi à se procurer le code du bâtiment. Comment ils ont fait ?

— Par l'entreprise qui s'occupait de l'alarme, peut-être ? suggéra Calderon. Franchement, comment voulez-vous que je le sache ?

— Non, dit Decker en secouant la tête. C'était un code variable. Selon lui, il n'y avait que les Esposito et leurs deux gardes du corps qui en connaissaient le fonctionnement. C'était Tyr qui l'avait mis en place. Et les gardes m'ont paru honnêtes.

— Qu'insinuez-vous ? demanda sèchement Linus.
— Rien.
Decker indiqua d'un geste une piste en terre qui s'éloignait de la route principale.
— C'est par là.
Calderon entendait résonner les pas de Decker et de Flores derrière lui. Des arbres s'élevaient de part et d'autre de la piste et formaient une voûte sombre au-dessus de leurs têtes.
Linus poussa subitement un cri et chancela en arrière.
— Mon Dieu !
— Qu'est-ce qu'il y a ?
Calderon s'avança prudemment à sa hauteur, et se retrouva au bord d'un précipice. Au-delà de la falaise, il aperçut un morceau du ciel nocturne et quelques étoiles. Il soupira. Pas étonnant que ces imbéciles se soient fait coincer par les Zetas. Ils n'avaient aucun sens de l'orientation.
— On s'est trompés, dit-il.
— Je ne crois pas, dit Decker.
Une main dans son dos le poussa vers l'avant.
— Qu'est-ce que vous faites ?
— Gente a enregistré vos conversations, lança Flores d'une voix indignée. Vous avez passé un marché avec lui. Vous m'avez menti.
— Quoi ? protesta Smiley. C'est grotesque ! Cesar n'aurait jamais…
— On est beaucoup à avoir risqué notre peau pour venir à votre rescousse, dit Decker en s'avançant d'un pas. Et il y en a beaucoup qui sont morts.
Smiley leva les mains.
— Attendez, attendez… L'enregistrement a pu être trafiqué…
— C'est ce qui s'est passé, Calderon ? Ils ont trafiqué l'enregistrement ? Et le code ? Et les plans de l'immeuble ?
— Cesar…
Smiley se tourna vers son supérieur, les yeux pleins de doute.
— … Dis-moi que ce n'est pas vrai.

Calderon envisagea de clamer son innocence, mais ces deux hommes étaient manifestement tombés sur des preuves accablantes. Le mieux qu'il avait à faire était de limiter les dégâts.

— Au bout du compte, dit-il, on a sauvé des vies. La plupart de nos clients ont été relâchés au bout de quelques semaines, certains un peu plus. C'est ça, la beauté de la chose. Ils ont tous survécu. Dans notre métier, c'est rare.

— Oh ! mon Dieu..., murmura Smiley.

— Ne me juge pas, Linus. Tu sais sous quelle pression on travaille. Le CA nous a demandé d'améliorer le rendement. Cet arrangement représentait une solution.

— Je n'étais pas au courant, dit Smiley en se retournant vers Flores et Decker. Je vous en prie, croyez-moi ! Je ne savais rien !

— Mais pourquoi est-ce qu'ils vous ont kidnappé ? demanda Decker.

— Parce que j'ai mis un terme à notre accord.

— Ils auraient pu vous tuer, dit Flores. A leur place, je n'aurais pas hésité.

— Au départ, Gente croyait pouvoir renégocier un accord, expliqua Calderon.

Un grand épuisement s'emparait de lui, comme s'il venait de courir un marathon. Bon sang, les ravages qu'il avait causés ! Tout ça pour un peu de gloire et une prime un peu plus élevée à la fin de l'année. Maintenant, il allait le payer de sa vie.

— Et vous avez refusé ? lança Flores. Vous mentez.

— C'est la vérité. Je ne m'attends pas à ce que vous me croyiez, mais c'est vrai. L'affaire Esposito a été la goutte d'eau qui a fait déborder le vase. La petite avait tout juste onze ans.

Le cœur de Calderon se serra.

— Ils étaient censés enlever son père, mais quand l'équipe a débarqué, il n'était pas là. Il s'était réveillé avec une rage de dents et était parti en urgence chez le dentiste. Ils ont pris sa fille à la place. Au départ, j'avais choisi les Zetas parce que c'étaient des professionnels. Mais, ces derniers temps, ils ont laissé des amateurs entrer dans leurs rangs. Quoi qu'il en soit, l'assurance de l'entreprise ne couvrait pas Jennifer. La demande de rançon s'est heurtée à un refus.

— Et vous l'avez laissée mourir.

— Non. J'ai tout fait pour essayer de la sauver.

Calderon se tourna vers Decker.

— J'ai envoyé votre équipe la chercher. J'ai même proposé de payer la rançon moi-même. Le général n'a rien voulu entendre. Quand il s'est rendu compte qu'elle n'était pas assurée, il l'a fait tuer, en partie pour camoufler l'erreur que ses hommes avaient commise. Après ça, je lui ai dit que c'était fini.

— C'est marrant, remarqua Decker, mais je ne vous crois pas du tout.

— C'est pourtant la vérité, soupira Calderon. Si vous voulez me tuer, allez-y. Mais vous avez une femme enceinte, *amigo*…

— Je ne suis pas votre *amigo*, grommela Flores.

— Et vous, Decker, je pourrais vous proposer une place d'associé au sein de l'entreprise. Vous n'auriez plus jamais à faire de missions sur le terrain, sauf si vous en avez envie.

— J'ai la nausée, dit Smiley.

Le sang refluait de son visage.

— Depuis toutes ces années qu'on travaille ensemble, Cesar… Je croyais te connaître.

— La ferme, Linus, rétorqua Calderon.

Il se retourna vers Flores et Decker.

— On commence par une prime à six chiffres. Qu'en dites-vous ?

Flores et Decker échangèrent un regard.

— Ça fait beaucoup d'argent, dit Decker en se grattant la nuque d'un air rêveur. J'en ai jamais eu autant.

— Il m'a quand même sauvé la vie, lui fit remarquer Flores.

— Oui, mais il y a Kaplan.

— Et Monroe. Et Black. Ça fait beaucoup, pour une ordure.

— Ne soyez pas idiots, dit Calderon en plissant les yeux.

Si cette affaire s'ébruite, Tyr coulera. Vous n'aurez plus de travail du tout. Il n'y a qu'un seul choix intelligent.

— Il n'a pas complètement tort, dit Decker.

— Ouais, confirma Flores. Qu'est-ce que tu en dis, Deck ? Tu te sens malin, aujourd'hui ?

Decker dévisagea Calderon d'un air songeur. Smiley s'était entouré de ses bras et se balançait d'avant en arrière. Le vent se leva autour d'eux, et quelques gouttes tombèrent.

— Il va pleuvoir, dit Flores en levant les yeux vers le ciel. On ferait mieux de rentrer.

— Alors c'est d'accord ? demanda Calderon sur un ton d'espoir.

Il ne sentit pas venir la main qui le précipita dans le vide. Le sol se déroba sous ses pieds.

— Attendez ! Vous travaillez pour moi !

Il tenta en vain de se raccrocher à quelque chose, et s'abîma en battant des jambes comme s'il essayait de remonter à la nage. La dernière chose qu'il vit, ce furent les branches d'un arbre qui s'avançaient pour l'enlacer.

Decker se pencha par-dessus le bord de la falaise. Calderon s'était échoué dans les plus hautes branches d'un grand fromager. Son corps se balança quelques instants, puis cessa de bouger.

— Apparemment, je suis toujours un imbécile, dit-il en se retournant vers Flores.

— On dirait bien.

— Tu as toujours faim ?

— Encore plus qu'avant.

Ils reprirent le chemin qui menait à la route.

Linus Smiley était tombé à genoux et se couvrait la tête avec les mains. D'une voix hésitante, il lança :

— Et moi ?

— Quoi ? rétorqua Decker. Vous avez envie de le suivre ?

— Non, répondit Smiley d'une petite voix.

Il s'éclaircit la gorge et ajouta :

— Vous n'avez pas peur ?
— Que vous nous dénonciez ?
Smiley n'arrivait pas à voir leurs yeux dans la pénombre. Il se contenta de hocher la tête.
— Vous n'êtes quand même pas bête à ce point. A la prochaine !
Tandis que les deux hommes disparaissaient entre les arbres, une pluie tiède se mit à tomber doucement.

36

— Tu es sûre de toi ? demanda Rodriguez.

Il finissait de fixer une amorce sur une petite boulette de plastic explosif. Ils avaient décidé de pécher par excès de prudence, par crainte d'un effondrement général.

— Certaine, répondit Kelly.

Rien n'était plus faux. A la simple vue du C4, la panique avait fait des nœuds dans son ventre. Elle s'était sentie de nouveau propulsée à travers les airs, entourée de flammes rugissantes. Mais, tant qu'à mourir, autant mettre elle-même à feu l'explosif.

— Tu sais ce que tu fais, Rodriguez ?

Son coéquipier haussa les épaules.

— On a eu une initiation aux explosifs en première année. Je ne suis pas expert, mais il n'y a pas besoin d'un doctorat pour faire sauter du C4.

Il coinça la pâte dans une petite fissure, puis recula de quelques pas et fit un signe de croix.

— Ma mère ne me le pardonnera jamais, murmura-t-il en continuant à s'éloigner à reculons.

Ils se réfugièrent dans le tunnel à l'extérieur de la salle. La main sur le détonateur, Rodriguez hésita encore un instant.

— Quoi ? demanda Kelly.

— Il doit forcément y avoir un autre moyen. Stefan l'a bien trouvé.

— On n'a plus le temps de chercher, trancha Kelly. Il a pu embarquer une nouvelle victime là-dedans.

— O.K. Mais si on meurt, je t'en tiens personnellement responsable.

Rodriguez hocha la tête et Kelly se boucha les oreilles. Puis il appuya sur le détonateur.

Elle fut surprise par la faiblesse relative de l'explosion : elle s'était attendue à quelque chose de plus important. Un nuage de fumée et de poussière envahit le tunnel et la fit tousser. Elle agita la main devant son visage. Sa tête et ses oreilles vibraient tout de même de douleur.

— Quelqu'un ne va pas tarder à rappliquer, dit Rodriguez.

Kelly n'avait pas l'intention de s'attarder, de toute façon. Elle s'avança prudemment dans la salle. La poussière retombait lentement. La fresque était maintenant percée par un trou béant d'environ trente centimètres sur soixante. Des gravats jonchaient le sol au pied du mur.

— Et une claque de plus pour la civilisation aztèque ! marmonna Rodriguez.

Kelly passa la tête par le trou. De l'autre côté de la paroi, l'air était plus frais, chargé de condensation. Une odeur curieuse, à la fois de moisi et de métal, envahit ses narines.

— Tu peux sortir ma lampe de poche de mon sac ?

Il la lui tendit et elle l'alluma. Derrière le mur, il y avait un deuxième tunnel semblable à celui par lequel ils étaient arrivés, sauf que les murs étaient luisants d'humidité. Elle éclaira les parois, puis sonda le lointain. La lumière de la torche se perdait dans l'obscurité. Aucun signe de Stefan.

— Il a dû entendre l'explosion, murmura Kelly. On a intérêt à être prudents.

Rodriguez lui passa son sac à dos et elle le fit tomber par le trou. Puis elle y introduisit la tête et les épaules, et se contorsionna pour faire passer le reste de son corps. Rodriguez appuya sur sa cheville valide pour la faire basculer en avant ; elle freina sa chute en posant les mains sur le sol du tunnel. A grand renfort de grognements, Rodriguez en fit autant. Tous deux se relevèrent et regardèrent autour d'eux.

— *Dios mío !* s'exclama Rodriguez. Comment ils ont fait pour ne pas trouver ça ?

Kelly n'avait pas le temps pour ce genre de questions. Elle avança vers le bout du tunnel en regardant où elle mettait les pieds. L'endroit lui rappelait les passages souterrains dans lesquels elle avait poursuivi Stefan lors de leur première rencontre. Sauf que ces tunnels-là s'étendaient sous un campus d'université, et remontaient à quelques centaines d'années. Celui-ci était manifestement beaucoup plus ancien. Des peintures murales couvraient les parois, et des ruisselets d'eau donnaient aux images l'air de pleurer. Au loin, un bourdonnement indistinct s'élevait.

— C'est de l'eau qu'on entend ? demanda-t-elle. On dirait…

— Une rivière.

Rodriguez inclina sa torche vers le bas. Le sol du tunnel descendait en forte pente, comme une rampe. Au pied de la descente, l'eau clapotait contre le bord en pierre.

Kelly descendit en luttant pour ne pas perdre pied sur la surface glissante.

— C'est bien une rivière, dit-elle avec étonnement.

Le tunnel débouchait brusquement sur une vaste caverne, dont le plafond s'élevait à une dizaine de mètres au-dessus de l'eau. Les parois étaient maculées de traînées d'humidité brunes et vertes. Une brume épaisse flottait dans l'air. La rampe sur laquelle avançait Kelly laissait place à des marches en pierre taillée qui s'enfonçaient dans l'eau. Impossible d'estimer la profondeur de la rivière, mais l'eau s'écoulait à toute vitesse vers un trou dans la paroi de droite.

Rodriguez balaya la salle de sa torche.

— Génial, dit-il. Une rivière souterraine. Et je ne vois pas de barques.

— On va devoir nager, répondit Kelly en ôtant son sac à dos.

Rodriguez se frotta la main.

— J'ai un petit problème, Jones. Ce n'est pas vraiment mon truc.

— Quoi, tu ne sais pas nager ?

— Tu sais, j'ai grandi dans le barrio. Là-bas, il n'y a pas de piscines, et pas de cours de natation.

— Ça ne fait rien. Reste là, je vais continuer seule.

Kelly rangea son Glock dans son sac à dos et le hissa au-dessus de sa tête. Théoriquement, l'eau ne pouvait affecter le mécanisme du pistolet, mais elle préférait ne pas prendre de risque.

Rodriguez commença à défaire ses lacets.

— Qu'est-ce qui te prend ? demanda Kelly.

— Je ne peux pas te laisser partir seule. Après tout le chemin qu'on a fait pour arriver ici…

— On ne sait même pas jusqu'où va la rivière, protesta Kelly.

Rodriguez se figea sur place.

— Tu viens de me rappeler quelque chose.

— Quoi ?

— Dans le documentaire que j'ai vu sur le temple au Guatemala… les tunnels continuaient sous terre sur plus de huit cents kilomètres.

— Tu vois ? Hors de question que tu fasses huit cents kilomètres à la nage. Et si tu commences à te noyer, je ne serai pas forcément en mesure de te secourir.

Elle lança un regard dépité à sa prothèse. Rodriguez tenait sa chaussure à la main d'un air hésitant.

— Ecoute, Danny : sors d'ici et va à l'ambassade des Etats-Unis. Essaie de trouver quelqu'un qui puisse nous aider.

Elle jeta un œil à sa montre.

— Il va bientôt faire jour. Quelqu'un ne va pas tarder à découvrir le trou qu'on a fait. Il vaudrait mieux que tu ne sois pas dans les parages à ce moment-là.

— Très juste, répondit Rodriguez. Mais si cette rivière continue sous terre pendant des kilomètres ? Ce serait bête que tu meures d'hypothermie.

— Ne t'en fais pas. Je passe ma vie à nager depuis des mois et des mois.

— Accompagne-moi à l'ambassade, Kelly. On reviendra avec des renforts.

— Si Stefan est descendu ici, c'est qu'il avait une bonne raison de le faire. Si je le trouve, je me contenterai de le surveiller jusqu'à ce que tu arrives, je te le promets. Mais il se peut que cette rivière refasse surface en ville, et je n'ai pas envie de reperdre sa trace. Essaie de trouver un bateau pour me rejoindre facilement.

Kelly se glissa dans l'eau. Celle-ci était plus froide qu'elle ne l'avait cru. Ses dents se mirent à claquer. En tenant son sac au-dessus de sa tête, elle s'enfonça jusqu'à la taille. Puis elle prit une profonde inspiration, cala le sac sur sa tête tout en tenant la lampe de poche d'une main, étendit ses jambes dans l'eau et se laissa emporter par le courant. En s'éloignant, elle agita la main en direction de Rodriguez.

— Merde, Jones…, dit-il sur un ton de résignation. Ne te fais pas tuer.

Elle préféra ne pas répondre.

Assis à côté de Mark, Jake lui tenait la main. L'infirmier ne cessait de tourner autour d'eux, injectant des médicaments dans la perfusion, vérifiant constamment le moniteur posé à côté du brancard.

Garcia semblait s'être stabilisé. Le garrot avait arrêté les saignements à sa jambe, et il reprenait progressivement des couleurs.

— Comment va mon frère ? demanda enfin Jake.

Soit l'infirmier ne parlait qu'espagnol, soit il jugea préférable de ne pas répondre.

L'hélicoptère vira abruptement de bord. Par la fenêtre du cockpit, une constellation de lumières nocturnes lui apparut en contrebas. Ils devaient approcher de leur destination, car ils volaient depuis près d'une heure.

Le moniteur se mit subitement à clignoter et Mark se convulsa violemment.

— Qu'est-ce qui se passe ? demanda Jake, paniqué.

L'infirmier l'écarta d'un geste tout en fouillant dans sa sacoche.

— Une attaque.

Jake ne put que regarder le corps de son frère sursauter et se contorsionner. L'infirmier sortit un masque à oxygène et le fixa sur sa bouche. Le moniteur émit un bip aigu, puis se mit à ronronner doucement.

Le corps de Mark s'affaissa.

— Il faut…

L'infirmier compressa le sac à oxygène, puis fit signe à Jake de prendre sa place. Celui-ci appuya sur la poche en essayant de se rappeler ses cours de réanimation. La poitrine de Mark se souleva et retomba. L'infirmier hocha la tête, et Jake compressa de nouveau la poche. Le défibrillateur émit un sifflement pendant qu'il chargeait, puis trois bips pour indiquer qu'il était prêt.

L'infirmier fixa une électrode sur l'épaule de Mark, releva rapidement sa chemise et posa la deuxième sur la partie gauche de son abdomen. Il appuya alors sur le bouton. Le corps de Mark s'arc-bouta sous l'impulsion électrique. Ils gardaient tous deux les yeux rivés sur le moniteur, qui n'enregistra aucune modification.

D'un signe de tête, l'infirmier fit signe à Jake de comprimer de nouveau la poche à oxygène.

L'hélicoptère continuait à virer de bord. A travers l'air chargé de pollution, Jake vit le contour d'un bâtiment remonter vers eux. L'infirmier appuya de nouveau sur le bouton du défibrillateur, et Mark tressaillit encore. Le moniteur continuait à émettre un son monotone.

Tandis que l'hélicoptère se redressait pour entamer sa descente, Jake se mit à prier.

2 FÉVRIER

37

Kelly, tout en se laissant emporter par le courant, se dit qu'elle avait une dette envers Brandi. Elle était nettement plus à l'aise dans l'eau qu'avant le début de sa rééducation. Non que ce fût franchement agréable. L'eau était glacée et saumâtre. Des objets non identifiés et visqueux ne cessaient de la frôler. A l'instant où elle s'enfonça dans le trou, quelque chose de glacé se glissa le long de sa jambe. Elle s'écarta en sursautant, et faillit lâcher son sac et sa torche. Elle les rattrapa de justesse et s'efforça de garder son calme. Ce n'était certainement pas le moment de céder à une crise de panique.

Le conduit se rétrécissait. Le plafond ne se trouvait plus qu'à un mètre au-dessus de sa tête ; un autre mètre de part et d'autre de son corps la séparait des parois latérales. Au bout d'une trentaine de mètres, le courant s'intensifia. Au loin, le plafond semblait continuer à s'abaisser, et les murs à se rapprocher.

Elle inspira profondément. Des volutes de vapeur s'élevaient de l'eau et s'entortillaient autour d'elle comme des spectres décidés à l'entraîner sous la surface. Soudain, elle comprit pourquoi le courant s'intensifiait : à l'extrémité du faisceau de sa lampe, un nouveau trou se découpait dans la paroi. La rivière se précipitait pour s'y engouffrer.

Chose curieuse, Kelly n'éprouvait aucune peur. Elle se laissait emporter par l'eau, les doigts engourdis à force de serrer le sac à dos et la torche. L'eau s'écoulait de plus en plus vite. L'ouverture, devant elle, paraissait beaucoup trop réduite pour la laisser passer, et pourtant Kelly se sentait portée par une grande paix intérieure. Elle ne s'était certainement pas attendue à mourir ici, de cette façon, mais d'une certaine manière, cela semblait assez approprié. Sa première épreuve de force avec Stefan avait commencé sous terre et s'était achevée dans une rivière. L'histoire se répétait.

Trois ou quatre mètres la séparaient du trou.

L'ouverture était plus grande qu'elle ne l'avait d'abord cru, avec des rebords en pierre lissés par le passage de l'eau. Autour de l'entrée, de petites vagues bouillonnaient, leurs crêtes blanches se détachaient sur l'eau brunâtre.

Kelly haleta plusieurs fois pour vider ses poumons, puis prit une grande bouffée d'air juste avant d'être aspirée.

La force du courant faillit lui arracher son sac et sa torche. Kelly les serra contre son corps en s'y accrochant de toutes ses forces. Son genou gauche s'écrasa contre quelque chose, et elle faillit ouvrir la bouche pour pousser un cri de douleur. Elle attira ses genoux vers sa poitrine et se laissa emporter. L'eau la faisait tourbillonner sur elle-même, au point qu'elle n'arrivait plus à distinguer le haut du bas. Sa torche éclairait des fragments de caillou. Quelque chose s'écrasa sur son menton, puis sur son coude. Le conduit se rétrécissait de plus en plus. Elle roula en boule pour se faire aussi petite que possible. Ses poumons commençaient à brûler.

Elle lutta contre le désir d'aspirer une bouffée d'air. Depuis combien de temps était-elle sous l'eau ? Trente secondes ? Une minute ? N'ayant jamais fait d'apnée, elle n'avait aucune idée de ses limites.

Soudain, elle se sentit portée vers la surface par la réserve d'air dans ses poumons. Et elle surgit de l'eau dans un grand éclaboussement. Elle avala un peu d'eau, toussa et aspira une bouffée d'air avec gourmandise. La torche était encore dans sa main. Elle tenta de fendre l'eau de sa main droite tout en battant de la main gauche.

Quelque chose n'allait pas. Elle n'avançait pas. Elle fit un deuxième essai, puis fit tourner la torche dans sa main pour la diriger vers le bas.

Sa prothèse était coincée dans une crevasse entre deux rochers.

La pression de l'eau s'accumulait derrière elle et l'entraînait vers le fond. Pour avoir fait quelques sorties en eau vive, Kelly savait que c'était ainsi que la plupart des gens se noyaient. Aspirant une nouvelle bouffée d'air, elle plongea la tête sous la surface et se contorsionna pour libérer la prothèse, mais ses mains dérapèrent sur la coque en polyuréthane lisse. Elle donna un brusque coup de hanche, mais cela fit seulement jaillir une douleur lancinante dans son moignon.

Elle refit alors surface en haletant. Le courant semblait rassembler ses forces contre elle. Elle recracha de l'eau, remplit ses poumons avec difficulté, et reconnut qu'elle était en train de se noyer. Elle n'avait pas le choix : il lui fallait abandonner sa prothèse et continuer sur les traces de Stefan avec une seule jambe.

Il ne lui restait plus beaucoup de temps. Déjà la léthargie l'envahissait. Ses bras fatiguaient, et elle commençait à se sentir somnolente, signe que l'hypothermie se déclarait. Elle enfila les bretelles de son sac à dos – il était déjà trempé, ce n'était plus la peine qu'elle s'épuise à le maintenir hors de l'eau.

Puis elle plongea de nouveau le torse sous l'eau et tenta de décrocher sa prothèse. Le manchon en silicone était soudé à l'extrémité de son moignon, et il refusait de bouger. Impossible de trouver une prise, ses mains ne cessaient de déraper. Au moment où elle commençait à paniquer, et à se demander si l'eau avait verrouillé le joint, la prothèse se décrocha subitement. Kelly était libre.

Elle s'élança vers le haut et déplia sa jambe gauche devant elle en se laissant emporter par le courant. Le plafond de la salle n'était qu'à quelques centimètres de sa tête ; son nez le frôlait presque. Elle inspirait de profondes bouffées d'air et les retenait chaque fois quelques secondes dans ses poumons.

Subitement, sans prévenir, elle fut de nouveau aspirée sous la surface.

*
* *

Rodriguez appuya de nouveau sur la sonnette avec exaspération. Le jour étant sur le point de se lever, il aurait dû y avoir quelqu'un pour surveiller le portail de l'ambassade. La sécurité laissait décidément beaucoup à désirer.

Il fallut cinq bonnes minutes avant que des pas ne résonnent de l'autre côté de la grille. Une porte s'ouvrit et se referma, puis un garde au regard las apparut à la fenêtre du poste de garde.

— *Buenos días, señor*, dit-il en bâillant.

Rodriguez plaqua son insigne contre la vitre.

— J'ai besoin de rentrer tout de suite.

Le garde fixa l'objet en clignant des yeux. Puis il poussa un tiroir métallique vers Rodriguez et lui fit signe de l'y déposer. Il ramena le tiroir vers lui et examina l'insigne. Rodriguez tapota du bout des doigts l'étroit rebord métallique.

— Vous pressez surtout pas, marmonna-t-il.

Le garde scrutait à présent son visage en le comparant à la photo d'identité. Apparemment satisfait, il glissa enfin l'insigne dans le tiroir et y ajouta un laissez-passer vert.

— Tout le monde est endormi, señor Rodriguez. Vous allez devoir attendre.

Rodriguez tendit le doigt vers le téléphone à la droite du garde.

— Je vous conseille de les réveiller, dit-il. Sinon, je m'en charge.

38

Kelly resurgit à la surface en crachant de l'eau. Tout en nageant sur place, elle secoua la tête pour essayer d'y voir clair. Sa torche lui avait été arrachée des mains, et elle se retrouvait dans l'obscurité. Elle avait l'impression d'avoir été essorée par une machine à laver. Ses poumons brûlaient, sa tête l'élançait à cause du froid, et ses dents ne cessaient de claquer. Elle avait une envie irrésistible de fermer les yeux et de se laisser emporter par le sommeil. Il fallait qu'elle reste concentrée. C'était quoi, cet endroit où elle se retrouvait ? Et surtout, où était Stefan ?

L'idée de l'affronter alors qu'elle était incapable de marcher la réveilla brutalement.

Elle tourna dans l'eau pour essayer de se repérer. Dans l'obscurité, elle n'arrivait plus à savoir par où elle était arrivée. La pression constante du courant avait diminué : elle devait se trouver dans un tourbillon. Vers la gauche, un crépitement s'éleva. Elle se tourna en direction du bruit, plissa les yeux et distingua une lueur au loin.

Remplissant ses poumons, elle replongea sous la surface. Ici, la rivière était moins profonde ; ses doigts frôlaient des rochers par endroits. En faisant des mouvements de brasse, elle avança à tâtons sur le fond, priant pour sentir sous ses mains la surface lisse de sa prothèse ou le métal de sa torche. Mais elle ne trouva que de la boue et des galets.

Elle replongea trois fois avant de déclarer forfait. Ils pouvaient être tout près, elle ne les trouverait jamais dans l'obscurité. Elle dut retenir un hurlement de frustration.

Après tout ce qu'elle avait enduré pour arriver jusqu'ici, elle était privée de tous ses moyens.

Faire demi-tour était toutefois exclu. Il fallait à tout prix qu'elle sorte de l'eau avant que l'hypothermie ne lui fasse perdre connaissance. Elle se mordit la lèvre. Elle n'avait plus le choix. Soit elle avançait, soit elle mourait ici.

Repoussant ses cheveux en arrière, elle se retourna sur le ventre et se mit à nager en direction de la lueur, en battant l'eau de sa jambe valide. Son objectif se trouvait à une trentaine de mètres. En s'approchant, elle distingua le bord d'une plage. Les berges sableuses montaient abruptement vers une entrée voûtée creusée dans le mur. Les parois qui l'entouraient étaient ornées de fresques semblables à celles qu'elle avait vues dans la caverne, avec des motifs géométriques rouges, jaunes, bleus et noirs.

Des lueurs mouvantes qui ressemblaient à celles d'une bougie filtraient depuis le passage voûté. Sur la petite plage, un canot pneumatique avait été poussé à terre.

Kelly se traîna hors de l'eau. La berge en limon était recouverte de sable et de galets rugueux. En poussant avec sa jambe gauche et en rampant sur les bras, elle échoua enfin sur le rivage. Elle ôta son sac à dos et s'effondra sur le dos. Ses tremblements s'intensifièrent. Elle avait encore plus froid que dans l'eau. Son corps perdait de la chaleur à toute vitesse, il fallait qu'elle trouve un moyen de se réchauffer. Un courant d'air soufflait depuis le passage voûté. Kelly s'ordonna de ne plus claquer des dents, et fouilla dans son sac à la recherche de son pistolet. Il était trempé. Elle tira sur la glissière et l'examina. Il y avait de la boue à l'intérieur, mais les Glock étaient conçus pour fonctionner dans les pires conditions imaginables.

Elle rampa jusqu'au canot. Ni couverture, ni vêtements de rechange ne s'y trouvaient, mais une pagaie reposait au fond de l'embarcation. Elle la cala sous son aisselle droite et se hissa debout en l'utilisant comme béquille. Il n'était pas facile de tenir la pagaie et le Glock dans la même main, mais il fallait qu'elle soit prête au cas où Stefan apparaîtrait.

Elle tendit l'oreille en cherchant à distinguer des bruits de l'autre côté du passage voûté. Rien. Elle fut tentée de s'y aventurer pour voir où il menait, mais la pente était raide, et ses muscles endoloris par le froid et la fatigue. Elle n'avait presque plus de sensibilité dans les doigts et les orteils. Si Stefan était là-dedans, elle serait forcée de l'affronter. Et, vu la manière dont elle tremblait, elle risquait de viser très mal. Il y avait une chance pour qu'il réussisse à lui confisquer son arme, ce qui la laisserait à sa merci.

Mais si elle lui prenait son bateau, il serait coincé ici. Elle pourrait descendre un peu en aval, et attendre que Rodriguez arrive avec les renforts. Ici, le courant n'était pas aussi intense, et elle arriverait sans doute à revenir en pagayant. Dans ces circonstances, cela semblait être le meilleur choix.

Kelly s'éloignait en boitant vers le canot quand une voix s'éleva derrière elle.

— Vous n'essayez pas de me voler mon bateau, par hasard, agent Jones ?

Kelly sursauta si fort qu'elle faillit lâcher son arme. Avec prudence, elle pivota sur ses talons.

Stefan se découpait dans la porte voûtée. Adossé au mur, il se croisait les bras sur la poitrine. Non sans satisfaction, Kelly nota que son visage était aussi contusionné que le sien, et son nez tordu vers la gauche.

— Je n'arrive pas à comprendre comment vous avez réussi à arriver jusqu'ici en canot, dit-elle. Vous m'épatez.

— Simple question d'entraînement, répondit Stefan avec un sourire. J'ai l'impression que vous, par contre, vous avez eu quelques difficultés.

Kelly rougit. En serrant la pagaie sous son aisselle, elle replia le coude et pointa son arme vers la poitrine de Stefan. Sa jambe posée sur le sol palpitait de fatigue, et ses mains tremblaient de froid. Elle serra les dents pour essayer de se calmer.

— Mettez-vous à genoux, ordonna-t-elle.

Stefan ne bougea pas. Il n'avait pas l'air impressionné.

— Vous êtes d'une ténacité remarquable, agent Jones. C'est rare de rencontrer un fonctionnaire aussi consciencieux.

— Je ne plaisante pas, Stefan. Vous êtes en état d'arrestation.

Il se mit à rire.

— Permettez que je vous pose une question, agent Jones. Comment comptez-vous me sortir d'ici ? En admettant que j'accède à votre demande, vous devrez encore m'attacher, me faire embarquer et réussir à manœuvrer le bateau tout en me menaçant de votre arme. Vous croyez franchement en être capable, dans l'état où vous êtes ?

— Mon coéquipier va bientôt arriver.

— Ah, je vois..., dit Stefan en se grattant le menton. C'est bizarre qu'il ne soit pas ici avec vous.

— Il est allé chercher de l'aide.

— Pourtant, vous m'avez dit que vous n'étiez plus au FBI. Cela pose une question : au nom de quelle autorité prétendez-vous m'arrêter ? Nous ne sommes même pas sur le territoire américain.

Il fit un pas vers elle. Kelly dut se retenir de bondir en arrière. Elle leva la tête.

— Pour l'instant, lui dit-elle, ce Glock m'en donne l'autorité.

Elle crispa de nouveau les mâchoires pour s'empêcher de claquer des dents.

— Hypothermie, dit Stefan en s'avançant encore d'un pas. J'ai rencontré le même problème lors de mon premier voyage.

— Je vais tirer ! lança Kelly.

— Allez-y.

Il se rua brusquement vers elle. Il fallut une seconde à Kelly pour réagir. Sa première balle alla ricocher sur la paroi de gauche. Les deux suivantes s'approchèrent davantage de la cible, mais la manquèrent aussi.

A deux mètres d'elle, Stefan esquiva prestement à droite. La quatrième balle de Kelly déchira la manche de sa chemise. Avec un grognement de rage, il se jeta vers elle, les mains tendues.

Il était à bout portant.

Kelly appuya sur la détente.

Rien ne se passa.

Un grand sourire fendit le visage de Stefan. Prise de panique, Kelly appuya encore et encore. Le magasin contenait treize cartouches. Il devait en rester neuf.

Une grande gifle du revers de la main l'envoya voler en arrière. Sa tête s'écrasa contre le flanc du bateau en caoutchouc. Le Glock lui échappa des doigts.

Elle roula sur le côté, attrapa la pagaie tombée à ses pieds et lança un coup puissant vers les jambes de Stefan pour essayer de les faucher. Il encaissa le coup avec un grognement, mais ne bougea pas.

Elle repéra son arme de l'autre côté du bateau et s'élança par-dessus bord pour atterrir dans l'embarcation. En haletant, elle força sur sa jambe gauche en se démenant pour trouver une prise sur le plastique glissant. Son pistolet n'était plus qu'à une trentaine de centimètres.

A l'instant où ses doigts allaient se refermer autour de la poignée, sa tête bascula brutalement en arrière. Kelly laissa échapper un cri de douleur. Stefan la força à se redresser en la tirant par les cheveux. Elle lui décocha quelques coups de pied, mais il n'eut même pas l'air de les sentir.

— Bien tenté, dit Stefan.

Kelly lui griffa désespérément le visage en visant les yeux. Ses ongles lui labourèrent les joues jusqu'au sang, mais il parut totalement insensible à son attaque. Il avança d'un pas résolu vers le mur en la traînant avec lui. Kelly battait des bras et des jambes pour essayer de lui résister.

Il ramena sa tête en arrière et l'écrasa contre le mur.

Des éclats dansèrent devant ses yeux. Quelque chose de chaud coula sur son visage. Du sang, pensa-t-elle vaguement.

Elle tenta de faire passer ses mains devant pour repousser le mur, mais Stefan était trop fort. Il frappa sa tête contre le rocher encore et encore. Les motifs géométriques de la fresque s'avançaient à toute vitesse vers ses yeux, et devenaient flous juste au moment de l'impact.

Puis tout devint noir.

39

Jake était juché sur une chaise bringuebalante. L'assise était rugueuse et écaillée, et l'un des pieds de devant était plus court que l'autre. Il avait beau passer par toutes les positions pour trouver l'équilibre, elle s'obstinait à rester bancale. Finalement, il s'avoua vaincu et se balança légèrement d'avant en arrière au rythme de son agitation intérieure.

Il était de retour dans une salle d'attente d'hôpital. Il avait passé la plus grande partie des sept derniers mois dans ce genre d'endroit, à attendre que Kelly guérisse. Maintenant, son frère était entre la vie et la mort. Ils avaient réussi à le stabiliser brièvement au moment de l'atterrissage, mais son état s'était dégradé de nouveau pendant qu'on le transportait vers le bloc opératoire. Jake n'avait pas compris ce qui s'était dit, mais l'expression du médecin lui avait paru de mauvais augure.

Son téléphone sonna à ce moment. Jake le sortit de sa poche et fronça les sourcils. Numéro inconnu. Syd avait déjà appelé pour dire qu'ils avaient maîtrisé l'incendie et sauvé la majorité des prisonniers. Avec Isabela, elles attendaient maintenant des véhicules pour rapatrier tout le monde à Mexico, où ils retrouveraient leurs familles. L'armée avait également ramassé un certain nombre de survivants des cartels rivaux. Jake avait demandé à Syd ce qui allait leur arriver, mais elle avait prétendu ne pas être au courant. En fin de compte, il valait sans doute mieux ne pas le savoir.

Au bout d'un instant d'hésitation, il décrocha.

— Jake ?

Il lui fallut quelques secondes pour reconnaître la voix.

— Rodriguez ?

— Oui, c'est moi.

— Tu tombes un peu mal, répondit Jake en se frottant la barbe.

— Je sais. Kelly m'a dit que tu étais en pleine opération. Je voulais juste…

— Tu as parlé à Kelly ? Quand ?

Jake avait essayé de l'appeler deux fois aujourd'hui, mais il était tombé directement sur sa messagerie.

— Il n'y a pas longtemps, répondit Rodriguez sur un ton évasif. En fait, c'est pour ça que je t'appelle.

Tandis que Rodriguez s'expliquait, Jake sentit ses poings se serrer. Il n'arrivait pas à croire que Kelly ait pu commettre une bêtise pareille. Après tout ce qu'elle avait enduré l'année passée, après ce qu'elle leur avait fait subir à tous les deux… Il se rappela subitement son expression, au moment de leurs adieux. Il aurait dû reconnaître cet air qu'elle avait toujours quand elle était obsédée par une affaire.

— Elle est où, là ? coupa-t-il abruptement.

Sa chaise se balança d'avant en arrière tandis qu'il se levait.

Kelly ouvrit lentement les yeux et tenta de se rappeler ce qui s'était passé.

Elle se trouvait au milieu d'une caverne immense. Comme dans une cathédrale, le plafond s'élevait à une trentaine de mètres au-dessus de sa tête. De grands cierges étaient disposés à intervalles réguliers le long des murs, qu'ils animaient de leur lueur dansante. Les fresques sur les parois étaient étonnantes : de somptueuses représentations d'animaux mythiques, gueules ouvertes et membres entrelacés.

Quant à Stefan, il avait disparu.

Kelly tenta de se redresser en position assise, puis s'effondra en haletant. Sa tête l'élançait comme si elle était toujours en train de marteler le mur. Elle roula sur le côté, ferma les yeux et réprima la bile qui montait dans sa gorge en se concentrant sur la zone du crâne. Au bout de quelques respirations profondes, les élancements s'apaisèrent un peu, mais sa vue ne s'éclaircit pas.

La mort dans l'âme, elle s'aperçut que ses mains étaient attachées dans son dos. Elle reprit une profonde inspiration. Une palpitation bien connue dans sa poitrine annonçait le début d'une crise de panique. Elle tâcha de se concentrer sur sa respiration.

D'accord, pensa-t-elle. *Je vais sans doute mourir ici. Mais il y a peut-être un moyen d'emmener Stefan avec moi.*

Elle roula de nouveau sur le dos et regarda autour d'elle. Les liens autour de ses mains semblaient être en corde, elle pouvait peut-être les détacher en les brûlant. Un cierge allumé se dressait à trois ou quatre mètres. Rassemblant ses forces, elle roula sur elle-même. Une vague de nausée l'envahit. Elle la réprima et roula de nouveau.

— Ah ! vous êtes réveillée. Tant mieux. Pendant un moment, j'ai cru que je vous avais tuée.

Kelly se figea sur place. Stefan sortit d'un passage exigu à l'autre bout de la salle. Sans doute celui qui menait à la rivière.

— Vous devez avoir froid.

Il fouilla dans un tas d'objets au coin de la caverne. Kelly distingua des outils, des bâches et des rebuts divers. Stefan poussa une petite exclamation en mettant la main sur une couverture en laine miteuse. Puis il s'avança vers elle et la recouvrit soigneusement.

Kelly avait bien envie de repousser la couverture d'un haussement d'épaules, mais la vérité, c'était qu'elle était encore gelée. En outre, la couverture lui permettrait de défaire ses liens plus discrètement.

— On est où, ici ? demanda-t-elle.

— C'est un endroit extraordinaire, n'est-ce pas ?

Les mains sur les hanches, Stefan promena un regard de propriétaire sur l'ensemble.

— J'espère que vous vous sentez honorée. Seuls les grands prêtres étaient autorisés à entrer ici. Vous et moi, nous sommes les premiers à y avoir pénétré depuis près de cinq siècles.

Kelly suivit son regard. Elle devait admettre que le cadre était imposant. Les fresques étaient parfaitement conservées, leurs couleurs sans doute aussi vives que le jour où elles avaient été peintes.

— Comment l'avez-vous trouvé ?

— Il m'a fallu du temps.

Stefan s'accroupit et la regarda.

— Je dois reconnaître, agent Jones, que j'ai été surpris de vous revoir. Mais j'y ai réfléchi depuis, et, pour moi, c'est un signe du destin. Vous ne trouvez pas ?

— Pour moi, c'est plutôt de la malchance.

— Ah, c'est vrai que vous n'avez pas la foi. Je l'oublie toujours.

Stefan se frotta le menton d'un air songeur.

— Vous ne trouvez pas que c'est un peu fort, comme coïncidence ? Nous nous retrouvons ici, des années plus tard, dans des circonstances très semblables à celles où nous nous sommes rencontrés ? Sous terre, au bord de l'eau.

— J'ai été tuyauté sur le fait que vous aviez survécu, dit Kelly. Je vous cherchais. Il n'y a rien de magique là-dedans.

— Ah, dit Stefan en levant le doigt, mais votre arme vous a fait défaut ! Vous croyez que c'est une coïncidence ? Plutôt une intervention divine !

— Plutôt des munitions défectueuses. Notre fournisseur n'est pas super-fiable.

— Sans parler du fait que vous avez réussi à me retrouver.

— Vous aviez oublié votre bouquin à la décharge.

— N'empêche…

Il la jaugea du regard.

— Comment êtes-vous entrée, si je puis me permettre ?

— Avec du C4.

L'horreur qui s'afficha sur le visage de Stefan lui procura une certaine satisfaction.

— Et vous ?

— Il y a un bouton de commande derrière les yeux du

loup. Il suffit d'introduire un instrument approprié dans les trous.

Il ajouta d'un air affligé :

— Dire que c'est moi que vous considérez comme un monstre ! Ces fresques avaient près de mille ans. Il m'a fallu des mois pour découvrir le secret, je vous l'accorde, mais tout de même… Vous n'aviez pas besoin de recourir à des mesures aussi extrêmes.

— Comment saviez-vous qu'il y avait un passage secret ?

— Le vent me l'a dit. Comme à vous, je parie.

Il lui adressa un clin d'œil.

— J'ai fait des recherches exhaustives sur le Templo Mayor. La légende veut qu'il ait été construit sur des grottes remplies d'eau magmatique, habitées par Huitzilopochtli, le dieu du feu qui occupe le centre de la Terre. Je me suis rendu compte que, si les Aztèques connaissaient l'existence de ces grottes, ils pouvaient y avoir laissé des traces de leur civilisation.

Il désigna d'un geste les fresques qui les entouraient.

— Vous ne voyez pas ? Tout est clairement expliqué. Toutes les étapes à suivre.

— Qu'est-ce que vous avez prévu ? demanda Kelly.

Elle ne distinguait dans les fresques qu'une accumulation de représentations absconses.

— Au départ, je suis arrivé au Mexique par nécessité, expliqua Stefan. Chassé par vous. Mais ensuite, je suis tombé sur un livre extraordinaire, un livre qui m'a prouvé que j'étais destiné à y venir depuis le début.

— Et puis vous avez décidé d'écorcher un enfant.

— Chaque événement a une raison d'être, miss Jones. J'ai fini par comprendre qu'il me fallait des rituels encore plus anciens que tout ce que l'on peut trouver dans le *Raudhskinni*. Et il n'est pas si facile d'écorcher quelqu'un. J'avais besoin de m'entraîner afin de pouvoir m'en tirer correctement le moment venu.

— Vous êtes complètement cinglé, dit Kelly. Vos rituels

n'aboutissent jamais à rien. Ce sont juste des excuses pour vous permettre de tuer des gens.

— Toujours ce même cynisme, rétorqua Stefan en haussant les épaules. Que voulez-vous, nous n'avons pas la même vision des choses…

— Que croyez-vous accomplir par ce rituel ?

— Il y en a plus d'un, ma chère. Les dieux n'accordent pas facilement l'immortalité.

Kelly sentit son mal de tête empirer.

— Réfléchissez, Stefan, dit-elle d'une voix lasse. Si ces rituels permettaient vraiment d'obtenir l'immortalité, vous ne croyez pas que les Aztèques continueraient à faire la loi ?

— De nombreux exemples sont cités dans le livre, répondit-il avec animation. Des tribus d'indigènes qui vivent en montagne, à l'écart de la société moderne. On dit que certains de leurs membres ont près de mille ans.

Ses yeux brillèrent.

— Beaucoup d'entre eux ont les cheveux roux. Ce sont des descendants de Quetzalcoatl, dieu des Aztèques et Olmèques. Il a traversé l'océan pour leur apprendre à planter le maïs et à construire des structures. Voilà pourquoi ils l'ont appelé Quetzalcoatl, « celui qui apporte la culture ». Il est à l'intersection de nos deux cultures. Voilà pourquoi ma venue ici n'est pas une simple coïncidence. Une fois que j'aurai accompli les rituels, je le rejoindrai. Ensemble, nous ferons renaître la civilisation de ses cendres.

Kelly ouvrit la bouche pour répondre, puis elle se rendit compte que c'était vain. Autant essayer de raisonner un enfant. Le point positif, c'était qu'il ne semblait pas avoir emmené de victime à sacrifier dans cette caverne. Sauf si elle était censée jouer ce rôle.

— Vous comptez m'écorcher, Stefan ?

— Mais non ! s'esclaffa-t-il. Vous ne conviendriez pas du tout pour ce rituel. D'abord, vous êtes beaucoup trop âgée, et je parie que vous n'êtes plus vierge, non plus.

Kelly ne répondit pas.

— Je vais vous tuer, en effet, mais votre peau ne craint rien pour l'instant.

— Vous avez une autre victime, alors ? demanda Kelly, bien qu'elle redoutât la réponse.

— Mes plans d'origine ont été perturbés par votre intervention inopinée, répondit Stefan en regardant sa montre. L'heure, la date et le lieu précis du rituel ont une importance capitale. Je crains que nous ne devions patienter un peu.

— Désolée, dit Kelly. J'ai un truc à faire.

Stefan se remit à rire.

— Ma chère amie, dit-il en lui tapotant le pied gauche, vous avez enfin retrouvé votre sens de l'humour. Cela fait plaisir à voir.

40

— Je n'arrive pas à croire que tu l'aies laissée partir toute seule là-dedans, fulmina Jake.

Il balaya de sa torche la surface de la rivière souterraine, d'où s'élevaient des volutes de vapeur.

— Ecoute, elle ne m'a pas laissé le choix. Soit je la suivais et je me noyais, soit j'allais chercher de l'aide. Tu dois savoir mieux que personne à quel point elle peut être têtue.

— Tu aurais quand même dû essayer de l'arrêter.

Le faisceau de la lampe éclaira un trou dans le mur.

— Bon Dieu ! s'exclama Jake. Tu aurais au moins pu essayer de trouver un bateau.

— Vachement facile, à 4 heures du matin.

— Eh bien, on en a un, maintenant.

Jake jeta un œil au minuscule bateau gonflable qu'on leur avait prêté. On aurait dit un jouet ; il soupçonnait les fonctionnaires de l'avoir récupéré dans la piscine de l'ambassade. Restait à espérer qu'il flottait.

— Allons-y.

Rodriguez grommela en serrant les sangles d'un gilet de sauvetage tout aussi minuscule, le seul qu'ils avaient réussi à se procurer. Un fonctionnaire de l'ambassade était resté à la surface, pour essayer de convaincre les archéologues enragés que la destruction de la fresque avait été nécessaire au maintien de la sécurité nationale. Jake doutait qu'ils avalent l'explication, mais cela leur laissait un peu de temps, avec Rodriguez, pour essayer de retrouver Kelly. Dès que les *federales* arriveraient, cette fenêtre d'opportunité se refermerait. Ils n'avaient pas de temps à perdre.

Il mit le bateau à l'eau. L'embarcation tangua un peu, et il le maintint en équilibre pendant que Rodriguez y montait. Le fond se remplit tout de suite d'eau, suscitant un grognement de la part de l'agent. Avant qu'il ait pu protester davantage, Jake sauta à son tour dans le canot et le poussa au large.

En pagayant à deux mains, il guida le bateau vers le mur d'en face. C'était une précaution inutile : dès qu'ils se furent glissés dans le courant, ils furent propulsés dans cette direction. Rodriguez braquait la torche droit devant lui en serrant un sac étanche contre sa poitrine, le visage pâle et les traits tirés.

— Ressaisis-toi, Rodriguez. Je te parie qu'il n'y a pas un mètre de profondeur.

Avant que Rodriguez ait pu répondre, ils furent aspirés dans le trou et se retrouvèrent dans un long tunnel traversé par l'eau. Le canot rebondit deux ou trois fois contre les parois. Le courant s'intensifia, l'eau défilait à toute vitesse sous leur embarcation. Jake sentit un objet pointu toucher le fond du canot, et il pinça les lèvres. Avec la chance qu'il avait en ce moment, ils couleraient avant d'avoir retrouvé Kelly, et il serait obligé de sauver Rodriguez. Même si, vu ses sentiments actuels envers ce dernier, sa survie n'était pas une priorité absolue.

— Putain, s'exclama Rodriguez, on ne va jamais passer !

Devant eux, le tunnel se rétrécissait abruptement. Rodriguez avait raison, le canot était probablement trop large pour arriver à passer.

— Allonge-toi à plat, ordonna-t-il, et accroche-toi au bord.

Il s'étendit lui aussi en plaquant son dos contre le sol du canot, les genoux rentrés à l'intérieur. Le bateau descendit de quelques centimètres, et de l'eau glacée passa par-dessus bord. La tête de Rodriguez était coincée contre les jambes de Jake. L'instant d'après, il abaissa sa lampe torche et les plongea dans l'obscurité.

Il entendit le canot frotter contre le rocher, puis ils s'immobilisèrent abruptement. Jake se sentit basculer d'avant en arrière sous l'impact du choc.

— On est coincés ! lança Rodriguez d'une voix paniquée.

Derrière eux, la pression s'accumulait. De plus en plus d'eau passait par-dessus bord : les épaules de Jake étaient déjà trempées. S'ils ne parvenaient pas à se libérer bientôt, le canot coulerait.

— Attends, dit-il en dégrafant une lampe torche de sa ceinture.

Il passa un bras par-dessus bord et balaya l'espace alentour. Bloqué devant une ouverture plus étroite encore à l'intérieur du tunnel, le canot empêchait l'eau de s'y écouler.

— Je vais essayer de nous décoincer, dit-il. Mais on risque de crever ou de couler. Si jamais c'est le cas, éloigne-toi du canot et garde les pieds en hauteur. N'essaie pas de te mettre debout.

Il poussa de toutes ses forces sur son bras droit. Rien. Il s'y reprit à deux mains en laissant la torche pendre à son poignet. Le canot fit une embardée et se dégagea en tournant sur lui-même. Jake se laissa retomber sur le dos, mais pas avant de s'être cogné la tête contre une pointe rocheuse. Il fit la grimace, mais enregistra à peine la douleur. Le canot sortit du trou dans un bruit de déchirement.

— On est passés ! s'exclama Rodriguez sur un ton de triomphe.

Il releva la tête, et fronça aussitôt les sourcils.

— C'est quoi, ce bruit ?

Jake se redressa à son tour et balaya de sa lampe l'extérieur du canot. Une longue fente s'était ouverte dans le caoutchouc, juste au-dessus de la ligne de flottaison.

— J'ai de mauvaises nouvelles, dit-il.

Rodriguez se précipita à son côté dans un mouvement brusque qui faillit faire chavirer l'embarcation.

— Attention ! lança Jake.

— Putain !, soupira Rodriguez en constatant les dégâts. Tu as pris du gros Scotch, j'espère ?

— Pas la peine d'être…

Jake s'interrompit au milieu de sa phrase. C'était Syd qui avait préparé leurs sacs à dos. Par conséquent, il y avait forcément du gros Scotch à l'intérieur. Il chercha le sien et tenta de l'ouvrir. La fermeture Eclair était coincée.

— On est en train de couler, nota Rodriguez plein d'appréhension.

Il serrait le sac étanche contre sa poitrine.

— Tu crois que ça flotte, ça ?

— Eclaire-moi, dit Jake en fouillant dans son sac à dos.

Un faisceau en illumina subitement l'intérieur. Jake écarta les barres énergétiques et les cartouches jusqu'à refermer la main autour d'un objet circulaire. Il le sortit du sac. Un rouleau de gros Scotch argenté.

— Waouh ! dit Rodriguez avec ironie. Tu prends ces trucs de boy-scouts vraiment à cœur, hein ?

Jake ôta l'emballage du rouleau, tira une longue bande de Scotch et le déchira avec ses dents.

— Tiens la fente fermée, dit-il à Rodriguez.

Ce dernier posa son sac étanche et s'exécuta en passant les deux mains à l'extérieur du canot. Jake réussit à refermer une partie du trou. Il arracha une nouvelle longueur de Scotch et recommença. Cinq minutes plus tard, la déchirure était réparée.

— On prend toujours l'eau, fit remarquer Rodriguez.

Il avait raison. Le canot s'était trop dégonflé. Sous le poids de ses deux occupants, il rasait la surface de l'eau. Un ruisselet se déversait à l'intérieur.

— Commence à écoper, dit Jake.

— Quoi ? Tu n'as pas une pompe dans ton barda ?

— Non.

Jake commença à recueillir l'eau au creux de ses mains réunies et à la rejeter par-dessus bord. Au bout de quelques secondes, il se rendit compte que c'était vain. Il fouilla de nouveau dans son sac à dos, sans rien trouver de plus efficace.

— Prépare-toi, Rodriguez, dit-il enfin en hissant le sac sur son dos.

— A quoi ?
— On va devoir abandonner le navire.

Stefan s'était enfin tu. Kelly avait l'impression d'avoir passé des heures à l'entendre monologuer sur le calendrier aztèque, les Vikings, et sur ce qu'il comptait accomplir une fois qu'il serait immortel. Cela devait faire un moment qu'il n'avait pas eu l'occasion de parler à quelqu'un, car il s'était adressé à elle comme à une vieille amie. C'était franchement bizarre.

Au bout de quelques minutes, Kelly avait cessé de l'écouter. Etendue sur le dos, elle tentait de desserrer les attaches autour de ses poignets. Ce n'était pas facile. Ses doigts étaient encore engourdis, et la cordelette était mouillée. Chaque fois qu'elle sentait un nœud se défaire, elle en découvrait un nouveau. Stefan n'avait pas pris de risques.

Elle pria pour qu'il la laisse seule un moment, afin qu'elle puisse essayer de brûler ses attaches. Pour l'instant, Stefan paraissait absolument certain d'avoir le dessus ; c'était plutôt à l'avantage de Kelly. Curieux qu'il ne l'ait pas encore tuée… Cela lui donnait de l'espoir.

De l'espoir… Kelly faillit éclater de rire. Pendant qu'elle était étendue ici, dans la situation la plus grave qu'elle eût jamais connue, une prise de conscience inattendue s'était produite. Elle n'était pas prête à mourir. Son avenir avait beau être incertain, elle voulait néanmoins avoir la possibilité d'en faire l'expérience. Elle avait perdu le bas de sa jambe. Et alors ? Des tas de gens subissaient ce genre de blessure et n'en menaient pas moins des vies fécondes. Au cours des derniers jours, elle avait prouvé qu'elle était encore capable de réaliser la plupart des choses qu'elle faisait avant l'accident.

— Qu'est-ce qui vous fait sourire ? demanda Stefan.

— L'idée d'avoir dû me retrouver ici pour m'éclaircir un peu les idées, répondit-elle enfin.

Stefan la dévisagea en plissant les yeux.

— Peut-être y a-t-il encore de l'espoir pour vous, agent

Jones. Vous savez, dans la vie, il n'y a pas de coïncidences. Si vous vous retrouvez quelque part, c'est que vous avez quelque chose à y faire.

— J'avais oublié que vous étiez prédicateur, rétorqua Kelly. Pas mal, votre petit sermon.

Stefan haussa les épaules.

— Un peu banal, je l'avoue. Mais si les lieux communs sont aussi employés, c'est parce qu'ils contiennent beaucoup de vérité.

Il jeta un œil à sa montre.

— C'est presque l'heure.

Kelly sentit son ventre se contracter de peur. Stefan se leva en époussetant son pantalon. Elle crispa les poings en se préparant à ce qui allait suivre.

Un faible sourire retroussa les lèvres de son interlocuteur.

— Ne vous inquiétez pas, agent Jones. Vous ne souffrirez que pendant un court moment.

Syd regardait les derniers prisonniers monter à bord d'un bus. Non loin de là, les survivants des cartels étaient assis en cercle, les jambes étendues devant eux et les mains derrière la tête. Certains se faisaient emmener dans les baraquements qu'Isabela avait réquisitionnés pour l'occasion. De temps à autre, des hurlements s'en élevaient. Mais Syd avait décidé que ce qui se passait là-dedans ne la concernait absolument pas.

Elle regarda sa montre avec impatience. Jake aurait dû rappeler depuis un moment pour lui donner des nouvelles de son frère.

Quelqu'un tira sur sa manche. D'instinct, Syd se dégagea et pivota sur elle-même. Une petite vieille ratatinée la fixait. Elle ne devait pas mesurer plus d'un mètre quarante.

— *Qué quieres ?* demanda Syd sèchement.

— *Gracias, señora.*

Un sourire édenté fendit le visage de la petite femme.

— *Gracias por habernos salvado*, poursuivit-elle.

— *De nada.*

Syd regarda la vieille femme s'éloigner d'un pas traînant puis monter prudemment les marches du car avec l'aide d'un soldat du PGR. *Marrant*, songea-t-elle. Elle pouvait compter sur les doigts d'une main les fois où on l'avait remerciée pour son travail. A l'époque où elle travaillait pour la CIA, elle avait davantage de chances de se faire répertorier sur une liste de cibles à abattre.

Isabela sortit des baraquements, aperçut Syd et se dirigea vers elle.

— On lève les voiles, dit Syd. Vous avez l'air de maîtriser la situation.

— Plus ou moins, oui.

— Ne le prenez pas personnellement, mais j'espère qu'on ne se reverra plus jamais.

Isabela se mit à rire.

— Dans notre milieu, on ne sait jamais.

Les portes du car se refermèrent, et le moteur rugit. Des acclamations s'élevèrent du véhicule quand il se mit en mouvement et prit la direction de la sortie.

— Vous avez vraiment l'impression d'avoir accompli quelque chose ? demanda Syd sur un ton sceptique.

Isabela haussa les épaules.

— On se bat contre une hydre, dit-elle. Quand on écrase un cartel, dix autres apparaissent. Mais, pour ces prisonniers, on a accompli quelque chose. Et on a peut-être gagné quelques semaines de paix. Les Zetas étaient particulièrement dangereux en raison de leur entraînement et de leur niveau d'organisation. Ceux qui les remplaceront ne seront pas forcément aussi évolués.

— Ça semble quand même futile.

— *Es México.* Notre humour national repose sur la futilité de tout ça.

Elle baissa les yeux, bascula d'un pied sur l'autre et ajouta :

— Comment va Mark ?

— Aucune idée. Jake n'a pas rappelé. Il est à l'hôpital Ingles à Mexico, si vous voulez prendre de ses nouvelles.

— Je n'y manquerai pas, dit Isabela en lui tenant la main. Je suis désolée pour… pour la confusion.

— Si vous l'êtes vraiment, arrangez-vous pour que nous n'ayons pas de problèmes à la frontière. Ça nous parlera plus que des excuses.

— *No hay problema*, dit Isabela. Je m'en occupe.

— Super. *Adios.*

Syd mima un salut militaire avant de s'éloigner vers la sortie.

41

Kelly se crispa de la tête aux pieds. Mais au lieu de s'avancer vers elle, Stefan s'éloigna vers le coin où il avait stocké son ravitaillement.

Elle le suivit des yeux, le cœur plein d'effroi.

Il fouilla dans un grand sac marin. Apparemment satisfait de ce qu'il y avait vu, il le hissa sur son épaule et revint vers Kelly pour le déposer à deux mètres d'elle.

— C'est ici que nos chemins se séparent, agent Jones.

— Vous allez essayer de me tuer ?

— *Essayer* de vous tuer ? répéta Stefan avec un rire étranglé. Ce ne serait pas difficile, dans l'état où vous êtes. Mais je suis sur le point d'accomplir un rituel important, et je ne peux pas me permettre de me souiller les mains.

Son regard s'attarda sur la gorge de Kelly.

— Je le regrette, ç'aurait sans doute été très agréable. Vous allez devoir vous faire à l'idée d'une mort beaucoup plus lente.

— Vous ne faites pas le rituel ici ? demanda Kelly.

Stefan eut l'air étonné.

— Bien sûr que non. Ces choses-là ne se font pas sous terre !

Il indiqua d'un geste la salle dans laquelle ils se trouvaient.

— C'est ici que les prêtres se purifiaient avant d'accomplir le rituel. Les fresques l'indiquent clairement.

Kelly doutait fortement qu'il lui dise la vérité.

— Ne me dites pas que vous avez prévu de tuer quelqu'un au Templo Mayor. C'est en plein centre-ville.

Une étincelle brilla dans les yeux du meurtrier.

— Au revoir, agent Jones. Ce fut un plaisir de bavarder avec vous.

Il la salua d'un hochement de tête, tourna les talons et s'éloigna.

Kelly resta interloquée. Allait-il vraiment se contenter de l'abandonner ici ? Son cœur bondit. Peut-être qu'il l'avait sous-estimée au point de la croire incapable de se libérer. Avec un peu de chance, Rodriguez arriverait sous peu. Les liens autour de ses poignets s'étaient légèrement desserrés. Revigorée, elle tira de nouveau dessus. Ses mains s'écartèrent d'un centimètre supplémentaire.

A l'entrée du tunnel, Stefan s'arrêta et leva la main pour lui montrer quelque chose. Un bâton de dynamite.

Kelly sentit le désespoir l'envahir.

— Tout ce que je vous souhaite, c'est de manquer rapidement d'air, lança Stefan.

Puis il se retourna et disparut.

Il allait provoquer un effondrement dans le but de l'ensevelir vivante. Kelly balaya la salle du regard. Le plafond entier risquait de s'écraser sur elle. Et même si ce n'était pas le cas, comment quelqu'un pourrait-il la retrouver ? La panique resserra son étau autour de son cœur.

Elle roula alors sur le flanc. Après s'être tortillée pendant un moment, elle réussit à passer sa jambe valide sous son corps et à s'asseoir dessus. A l'aide de son pied, elle se propulsa en arrière, en direction du tunnel. Elle progressait lentement : elle parcourut deux mètres, puis trois. Peut-être avait-elle une chance de sortir à temps. Stefan n'était probablement pas un expert en explosifs. Il y avait toute une foule d'erreurs qu'il pouvait commettre…

Trois mètres la séparaient de l'entrée quand cela se produisit. Il y eut d'abord un grondement sourd à l'autre bout de la salle, puis un torrent de rochers et de flammes se déversa de l'entrée du tunnel.

*
* *

Tous deux se figèrent en entendant une explosion.

— C'était quoi, ça ? demanda Rodriguez. Un tremblement de terre ?

— Je ne sais pas.

Jake sentit son ventre se contracter de peur. Stefan était impitoyable. Au cours de l'enquête sur le campus, il avait décapité un homme qu'il considérait comme un ami. L'idée de ce qu'il pouvait être en train de faire à Kelly était presque insupportable.

— Reste avec le canot, si tu veux, dit-il en se redressant sur les genoux. Moi, j'y vais.

Avant que Rodriguez ait pu faire un geste, Jake plongea par-dessus bord. Bien qu'il fût déjà trempé, la température de l'eau lui causa un choc. Il recracha ce qu'il avait avalé, faisant la grimace à cause de son goût répugnant.

— Riley ! lança Rodriguez. Fais gaffe à toi !

Jake nageait déjà, et le courant l'emporta à toute vitesse. Il tenait la lampe torche dans sa main droite, en dessinant des cercles lumineux à mesure qu'il nageait. Au bout de dix brasses, il la tendit droit devant lui. Une deuxième ouverture lui apparut, plus réduite encore que celle qui avait déchiré leur canot. Jake s'y précipitait à toute vitesse. A deux mètres de l'ouverture, il remplit ses poumons et plongea sous la surface. L'eau bouillonna autour de lui et sa torche éclaira des rochers de part et d'autre de l'ouverture. Jake fit de son mieux pour les éviter en les repoussant de ses mains, mais il s'érafla quand même l'épaule. Il tendit ses jambes droit derrière lui pour ne pas se laisser entraîner vers le fond. Moins d'une minute plus tard, il refit surface et aspira une grande bouffée d'air.

Ça ne va pas plaire à Rodriguez, pensa-t-il… mais le gilet de sauvetage devrait le ramener à la surface. Du moment qu'il ne paniquait pas, il s'en sortirait.

Le courant diminuait. Jake brandit sa lampe et regarda autour de lui.

Il se trouvait dans une deuxième salle, plus grande que la première. Les murs étaient couverts de dessins, et il y avait une petite plage à droite. Jake se dirigea vers elle en nageant à grandes brasses puissantes. Quand ses genoux frôlèrent le fond, il se redressa et sortit de l'eau en frissonnant.

Le sol de la plage était marqué par des sillons – quelqu'un avait réussi à amener un bateau jusqu'ici. Après ce que Jake venait de traverser, il se demandait bien comment c'était possible.

Un mouvement dans le coin de son champ de vision attira son attention. A un ou deux mètres de lui, une forme couleur chair dansait sur l'eau.

Le cœur de Jake se serra. Il éprouvait une grande réticence à découvrir de quoi il s'agissait, particulièrement après l'explosion qu'ils venaient d'entendre. Il s'approcha lentement, comme s'il craignait de se faire attaquer.

La prothèse de Kelly. Un immense soulagement l'envahit, et se changea aussitôt en inquiétude. Que s'était-il passé, ici ?

Jake pivota sur lui-même. Un tas de débris jonchaient le sol au fond de la salle. En s'approchant, il vit la poussière retomber doucement autour des gravats. L'air était chargé d'une odeur chimique qui piquait les yeux.

Il plaqua son oreille contre la paroi de pierre.

— Kelly ! s'écria-t-il.

De longues minutes s'écoulèrent en silence. Puis il entendit la voix de Kelly s'élever faiblement au loin. Elle appelait au secours.

Kelly tendit l'oreille. L'espace d'un instant, elle avait cru entendre la voix de Jake. Elle attendit un peu, puis secoua la tête. C'était ridicule. Jake était à des kilomètres d'ici.

L'explosion avait soufflé les bougies, la laissant dans l'obscurité. Le côté droit de son corps lui semblait chaud : elle avait dû subir des brûlures. De gros éclats de pierre étaient tombés des parois autour d'elle, dont l'un avait atterri à quelques centimètres de sa tête, mais l'effondrement qu'elle redoutait n'avait pas eu lieu. Tout bien considéré, cela aurait pu être pire.

Cette idée la fit éclater de rire. Elle était coincée dans une salle aztèque oubliée à des dizaines de mètres sous Mexico City. Difficile d'imaginer pire situation.

Elle se releva et réussit à gagner l'entrée du tunnel. D'après ce qu'elle voyait, la seule sortie était bouchée par un mur de pierre.

Elle prit une profonde inspiration et s'intima l'ordre de se détendre et de rassembler ses idées. La première chose à faire, c'était de se libérer les mains.

De retour près du tas de matériel accumulé par Stefan, elle réussit à ouvrir la glissière d'un sac marin et à y introduire ses mains. *Pourvu qu'il ne contienne pas un truc dégueulasse, du genre peau humaine...* Ses doigts frôlèrent un écheveau de corde, une bouteille d'eau, une petite pelle. Quelque chose de coupant accrocha son doigt et lui arracha un faible cri. Avec précaution, elle l'examina à tâtons. C'était un couteau.

Elle se pencha en avant et força sur les bras pour frotter les cordes sur la lame du couteau. Elle récolta quelques petites coupures aux poignets, mais, au bout d'une minute, elle sentit ses liens se desserrer.

Kelly écarta brusquement les poignets. La corde se rompit. Elle secoua les mains pour rétablir la circulation du sang. C'était une petite victoire, mais l'usage retrouvé de ses mains lui remonta considérablement le moral.

Maintenant, il lui fallait de la lumière.

Au bout de quelques minutes supplémentaires de recherche à tâtons dans les affaires de Stefan, elle localisa une boîte d'allumettes et une grande bougie. Il lui fallut trois tentatives pour réussir à l'allumer. Quand la mèche s'enflamma et chassa l'obscurité, Kelly faillit pleurer de soulagement. Elle se retourna vers le tunnel.

Un éboulement formait un obstacle infranchissable à l'entrée. Certaines pierres paraissaient cependant assez petites pour qu'elle puisse les soulever. Elle n'avait rien à perdre d'essayer. En tenant la bougie à la main et en utilisant la pelle comme béquille, elle partit vers l'autre bout de la salle. Il lui fallut cinq minutes d'effort intense pour y arriver. Haletant d'épuisement, elle examina l'éboulis. La dynamite de Stefan avait bien fait son travail. Le milieu du tunnel s'était complètement écroulé – et impossible de connaître l'étendue des dégâts à la sortie. Toute la salle extérieure avait pu s'effondrer. Peut-être même Stefan était-il resté enseveli de l'autre côté. Une idée réconfortante, mais Kelly n'y comptait pas trop. Avec la chance qu'elle avait en ce moment…

Elle repéra une pierre qu'il lui semblait possible de déplacer, et y travailla un moment en la faisant bouger d'avant en arrière. Celle-ci finit par se détacher en déclenchant une petite avalanche de gravats. Kelly sautilla en arrière et manqua de se faire écraser le pied. Il fallait qu'elle soit plus prudente.

Elle se remit en position et cala ses mains autour d'une pierre grosse comme un ballon de basket.

Puis elle se figea sur place et inclina la tête sur le côté. Cette fois, elle avait entendu des voix, c'était sûr. Peut-être que Rodriguez était enfin de retour avec les renforts – à supposer qu'il ne soit pas déjà en prison pour avoir fait exploser une partie du Templo Mayor. Elle plaqua son oreille contre un gros rocher dressé à la verticale au milieu du tunnel. Des grattements, une conversation à voix basse… il y avait indéniablement des gens de l'autre côté. Le cœur de Kelly bondit.

— Hé ! lança-t-elle.

Silence, puis une réponse étouffée.

— Je ne vous entends pas ! s'écria-t-elle. Aidez-moi à sortir d'ici !

De nouveau, des voix s'élevèrent de l'autre côté, étouffées par les rochers. On aurait dit des voix d'homme.

— Quoi ? dit Kelly.

Elle s'approcha davantage et ferma les yeux pour essayer de mieux entendre. Elle eut l'impression qu'on lui demandait de reculer.

*
* *

Rodriguez sortit de l'eau et s'avança vers Jake en chancelant.

— Merci beaucoup pour ton aide, lança-t-il sèchement. J'ai failli me noyer.

— Je me suis dit que le gilet suffirait à te sauver, répondit Jake en creusant frénétiquement dans le mur en pierre. Aide-moi. Je crois que Kelly est de l'autre côté.

— Quoi ? Comment c'est arrivé ?

Rodriguez recula d'un pas et contempla l'éboulis.

Jake ne répondit pas. Ses doigts étaient ensanglantés, sa respiration inégale. Il glissa une main dans l'interstice autour d'un énorme fragment de rocher, cala son pied sur celui en dessous et tira de toutes ses forces pour le déloger. Puis il le fit tomber au sol à côté des trois autres qu'il avait déjà sortis.

— Tu n'as pas fini, lui fit remarquer Rodriguez.

— Tu as une meilleure idée ? rétorqua Jake.

— A vrai dire, oui.

Rodriguez laissa tomber le sac étanche sur le sol, fouilla à l'intérieur et en sortit un gros bout de mastic.

— Il se trouve que j'ai encore un peu de C4 sur moi.

Jake l'examina.

— Je ne m'y connais pas trop en explosifs.

Il leva les yeux et ajouta :

— Il ne faudrait pas que le plafond s'écroule et nous ensevelisse.

— On commence petit, et on voit, répondit Rodriguez. Ce sera toujours plus facile que de creuser un passage dans ce merdier.

— Kelly est peut-être coincée sous un rocher de l'autre côté. L'explosion risque de la tuer.

— C'est un risque, reconnut Rodriguez.

Il se frotta le menton et ajouta :

— Le truc, c'est que j'ai peur de voir débarquer nos copains les *federales*. Ils vont avoir plus envie de nous arrêter que de nous aider. Si on était chez nous, je serais d'accord pour attendre. Mais ici…

Jake réfléchit quelques secondes. Rodriguez avait raison. Par ailleurs, ils n'avaient aucune idée de la quantité d'air qui restait à Kelly. Il fallait tenter le tout pour le tout. Il plaqua son visage contre le mur et hurla de toutes ses forces :

— Kelly, recule-toi et mets-toi à l'abri !

Kelly battit précipitamment en retraite et entoura sa bougie d'une main pour protéger la flamme. Rodriguez devait avoir encore un peu de C4 sur lui. Pourvu que cela suffise à déblayer l'éboulis… Un souffle de poussière surgit de la sortie du tunnel, et elle leva la bougie. Elle ne constata aucun changement de ce côté-ci.

— Ça n'a pas marché ! lança-t-elle.

— Ne t'approche pas, on va recommencer.

Les voix étaient devenues plus distinctes. Kelly s'écarta sur le côté, ramena ses genoux vers sa poitrine et se couvrit les oreilles de ses mains.

Un grondement plus puissant se produisit. De nouveaux morceaux de pierre se décrochèrent du plafond et s'écrasèrent au centre de la salle. Un éclat plus petit ricocha sur sa tête et lui entailla la joue.

Sans prendre garde à la douleur, elle se précipita en avant dès que le grondement s'arrêta. Toujours pas de changement, mais elle entendait distinctement des voix de l'autre côté.

— Ça a marché ? demanda-t-elle.

L'instant d'après, le mur de pierres devant elle se mit à bouger. Un rocher au sommet de l'éboulis recula, et une main apparut.

— Merci, mon Dieu…, murmura-t-elle.

En prenant appui sur les pierres, elle se hissa debout.

L'instant d'après, le mur commença de s'écrouler devant elle. Le plafond du tunnel semblait relativement solide, mais elle préférait sortir de cet endroit au plus vite. Quand les gravats furent déblayés jusqu'à hauteur des épaules, une tête apparut de l'autre côté. Le visage de Rodriguez affichait un soulagement évident.

— Bon sang, Kelly, comment est-ce que tu arrives à te fourrer dans…

— Il faut qu'on se dépêche, coupa-t-elle. Stefan a prévu un nouveau rituel.

— Une chose à la fois.

Rodriguez fit passer quelque chose par la brèche dans l'éboulis.

— Voilà un truc qui devrait t'être utile.

A la vue de sa prothèse, Kelly eut envie de pleurer de joie, une réaction qu'elle n'aurait pas imaginée quelques jours plus tôt. Elle s'appuya contre un rocher pour la rattacher. En dépit de la douleur dans son moignon, elle en fut revigorée.

— J'arrive, lança-t-elle.

Elle se hissa vers l'ouverture, puis se figea sur place en sentant les pierres bouger sous ses pieds. Deux mains puissantes l'attrapèrent sous les aisselles et la firent basculer de l'autre côté à l'instant précis où le mur cédait sous son poids.

— Merci, dit-elle en baissant les yeux pour s'épousseter.

— Ce fut un vrai plaisir.

Kelly releva lentement les yeux et se retrouva nez à nez avec Jake. Il n'avait pas l'air content.

— Comment s'est passée ta mission ? demanda-t-elle sur un ton hésitant.

— On en parlera après. Pour l'instant, j'aimerais savoir ce qui t'a traversé l'esprit.

— Il vaudrait vraiment mieux nous…

— Tu n'as même pas daigné m'appeler pour me prévenir de ce que tu mijotais.

— Je… j'ai perdu mon téléphone, expliqua-t-elle faiblement.

Ce n'était sans doute pas un bon moment pour lui parler de son séjour en prison.

— Tu aurais pu en racheter un dans n'importe quel corner shop. Tu as bien réussi à l'appeler, lui !

Il indiqua d'un geste Rodriguez, qui se tenait à l'écart, l'air très gêné.

— Ce n'est pas moi qui l'ai appelé. C'est McLarty.

— Tu as décidé de partir toute seule sur la piste d'un meurtrier désaxé, alors que…

— Alors que quoi ? demanda Kelly en plissant les yeux.

Elle vit, au regard de Jake, qu'il ne se laisserait pas intimider.

— Alors que tu es handicapée. Tu n'es plus capable de faire ce que tu faisais avant. Putain, Kelly, regarde-toi ! Tu es dans un état pitoyable.

Il tendit la main vers sa joue et essuya délicatement un ruisselet de sang. Kelly tressaillit de douleur.

— J'ai failli le coincer, dit-elle.

Elle balaya la plage du regard. Le canot pneumatique avait disparu, et elle ne voyait pas non plus son arme. Stefan avait au minimum un bon quart d'heure d'avance.

— On discutera de tout ça plus tard, dit-elle. Pour l'instant, il faut qu'on sorte d'ici.

— En repassant par le même endroit ? demanda Rodriguez en frissonnant.

Son costume était trempé, des gouttes d'eau coulaient depuis l'ourlet de son pantalon sur ses chevilles.

— Sauf si vous avez trouvé une autre sortie, répliqua Kelly.

Elle les regarda tour à tour. Jake était furieux, cela se voyait à sa mâchoire crispée.

Un grondement se produisit au-dessus de leurs têtes. Ils se figèrent tous trois.

— Je n'aime pas ce bruit, annonça Rodriguez en examinant le plafond. Ça ne me fait pas plaisir, mais je crois que Kelly a raison. Il faut qu'on dégage.

— Allons-y.

En évitant le regard de Jake, Kelly avança droit vers le bord de l'eau. Il ne répondit pas, mais elle l'entendit lui emboîter le pas. Sans se laisser le temps de réfléchir, elle s'enfonça dans l'eau.

42

Kelly frissonna tandis que l'eau lui léchait les oreilles. Jake nageait derrière elle, Rodriguez fermait la marche en pataugeant. Le courant les emportait vers une nouvelle ouverture dans la paroi rocheuse. Celle-ci était un peu plus large que les précédentes.

— Elle continue jusqu'où, cette rivière ? demanda Jake. J'ai l'impression d'avoir fait déjà des kilomètres.

— A mon avis, on n'est même pas sortis de la ville, lança Rodriguez derrière lui. Il me semble qu'on descend vers le sud. Ça va sans doute déboucher sur la Panuco. La plupart des cours d'eau de la région s'y jettent.

Kelly arriva la première au bout de la caverne. Il y eut un nouveau grondement au-dessus de leurs têtes, puis un énorme morceau se détacha du plafond et s'abîma derrière eux dans un grand éclaboussement. Rodriguez laissa échapper un cri. La force de la vague emporta Kelly vers l'obscurité au loin.

Elle se débattit pour garder ses jambes à la surface : l'idée de se coincer le pied de nouveau la remplissait de terreur. Quelque chose la frôla, puis lui attrapa le bras ; elle se dégagea brusquement.

— Ouille !

— Pardon, dit-elle. Où est ta lampe ?

— Elle est morte.

— Ah…

Pour une raison ou une autre, Kelly n'était pas aussi terrifiée qu'elle aurait dû l'être. Elle était pourtant propulsée à travers un boyau obscur par les vagues que soulevaient les éboulements successifs dans leur dos. Mais au moins, cette fois, elle n'était pas seule.

— Hors de question de faire demi-tour, dit Rodriguez. J'espère que personne n'a essayé de nous suivre.

— Je vois de la lumière, fit remarquer Jake.

Il avait raison : Kelly distingua elle aussi une lueur lointaine. Le courant ralentissait progressivement à mesure que le tunnel rétrécissait. L'instant d'après, elle fut aveuglée par la lumière qui se reflétait sur les parois de part et d'autre.

Il fallut un instant pour que ses yeux s'y habituent. Ce qu'elle vit alors était tellement inattendu que son cerveau fut presque incapable de l'enregistrer.

Syd fixait le sol d'un regard noir. Elle ne savait absolument pas quoi penser de la situation. A son arrivée à l'hôpital, une demi-heure plus tôt, Jake avait disparu. Le personnel médical n'avait aucune idée de l'endroit où il pouvait se trouver. Syd, pour sa part, avait une hypothèse. Dans un moment pareil, un seul motif pouvait justifier son départ du chevet de son frère. Kelly avait dû s'attirer des ennuis, et Jake était parti à son secours.

Elle n'avait aucune envie de se l'avouer, mais cette idée la dérangeait. Non qu'elle s'attendît à quoi que ce soit, depuis l'histoire de l'autre soir. Ils relâchaient tous les deux la pression au milieu d'une opération stressante. Comme elle l'avait fait à des dizaines de reprises, partout dans le monde, sans pour autant se rappeler la tête de la moitié des types. Sur le trajet de la base des Zetas jusqu'à Mexico, elle avait préparé un petit discours, au cas où Jake se serait fait des idées. *Il faut rester professionnel*, avait-elle prévu de dire. *Il vaut sans doute mieux que ça ne se reproduise pas. C'était une histoire d'un soir.*

Mais le fait qu'il n'ait même pas pensé à l'appeler pour lui donner des nouvelles de Mark était quand même un peu vexant. Du coup, Syd n'était plus tellement d'humeur à prononcer son petit discours. Elle avait plutôt envie de le secouer et de lui demander pourquoi il perdait son temps avec Kelly. Laquelle était déjà assez gonflante avant de perdre sa jambe. Syd supposait que Jake restait avec elle par pitié, et que leur relation finirait par se défaire d'elle-même. N'empêche que cela prenait plus de temps qu'elle ne l'aurait cru.

Elle s'en fichait, évidemment. Cela ne la regardait pas, de toute façon.

Elle leva les yeux : Maltz se tenait devant elle. Il était ressorti intact de la bataille, c'était déjà ça. Elle se sentait encore coupable de ce qui lui était arrivé la fois précédente.

Il passa la main dans ses cheveux.

— Jake est parti, hein ?

— Pas mon problème, dit Syd en haussant les épaules.

— C'est sûr. L'infirmière dit que Mark va bientôt sortir du bloc. Tu veux un café ?

— Volontiers. Avec de la crème et sans sucre.

Syd se laissa tomber sur une chaise. Tandis que Maltz s'éloignait en boitant vers le bout du couloir, ses yeux se mirent à brûler. Elle porta une main à sa joue : à sa grande consternation, elle s'aperçut qu'elle était mouillée de larmes.

43

— Putain de merde ! s'exclama Rodriguez.

Kelly était du même avis.

— C'est quoi, tout ça ?

La rivière souterraine s'était achevée par un long tube métallique qui venait de rejeter Kelly à l'air libre. Elle flottait à présent au milieu d'un canal. A une dizaine de mètres, une barque aux couleurs vives, remplie de passagers, était conduite par une sorte de gondolier.

— Tu ne vas pas me croire, soupira son coéquipier, mais je sais où on est. Au lac Xochimilco.

— Le lac quoi ? demanda Jake en arrivant à la nage derrière eux.

Le gondolier fit virer la barque de bord et se dirigea vers eux en pagayant. Quelques passagers les prenaient en photo.

— Xochimilco. C'est ici qu'ont eu lieu les épreuves d'aviron des JO de 1968.

Rodriguez regarda autour de lui et ajouta :

— Cette barque, c'est une *trajinera*. Une fois, mes parents m'ont emmené dans un super resto dans le coin. J'ai mangé le meilleur taco de ma vie.

La barque s'immobilisa près d'eux, et le gondolier cria quelque chose. Rodriguez lui répondit, et l'homme lui tendit une pagaie. Il lança son sac étanche par-dessus bord, puis y grimpa à son tour.

— Qu'est-ce que tu fais ? demanda Kelly.

— J'en ai marre de me noyer. Ça suffit pour aujourd'hui.

Rodriguez secoua la tête comme un chien en aspergeant les touristes autour de lui.

Kelly se laissa hisser à bord. Une dizaine de passagers médusés la fixèrent ouvertement tandis que de l'eau boueuse dégoulinait sur le fond de la barque.

— Nom de Dieu, dit une femme avec un fort accent du Texas. Qu'est-ce qui vous est arrivé ?

— C'est une longue histoire, grommela Kelly.

— Tenez, prenez ça.

Elle ôta une veste en laine polaire verte et la lui tendit.

— Je ne peux pas…

— Bien sûr que si. C'est mon truc le plus moche, mais ça tient chaud. Je comptais le laisser ici, de toute façon.

— Je vous en suis très reconnaissante.

Kelly enfila la veste. Malgré ses vêtements mouillés, elle se réchauffa immédiatement.

A l'autre bout de la barque, Rodriguez s'entretenait avec le gondolier. Kelly le vit lui montrer discrètement son badge. Une minute plus tard, son coéquipier revint vers Jake et elle.

— Il va appeler un copain pour qu'il vienne nous récupérer dans sa *trajinera*.

— Il n'a vu personne qui corresponde au signalement de Stefan ?

Rodriguez secoua la tête.

— C'est son premier voyage de la journée. Mais il a dit qu'il demanderait aux autres. Tu as une idée de l'endroit où Stefan comptait aller ?

— Il a surtout parlé de la date et de l'heure. Comme quoi c'était crucial.

— Tu en déduis qu'il ne va pas attendre le mois prochain ?

— Ça m'étonnerait, rétorqua Kelly en secouant la tête. Il faudrait revérifier ce calendrier pour voir s'il n'y a pas des rituels aztèques associés à aujourd'hui.

— Je vais appeler McLarty pour lui demander de mettre quelqu'un sur le coup. Peut-être qu'il pourra même convaincre les flics d'ici d'émettre un avis de recherche.

Rodriguez sortit un téléphone portable de son sac étanche.

Les touristes remuaient nerveusement sur leurs bancs.

— J'espère qu'ils nous rembourseront une partie du voyage, se plaignit une femme en regardant Kelly d'un air accusateur. On a payé pour une heure entière.

— Hé, dit la Texane en faisant un clin d'œil à Kelly, c'est plus intéressant que tout ce qu'on a vu jusqu'ici ! Je m'étais à moitié endormie.

L'autre grommela une réponse et détourna les yeux.

Kelly promena son regard sur les alentours. Le canal ne faisait pas plus de six ou sept mètres de largeur, et il était chargé d'autres barques de couleurs vives. Sur le rivage, des rangées d'arbres tropicaux se balançaient dans la brise. Au-delà, c'étaient de petits champs ouverts. Une vieille femme coiffée d'un chapeau de paille pagayait vers eux, son canoë chargé de fleurs. Quelques touristes lui tendirent des billets en échange de bouquets.

— Tout ça est super-bizarre, commenta Jake à voix basse.

Kelly hocha la tête, subitement épuisée. Elle sentit son taux d'adrénaline chuter et chancela. Jake lui attrapa le bras pour l'empêcher de tomber.

— Tu ferais mieux de t'asseoir.

Il l'entraîna vers un banc et s'installa à côté d'elle. Kelly allait appuyer sa tête contre l'épaule de Jake, mais elle se reprit juste à temps.

Il s'en aperçut et l'attira de nouveau contre lui. Elle se détendit et respira son odeur. De part et d'autre du canal, les berges s'élevaient, de plus en plus hautes ; bientôt, Kelly ne vit plus que des murs de mousse montant vers le ciel. La beauté du paysage était presque choquante, après le bruit et la pollution de Mexico. Le ciel restait encore voilé, mais le soleil gagnait en force et commençait à la réchauffer.

— Je suis contente que tu n'aies rien, dit-elle à Jake. Et je suis vraiment désolée.

— Oui, répondit-il d'une voix éraillée, moi aussi.

Kelly inclina la tête pour le regarder.

— Qu'est-ce qui t'arrive ?

— J'ai cru que je t'avais perdue, répliqua-t-il sans la

regarder. Pourquoi est-ce que tu ne m'as pas dit que tu voulais le coincer ? J'aurais pu t'aider !

— Mark avait besoin de toi. Et puis je ne faisais que vérifier une piste. Le reste… ce n'était pas prévu.

— Bon sang, Kelly…

Jake secoua la tête.

— On devrait pouvoir tout se dire. C'est ça, l'essentiel.

— Je sais, tu as raison.

Elle resta un moment silencieuse, puis ajouta :

— Le plus marrant, c'est que mon altercation avec Stefan m'a permis de remettre les choses en perspective.

— Très marrant, répondit Jake d'une voix morne.

— Je comprends que tu sois fâché, dit Kelly.

Il évitait toujours son regard, et elle soupira.

— Quand on rentrera, il faudra qu'on parle. Je voulais juste te dire que tout est plus clair pour moi, maintenant. Si tu veux toujours qu'on se marie, je crois qu'on devrait le faire.

— Quoi ?

Jake la regarda enfin. Elle réussit à lui sourire.

— Tu es sérieuse ?

— Oui. Avant, j'étais… je me suis comportée comme une idiote.

Il détourna de nouveau le regard. Kelly l'examina avec surprise. Elle aurait juré qu'il avait les larmes aux yeux.

— Jake ?

— On en reparlera plus tard, dit-il d'une voix brisée.

— D'accord.

Elle se rassit contre le banc, blessée dans son amour-propre. Une barque vide vint se coller contre la leur. Les gondoliers se passèrent des cordes pour attacher les deux *trajineras* ensemble. Kelly laissa Rodriguez l'aider à monter à bord de l'autre barque.

Quand ils se furent installés, ce dernier leur dit :

— Ce type va nous ramener aux quais. On essaiera de trouver un cybercafé, là-bas. Et McLarty est censé rappeler d'ici une heure.

— D'accord.

Kelly hocha la tête, mais elle était rongée par l'impatience. C'était insupportable de rester ici à ne rien faire, alors que Stefan était peut-être en train de tuer quelqu'un.

Une sonnerie métallique s'éleva de l'intérieur du sac étanche. Rodriguez y fouilla et en sortit un téléphone.

— C'est le tien, dit-il en le lançant à Jake.

Jake regarda l'écran, et son visage s'assombrit.

— Comment va-t-il ? dit-il en décrochant.

Kelly et Rodriguez échangèrent un regard perplexe.

— D'accord. J'arrive.

Jake referma son téléphone et se tourna vers Rodriguez.

— Il faut que j'aille à l'hôpital. Mon frère vient de sortir de la salle d'opération.

— Quoi ? s'exclama Kelly. Pourquoi est-ce que tu n'as rien dit ? C'est grave ?

— C'est grave, confirma Jake en gardant la tête baissée. Chris a pris le premier avion, mais je ne sais pas s'il va arriver à temps.

— Désolé, mon vieux, soupira Rodriguez. Ils m'ont dit qu'il faudrait un quart d'heure maximum pour revenir aux quais. Le centre-ville n'est pas très loin.

— Je suis tellement désolée…, dit Kelly en passant la main autour de ses épaules. Tu n'aurais pas dû venir me chercher.

— Tu voulais quoi ? Que je te laisse mourir là-dessous ?

Jake se prit la tête entre les mains.

Kelly lui frotta l'épaule. L'état de Mark changeait tout. Impossible de partir à la recherche de Stefan avec la conscience tranquille, en laissant Jake seul face à cette situation douloureuse.

— Je t'accompagne à l'hôpital.

— Tu n'es pas obligée.

— J'en ai envie.

— Comme tu voudras.

Ils restèrent un moment silencieux. Le téléphone du gondolier sonna alors. Ce dernier écouta quelques secondes, puis cria quelques mots dans le récepteur, raccrocha et se mit à pagayer de toutes ses forces. La barque pivota lentement sur elle-même.

— Qu'est qu'il fait ? demanda Kelly.

— *Qué pasa ?* lança Rodriguez au conducteur du bateau.

L'autre débita une explication à toute vitesse, accompagnée de gestes furieux. Le visage de Rodriguez s'assombrit à mesure qu'il traduisait.

— Quelqu'un vient d'enlever un jeune du coin, un gamin qui aide sa mère à vendre de la nourriture depuis leur *trajinera*. Le type l'a carrément sorti du bateau par la peau du cou. Sa mère a essayé de l'arrêter, mais il l'a poussée à l'eau. Le gondolier repart en aval pour participer aux recherches.

— C'est Stefan, dit Kelly. J'en suis sûre.

— C'est clair, grommela Rodriguez. Ce fils de pute ne se laisse pas abattre.

— Ces gens ne doivent pas partir tout seuls à sa recherche. Il est trop dangereux.

La mâchoire crispée, Rodriguez porta son regard au loin.

— S'il lui reste de la dynamite, il peut faire de gros dégâts. Mais, quoi qu'on dise, le gondolier refusera de faire demi-tour.

— Demande-lui de me déposer sur la berge, dit Jake. Je me débrouillerai pour rentrer.

Il balaya la rive du regard. Elle montait en pente douce vers une prairie d'herbe.

— Il doit bien y avoir une route, dans le coin.

— Je vais demander, dit Rodriguez. Mais je ne sais pas combien de temps il te faudra pour arriver aux quais.

Jake ne répondit pas.

Kelly le regardait fixement, tiraillée.

Jake tourna son regard vers elle.

— Tu as envie de coincer Stefan, j'imagine ?

Elle hésita avant de répondre :

— Je t'accompagne à l'hôpital.

— Réponds à ma question.

— Bien sûr que j'ai envie de le coincer, dit-elle. Il a failli me tuer pour la deuxième fois. Il vient d'enlever un enfant.

Un frisson la parcourut tandis qu'elle revoyait l'image du corps dans la décharge.

— Il a écorché sa dernière victime, Jake. C'est un des pires trucs que j'aie jamais vus. Je n'ai pas envie qu'il fasse du mal à d'autres.

Jake s'agenouilla à côté d'elle et la regarda dans les yeux.

— Vas-y, alors.

— Non, dit Kelly en secouant la tête. Je t'accompagne.

Jake prit son visage en coupe et lui caressa la joue du bout du pouce.

— Je ne t'ai pas vue comme ça depuis très longtemps.

— Avec des bleus partout, tu veux dire ?

— Tu es redevenue toi-même. La femme que je veux épouser.

Il leva les yeux. La barque arrivait devant la berge.

— Ça ne me plaît pas de te laisser ici. Je ferais mieux de rester vous aider.

— Absolument pas, dit Kelly avec fermeté. Mark a besoin de toi. J'ai Danny pour me couvrir, on se débrouillera très bien.

— Si tu le dis…

Jake contempla la berge d'un air incertain.

— J'ai un mauvais pressentiment, dit-il. Tu n'es pas dans une bonne passe, en ce moment.

— Je le suis rarement, fit remarquer Kelly d'un air contrit.

Jake éclata de rire.

— Tu as la poisse depuis qu'on s'est rencontrés, c'est sûr.

— Je m'en veux atrocement de t'abandonner, Jake.

Ce dernier avait quitté son frère blessé pour venir la secourir. Le renvoyer seul à son chevet la tracassait terriblement.

— Tu es sûr que ça ira ? demanda-t-elle.

— Certain. Ne te fais pas tuer, c'est tout.

— Je te le promets, répondit Kelly.

Elle l'entoura de ses bras, et ils s'enlacèrent de toutes leurs forces pendant quelques instants.

A une cinquantaine de centimètres du bord, le gondolier dit quelque chose en espagnol.

— Il ne peut pas s'approcher davantage, expliqua Rodriguez.

— Ça doit être mon signal de départ, soupira Jake.

Il embrassa Kelly sur le front, sur le nez puis sur la bouche.

— Je t'aime, dit-il en lui tenant le menton.

— Moi aussi, je t'aime.

— Rappelle-toi : l'hôpital Ingles. Tu m'appelles dès que vous l'aurez coincé.

Il lui tendit son sac à dos et ajouta :

— Il y a un pistolet H&K à l'intérieur. Là où je vais, je n'en aurai pas besoin.

— D'accord, répondit Kelly en déglutissant pour chasser la boule dans sa gorge. Merci.

Rodriguez serra la main de Jake.

— Bonne chance pour le trajet jusqu'au centre-ville.

Jake hocha la tête. Il lança un dernier regard à Kelly, posa un pied sur le plat-bord et bondit à terre.

Le gondolier enfonça sa perche dans le fond du canal et fit repartir la barque en aval. Le soleil montait dans le ciel, des zones bleues apparaissaient à travers la brume. Dès que Jake eut disparu derrière la berge, Kelly se retourna vers Rodriguez.

— Tu ne connais pas des temples dans le coin où les Aztèques faisaient des sacrifices ? Stefan doit avoir une destination précise en tête.

Rodriguez haussa les épaules.

— Il y en a des tonnes, selon la distance qu'il est prêt à parcourir. La pyramide du Soleil, la pyramide de la Lune… Les Aztèques adoraient tuer des gens, ils le faisaient un peu partout.

— Le plus près serait le mieux. Il ne va pas aller très loin en transportant une victime.

Rodriguez se tourna vers le gondolier, qui parlait de nouveau au téléphone. Celui-ci leva un doigt pour leur faire signe de patienter, puis il raccrocha quelques instants plus tard. Les mâchoires crispées, il prononça quelques mots et se mit à pagayer plus vite.

— Ses copains ont trouvé un canot gonflable à environ un kilomètre en aval, expliqua Rodriguez. Ils se dirigent tous là-bas.

— Ils sont combien ?

— Au moins une douzaine. Ils essaient de contacter des gens à terre afin qu'ils leur donnent un coup de main et constituent un réseau pour l'empêcher de s'échapper.

— Il sera encore plus dangereux s'il est acculé.

— Peut-être, mais on a l'avantage du nombre. Ça vaut mieux que d'être juste tous les deux.

— Sans doute, répondit Kelly sur un ton incertain.

Le gondolier avait l'air enragé. Elle n'avait aucune envie de laisser une foule assoiffée de sang lyncher Stefan, même s'il le méritait amplement. La question était de savoir si Danny et elle seraient en mesure de les arrêter.

Elle se pencha en avant et s'abrita les yeux d'une main.

— Le voilà.

A une dizaine de mètres de la proue, un groupe de barques étaient attachées ensemble. Elles semblaient abandonnées à la hâte, sans aucun passager en vue. Le canot gonflable de Stefan était échoué sur le rivage ; on l'avait fixé à un tronc d'arbre avec une corde. La berge était raide.

Le gondolier bifurqua vers elle. Quelques instants plus tard, il jeta par-dessus bord un pneu en guise de pare-chocs et passa une corde autour de la poutrelle de la barque la plus proche.

— C'est trop facile, dit Kelly en se parlant à elle-même.

— Quoi ? demanda Rodriguez.

— Stefan est cinglé, mais ce n'est pas un idiot.

Elle se tourna vers la berge opposée et la balaya du regard.

— On ferait mieux de se séparer et de chercher des deux côtés, au cas où.

Le gondolier sautait déjà d'une barque à l'autre en direction du rivage.

— *Amigo !* lança Rodriguez. *Espere !*

Sans répondre, l'autre sauta à l'eau, rejoignit la berge en pataugeant et l'escalada à toute vitesse.

— Tant pis pour l'avantage du nombre, soupira Rodriguez. Qu'est-ce que tu en dis ? On vérifie l'autre berge de notre côté ?

Kelly plissa les lèvres.

— Je préfère ne pas penser à ce qui se passera s'ils l'attrapent et qu'on n'est pas là.

— S'ils ne l'attrapent pas, ce sera encore pire, lui fit remarquer Rodriguez.

— Très bien. On commence par l'autre rive.

Elle l'aida à détacher la barque et à la pousser. C'était tout de même rageant : Stefan se débrouillait toujours pour avoir une longueur d'avance sur eux.

Armé de la rame, Rodriguez se démenait pour résister au courant qui les entraînait en aval. Au bout d'une dizaine de minutes, il réussit à leur faire traverser le canal.

— C'était carrément plus difficile que ça n'en avait l'air, dit-il en essuyant son front en sueur.

Kelly bascula ses jambes par-dessus bord et se retrouva immergée jusqu'aux hanches. La bouline serrée entre ses doigts, elle avança maladroitement en remorquant la barque derrière elle. A un mètre du bord, elle passa la corde autour d'une souche d'arbre et fit un triple nœud.

Rodriguez sauta à côté d'elle.

— Tu n'aurais pas cru que l'eau serait plus chaude, ici ? grommela-t-il en lui passant le sac de Jake.

— Au moins, on n'a pas eu à nager.

Kelly sortit le H&K du sac et l'examina rapidement avant de le coincer sous la ceinture de son pantalon. Hissant le sac sur ses épaules, elle jeta un regard sur la berge raide.

— Ça t'ennuierait de me donner un coup de main ?

Rodriguez grimpa le premier en étouffant des jurons tandis qu'il glissait sur le terrain boueux. Arrivé en haut, il se pencha pour l'aider.

Au bout de quelques minutes d'effort, elle réussit à le rejoindre, essuya ses paumes sur son pantalon, et fit un tour d'horizon. Ils se trouvaient dans une sorte de champ.

— Ils appellent ça des *chinampas*, expliqua Rodriguez. C'est marécageux, un peu comme les rizières.

— J'ai remarqué.

Les bottes de Kelly s'étaient enfoncées dans la boue, et des flaques d'eau s'amoncelaient autour d'elle.

A l'autre bout du champ se dressait une cabane au toit effondré. Le paysage alentour était plat et vide : aucune habitation, seulement un chemin en terre longé par des poteaux téléphoniques.

— Je ne vois pas de temple, dit Kelly.

— Je ne suis pas venu ici depuis mon enfance, mais je ne me rappelle pas en avoir vu à ce moment-là. Crois-moi, s'il y en avait eu dans le coin, on serait allés les visiter. Papa n'a jamais su dire non à une ruine.

— On devrait sans doute jeter un coup d'œil à la cabane, soupira Kelly.

Tous ses instincts lui soufflaient qu'ils faisaient fausse route. Un rituel en plein jour, dans un champ au milieu de nulle part : ça ne collait pas avec le goût de Stefan pour le spectaculaire. Mais s'il avait prévu d'accomplir le rituel ailleurs, pourquoi ne pas attendre pour enlever une victime ? Et si l'enlèvement n'était destiné qu'à faire diversion ? Cela dit, Stefan devait la croire morte, et savait qu'à part elle personne ne suivait sa trace. A quoi bon se donner tant de mal ?

Rodriguez haussa les épaules.

— M'étonnerait qu'il soit là. On peut toujours reprendre la barque et descendre voir s'il n'est pas en aval.

Kelly hésita.

— Jetons d'abord un œil à la cabane. Peut-être qu'il fait profil bas en attendant que les choses se tassent.

Ils traversèrent le champ avec prudence, en restant autant que possible sur la terre ferme. Kelly était douloureusement consciente du temps qu'ils perdaient. Elle ne cessait de se rappeler le regard triomphant que Stefan lui avait lancé avant de l'abandonner dans la caverne.

A trois mètres de la cabane, elle se tourna vers Rodriguez avec l'intention de lui annoncer qu'ils rebroussaient chemin. A l'instant où elle ouvrit la bouche, un gémissement s'éleva de l'intérieur de la construction.

44

Kelly fit signe à Rodriguez de contourner la cabane par la gauche. Elle prit par la droite en essayant de ne pas faire trop de bruit. Ce n'était qu'un amas de bois pourri et effrité. Quelques lambeaux de peinture rouge s'accrochaient encore aux planches décolorées par la pluie.

Elle tendit l'oreille. A part le chant lointain d'un oiseau, elle n'entendit que du silence.

Elle passa l'angle de la cabane. La façade avait entièrement disparu, la laissant exposée au vent. De l'endroit où Kelly se trouvait, elle paraissait vide, mis à part un tas de détritus.

Rodriguez sortit de l'autre côté. Il hocha la tête, puis articula en silence :

— *Un, deux…*

A trois, ils se ruèrent à l'intérieur et balayèrent l'espace de leurs armes.

— Rien, dit Kelly sur un ton perplexe.

Un petit gémissement se fit entendre de nouveau.

Elle virevolta sur ses talons. Dans le coin de la cabane, une paire de jambes maigrelettes dépassaient du toit effondré.

Kelly s'avança prudemment, gardant son pistolet braqué devant elle. De l'autre main, elle souleva un coin des bardeaux. Une paire d'yeux énormes la contempla avec terreur.

— *No me moleste*, chuchota-t-il.

— C'est le gamin, dit Rodriguez en rangeant son arme.

— Aide-moi à le dégager. Je crois qu'il est blessé.

Ensemble, ils soulevèrent les restes du toit écroulé et découvrirent un enfant de cinq ou six ans vêtu d'un T-shirt bleu clair et d'un short en jean effiloché, tous deux trempés de sang.

Rodriguez lui parla doucement en espagnol.

L'enfant lui répondit d'une voix chancelante. Tandis qu'il parlait, Rodriguez souleva prudemment un coin de son T-shirt. L'abdomen du garçon était traversé par une profonde entaille.

— Il dit que le méchant homme l'a emmené ici et qu'il l'a coupé. Et puis il est parti.

— En le laissant ici ?

Rodriguez parla encore quelques instants à l'enfant. La voix de ce dernier devenait de plus en plus faible.

— Il lui a même dit d'appeler à l'aide après son départ, mais le petit a eu trop peur. Il est resté à attendre ici, terrifié à l'idée qu'il revienne.

Le garçon se tut. Rodriguez croisa le regard de Kelly.

— Il veut voir sa mère. Il nous supplie de l'emmener la retrouver.

— Je ne sais pas si on peut le déplacer. Passe-moi ton téléphone, je vais appeler les secours.

Rodriguez fouilla dans son sac tout en continuant à bavarder sur un ton rassurant. L'enfant suivit ses mains du regard, puis ses paupières commencèrent à se fermer.

— Merde, dit Rodriguez en lui lançant son téléphone. On est en train de le perdre. Appelle le 066.

— Je n'ai aucun réseau, dit Kelly sur un ton de frustration. Essaie d'étancher la plaie. Je retourne chercher de l'aide au canal.

— Fais attention à toi. Stefan est peut-être toujours dans les parages.

— S'il est malin, il est loin d'ici.

— Je ne sais pas pourquoi, grommela Rodriguez, j'ai du mal à y croire.

L'enfant émit un petit geignement, et ses yeux se révulsèrent.

— Dépêche-toi, Jones. Il n'en a plus pour longtemps.

*
* *

Jake courait à petites foulées en suivant le trajet sinueux de la rivière. Tout en courant, il ruminait les propos de Kelly. L'ironie de la situation était presque insoutenable. Après tout ce temps, elle était enfin redevenue elle-même. Elle avait retrouvé cette étincelle dans le regard, cette passion qui l'avait attiré au départ. Par-dessus le marché, elle était enfin prête à l'épouser.

De son côté, il venait de la tromper de la pire manière imaginable. Des images se succédèrent dans sa tête : la chambre de motel, les jambes de Syd enroulées autour de ses reins. Rien que d'y repenser, il en était malade. Mais la vérité, c'était qu'il aurait dû le voir venir. Il avait des sentiments pour Syd, qu'il veuille l'admettre ou non.

N'empêche qu'il aimait Kelly. Sur le bateau, il s'était rendu compte que ce qu'il voulait plus que tout au monde, c'était passer sa vie avec elle. Restait à savoir si Kelly en aurait envie, une fois qu'il lui aurait tout avoué.

Les berges s'aplatissaient autour de lui, laissant apercevoir des bouquets de roseaux qui poussaient dans l'eau. Des voix s'élevaient au loin. Il approchait sans doute des quais d'embarquement, avec leurs restaurants et leurs cafés. La plupart des gondoliers devaient être partis en aval, à la recherche de l'enfant disparu, car le canal restait vide.

Il y eut un rugissement à sa gauche, et un bateau de police apparut. Ses deux moteurs soulevaient des vagues, et trois flics armés se tenaient à bord. Jake plongea au sol et s'aplatit en espérant que les roseaux le dissimuleraient. La police ne devait disposer que d'un signalement très vague de l'agresseur : tout grand Blanc se baladant à pied au bord de l'eau aurait des explications à donner.

Le bruit du moteur s'éloigna. Il n'avait pas été repéré. Peut-être que Stefan s'était fait coincer, et qu'ils allaient prêter main-forte. Ses pensées se tournèrent vers Kelly. Il n'avait pas entendu de coups de feu. Une part de lui espérait presque que Stefan soit assez stupide pour résister à l'arrestation.

L'ordure avait essayé de tuer Kelly à deux reprises. Jake lui aurait logé une balle dans la tête avec plaisir.

Il se sentait un peu coupable de l'avoir laissée face à ce monstre. Il détestait la savoir en danger, mais elle avait raison, ils avaient tous les deux choisi cette vie. Et elle était sans doute beaucoup plus en sécurité là-bas, entourée de son coéquipier et d'une horde d'autochtones en colère, qu'elle ne l'avait été dans les rues de Mexico avec Syd et lui.

Il jeta un œil à sa montre : presque 9 heures. Il se releva et repartit en courant. D'après le ton de Syd, Mark n'en avait probablement plus pour longtemps. Si son frère mourait seul, Jake ne pourrait jamais se le pardonner.

A la sortie d'un tournant, il aperçut un groupe de bâtiments perchés sur des pilotis au-dessus du canal. Il accéléra l'allure. Tous ses muscles l'élançaient, et il avait une terrible migraine. Il refoula la douleur, éperonné par la pensée d'être presque arrivé.

Une série de quais formaient une promenade, au bord de l'eau, qui évoquait vaguement une Venise des pauvres. Les premières jetées étaient vides, mais une foule s'agglutinait autour d'un kiosque à billets branlant. Jake dut ralentir son allure en se frayant un passage. La vaste majorité des touristes affichaient un air d'exaspéré.

En passant, il entendit une femme se plaindre :

— C'est toujours comme ça, ici. Est-ce qu'ils vont annuler aussi la reconstitution ?

Jake continua à avancer. Sur le quai suivant, des tables d'une terrasse étaient disposées à quelques centimètres d'écart, et bondées de touristes qui examinaient des cartes et discutaient à voix forte d'un plan de rechange pour la journée. Forcée de louvoyer entre les tables, il arrêta une serveuse débordée.

— Taxi ?

Elle lui indiqua le bout du quai.

— *Gracias.*

Jake se hâta. Au loin, il vit une ouverture entre deux bâtiments. Une rue devait partir de là pour rejoindre le centre-ville, pensa-t-il avec soulagement. Il contourna une deuxième foule qui s'était rassemblée devant le bâtiment voisin. Il était presque arrivé au coin de la rue quand une voix s'immisça dans sa conscience. Une voix masculine, forte, qui haranguait la foule comme s'il prêchait. Sauf erreur, il parlait danois.

Jake s'arrêta net et pivota en direction de la voix.

Il n'avait plus sa barbe ni ses cheveux longs, mais Jake le reconnut immédiatement. Stefan se tenait debout sur la proue d'une *trajinera* attachée au quai. Il portait une longue robe blanche souillée, et ses bras étaient grands ouverts.

Un jeune type portant une casquette leva son téléphone à hauteur d'œil pour le filmer.

— Ce mec est génial ! dit-il en décochant un coup de coude à Jake.

— Qu'est-ce qu'il raconte ?

— Aucune idée. Mais ça doit faire partie du spectacle.

— Quel spectacle ?

Jake fit un rapide tour d'horizon. Pas un flic en vue. Ils devaient être tous descendus en aval.

— C'est un truc comme la nouvelle année aztèque, expliqua le jeune homme. Ils sont censés monter un gros spectacle, avec un faux sacrifice et tout ça. Vous avez entendu qu'ils ne laissent personne monter sur les bateaux ? Les boules, mec. J'ai pris trois bus pour arriver jusqu'ici.

La tête renversée en arrière, le visage exposé au soleil, Stefan entonnait des paroles d'une voix tonitruante. Soudain, comme s'il avait senti la présence de Jake, il baissa la tête. Leurs regards se croisèrent. Un air mauvais s'afficha sur le visage du Danois.

— Merde, marmonna Jake.

Des années s'étaient écoulées depuis leur dernière rencontre, mais Stefan semblait l'avoir reconnu, lui aussi. Et il avait donné son pistolet à Kelly. Tout ce qui lui restait, c'était un couteau papillon fixé à sa ceinture.

— Tu le connais, ce mec ? demanda le jeune. Il te fixe.

— Quel genre de sacrifice ?

— Pardon ?

— Le sacrifice mis en scène pour le spectacle, répéta-t-il avec impatience. De quoi s'agit-il ?

— Je sais pas, répondit l'autre en haussant les épaules. Un truc lié à la noyade, je crois.

Jake balaya de nouveau les lieux du regard. Il devait y avoir plusieurs centaines de touristes rassemblés sur les quais, sans compter ceux qui se trouvaient dans les bâtiments aux alentours. Stefan avait eu des mois pour mettre au point son plan. Et il avait utilisé de la dynamite pour provoquer l'éboulement qui avait piégé Kelly.

— Il va faire sauter les quais, dit-il subitement.

Kelly revint vers la rivière en courant ventre à terre. Arrivée au bord de l'eau, elle vit leur gondolier sur la berge d'en face, les bras croisés sur la poitrine. En l'apercevant, il agita le poing et se mit à crier, apparemment contrarié de constater que sa barque se trouvait de l'autre côté.

— On l'a trouvé ! hurla-t-elle en cherchant désespérément ses mots. *El niño !*

Les gondoliers eurent l'air de comprendre, car ils se ruèrent vers les barques. Quelques minutes plus tard, ils la rejoignaient sur la berge d'en face.

— Par ici, dit-elle. Suivez-moi.

Alors qu'elle était sur le point de s'éloigner, un hors-bord de la police sortit d'un virage en rugissant. Les trois officiers à bord les aperçurent et mirent le cap sur eux. L'un d'entre eux sauta dans le groupe de *trajineras*. Après un bref échange avec un gondolier, il se fraya un chemin vers Kelly.

— Où est l'enfant ? demanda-t-il avec un fort accent.

Le badge sur son gilet pare-balles portait l'inscription *Landa*.

— Dans la cabane au bout du champ, répondit Kelly. Il est blessé. Vous avez une trousse de secours ? Il a perdu beaucoup de sang, il va avoir besoin d'un médecin rapidement.

Landa lança des instructions à ses collègues. L'un d'entre

eux sortit une mallette du hors-bord, sauta à l'eau et escalada la berge. Il disparut derrière les gondoliers en direction de la cabane. Resté à côté de Kelly, Landa l'examina.

— Qui êtes-vous ?

— Agent spécial Kelly Jones, du FBI. L'enfant a été poignardé par Stefan Gundarsson. Cet homme est recherché pour meurtre dans mon pays.

Le flic la dévisagea avec hésitation. Son regard s'attarda sur l'arme coincée dans la ceinture de son pantalon.

— Une pièce d'identité ?

— Je l'ai perdue dans l'eau, mentit Kelly en espérant qu'il ne vérifierait pas tout de suite par téléphone. Ça fait quelques jours maintenant que je poursuis Gundarsson.

— L'enfant sait-il où il est allé ?

— Non. Il l'a abandonné là sans rien dire.

La radio du hors-bord se mit à crépiter. Le pilote décrocha, puis lança quelques paroles à Landa sur un ton tendu.

— Qu'est-ce qui se passe ? demanda Kelly.

— On a besoin de nous aux quais, dit Landa en regrimpant dans le hors-bord.

— C'est lui, n'est-ce pas ?

Kelly se serait giflée. Elle avait mordu à l'hameçon, comme tous les autres. Stefan avait enlevé le garçon et l'avait blessé uniquement pour éloigner les forces de l'ordre. A présent, il était libre de faire tout ce qu'il voulait sur les quais.

Les Aztèques tuaient des milliers de personnes par jour, se rappela-t-elle. Ce n'était pas une seule victime qui était en danger.

Stefan avait prévu de tuer *beaucoup* de gens.

45

Stefan descendit du plat-bord pour se tenir au fond de la barque. Sans quitter Jake des yeux, il détacha la bouline et poussa au large. L'embarcation s'éloigna lentement du quai.

— Arrêtez-le ! s'écria Jake.

Quelques touristes se tournèrent vers lui avec curiosité, croyant sans doute que son intervention faisait partie du spectacle.

— Attends, dit le jeune homme à côté de lui. C'est quoi, ton problème ?

— Dégage ! lança Jake durement. Eloigne-toi des quais ! Vite !

— Relax, vieux !

Secouant la tête, le jeune homme rangea son téléphone et s'éloigna en marmonnant à voix basse.

La foule se dispersait lentement, mais Jake n'arrivait toujours pas à la traverser. Ses tentatives pour se frayer un chemin jusqu'à l'eau lui valurent des regards noirs et des jurons en plusieurs langues. Des familles entières s'alignaient devant les *trajineras* à quai, en souriant pour l'objectif.

Sans pouvoir rien faire, Jake vit Stefan s'éloigner des quais.

— Hé, il a volé un bateau ! s'écria quelqu'un.

Des acclamations amusées fusèrent.

Le temps pour Jake d'arriver au bord, la barque était trop loin pour qu'il puisse la rattraper. Stefan leva la main pour lui faire un petit signe d'adieu, puis croisa les bras sur la poitrine en se laissant emporter par le courant.

— Merde…

Jake se mit à plat ventre et regarda sous le quai. Il ne vit que des planches. Agrippant le rebord, il bascula en avant jusqu'à ce que son torse tout entier soit suspendu dans le vide.

— *Cuidado !* lança quelqu'un derrière lui.

En tendant le cou à gauche et à droite, il repéra une corde enroulée autour d'un pilotis en béton. Elle rejoignait le pilotis suivant, et encore le suivant. En partant de l'autre côté, c'était la même chose. Sans doute du cordeau de transmission, une sorte de mèche utilisée pour déclencher une série d'explosifs. On s'en servait dans l'industrie minière ; il était facile de s'en procurer, et cela fonctionnait même mouillé. Le cordeau le plus proche était trop reculé pour qu'il puisse l'atteindre.

Il devait à tout prix évacuer la foule avant que les charges ne sautent. Secouant les bras, Jake se mit à crier :

— Bombe ! *Bomba !*

Quelques touristes le regardèrent, mais personne ne bougea. Soit la majorité ne le comprenait pas, soit ils le prenaient pour un cinglé en manque d'attention.

— Dégagez les quais, il y a une bombe ! hurla-t-il.

La barque de Stefan s'était immobilisée au milieu du canal, à une vingtaine de mètres en aval. Il se retourna vers Jake et leva les deux mains vers le ciel, comme dans un geste de supplication.

Jake plongea. Fendant la surface de l'eau, il nagea à toute vitesse vers le pilotis le plus proche.

Il lui fallut quelques instants pour s'habituer à la pénombre. Puis il aperçut le paquet de dynamite attaché au pilotis par le cordeau.

S'il coupait le cordeau, cela neutraliserait une partie de la réaction en chaîne. Il les sectionnerait les uns après les autres en essayant de remonter jusqu'à la source avant qu'ils n'explosent. Ce genre de cordeau brûlait vite, les explosions ne seraient séparées que de quelques secondes. Et si Jake était à proximité d'une charge au moment où elle sautait…

Il n'avait pas le choix. Le cordeau s'étendait devant lui dans la pénombre comme un sinistre fil à linge.

Malheureusement, il était légèrement hors de sa portée.

Jake sauta en ciseaux pour se propulser hors de l'eau et tenta de l'attraper. Raté. Il retomba dans l'eau en grognant, et recommença. Cette fois, il l'accrocha du bout des doigts. En retombant, il entraîna le cordeau vers la surface de l'eau. Le fil lui entailla la main et lui arracha un juron.

Un violent éclat lumineux à sa droite déchira la pénombre et lui brûla la rétine. Il y eut une explosion, puis quelque chose de lourd s'écrasa dans l'eau. Des hurlements, des bruits de pas courant au-dessus du quai. Une étincelle apparut à une dizaine de mètres de lui et le feu se propagea le long du cordeau. Il fonçait droit sur lui à la vitesse d'un train.

Jake scia désespérément la corde. Une nouvelle explosion retentit à sa droite. De nouveaux hurlements, suivis d'un nouveau bruit d'effondrement. Il n'osait pas regarder la vague de destruction qui avançait vers lui à toute vitesse. Dans sa panique, le couteau ne cessait de glisser entre ses doigts. Il s'entailla le pouce, grimaça de douleur et continua à scier. Plus que quelques écheveaux.

A cet instant, une flamme apparut devant ses yeux. Le cordeau se mit à brûler. Par réflexe, ses doigts s'écartèrent et le laissèrent tomber dans l'eau.

A trois mètres de lui, une pile en béton sauta. Jake fut momentanément aveuglé par l'explosion. Les planches du quai qui le surplombait se gondolèrent et se fendirent. L'instant d'après, une vague énorme le souleva et l'écrasa violemment contre l'envers du quai, avant de l'emporter au loin.

Un grondement s'éleva en amont, suivi d'une série de crépitements secs qui évoquaient des pétards. Kelly se figea sur place.

— *Mierda !* s'exclama Landa.

Une vague surgit à la sortie d'un coude au loin.

Landa distribua des ordres à ses hommes, puis se tourna vers Kelly et s'écria :

— Accrochez-vous !

La vague souleva le hors-bord et fit tourner les hélices

dans le vide. Kelly s'agrippait à la rampe en luttant pour garder l'équilibre. Quand l'embarcation rebondit à la surface, les hélices mordirent l'eau et la firent violemment tanguer d'un bord à l'autre. Le flic qui était au volant mit les gaz en criant, et réussit finalement à les empêcher de chavirer.

Les eaux qui les entouraient s'apaisèrent.

— Qu'est-ce qui s'est passé ? lança Kelly.

Landa se contenta de lancer un nouvel ordre au pilote. Le bateau accéléra encore et se mit à fendre l'eau en filant à contre-courant.

Au loin, le canal se remplit subitement de débris. Le pilote ralentit à mesure qu'ils approchaient de la zone obstruée. Kelly reconnut les couleurs vives des *trajineras* sur des éclats de bois déchiquetés flottant dans l'eau. Puis elle vit des planches de bois brut. Une chaussure. Une jambe sans corps.

— Mon Dieu..., dit-elle avec horreur. On arrive trop tard.

46

Jake reprit brusquement connaissance. Désorienté, il tenta de se rappeler où il était et ce qui s'était passé. Quelque chose de chaud coulait sur son visage. Il y porta la main : c'était du sang. Il tendit le cou et se rendit compte qu'il flottait dans l'eau du canal. Dieu merci, il avait atterri sur le dos. Autour de lui flottaient des morceaux de bois, des chaises en plastique, des bûches peintes de couleurs joyeuses.

Un immense nuage de fumée enveloppait tout le paysage autour de lui. A travers ce voile, Jake réussit à apercevoir les quais. On aurait dit qu'un géant les avait criblés de coups de poing. Des planches en flammes se dressaient en formant des angles bizarres. Certains tronçons s'étaient complètement effondrés dans le canal. Les quais restés intacts grouillaient de gens paniqués qui couraient en tous sens.

Cependant, seule la moitié droite de la jetée était touchée. Le reste était intact. Jake avait réussi à arrêter la réaction en chaîne. Il poussa un soupir de soulagement.

Des pleurs de bébé parvinrent à ses oreilles. Jake pivota sur lui-même. Avec toutes les saloperies qui flottaient autour de lui, il n'y voyait pas à un mètre. Il se hissa sur une grosse bûche et s'y assit à califourchon.

Une femme, pagayant d'une main et tenant un bébé de l'autre, se démenait frénétiquement pour maintenir la tête du petit hors de l'eau. Non loin d'eux, quelqu'un flottait sur le ventre. Le canal bouillonnait de corps : certains nageaient vers le bord, d'autres ne bougeaient plus.

Jake se fraya un chemin vers la femme et l'enfant en

écartant les débris. Il y parvint à l'instant où elle glissait sous la surface, et réussit à l'attraper par le col de son vêtement. Il la remorqua jusqu'à un grand morceau de bois flottant.

— Attrapez ça.

Elle n'avait pas l'air de comprendre l'anglais, mais elle coinça le bout de bois sous un bras, s'y appuya et réussit à lever un peu plus haut l'enfant qui braillait. Jake poussa la bûche pour les piloter entre les obstacles, en direction d'une volée de marches en pierre qui servait sans doute d'embarcadère avant la construction des jetées.

Dès que la femme eut posé le pied sur une marche, elle bondit hors de l'eau et se précipita vers le haut de l'escalier en se cramponnant à son enfant. Jake se retourna vers le canal. A trois ou quatre mètres de lui, un homme âgé nageait en chien. Jake retourna vers lui et l'aida à atteindre les marches. D'autres descendirent du quai pour les lui faire gravir. Depuis les marches, Jake parcourut les eaux du regard. Une majorité de survivants nageaient vers la rive opposée. La plupart semblaient indemnes.

Il entendit des sirènes s'approcher. Il fallait qu'il appelle Kelly. Il sortit son portable et pianota sur le clavier avant de s'apercevoir que l'écran ne s'allumait plus. Il n'avait pas survécu à son immersion prolongée.

S'il attendait l'arrivée des autorités, il pourrait leur demander de les aider à coincer Stefan. Il s'imagina essayant de les convaincre dans un espagnol approximatif, et y renonça. La situation était trop chaotique pour qu'ils prêtent attention à un Américain cinglé.

Son horizon était obstrué par de nombreux obstacles ; il avait besoin de trouver un meilleur point de vue. A présent que l'adrénaline se dissipait, un terrible épuisement s'abattait sur lui. Il monta les marches en chancelant, avec l'impression que ses pieds pesaient une tonne chacun. L'escalier débouchait dans une ruelle en pente légèrement ascendante. Les bâtiments qui la bordaient étaient intacts. Au bout de la rue, une ambulance s'arrêta en dérapant. Jake se retourna vers la scène de l'explosion.

Les premiers secouristes arrivaient, prenant déjà en charge les blessés les plus graves. De l'autre côté du canal, Jake aperçut la barque sur laquelle Stefan s'était éloigné. Elle dansait sur l'eau, vide.

Il ne serait pas difficile pour Stefan de profiter de la confusion pour disparaître. Jake ne pouvait le laisser faire. Cet acte de folie ne devait représenter que la première étape de ses projets meurtriers.

Le canal et les quais encore intacts étaient plongés dans le chaos, mais peut-être pouvait-il couper à travers les rues adjacentes pour arriver à la berge d'en face. Jake prit sa décision et s'éloigna à toute vitesse vers le bout de la ruelle. Il déboucha dans une artère étroite, encombrée de véhicules de secours. Slalomant entre les obstacles, il continua à avancer. La rue tournait lentement vers la droite. Il jetait un œil dans chacune des ruelles adjacentes ; au bout de cinq minutes, il en repéra une où le passage était libre. Il s'y enfonça et croisa deux hommes portant une adolescente sur un brancard. Elle pleurait en tenant son bras cassé, le visage couvert de brûlures. Jake ne ralentit pas.

Au bout de la rue, il s'arrêta une seconde pour se repérer. Les lieux de l'attentat étaient maintenant à sa droite. Le quartier qui l'environnait était composé d'immeubles d'habitation miteux. Plus loin, des maisons construites sur pilotis n'avaient pas résisté au choc : certaines étaient enfoncées dans l'eau jusqu'au toit, d'autres s'inclinaient vers l'avant comme si elles étaient tombées à genoux.

Une petite passerelle menait vers l'endroit où Stefan avait laissé sa barque. Un groupe de survivants l'avait récupérée pour évacuer les victimes de l'explosion. Jake se dirigea vers eux en courant.

La passerelle aboutissait à un deuxième canal, plus étroit, qui n'était pas visible depuis l'autre côté. Jake le longea en passant à travers un bosquet. Il arriva bientôt au bord d'un pré. L'herbe qui y poussait était parsemée de sacs en plastique, de canettes et d'autres rebuts issus du canal. Au milieu du pré, une vache solitaire broutait. Elle tourna la tête pour le regarder, puis la baissa et arracha une nouvelle bouchée d'herbe. Vision paisible et totalement incongrue, vu le chaos et la violence qui régnaient trente mètres plus loin.

Tandis que le chenal le plus large s'éloignait vers le nord, ce bras d'eau bifurquait vers l'est. Si Stefan avait planqué un bateau ici, il avait pu s'enfuir en empruntant l'un ou l'autre. Ou alors il avait pu partir à pied, à travers champs.

Jake hésita. Au moins quinze minutes s'étaient écoulées depuis l'attentat sur les quais. Stefan avait une sacrée avance. Jake balaya le sol du regard à la recherche de traces.

Il voyait clairement à environ huit cents mètres devant lui. Le pré était boueux, c'était pratiquement un marécage. Stefan aurait mis du temps à le traverser ; il serait probablement encore visible au loin.

Jake décida de longer le canal le plus large, en direction du nord. Au bout d'une centaine de mètres, il était prêt à jeter l'éponge. Rien n'indiquait qu'une embarcation avait été amarrée ici, ni que quiconque y était passé récemment. Si Stefan avait planqué un bateau à moteur dans le coin, il pouvait se trouver déjà à des kilomètres.

Avant de revenir vers les quais, Jake décida d'inspecter les bords du second canal. Après tout, il n'avait rien à perdre. Un peu avant le premier coude, un oiseau rouge apparut dans l'air et piqua vers le pied d'un arbre qui plongeait ses racines dans le canal. Il mit la tête dans l'eau, la ressortit, la secoua pour chasser les gouttes. Une minute plus tard, il redécolla en tenant un objet de couleur vive serrée dans son bec.

Par curiosité, Jake s'avança. En s'approchant, il distingua un petit bol en céramique coincé entre les racines. De minuscules ailes en papier bleu-vert flottaient à sa surface. Cela ressemblait à une offrande, un peu différente toutefois de celles qu'il avait vues à Mexico. L'eau du récipient était encore claire. Il n'était pas ici depuis longtemps.

Jake se redressa et promena son regard sur les alentours. Et si Stefan n'avait pu se retenir d'admirer de ses propres yeux la destruction qu'il avait semée ? Dans ce cas, Jake avait peut-être le temps de le rattraper. C'était un pari risqué, mais s'il partait chercher des renforts, ils ne le rattraperaient sans doute jamais.

Il s'avança le long de la berge à pas aussi rapides et silencieux que possible. Son regard faisait des allers-retours constants entre les eaux calmes du canal et les prés qui s'étendaient au-delà. La végétation devenait plus dense, les palmiers laissaient place à d'autres arbres qu'il ne connaissait pas. Leurs branches s'étendaient au-dessus de l'eau, comme s'ils tendaient les bras vers leurs frères de l'autre côté.

Jake était sur le point de rebrousser chemin quand il aperçut une empreinte de chaussure dans la boue, le long de l'eau. Il se laissa glisser au pied de la berge et l'examina de près. Il n'était pas expert, mais la trace paraissait fraîche : elle était encore remplie d'eau claire.

Pas une ride ne faisait onduler la surface de l'eau. Le canal s'était élargi ; il faisait bien une dizaine de mètres de large, à présent. Jake tenta d'en scruter les profondeurs, mais l'eau était sombre et saumâtre, avec des zones huileuses qui se couvraient de minuscules arcs-en-ciel. Ce bras menait-il à une route goudronnée ?

Il n'y avait pas grand-chose de plus à faire. La piste avait refroidi. Kelly était peut-être arrivée sur les lieux, entre-temps. Peut-être parviendraient-ils à convaincre les flics locaux de s'associer aux recherches, par exemple en installant des barrages routiers. C'était quand même rageant. Quoi qu'ils fassent, Stefan leur filait toujours entre les doigts.

Jake attrapa une racine qui dépassait de la berge, prêt à se hisser vers le sommet.

Quand une main se referma autour de sa cheville pour l'entraîner sous l'eau, il fut trop surpris pour émettre un cri.

Le cœur de Kelly se contracta devant le spectacle qui s'offrait à ses yeux. Le bateau de la police ralentit en se frayant un chemin à travers les eaux jonchées de débris. A la proue, un flic écartait les plus gros obstacles à l'aide d'une perche.

A côté d'elle, Landa contemplait les dégâts.

— Vous voyez l'homme que vous suiviez ? Ce Stefan ?

Kelly secoua négativement la tête, mais, à vrai dire, ce n'était pas Stefan qu'elle cherchait. Elle embrassa du regard l'eau, les quais, les berges. Quelques personnes se débattaient encore dans l'eau, mais la plupart des survivants avaient déjà gagné le rivage. N'empêche que de nombreux corps inertes encombraient le canal, entourés d'auréoles rouge sang de plus en plus pâles. Elle priait pour que Jake ne soit pas parmi eux.

— On devrait aider ces gens.

— D'autres s'en chargent déjà.

Landa indiqua d'un geste les hommes en uniforme qui manœuvraient des embarcations d'un côté à l'autre du canal.

— Vous avez une idée de l'endroit où il a pu aller ?

— Non, répondit Kelly sur un ton de défaite.

Elle se laissa tomber sur le banc à l'arrière du bateau.

— Aucune idée.

Le pilote se rangea à côté d'une *trajinera* remplie de gens trempés et frissonnants. De nouveaux survivants continuaient à grimper à bord, au point que la barque s'enfonçait dangereusement. Landa lança quelques mots aux passagers. Plusieurs d'entre eux lui répondirent en même temps, faisant des gestes agités en direction de la berge déserte en face des quais.

— *Gracias !* s'exclama Landa.

Sans prévenir, le pilote mit les gaz en direction de la berge.

— Qu'est-ce qu'ils ont dit ? demanda Kelly.

— Un cinglé est parti dans une *trajinera* juste avant l'explosion, puis il l'a abandonnée pour un bateau plus petit. Il est parti par là.

Landa lui montra l'embouchure d'un chenal plus étroit qui serpentait entre des rangées d'arbres.

— On ne va jamais le retrouver, dit Kelly.

— Il va revenir vers le centre-ville en prenant le canal principal. On va demander à un autre bateau de le remonter en sens inverse. Il sera pris au piège.

— D'accord, répondit Kelly. Je ferais mieux de retourner aux quais pour chercher mon fiancé.

— Pas le temps. S'il a été blessé, les secours l'ont déjà emmené à l'hôpital. Sinon, il vous attendra.

Landa se détourna pour couper court à la discussion.

Le bateau s'engagea dans une passe plus étroite. A la sortie d'un coude, Kelly vit que le canal se divisait de nouveau : le chenal principal partait vers le nord, le plus étroit vers l'est.

— Comment pouvez-vous savoir quel bras il a pris ?

— Le canal principal revient vers Mexico. Il est plus profond. L'autre n'est pas navigable.

— Il faudrait peut-être le vérifier, au cas où.

Landa secoua la tête dans un geste de refus.

— Je n'ai pas assez d'effectifs.

— Je connais cet homme, protesta Kelly. J'ai déjà eu affaire à lui.

— L'autre bras aboutit à un marécage. Il n'y a pas de route. Si vous voulez allez voir, vous pouvez. Nous, on prend vers le nord.

— Déposez-moi.

Ce serait bien de Stefan de duper les autorités en prenant un itinéraire d'évasion inattendu. Et s'ils avaient raison, elle reviendrait à pied vers les quais pour essayer de retrouver Jake. Pour une raison qu'elle ne parvenait pas à définir, une angoisse irrépressible à son sujet s'emparait d'elle.

Le pilote ralentit et embraya en douceur vers les bas-fonds. Landa attendit avec impatience que Kelly débarque. Elle sauta du bateau et atterrit dans une dizaine de centimètres d'eau. Sans attendre, le bateau repartit en rugissant et s'éloigna en faisant bouillonner l'eau verte dans son sillage.

Kelly se fraya péniblement un chemin jusqu'à la terre ferme. Ses pieds s'enfonçaient dans la boue à chaque pas. Au milieu du pré qui longeait le chenal, une vache la regardait.

— Tu as vu passer un grand Blanc ? demanda Kelly.

La vache cessa un instant de ruminer, puis s'éloigna d'un pas lourd.

— On va dire que c'est un oui.

En avançant avec précaution, Kelly traversa la berge boueuse et prit vers l'est.

47

Entraîné sous l'eau, Jake se débattit à coups de pied, mais une poigne de fer s'était refermée autour de sa gorge.

Sentant des cailloux sous ses pieds, il fit basculer le poids de son propre corps en arrière, projeta Stefan contre le fond du canal et l'y maintint. Au bout d'une seconde, les mains autour de sa gorge se desserrèrent. Il s'élança vers la surface en battant des jambes. Stefan lui agrippa de nouveau la cheville, mais, cette fois, Jake s'y attendait. Il lui assena un violent coup de pied et sentit quelque chose craquer sous son talon.

Fendant la surface, Jake aspira une bouffée d'air et nagea frénétiquement vers le bord. Quand ses genoux touchèrent le fond, il se releva d'un bond. En s'éloignant à reculons vers le bord, il garda son regard rivé sur l'eau : il se préparait à une nouvelle attaque. Sa main se glissa vers sa ceinture, mais son couteau n'était pas là. Il avait dû le perdre dans l'explosion. Restait à espérer que Stefan ne soit pas armé.

A trois mètres, une tête chauve émergea de l'eau. Jake crispa ses bras le long de son corps, prêt à se battre. Puis il aperçut la lame que Stefan serrait dans son poing.

Ce dernier le jaugeait du regard comme pour se préparer au combat.

— Votre plan a raté, annonça Jake. La plupart des gens ont survécu.

Stefan s'approcha lentement en marmonnant quelque chose en danois.

Jake recula à la même allure en gardant ses yeux sur la

lame. Si Stefan attaquait, Jake n'avait pas beaucoup d'options. Il était épuisé. Les chances pour qu'il arrive à désarmer son adversaire étaient réduites. S'il pouvait trouver un bâton pour le tenir en respect, à la limite… Sinon, le mieux était de tourner les talons et de décamper à la première occasion. Les berges du canal étaient raides, hélas. Pour les escalader, il devrait perdre de précieuses secondes pendant lesquelles son dos serait exposé à son adversaire.

L'approche de Stefan lui rappelait celle d'un serpent. Sa tête ondulait en attendant le moment parfait pour attaquer. Un jour, quand ils étaient petits, Mark et lui avaient pris pour cible la sonnette d'un serpent. Jake l'avait ratée, sa balle avait touché l'abdomen du reptile. En essayant de l'achever, Mark s'était aventuré trop près et le serpent l'avait mordu. Leur mère ne leur avait pas adressé un mot pendant tout le trajet en voiture jusqu'à l'hôpital.

Stefan lança un regard furtif vers la droite. Jake plongea à gauche, mais c'était une double ruse. La lame du couteau le cueillit sous les côtes. Il émit un hoquet de stupéfaction en la sentant pénétrer sa poitrine et ressortir dans son dos. Stefan l'attira tout contre lui. Ses yeux étaient énormes et injectés de sang, son haleine brûlante.

— Nous devons tous sacrifier quelque chose, murmura-t-il.

Kelly marchait prudemment le long de la berge en évitant de passer trop près du bord. Elle balayait du regard tantôt le chemin devant elle, pour repérer les ornières et les creux, tantôt l'eau du canal. Au bout d'un kilomètre, elle s'arrêta. Landa avait peut-être raison. Qui sait s'ils n'avaient pas déjà coincé Stefan ? Elle ferait mieux de rebrousser chemin pour tenter de retrouver Jake. Même si, en réalité, elle espérait qu'il était déjà au chevet de son frère.

Demi-tour. Le canal serpentait entre les bosquets serrés sur ses berges. En boitant, Kelly reprit le chemin inverse. Les épreuves physiques des derniers jours se rappelaient subitement à elle. Son corps tout entier était endolori et ses yeux piquaient. Elle avait l'impression d'avoir fait douze rounds contre un champion de boxe avant de courir un marathon. Elle fit quelques pas chancelants, puis s'assit par terre. Une pause était nécessaire.

Son regard suivit une libellule qui voletait au milieu d'un bouquet de roseaux le long du rivage. Elle atterrit à l'extrémité d'une plante, la fit se balancer de gauche à droite, redécolla subitement. La tête de Kelly s'affaissa vers sa poitrine. Puis elle se redressa. Elle ne pouvait pas se permettre de s'effondrer. Pas encore. Il fallait qu'elle revienne jusqu'aux quais.

Un mouvement, dans le coin de son champ de vision. Kelly se releva péniblement et dégaina son arme. Quelque chose d'important évoluait au milieu du canal, entraîné en aval par le courant. Ça ressemblait à un tas de vêtements. Il lui fallut un instant pour se rendre compte que la silhouette qui flottait sur le ventre n'était pas celle de Stefan.

Ses réflexes reprirent brusquement le dessus. Elle coinça son pistolet dans la ceinture de son pantalon, dégringola le long de la berge et plongea. En trois brasses, elle rejoignit Jake et lutta pour le soulever. Son corps lui faisait l'effet d'une poupée de chiffon gorgée d'eau. Elle dut mobiliser jusqu'à ses dernières forces pour arriver à le retourner. Elle plaqua sa joue contre son visage et regarda sa poitrine. Il ne respirait pas. Il avait un trou à la poitrine, d'où s'écoulait une quantité alarmante de sang.

Kelly passa un bras autour de son cou et le remorqua jusqu'au rivage. Le courant les entraînait en aval, mais elle battit des jambes de toutes ses forces en agitant maladroitement son bras libre.

La peau de Jake avait un aspect cireux et une teinte bleuâtre.

— Encore quelques mètres…, lui dit-elle en haletant.

Elle se retourna pour regarder le rivage, et faillit le lâcher. Stefan avait refait surface. Il arborait un grand sourire, et des ruisselets d'eau dégoulinaient sur son visage.

Par réflexe, Kelly porta la main à son arme. Avant qu'elle n'ait pu la libérer de sous sa ceinture, une main énorme se referma autour de son crâne et l'enfonça sous l'eau. Elle n'eut même pas le temps d'aspirer une bouffée d'air.

Elle se débattit, mais la prise de Stefan était d'acier. Elle dégagea son arme et tira quelques coups ; elle eut l'impression de tirer sur un fantôme. Aucune balle ne le touchait. Ses yeux étaient prêts à sortir de ses orbites, ses poumons sur le point d'exploser. Elle avait une envie irrésistible d'inspirer, mais elle savait que cela la tuerait.

Elle n'avait qu'un seul choix. Pour survivre, elle devait lâcher Jake. Kelly hésita un instant, puis retira son bras et sentit le corps de Jake partir en dérivant.

Une rage terrible l'enflamma. Elle fit basculer ses deux talons vers l'avant avec toute la force dont elle était capable. Elle les sentit toucher leur cible, et la main de Stefan se desserrer un peu. Elle plongea brusquement au fond ; pris au dépourvu, Stefan lâcha prise. Kelly fendit la surface de l'eau et inspira en haletant.

Non loin d'elle, Stefan grimaçait de douleur en pataugeant. Du coin de l'œil, Kelly vit le corps de Jake s'éloigner avec le courant. Stefan se rua de nouveau sur elle, mais elle pointa son pistolet et tira trois fois en visant la poitrine. Il émit un grognement et son visage se décomposa. Au moins une des balles avait atteint sa cible.

Il ouvrit la bouche, mais ne put exprimer que des gargouillis. Puis, soudain, il cessa de s'agiter, son visage se détendit et il bascula en arrière.

Pendant une seconde, Kelly crut à une ruse. Elle tendit la jambe et le frappa du bout du pied tout en gardant son pistolet braqué sur sa poitrine. Il ne tressaillit pas. L'eau qui l'entourait se colora d'écarlate, et son corps s'enfonça lentement sous la surface.

Kelly virevolta. Jake était à dix mètres d'elle, et la distance qui les séparait ne cessait d'augmenter. Dans un instant, il passerait un coude et disparaîtrait à jamais.

Elle s'élança vers lui en nageant follement.

A l'instant où elle crut qu'il avait dérivé trop loin d'elle, un morceau de vêtement blanc lui apparut. Avec une énergie retrouvée, elle fendit l'eau avec des gestes puissants. Elle avait l'impression que le courant la narguait en le tenant délibérément hors de sa portée.

Ses doigts se refermèrent subitement autour d'un morceau de tissu. Elle s'y agrippa pour se traîner contre lui.

Passant son bras autour du cou de Jake, elle le remorqua jusqu'à la rive. Les berges étant moins raides, elle put le traîner sur la terre ferme, parmi les roseaux. Elle plaqua son oreille contre sa poitrine. Pas de battement de cœur. Elle voulut prendre son pouls, mais ses mains tremblaient trop fort. Elle introduisit ses doigts dans sa bouche pour vérifier que rien n'obstruait les voies respiratoires, puis elle commença la réanimation cardio-pulmonaire.

Elle souffla de l'air dans sa bouche et regarda sa poitrine se soulever puis s'abaisser. Après avoir répété l'opération, elle commença les compressions. De l'eau et du sang se déversaient de sa blessure à chaque pression de ses mains. Au bout du troisième cycle, de l'eau jaillit de sa bouche. Kelly retint sa respiration, mais il restait inerte.

Elle reprit les compressions en essayant de ne pas calculer le nombre de minutes pendant lesquelles il était resté sans connaissance, en train de se vider de son sang, ni le temps qu'il lui avait fallu pour le retrouver. Elle tenta d'oublier que c'était par sa faute qu'il se trouvait ici. Il aurait dû être au chevet de son frère, en train de le veiller, pas d'essayer de la tirer des griffes d'un psychopathe qu'elle s'entêtait à poursuivre.

Deux insufflations.

Trente compressions.

Deux insufflations.

Chaque fois que Kelly posait ses lèvres sur celles de Jake, d'autres baisers lui revenaient à la mémoire. Ceux-ci lui semblaient une cruelle moquerie. Ces lèvres bleues et froides ne pouvaient pas être celles de Jake. Elle se rappela la dernière fois qu'ils avaient été vraiment ensemble, dans cette miteuse chambre de motel.

Deux insufflations.

Trente compressions.

Une brise se leva, hérissant les poils sur les bras de Kelly. Elle ne s'arrêta pas. Les secours seraient bientôt là. Landa avait dû comprendre qu'il s'était trompé et rebrousser chemin vers le second canal. Elle s'interdit de penser au fait qu'il pouvait être très loin, au temps qu'il leur faudrait pour arriver.

Ils seraient bientôt là. C'était obligé.

Kelly sentit un goût salé sur ses lèvres et se rendit compte qu'elle pleurait. D'énormes sanglots secouaient ses épaules tandis qu'elle massait la cage thoracique de Jake. Elle avait perdu son frère, elle avait perdu ses parents. Elle ne pouvait pas perdre Jake aussi. Elle aurait dû l'épouser tout de suite, dès qu'il le lui avait proposé. Elle l'avait toujours gardé à distance, ne lui avait jamais permis de percer sa coquille. Il s'en plaignait rarement, même lorsqu'elle voyait dans son regard qu'il était blessé. Elle l'ignorait pour se protéger. Mais, d'une manière ou d'une autre, il avait réussi à toucher son cœur.

— Il est mort.

Kelly releva la tête en sursaut. A dix mètres, plié en deux, Stefan se tenait le côté droit. Du sang dégoulinait entre ses doigts, et il avait une drôle d'expression qui ressemblait presque à du remords. Elle l'ignora et se pencha de nouveau vers Jake. Elle tenta d'insuffler encore une bouffée d'air dans sa bouche, mais elle n'arrivait même plus à remplir ses propres poumons.

Elle essaya encore, puis abandonna et s'assit sur ses talons. Les yeux de Jake étaient ouverts et fixés sur le ciel. Kelly suivit son regard. Les branches des arbres s'étendaient au-dessus du canal et dansaient dans le vent. Le soleil avait enfin percé la brume polluée.

— Une journée magnifique, commenta Stefan.

Kelly se releva et tourna le dos à l'eau. La berge montait en pente douce. Le simple fait de la gravir lui donna des élancements dans les jambes, mais la douleur lui parut lointaine, comme si elle appartenait à quelqu'un d'autre.

Stefan la regarda approcher avec un mélange d'amusement et de perplexité.

— Je suis choqué que vous ayez tiré sur un homme désarmé, agent Jones. Par votre faute, je vais devoir me soumettre à des soins médicaux dans un pays du tiers-monde.

Kelly dégaina son pistolet. Les yeux de Stefan s'écarquillèrent. Sans cesser d'avancer, elle visa sa poitrine et tira. Son corps se convulsa sous l'impact de chaque balle. Elle appuya sur la détente jusqu'à vider le chargeur, et continua encore alors qu'il ne produisait que de petits déclics.

Stefan ouvrit et ferma la bouche plusieurs fois. Kelly s'immobilisa et le regarda en silence. Il tomba à genoux, puis sur le flanc. Son corps tressaillit et il se mit à gémir.

Il lui fallut un long moment pour mourir.

Quand ce fut terminé, Kelly revint vers Jake. Elle s'assit à côté de lui et, avec douceur, prit sa tête sur ses genoux. Elle posa une main sur sa joue et lui caressa les cheveux de l'autre. Elle commença par lui demander pardon pour toutes les erreurs qu'elle avait commises, pour toutes les choses qu'ils ne feraient jamais ensemble, pour la vie qu'ils ne partageraient pas.

Le crépuscule tombait quand Rodriguez la retrouva enfin. Il entoura ses épaules d'une couverture, et ils regardèrent ensemble les derniers rayons de soleil glisser le long des arbres et teindre d'or pur la surface du canal.

15 MARS

48

Syd leva la tête : on venait de frapper à la porte. Mark Riley se tenait dans l'entrebâillement, calé sur une béquille, l'air mal à l'aise dans un costume de laine.

— Je pars, dit-il. Tu es sûre que ça ira, toute seule ?

Syd repoussa les papiers qui s'amoncelaient devant elle. Depuis l'implosion de Tyr, leur activité était passée à la vitesse supérieure. Elle avait signé avec une douzaine de nouveaux clients, recruté de nouveaux employés. A présent, les choses commençaient tout juste à se tasser.

— Je viens de mettre Flores à la tête de l'affaire en Somalie. Je crois que tout est sous contrôle.

— Super.

— Tu voulais me dire autre chose ? demanda Syd au bout d'un moment.

— Je voulais juste te demander si tu n'avais pas changé d'avis. Tu es sûre que tu ne veux pas venir ?

Syd évita son regard.

— Je lui ai déjà dit au revoir. En plus, on est débordés.

— Je comprends.

Mark hésita un instant, puis ajouta :

— Ecoute… C'est important, pour faire le deuil. Je le sais pour avoir déjà commis l'erreur.

— C'est juste une cérémonie, répliqua Syd sèchement.

Le corps de Jake avait été incinéré depuis des semaines. Il avait fallu un certain temps pour obtenir le droit d'enterrer une partie de ses cendres dans une tombe à côté de celle de sa mère, au Texas.

— Je sais, insista Mark, mais ça pourrait t'aider.

— Je vais très bien. Bon voyage, et bonne route.

Il sortit en fermant doucement la porte derrière lui. Syd s'affaissa dans son fauteuil et laissa son regard errer par la fenêtre. Le printemps arrivait à Central Park, déjà quelques éclats de vert perçaient la grisaille. Des fleurs précoces luttaient contre la rechute des températures. Au bout d'un moment, elle alla ouvrir la porte et passa la tête dans le couloir.

La porte du bureau de Jake était fermée. Elle n'avait pu se décider à l'attribuer à quelqu'un d'autre. En toute logique, il revenait à Maltz, qui avait endossé un rôle plus important dans l'entreprise. Quelques semaines auparavant, Kelly était passée rassembler les affaires personnelles de Jake, qu'elle avait emportée dans un carton. A présent, il ne restait que du matériel de bureau anonyme. Mais elle ne s'était tout de même pas résolue à changer le nom sur la porte.

Syd hésita encore, puis s'engagea dans le couloir d'un pas résolu. Elle entra dans le bureau de Jake et ferma la porte. C'était curieux : en règle générale, elle n'était pas sentimentale. Et Jake n'avait jamais été plus qu'un ami. N'empêche qu'elle aurait juré sentir encore son parfum dans la pièce. Elle passa derrière le bureau et se laissa tomber dans son fauteuil.

Du bout des doigts, elle frotta une marque dans le bois : l'endroit où reposaient ses talons lorsqu'il calait ses pieds sur son bureau. Elle revit son sourire, entendit sa voix amusée lorsqu'il la taquinait, et un petit sourire naquit sur ses lèvres.

Au bout d'un moment, elle décrocha le téléphone.

— Appelez le graveur, dit-elle d'une voix plus rauque que d'habitude. Qu'ils préparent une plaque au nom de Maltz.

Les yeux baissés, Kelly fixait sans la voir la tombe fraîchement creusée. Rodriguez venait de partir en compagnie de sa femme, après lui avoir tapoté l'épaule en présentant les condoléances d'usage. Il avait repris le service actif après une courte période de suspension – par miracle, McLarty avait réussi à arranger les choses avec le consulat mexicain.

L'Etat américain s'était apparemment engagé à consentir un prêt destiné à financer de nouvelles fouilles sur le site du Templo Mayor.

Stefan avait été enterré dans une fosse commune en dehors de Mexico. Kelly n'avait pas demandé où elle se trouvait, et Rodriguez n'avait pas proposé de le lui dire. La nuit, quand elle fixait le plafond, incapable de trouver le sommeil, elle sentait encore ce pistolet entre ses doigts.

Quelques personnes circulaient autour de la tombe : elles se serraient la main et conversaient à voix basse. Kelly sentit une présence à son côté, mais elle ne leva pas les yeux.

— C'est moi qui devrais être à sa place, dit Mark au bout d'un moment.

— Je n'arrête pas de me dire la même chose, répliqua Kelly. Sans moi, il ne se serait jamais retrouvé là-bas.

— Aucun d'entre vous n'y aurait été si ma mission n'avait pas été compromise. Ce n'est pas ta faute, Kelly.

Elle se tourna vers lui. Il avait maigri, pendant son séjour à l'hôpital. Ses joues s'étaient creusées et son costume lui était un peu grand aux épaules. D'une certaine manière, cela accentuait la ressemblance avec Jake.

— Il paraît que tu travailles pour Longhorn.

— Oui. J'aurais dû le faire dès le début. J'étais trop entêté, voilà tout.

Il secoua la tête.

— Ma mère disait toujours que, si tu passes ta vie à faire la course avec le diable, un jour ou l'autre, il finit par gagner. Mais elle parlait de moi, pas de Jake. Chaque fois qu'il nous est arrivé des ennuis, c'était toujours à cause d'une idée à moi.

Il poussa une motte de gazon du bout de sa béquille.

— Je n'arrive toujours pas à croire qu'il est parti.

Kelly fut incapable de répondre. Elle fixa le tas de terre poussiéreuse en se tenant très droite.

Au bout d'un moment, Mark reprit la parole.

— J'ai prévu d'éparpiller des cendres dans un ruisseau où on jouait quand on était petits. Si tu as envie de venir… Et puis Chris et Susie ont invité quelques amis chez eux.

— Je sais, ils m'ont proposé de passer. C'est juste que… j'en suis incapable.

— O.K.

Il hocha la tête, puis la serra maladroitement dans ses bras.

— Tiens le coup, d'accord ?

— Toi aussi.

Il s'éloigna en s'appuyant sur ses béquilles. Kelly entendit un moteur démarrer, une voiture s'éloigner. Elle ne parvenait plus à bouger. Elle attendait sans cesse les larmes, mais, depuis celles du premier jour, elles refusaient de venir. Elle se sentait morte à l'intérieur.

Depuis que son avion s'était posé à New York, elle n'avait pas arrêté. Sans se laisser le temps de réfléchir à quoi que ce soit, elle avait trouvé un autre appartement et y avait emménagé le lendemain. Elle avait rassemblé toutes les affaires de Jake dans des cartons et les avait envoyées à Chris. Il ne lui restait plus qu'une pile de photos et un coupe-vent qu'elle avait retrouvé en faisant un dernier tour dans leur appartement vide – il était froissé, dans le fond de leur penderie commune. Elle y avait enfoui son visage, s'était rappelé que Jake l'avait mis autour de ses épaules par une journée glacée… mais toujours rien.

— Qu'est-ce que vous allez faire, maintenant ?

Elle se tourna et vit Maltz qui la dévisageait ouvertement.

— Aucune idée.

— Syd serait ravie de vous embaucher.

— Je ne crois pas, dit Kelly.

— Je pourrais l'obliger.

— Je ne suis pas faite pour ça.

Les nuages s'ouvrirent au-dessus de leurs têtes, laissant filtrer un faible rayon de soleil hivernal.

— Je dois parler à mon chef au FBI lundi. Peut-être qu'il va me laisser reprendre du service.

— Bonne chance, alors.

— Merci, dit Kelly.

Ils restèrent côte à côte en silence pendant quelques minutes. Puis Kelly se força à se retourner et à s'éloigner vers sa voiture de location, les bras serrés autour du corps à cause du froid.

NOTE DE L'AUTEUR

En décembre 2008, je suis tombée sur un reportage au sujet de l'enlèvement de Felix Batista. Ce dernier est un consultant américain employé par l'entreprise de sécurité ASI Global. Au cours de sa carrière, il a personnellement négocié la libération de plus d'une centaine d'otages. Au moment de sa disparition, il se trouvait à Saltillo, au Mexique, pour parler de solutions à adopter face à la hausse des enlèvements avec demande de rançon. Un soir, au cours d'un dîner avec des chefs d'entreprise locaux, il reçut une série d'appels téléphoniques, s'excusa et quitta la table. En sortant du restaurant à la recherche d'un meilleur réseau, il confia à ses compagnons son ordinateur portable et une liste de numéros de téléphone, au cas où il ne reviendrait pas. Quelques instants plus tard, un pick-up s'arrêta au bord du trottoir et embarqua Batista de force. Depuis, personne n'a eu de contact avec lui, et son enlèvement n'a pas été revendiqué.

L'ironie de cet événement réel a été le déclencheur de cette intrigue. J'aimerais toutefois insister sur le fait que le personnage de Cesar Calderon ne représente en aucune manière Felix Batista. J'espère sincèrement que M. Batista sera rendu sain et sauf à sa famille.

Le kidnapping contre rançon est en expansion dans le monde entier. A ma connaissance, tous les faits et chiffres cités dans ce roman sont exacts. L'Irak, le Mexique et la Colombie sont actuellement les champions du monde en la matière, et les anciens pays du bloc soviétique ne sont pas loin derrière. Selon le département de gestion de crise de l'assureur AIG, plus de 20 000 enlèvements avec demande de rançon sont enregistrés chaque année, dont 48 % en Amérique latine. Sachant qu'environ 80 % de ces affaires ne sont jamais déclarées aux autorités, on peut en déduire que 100 000 personnes en moyenne sont enlevées et séquestrées chaque année. Les chiffres ont explosé ces dernières décennies, au cours desquelles les cartels de drogue et les organisations terroristes se sont saisis du kidnapping comme activité complémentaire relativement peu risquée. Des livres comme *Ransom : the Untold Story of International Kidnapping*, par Ann Hagedorn Auerbach, et *Kidnap for Ransom*, par Richard P. Wright, sont extrêmement informatifs à ce sujet, et assez terrifiants.

Pour reconstituer l'expérience d'un otage, je me suis inspirée d'un certain nombre de récits personnels. Ceux qui m'ont le plus servi sont aussi les plus tragiques et les plus bouleversants : *Out of Captivity*, par Gary Brozek, Marc Gonsalves, Tom Howes et Keith Stansell, et *Deliver us from Evil*, par Ernestine Sodi. De nombreuses victimes d'enlèvement sont retenues pendant des mois, voire des années. Certaines continuent à l'être alors que leur rançon a été payée. Beaucoup disparaissent à jamais.

Ce livre leur est dédié, ainsi qu'aux personnes qui, comme Felix Batista, consacrent leur vie à les libérer.

Comme toujours, j'ai de nombreuses personnes à remercier. Ce livre a constitué un défi particulier : c'est la première fois que je situe une histoire dans un lieu que je n'ai jamais visité. Je me suis beaucoup appuyée sur des personnes qui en avaient une bonne connaissance, en particulier Mauricio Marban, qui a également eu la gentillesse de corriger mes monumentales fautes d'espagnol – je suis entièrement responsable de toutes celles qui subsistent. Je prie le lecteur de me pardonner d'avoir pris quelques libertés, notamment en ce qui concerne la géographie de Xochimilco.

Sur les conseils de Patrick Millikin, je me suis plongée dans l'œuvre de Paco Ignacio Taibo II, maître contemporain du roman noir mexicain, pour me faire une idée de la vie quotidienne à Mexico. *First Stop in the New World*, par David Lida, et *By the Lake of Sleeping Children*, par Luis Urrea, ont été également des sources très précieuses.

Le Dr Doug P. Lyle a répondu à toutes mes questions médicales, y compris sur les taux de survie en cas de blessures par balle, la perte de connaissance et l'utilisation des défibrillateurs, tout cela contre mon engagement à lui payer des verres dans l'avenir. Je doute qu'il réussisse un jour à me faire payer une addition à la hauteur de ma dette.

Le blog mynewleg.net, de Steve Kurzman, m'a fourni des détails extrêmement utiles au sujet des épreuves qu'on traverse lorsque l'on doit s'habituer à une prothèse en dessous du genou. Steve a également eu la gentillesse de répondre à mes questions au sujet des capacités de Kelly, suite à son amputation.

Joe Collins, artificier, m'a éclairée sur la meilleure manière de faire sauter une jetée de bois, et sur le potentiel et les propriétés du cordeau de transmission.

Bénis soient Google Maps et l'internet en général – sans eux, je serais littéralement perdue.

Mes premiers lecteurs ont accompli cette fois un travail bien au-delà de ce que je leur demandais. Je suis particulièrement reconnaissante à Kirk Dudell d'avoir su pointer du doigt le moment où l'intrigue déraillait, et surtout d'avoir fait d'excellentes suggestions sur la manière de la remettre sur les rails. Jason Starr a toujours la gentillesse d'écouter mes diatribes et de faire ses séances de brainstorming ; de plus, il trouve le titre du roman à tous les coups. Mes camarades blogueurs du site *The Kill Zone* – Clare Langley-Hawthorne, Kathryn Lilley, Joe Moore, John Ramsey Miller, John Gilstrap et James Scott Bell – sont tous d'excellent conseil, en plus d'être d'excellente compagnie. Mes copains de Sancho Grotto – Raj Patel (alias The Maitreya), Kemble Scott/Scott James, Diane Weipert, Joshua Citrak, Shana Mahaffey, Alison Bing, Ammi Emergency et Paul Linde – sont toujours présents aux événements que j'organise, même les plus bizarres (qui ont aussi tendance à être les plus amusants). Merci à eux pour leurs réactions, leurs critiques constructives, et pour les interruptions opportunes qu'ils créent dans mon emploi du temps. Merci à mes amis sur Facebook et Twitter qui m'ont aidée à trouver les noms de mes personnages, en particulier Clifford Fryman, Penny Ash, Elizabeth Sneed White, Nick Daniels et Sean.

Merci à David Fribush, Ty Jagerson, Dave Kane et Michael Maltz, qui continuent à prêter leurs noms aux commandos.

C'est un plaisir de travailler avec l'équipe de MIRA, entre autres Lara Hyde, Valerie Gray et Miranda Indrigo.

Comme toujours, ma sœur Kate m'a accompagnée dans l'écriture de ce roman du début à la fin, en échange de quelques dîners et de vêtements prêtés. Mes parents affirment, à raison, qu'au fond chacun de mes livres devrait leur être dédié, mais ils acceptent gracieusement de laisser parfois la place à d'autres.

Les derniers et non les moindres : mon mari et ma fille, qui m'apportent des réserves infinies d'amour et de soutien.

Composé et édité par les
éditions HARLEQUIN
Achevé d'imprimer en août 2012

BRODARD & TAUPIN

La Flèche
Dépôt légal : septembre 2012
N° d'imprimeur : 69226

Imprimé en France